W0395808

L'ÉVADÉE

amazon crossing

L'ÉVADÉE

Simon Wood

Traduit de l'anglais (États-Unis)
par Gildas Agoli

amazon crossing

Édition originale parue aux États-Unis en 2015
sous le titre *The One That Got Away*
aux Éditions Thomas & Mercer.

Publié par
AmazonCrossing, Amazon Media EU SARL
5, rue Plaetis, L-2338, Luxembourg
Décembre 2015

Conception de la couverture :
Lookatcia.com
Photos : © eyetwist / kevin balluff; PhotoStock-Israel / Getty Images

ISBN : 9781477817636

www.apub.com

À tous ceux qui ne se sont pas laissé faire.

CHAPITRE UN

Zoé s'extirpa de son cauchemar, mais s'aperçut qu'il se poursuivait dans la réalité. Elle était nue, couchée à même le sol d'un cabanon, dans une chaleur oppressante, la crasse se mêlant à la poussière et à la sueur pour revêtir son corps. Elle avait les poignets et les chevilles liés devant elle par des nœuds de câbles épais. Ils étaient sanglés si fort qu'au moindre mouvement, ses pieds et ses mains picotaient.

Comment s'était-elle retrouvée dans cette situation ? Elle voulut reconstituer les événements, mais tout n'était que brouillard. Lorsqu'elle tentait de se concentrer sur une pensée, le brouillard, humide et pesant, enveloppait son esprit.

Dehors, un cri perça la nuit.

Holli ! Le prénom de son amie traversa son esprit troublé.

Une image se forma. Elles s'étaient retrouvées pour un long week-end à Las Vegas. Dans le plus pur esprit du film *Thelma et Louise*, étant trop fauchées pour prendre l'avion, elles avaient pris la route en partant de Bay Area. Elles avaient cru que le trajet serait sympa, mais avaient découvert à quel point il était monotone de conduire sur des centaines de kilomètres, à traverser les frontières des États les unes après les autres. Une fois arrivées à Las Vegas, elles s'étaient débarrassées de leur respectabilité d'étudiantes nouvellement diplômées, et s'étaient adonnées au jeu, à l'alcool et à la fête. C'était exactement la bouffée d'oxygène qu'il leur fallait. Pour rentrer, elles avaient attendu la tombée de la nuit, moins de circulation, plus de fraîcheur. C'était à partir de là que les choses devenaient floues. Zoé se souvenait s'être arrêtée dans une petite bourgade à peine visible sur la carte pour acheter de la nourriture et de l'essence. Ensuite, un autre vague souvenir d'avoir dîné dans un restaurant ou un bar quelconque. Le tintement des verres résonna dans sa tête, ainsi que des rires. Puis… puis… plus rien. Ce qui s'était produit par la suite s'évanouissait dans la pénombre.

Un autre cri. Zoé en ressentit des vibrations jusque dans les os. C'était plus qu'un appel au secours. C'était un cri de douleur, un électrochoc qui ramena Zoé à la vie. L'individu qui détenait Holli viendrait ensuite la chercher. Il ne fallait pas qu'il la trouve là. Elle devait s'enfuir, pour sauver sa peau, et celle de Holli.

Le clair de lune pénétrait par la fenêtre, éclairant le cabanon en biais. Pas assez pour percevoir la pièce entière, mais suffisamment pour permettre à Zoé de voir ce dont elle pourrait se servir. Sa prison n'était qu'un piètre bâtiment. Les murs et le toit étaient en métal ondulé, et le plancher en contreplaqué s'affaissait sous son poids. Des caisses, des récipients et des boîtes à outils étaient éparpillés un peu partout, encombrant les murs et formant un canyon de bric-à-brac. Était-ce ainsi que la considérait son ravisseur ? Comme rien de plus qu'un tas d'ordures à laisser hors de sa vue, à ignorer jusqu'à ce que soit venu le moment de s'en débarrasser ?

Elle ne se laissa pas distraire par cette pensée. Tout ce qui importait, c'était son évasion, et le contenu de la pièce lui fournirait sa chance. Qui dit « caisses à outils », dit « outils ». Et qui dit « outils », dit « possibilité de se délier les pieds et les mains ».

— Pourvu qu'il y ait un canif, murmura-t-elle.

Un cri retentit à nouveau, suivi de sanglots et de supplications affaiblies. Zoé avait bêtement cru être dans le pire pétrin de sa vie mais, de toute évidence, ce n'était rien comparé au calvaire que vivait Holli. Elle pouvait à peine imaginer ce que subissait son amie.

« J'arrive, Holli ! » murmura-t-elle.

Son ravisseur avait commis une erreur. En lui liant les mains et les pieds par-devant, il lui avait laissé une marge de manœuvre. Manifestement, il ne s'attendait pas à beaucoup de résistance de sa part.

Elle roula sur le côté et se mit à quatre pattes. Avec sa petite carrure, ce fut facile, mais son corps en bavait et elle dut s'appuyer sur ses coudes et ses genoux. Elle essaya de basculer son poids sur ses pieds, mais tomba à nouveau sur le côté.

Elle réessaya. La détermination triomphait de la douleur, et elle se força à se redresser. Cette fois, elle se pencha en avant pour maintenir son équilibre et s'appuya sur ses jambes pour se lever. En se redressant, elle fut prise d'étourdissements qui s'allièrent au brouillard dans sa tête pour la priver à nouveau du sens de l'équilibre. Elle ne s'aperçut qu'elle tombait qu'au moment où elle heurta violemment le sol.

Quelle que soit la substance qu'on lui avait administrée, elle lui enlevait toute dextérité.

« Tu crois pouvoir me retenir, espèce de salopard ? murmura-t-elle. Tu rêves ! »

Elle se cramponnait à son courage, toute déplacée ou irréaliste qu'elle fût. Au moins, cela écartait la peur.

Elle roula pour se remettre à quatre pattes, et avança péniblement à la manière d'un ver de terre, s'appuyant sur les genoux et les avant-bras, tout en écoutant les gémissements et les plaintes de Holli qui filtraient à travers les murs.

Pauvre Holli. Elle avait la malchance d'avoir été choisie en premier. Ça aurait facilement pu être l'inverse. À cette pensée, un frisson parcourut le corps de Zoé, malgré l'atmosphère chaude et humide du cabanon. Le bruit des souffrances de son amie la motiva. Elle avança plus rapidement, sans parvenir à retenir ses larmes.

« Profites-en bien, espèce de taré, ça ne va pas durer, murmura-t-elle, le visage ruisselant de larmes. »

Elle parvint à atteindre la caisse à outils la plus proche et se redressa sur les genoux, puis se pencha sur les caisses d'à côté. Il fallait rester silencieuse. Éviter de faire trop de bruit. Si elle pouvait entendre les cris de Holli, alors son ravisseur aussi pouvait entendre Zoé remuer. Se servant de ses deux mains, elle tourna la caisse vers elle. Elle lui parut lourde, ce qu'elle interpréta comme un bon signe. Une caisse à outils lourde, c'était une caisse à outils bien équipée.

Zoé souleva le couvercle. Des tournevis, des clés à molette, et quelques pinces remplissaient le plateau du dessus. Elle le souleva et trouva son jackpot, un cutter. Elle le saisit et le serra contre sa poitrine :

« Merci, mon Dieu. »

Elle se laissa tomber sur le derrière puis plia les jambes, approchant ses genoux de son menton. Elle ressentit une vive douleur à la hanche gauche, à la jointure entre sa cuisse et son bas-ventre. Elle déplia la jambe et découvrit une blessure, une entaille au couteau. Le sang coulait encore de l'incision. En l'examinant, elle s'aperçut qu'il ne s'agissait pas d'une blessure quelconque, mais d'une marque. Deux lettres avaient été gravées dans sa peau, un « I » et un « V ». Le salopard l'avait marquée comme du bétail. Cette pensée déclencha une remontée de bile dans sa bouche.

Elle replia les jambes pour ramener ses genoux à son menton et cacher sa blessure, puis écarta les genoux pour avoir accès à ses chevilles. À ce mouvement, ses pieds picotèrent. Elle fit coulisser la lame du cutter et attaqua l'épais plastique des câbles qui lui liaient les pieds. La lame était mal aiguisée et le plastique dur. Elle progressait lentement, mais l'acier l'emportait progressivement sur le plastique. Chacun de ses mouvements, vifs et efficaces, entamait ses liens.

Un hurlement déchirant de Holli fit tressauter Zoé, et le cutter lui tailla profondément l'astragale. La douleur fut soudaine et intense. Elle se mordit la lèvre pour s'empêcher de crier.

Ignorant l'épais filet pourpre qui coulait de sa cheville, elle continua à scier. Enfin, le câble rompit. Le flot rapide de sang à ses pieds fut à la fois douloureux et génial. Elle ferma les yeux un instant pour profiter de l'exquise sensation de soulagement.

Elle s'était libéré les pieds, mais elle n'était pas sortie d'affaire. Couper l'autre câble alors qu'il lui liait encore les poignets serait une autre paire de manches. Elle retourna le cutter vers elle et tenta de taillader le câble avec ses mains, dans un mouvement de va-et-vient. Elle parvint à scier à un rythme régulier, mais ses mouvements étaient si petits et si lents que cela risquait de durer une éternité. Il lui fallait un autre instrument.

Elle fourragea dans la caisse à outils à la recherche de quelque chose d'utile. Elle essaya des pinces, mais ses mains étaient si entravées qu'elle n'arrivait pas à s'en servir.

Elle remarqua une vieille scie rouillée avec un manche en bois accrochée au mur. La lame dentelée faisait au moins quarante-cinq centimètres de longueur. Un véritable outil de menuisier. Pour elle, un instrument d'évasion. Elle le saisit et se laissa choir. Elle positionna la scie à l'envers, avec la lame vers le haut, bloqua le manche dans son entrecuisse tout en maintenant fermement l'autre bout entre ses pieds.

Cette fois, au lieu d'agiter la scie sur le câble comme elle l'avait fait avec le lien qui lui maintenait les chevilles, elle remua ses poignets attachés le long de la lame. Les dents de la scie étaient larges et taillaient difficilement le plastique. Le câble avait du mal à passer entre chacune, mais à chaque accrochage elles entamaient le lien. Après quelques minutes d'effort, le câble finit par céder.

Elle fit un large sourire en se massant les poignets. Elle était libre. Puis, son sourire se dissipa. Non, pas tout à fait libre. Il lui restait une chose à faire. Elle ramassa le cutter. À présent, l'instrument lui servirait d'arme blanche. Elle entrouvrit la porte du cabanon et scruta l'extérieur. Juste en face d'elle, se dressait un autre cabanon, silencieux et sombre et, à sa droite, un atelier délabré par les intempéries. À part ça, rien. Le désert s'étendait à perte de vue et les montagnes transformaient l'horizon en une fracture irrégulière entre ciel et terre. Il n'y avait pas le moindre lampadaire ou logement éclairé. Elle se trouvait au milieu de nulle part. *Pas étonnant que le salaud ne s'inquiète pas du bruit.*

L'évasion s'avérait compliquée. En s'enfuyant, où devait-elle aller ? Un chemin en terre menait à l'atelier puis disparaissait dans l'obscurité. C'était forcément le seul moyen d'entrer ou de sortir de cet enfer.

Au moins, elle n'aurait pas à le faire à pied. Zoé vit sa Coccinelle à sa gauche. Elle ne voyait pas d'autre voiture, donc, l'individu avait dû les amener là dans la sienne. Si elle s'enfuyait avec, il ne pourrait pas la poursuivre. Pour la première fois, elle ressentit un véritable espoir.

Mais elle allait un peu vite en besogne. S'enfuir avec la voiture ne représentait que la seconde partie de l'évasion, la première étant de sauver Holli.

Holli. Son cœur palpita lorsqu'elle repensa à son amie. Elle mit quelques instants à identifier la cause de sa nouvelle et soudaine angoisse – les cris avaient cessé. Elle tendit l'oreille pour relever ne serait-ce qu'un gémissement, mais elle n'entendit rien. Même pas le son des déplacements du ravisseur.

S'il te plaît, ne meurs pas, pensa-t-elle.

Il fallait qu'elle sache la vérité, qu'elle sache jusqu'où il était allé.

Une lumière filtrait par les fenêtres à petits carreaux poussiéreuses de l'atelier. Elle repoussait l'ombre de la nuit et vacilla aux mouvements d'une personne à l'intérieur, lorsqu'une ombre se déplaça.

Holli était à l'intérieur. Et lui aussi. Elle sentit son courage chanceler. Il y avait du mouvement, mais plus un bruit. Cela faisait plusieurs minutes qu'elle n'avait pas entendu hurler Holli. Était-elle morte ? Il n'y avait qu'un moyen de le savoir.

Elle sortit doucement, cutter en main. Dans le cabanon, elle avait sué à grosses gouttes mais, à présent, dans la chaleur aride du désert, son corps sécha en un instant, incrustant la poussière dans sa peau. Si quelqu'un la voyait en ce moment, il jurerait avoir aperçu une créature sortie tout droit du néolithique.

Elle fonça vers l'atelier en se baissant au maximum. Un étourdissement la submergea, et elle s'écroula sur les genoux, laissant tomber son arme. La substance administrée faisait toujours son effet.

Tout doux, pensa-t-elle.

Elle ramassa le cutter et s'approcha de l'atelier, puis se baissa sous une fenêtre. Elle écouta mais n'entendit aucune voix, juste des mouvements. Elle serra le manche en plastique du cutter.

Il ne faut pas qu'il te voie. Il ne faut pas qu'il te voie, se répéta-t-elle en glissant le long de la paroi pour scruter l'intérieur de l'atelier.

Ce qu'elle vit lui coupa le souffle net. Elle couvrit sa bouche avec sa main pour retenir le cri qui montait de sa poitrine.

Holli pendait d'un crochet suspendu au plafond, comme une carcasse de bœuf. Comme Zoé, elle était nue, mais ses poignets étaient attachés avec des liens de cuir et non en plastique. Zoé ne voyait aucun signe évident de mutilation, mais Holli était couverte de sang et de poussière de la tête aux pieds. Elle était tellement immobile. C'était l'absence totale de mouvement qui effrayait Zoé par-dessus tout.

L'homme qui avait infligé cette abomination à son amie, à toutes les deux, se concentrait sur sa besogne. Il tournait le dos à Zoé et se penchait sur un établi. Il était grand et blond, avec de larges épaules.

À part cela, elle ne pouvait voir à quoi il ressemblait. Le barbiturique qui engourdissait Zoé et les fenêtres crasseuses transformaient l'individu en une ombre lorsqu'il se déplaçait. Il ramassa un petit objet sur la table et traversa la pièce pour se rapprocher de Holli. Il tint l'objet devant le nez de Holli puis l'ouvrit. Holli recula violemment la tête ce qui fit balancer son corps en avant et en arrière. Il la tint par les hanches afin de la stabiliser.

Holli était vivante. Des larmes inondèrent à nouveau le visage de Zoé.

« Non, pas ça, pas encore, je vous en supplie ! » cria Holli.

L'homme la gifla d'un puissant revers. Le coup fut si violent qu'il fit autant sursauter Zoé que Holli. La gifle eut l'effet désiré sur cette dernière : elle se tut.

« Regrettes-tu ce que tu as fait, Holli ? lui demanda-t-il.

— Oui, cracha-t-elle avant qu'il n'ait fini de poser la question.

— Je ne suis pas certain de te croire.

— Oui, oui, oui, je suis désolée. S'il vous plaît, laissez-moi partir. Je ne dirai rien », dit Holli avant de se mettre à sangloter.

Zoé ressentit le même abattement que son amie. La situation était si désespérée. Si injuste. Elle ne méritait pas ça. Ni l'une ni l'autre ne méritait ça.

Zoé essuya ses larmes. Elle ne pouvait pas se laisser gagner par le désespoir de Holli. Elle n'arriverait pas à les sauver si elle n'y croyait pas.

Elle observa leur ravisseur, à la recherche d'une faiblesse à exploiter. Il semblait décontracté. Personne ne viendrait le surprendre ni écouter aux portes, ce qui n'était pas surprenant étant donné l'endroit. Il ne semblait pas pressé. Il donnait plutôt l'impression d'avoir tout son temps. Il devait se croire invincible. Après tout, il l'avait laissée dans un cabanon ouvert et rempli d'outils. Ce qui relevait de la stupidité ou de l'arrogance. *Du pareil au même,* pensa-t-elle.

Son plan était simple, la surprise. Il ne s'attendait pas à être attaqué. Elle pourrait foncer à l'intérieur, le poignarder et le laisser se vider de son sang pendant qu'elle descendrait Holli.

Toute son audace s'évanouit en un instant lorsque l'individu retourna à son établi. Un fouet reposait sur la table. Un vrai fouet, pas un accessoire érotique. C'était un outil. Une arme.

Qu'est-ce qui lui avait fait croire qu'elle pouvait battre ce type ? Il était plus grand, plus fort qu'elle et ne s'était pas fait mater à coups de barbituriques, lui. Quelles compétences de combat avait-elle ? Aucune. Et elle ne savait rien de ce salopard. Il pouvait être maître en arts martiaux ou avoir une formation militaire. Après tout, il les avait bien capturées, Holli et elle, sans grand effort apparemment.

Quel était son plan ? Faire irruption dans l'atelier et aller le poignarder avant qu'il ne réagisse ? C'était absurde. Elle n'était pas capable de courir sur dix mètres sans mordre la poussière. Même si elle le prenait par surprise, il pourrait la terrasser avec son fouet. En entrant là-dedans, elle ne sauverait pas Holli, elle les ferait tuer toutes les deux.

Elle jeta un coup d'œil à sa voiture. C'était là sa meilleure arme. Sauter dans la voiture, aller chercher les flics et les laisser donner l'assaut. Aller chercher de l'aide les sauverait toutes les deux et enverrait ce taré en prison. C'était là le meilleur plan.

Mais pour qui ? Pour Holli et elle ou uniquement pour elle ?

Elle regarda une fois encore à l'intérieur. Holli était dans un piètre état. Zoé savait que, en laissant son amie, elle prendrait un risque. Il était peut-être déjà trop tard pour Holli, mais Zoé en doutait. Même si Holli saignait, ses blessures ne semblaient pas trop graves. Si Zoé parvenait à s'échapper sans se faire repérer, elle pourrait sans doute faire quelque chose pour son amie.

Zoé renonça à se convaincre elle-même, et s'affaissa, épuisée par la tension de la situation. Elles étaient foutues. Il n'y avait pas de bonne décision. Quoi que fît Zoé, la situation pouvait mal tourner pour elles. La seule chose dont elle était sûre, c'était que, si elle pénétrait dans cette pièce, elles mourraient toutes les deux.

Soudain, le regard vitreux de Holli s'arrêta sur Zoé. Elle écarquilla ses yeux, qui perdirent un instant leur air hébété. Zoé crut percevoir de l'espoir sur le visage de son amie. Holli voyait un sauvetage là où Zoé voyait une mission suicide.

Zoé secoua la tête. L'espoir déserta le visage de Holli aussi vite qu'il était apparu et fut remplacé par le choc. Zoé comprit ce qu'il signifiait : Holli venait de réaliser que son amie l'abandonnait pour sauver sa propre peau. Elle avait maintenant la certitude qu'elle allait mourir.

Zoé articula silencieusement le mot « désolée », puis s'écarta de l'embrasure de la fenêtre. Alors qu'elle fonçait vers sa voiture, elle entendit Holli crier :

« Non, non, non ! Aide-moi, Zoé ! »

Zoé, lancée dans sa course effrénée, ressentit chacun de ses mots comme une blessure dans sa chair. Son visage ruisselait de larmes.

« Je regrette tellement », murmura-t-elle.

Elle tira sur la poignée de la portière, qui s'ouvrit. Heureusement, les clés étaient à l'intérieur. Elle se glissa derrière le volant et tourna la clé dans le contact. À toute vitesse, elle enclencha la marche avant, et la voiture fit un bond.

« Je reviendrai te chercher », dit-elle, tout en sachant pertinemment que son évasion condamnait son amie à une mort certaine.

CHAPITRE DEUX

Quinze mois plus tard. Le bureau du psychologue était encombré et inhospitalier. Peut-être que Zoé avait regardé trop de films montrant des psychologues qui travaillaient dans une sorte de salon mondain, avec bibliothèque s'élevant du sol au plafond, moquette épaisse et soyeuse à coucher dessus et canapé en cuir. Peut-être certains d'entre eux avaient-ils ce genre de bureau, mais pas ceux qui travaillaient avec l'association pour les victimes de violence. David Jarocki travaillait dans un box de cinq mètres carrés meublé avec des invendus de la chaîne de magasins Office Depot. Les murs étaient d'un blanc cassé déprimant qui flirtait avec le gris. Zoé était installée sur un sofa qui était plus qu'inconfortable. Jarocki était assis en face d'elle sur une chaise chapardée dans la salle d'attente.

« Vous vous êtes encore fait couper les cheveux », dit-il.

Depuis un an environ, elle gardait ses cheveux courts. Mais ne les portait pas d'une façon masculine. Elle maintenait ses cheveux à la même longueur, avec une coupe plutôt au carré, féminine. Instinctivement, elle se toucha la nuque, qui lui sembla nue.

« Je croyais que vous aviez décidé de les laisser pousser. »

— J'en avais l'intention, mais les cheveux longs, c'est problématique au boulot.

Jarocki acquiesça, mais son expression en disait long sur son incrédulité. Ce qui n'avait rien de surprenant. Zoé ne croyait pas elle-même à sa propre explication. Le fait de garder les cheveux longs l'aurait rendue vulnérable. Elle avait appris cela dans ses cours d'autodéfense. Elle les maintenait courts pour une raison et une seule : pour qu'ils offrent moins de prise à un éventuel agresseur. Elle le savait, et lui aussi.

« Peut-être que nous devrions faire un petit contrôle système. »

Le « contrôle système » était son petit terme pour désigner l'autoévaluation qu'il lui faisait faire avant chaque séance. Zoé détestait que le psychologue lui fasse faire ces pirouettes, mais c'était son métier.

« OK, allons-y.

— Sommeil ?

— Correct.

— Cauchemars ?

— Oui. Un. Dimanche dernier.

— Alcool ?

— J'ai été sage. Pas d'écarts. »

Jarocki sourit.

« Ravi de l'apprendre, dit-il. Impulsivité ?

— Maîtrisée. Pas de décisions sur un coup de tête.

— Bien. Attaques de panique ? Anxiété ?

— Juste un incident. J'ai un peu flippé, mais j'ai appliqué vos techniques de respiration, et ça m'a calmée.

— Excellent. Comment s'est passée votre semaine ? »

Autant Jarocki pouvait l'agacer avec ses méthodes, autant elle l'appréciait. Il lui arrivait de lui forcer la main au cours de la thérapie pour l'obliger à se dévoiler, mais il ne la jugeait jamais. Ou, si c'était le cas, cela ne se voyait pas. Il devait forcément l'évaluer d'une manière ou d'une autre. Il était psychologue, après tout. Évaluer les gens et concevoir des jugements sur eux faisaient partie du descriptif du poste, mais il n'exprimait jamais d'opinions personnelles. Ainsi, il ne montrait ni pitié, ni ressentiment, ni rejet vis-à-vis de ce qu'elle pouvait dire, faire ou penser. Il lui proposait des perspectives et des analyses alternatives, lui faisait des suggestions, le tout sur un ton de neutralité et de calme à toute épreuve. Elle était impressionnée par sa capacité à faire cela. Ses émotions à elle étaient toujours à fleur de peau. Celles du psychologue lui paraissaient toujours dissimulées. Non, « dissimulées » n'était pas le mot exact. « Désactivées » serait un terme plus adapté. *Ce qui était logique*, se disait-elle. À quoi servirait un psychologue qui afficherait son choc, son dégoût ou son mépris à la moindre remarque de son patient ? Malgré tout, sa passivité l'avait agacée au début. À l'époque, elle attendait de lui qu'il exprime son mépris et son dégoût. Mais, à présent, elle ne recherchait plus sa désapprobation.

En l'espace d'une année, peu ou prou, de thérapie avec lui, elle avait appris à lui faire confiance. Dans cette pièce, elle pouvait donner libre cours à ses pensées en toute sécurité, avec Jarocki dans le rôle de l'arbitre. Mais elle ne lui donnait pas libre accès à toutes ses émotions. Tout expert qu'il était sur l'ensemble des choses touchant au psychisme, il lui manquait une dimension essentielle, le vécu. Il n'avait jamais abandonné une amie en danger de mort. Il n'avait pas livré bataille contre la lâcheté et perdu. Il n'était pas un moins que rien, un déchet humain comme elle. Le jour où il afficherait ces certificats-là au mur, elle pourrait vraiment jouer cartes sur table avec lui.

« Ça va.

— Y a-t-il un sujet particulier que vous aimeriez évoquer aujourd'hui ?

— Non. Pas vraiment, non.

— Voilà qui va rendre la séance d'aujourd'hui un peu ennuyeuse.

— Je n'y peux rien. »

Jarocki se força à un sourire dénué d'humour. Elle savait que sa réticence à s'ouvrir était pour lui une source d'irritation.

« On dirait que nous sommes engagés dans une lutte verbale, tous les deux. »

Dans sa bouche, cela signifiait : « Tu me casses les pieds. »

Elle aurait aimé que Jarocki se déchaîne contre elle, qu'il lui remonte les bretelles, qu'il montre un peu ce qu'il avait dans les tripes. Elle supposait qu'il s'agissait d'une sorte de règle d'or des psychologues selon laquelle il était interdit de perdre son sang-froid avec un patient.

En fait, un accès de colère aurait probablement fait des merveilles dans leur relation. L'imperturbabilité, cela finissait par devenir exaspérant.

« Je n'essaie pas de lutter contre vous. C'est juste que je ne suis pas d'humeur à parler aujourd'hui. »

Il tapota sa tempe gauche, puis indiqua la sienne.

« Y aurait-il un rapport avec cela ? »

Instinctivement, elle toucha sa tempe et massa un large bleu.

« Non, ça n'a rien à voir.

— Comment est-ce arrivé ?

— Au centre commercial. Je remettais une voleuse à l'étalage aux flics. Elle a balancé un coup et je me suis pris son coude dans la tempe. »

Jarocki grimaça.

« Une teigne.

— Ce sont les risques du métier de vigile. »

Elle injecta un peu de légèreté dans sa réplique et fut gratifiée d'un sourire poli pour son effort.

Jarocki passa ses notes en revue.

« En parlant de carrière, c'est un jour spécial aujourd'hui.

— Ah, bon ?

— Oui. Cela fait un an, jour pour jour, que vous avez interrompu votre doctorat. Vous disiez vouloir vous donner le temps de vous remettre, ce avec quoi j'étais parfaitement d'accord. Nous nous étions entendus pour vous accorder un an de répit. Eh bien, cela fait un an. Êtes-vous prête à reprendre ?

— Non, je ne pense pas être prête pour ça. »

Elle espérait avoir donné à sa réponse une concision, un ton catégorique qui pousserait Jarocki à changer de sujet. Il n'en fut rien.

« Le poste de vigile au centre commercial était censé n'être qu'un petit boulot bouche-trou, selon vos propres termes, le temps de vous remettre sur pied en vue d'achever votre thèse de politique environnementale. »

Elle sentait que Jarocki commençait à lui taper sur le système, en s'immisçant lentement, mais sûrement, dans ses pensées pour pouvoir ensuite remettre en cause chacune de ses décisions.

« C'est le cas. Une année d'interruption, ça me semble correspondre à cette définition.

— Cela me semble être un symptôme de votre traumatisme. Le fait de travailler comme vigile vous remet dans une situation potentiellement dangereuse.

— Le boulot de vigile n'a rien à voir avec ce qui m'est arrivé. »

Elle détestait le ton aigu que prenait sa voix. C'était la preuve que Jarocki réussissait à l'atteindre.

« Vraiment ?

— Vraiment.

— Je crois que nous savons tous deux que ce n'est pas vrai. Vous avez été victime de violence, et maintenant vous occupez un poste qui peut vous remettre dans la même position de victime, encore et encore.

— Ce n'est pas la même chose. »

Il montra le bleu sur sa tempe.

« Et ça, c'est quoi ?

— C'est un bleu. Ce n'est pas pareil.

— Non ?

— Non, et même pas du tout pareil. Il y a quinze mois, j'étais une victime. Maintenant, je suis une guerrière et une protectrice. J'empêche les autres de devenir des victimes. »

Le silence emplit l'espace qui les séparait. Elle sentit que la tension qui était montée durant leur échange diminuait pour laisser place à la normalité.

« Je n'en suis pas convaincu, Zoé. Pourquoi avez-vous postulé pour un poste d'agent de sécurité précisément au centre commercial du Golden Gate ?

— Ils embauchaient.

— Cela n'a rien à voir avec le fait que ce centre commercial connaît le taux de criminalité le plus élevé de la zone de Bay Area ? »

Elle se tut.

« Je comprends votre besoin de ne pas être perçue comme une victime. Je comprends votre volonté de combattre le crime et de faire le bien, mais la sécurité dans un centre commercial n'est pas la solution. Vous vous mettez en danger inutilement. Un agent de sécurité au centre commercial est mal armé et sous-entraîné. Si vous voulez combattre le crime et protéger les gens, pourquoi ne pas tenter de vous engager dans la police ? Là, au moins, vous bénéficieriez d'un entraînement digne de ce nom, et d'une infrastructure de soutien. Avec votre formation scientifique, vous feriez une bonne candidate pour un poste dans la police scientifique.

— Je ne sais pas. Je ne suis pas sûre d'être prête pour ça.

— En revanche, vous êtes prête pour un rôle d'agent de sécurité dans lequel vous serez probablement moins armée que lès délinquants.

— Eh, vous êtes injuste, là.

— Vous continuez à vous mettre en péril, Zoé. Alors que tout le monde évite de se retrouver dans la ligne de mire, vous vous y placez délibérément. »

Elle secoua la tête.

« Pas vrai.

— Si, c'est parfaitement vrai. Et vous faites ça pour la bonne et simple raison qu'il est encore en liberté quelque part, en train de vivre sa vie sans le moindre remord. »

Malgré toute sa bonne volonté, Jarocki était doué comme personne pour remuer le couteau dans une vieille plaie. Elle essuya une larme avant qu'elle n'eût le temps de couler le long de sa joue et d'aggraver sa gêne.

« Pourquoi êtes-vous si méchant aujourd'hui ? demanda-t-elle.

— Ce n'est pas mon intention. J'essaie de vous aider. Le syndrome post-traumatique est un puissant phénomène qui a la capacité de changer les plus forts d'entre nous. C'est une sorte de lame de fond que l'on ne peut éviter. Elle vous frappera, et même durement. Je vous ai décrit la façon dont vous seriez affectée par ce syndrome. Nous avons travaillé ensemble pour en reconnaître les signes et apprendre à les combattre.

— Ce n'est pas comme si je n'avais qu'à appuyer sur un bouton pour m'en remettre. »

Il sourit.

« C'est vrai, ce n'est pas si simple. Mais la Zoé qui est entrée dans ce bureau l'année dernière ne le savait pas, ce qui signifie que vous avez progressé. Il n'existe aucun moyen de contourner le syndrome post-traumatique. Il faut y faire face, et certains y parviennent plus facilement que d'autres. Il n'y a pas deux personnes au monde qui réagissent de la même manière et pendant la même durée à une épreuve donnée. Tout ce que je peux faire, c'est vous soutenir et vous guider dans la résolution des problèmes, au fur et à mesure qu'ils surviennent. Le SPT, c'est comme une blessure grave. Il lui faut du temps pour cicatriser. Cela dit, je pense que vous entravez le processus de rémission.

— Qu'est-ce que vous voulez dire par là ?

— Lorsque vous êtes venue me voir, vous étiez sur le point d'obtenir votre doctorat, avec dans l'idée de travailler pour l'Agence fédérale pour la protection de l'environnement. Vous étiez à deux doigts de soutenir votre thèse.

— Je le suis toujours.

— Super. Et qu'avez-vous fait depuis ?

— Au cas où vous ne l'auriez pas remarqué, nous sommes en pleine récession mondiale. Les offres d'emploi dans la protection de l'environnement ne sont pas légion.

— Pour autant, avez-vous cherché ? Avez-vous achevé votre formation ? »

Elle pensa à sa thèse, qui remplissait le disque dur de son ordinateur, reléguée aux oubliettes cybernétiques. Depuis Las Vegas, elle avait ouvert le fichier une fois, puis s'en était totalement désintéressée. L'écologie avait-elle vraiment été son but dans la vie ? Quel manque d'inspiration dans ses projets d'avenir ! Elle avait renoncé à ses études et, à présent, ses livres prenaient la poussière. Elle avait également démissionné de son poste de stagiaire pour le compte des agences de l'eau de Bay Area. Elle n'avait pas tenu une journée après son arrêt maladie. Elle avait eu du mal à supporter les regards appuyés, les questions, les préjugés de ses collègues. Elle pouvait à peine se regarder dans la glace, alors comment aurait-elle pu se confronter à eux ?

« Non, dit-elle, je n'ai pas cherché.

— Si vous avez besoin d'aide dans votre recherche d'emploi, je peux vous mettre en relation avec quelqu'un. »

Elle leva les mains.

« Je ne suis plus sûre d'être motivée par l'écologie. Je ne pense pas que ce soit ce qu'il me faut.

— Que vous faut-il, alors ? »

C'était une excellente question. Une question à laquelle elle n'avait aucune réponse.

« Peut-être devriez-vous réfléchir à ce que vous aimeriez faire. Ne vous imposez pas de limites. Réfléchissez à une carrière qui pourrait vous apporter du plaisir et vous épanouir. »

Elle fronça les sourcils.

« Réfléchissez-y sérieusement, et nous en rediscuterons la prochaine fois. Je ne pense pas que vous souhaitiez être agent de sécurité toute votre vie. Vous avez énormément de potentiel. Vous pouvez atteindre n'importe quel objectif que vous vous fixerez. »

Bon Dieu, on aurait dit le genre d'exercice qu'un conseiller d'orientation donnerait à une lycéenne. Mais c'était une tâche nécessaire à laquelle il fallait qu'elle s'attelle. L'écologie, ce n'était pas sa voie, mais vigile non plus.

« Je vais essayer.

— Très bien. »

Ils se levèrent tous deux, et il la raccompagna à la porte.

« À la semaine prochaine, et ne soyez pas téméraire ! »

La témérité était la petite plaisanterie de Jarocki. L'argent était la source de tout mal, et la témérité celle de tout syndrome post-traumatique.

« Je ferai de mon mieux, répondit-elle, mais je ne promets rien. »

CHAPITRE TROIS

Kristi Thomas passa la tête à travers la porte entrouverte du bureau de Marshall Beck.

« Les chiens de combat sont arrivés, Marshall. »

Kristi était la fondatrice de « Pattes urbaines », une association de sauvetage des animaux, et les chiens de combat étaient un cas important pour l'association. La police de Fremont avait démantelé un réseau professionnel de combats de chiens et les chiens blessés avaient été euthanasiés. Le même sort attendait les chiens indemnes, jusqu'à l'intervention de Pattes urbaines qui avait fait appel de l'ordre de mise à mort et s'était porté volontaire pour les recueillir afin de les réhabiliter. Le juge avait accordé une chance à l'association, étant entendu que les chiens dont la réhabilitation échouerait seraient voués à l'euthanasie. Pattes urbaines n'était pas la SPA, mais avait une solide réputation de saint patron des causes perdues. La publicité autour de la décision de justice avait entraîné un flot considérable de dons.

Beck quitta son bureau et la suivit dans le couloir. Des membres du personnel du centre de sauvetage et des flics acheminaient vers l'annexe d'évaluation, dans des cages montées sur des chariots, dix-huit pitbulls de pure race ou croisés. Tous les animaux récupérés subissaient une évaluation avant d'être proposés à l'adoption. Les animaux présents dans l'annexe auparavant avaient vu leur procédure d'évaluation accélérée pour faire place aux chiens de combat, et uniquement aux chiens de combat.

Il observa les animaux tandis qu'ils défilaient sur leurs chariots. Certains attaquaient leurs petites prisons d'acier, grattant ou mordillant les cages. D'autres demeuraient immobiles, abattus et résignés à leur sort. C'était une bien triste réalité et un autre exemple de l'inhumanité de l'homme à l'égard de tout son environnement. Ce serait une tout autre affaire dans quelques mois. Grâce à l'amour et au soutien des dresseurs de l'association, la majorité, sinon la totalité de ces chiens, serait réhabilitée. La capacité des animaux à pardonner malgré tout ce que l'on pouvait leur faire subir le stupéfiait, mais il l'avait observée à maintes reprises en huit mois de travail auprès de l'association. Il se savait incapable d'une telle abnégation.

En sortant, l'un des flics leur dit :

« C'est une bonne action que vous faites là. »

Pas moi, pensa-t-il. Lui ne travaillait pas avec les animaux. Il gérait l'argent. Il s'occupait des salaires, encaissait les dons, rédigeait les demandes de subventions, trouvait les niches fiscales et négociait contrats et rabais. L'ennui avec les œuvres de charité, c'était qu'elles étaient fondées et dirigées par des gens qui fonctionnaient à l'émotionnel. Ceci attirait les dons, mais lorsqu'il s'agissait de traiter avec le fisc ou d'autres administrations d'État, la passion ne servait à rien. Et c'était là qu'il entrait en jeu. Il maîtrisait à la perfection la langue de la bureaucratie. Sa sensibilité comptable permettait à ces gens de poursuivre leur quête.

Après avoir raccompagné les flics, il arrêta Kristi sur son passage.

« Combien d'entre eux espérez-vous sauver ?

— J'ai bien envie de vous répondre que nous les sauverons tous. J'aime être optimiste, dit-elle en souriant, puis elle partit à la recherche des dresseurs.

— Toujours le verre à moitié plein ? cria-t-il à la silhouette de Kristi qui s'éloignait.

— Moi, je le vois plutôt tout à fait plein. »

Il retourna à son bureau, une grande pièce qui lui était exclusivement réservée, et qui lui offrait une vue panoramique du quartier en contrebas. L'intersection à quatre voies entre Fillmore et Washington lui donnait un aperçu de l'évolution de la société. Les piétons marchaient sur la chaussée, obligeant les automobilistes à piler. Ceux qui avaient la civilité d'attendre le passage piéton jouaient des coudes pour être devant. Les automobilistes brûlaient les feux rouges car ils vivaient à cent à l'heure et n'avaient pas le temps de s'arrêter. Des SDF faisaient la manche plutôt que d'aller chercher du travail. Les gens jetaient leurs déchets par terre ou par les fenêtres de leurs voitures. Tous ces actes exprimaient la même chose : « Ma merde à moi est plus importante que la tienne. » Le monde était égocentrique, et c'est pour cela qu'il le détestait.

Cette attitude était la raison pour laquelle les chiens et les chats de l'association ne cessaient de l'étonner. Ils pouvaient endurer le pire et accorder, malgré tout, leur affection à la première personne qui leur en montrait. Si les êtres humains pouvaient s'inspirer de ce seul trait, il y aurait peut-être une chance de salut pour ce monde.

Son pouls s'accélérait et il sentit que sa tension augmentait. Il n'avait pas besoin d'une contrariété en ce moment. Il expira et laissa le stress le quitter.

Il se coupa des opérations quotidiennes du refuge en fermant sa porte et en se focalisant sur son travail. En toute honnêteté, le succès ou l'échec de l'association lui était égal. Il avait accepté ce poste chez Pattes urbaines pour l'autonomie. Kristi et son personnel lui donnaient carte blanche pour la gestion de l'aspect financier des choses, ce qui lui laissait la liberté de faire ce qu'il avait à faire. Malheureusement, alors qu'il sortait de la salle de pause une heure plus tard avec sa tasse de café, sa tranquillité fut interrompue par un gémissement :

« Nom de Dieu, la revoilà ! »

Il n'avait pas besoin de demander de qui il s'agissait. Sans même quitter son bureau, il savait que c'était Laurie Hernandez. Il se leva et sortit dans le couloir, juste à temps pour la voir disparaître dans l'enclos des chats.

Kristi passa devant lui en coup de vent, évitant la collision de justesse. Il lui attrapa le bras.

« Je m'en occupe, dit-il. Vous, vous avez les chiens à soigner.

— Vous en êtes certain ?

— Bien sûr.

— Si elle touche à un des animaux…

— Je la mets à la porte.

— Merci, Marshall. »

Il attendit que Kristi retournât à l'annexe d'évaluation avant de suivre mademoiselle Hernandez. Il garda ses distances, ce que permettait la configuration du refuge. Le bâtiment était divisé en annexes. Deux annexes pour les chats, une pour les petits chiens, une pour les grands chiens, et une pour les lapins, les poules et les animaux plus exotiques. Chaque annexe était séparée des autres pour limiter le niveau de bruit, mais avait une devanture vitrée pour une meilleure luminosité et pour faciliter l'observation. Il s'agissait aussi de prévenir les vols d'animaux. Il se pencha contre le mur de l'annexe des grands chiens, et observa le petit jeu de mademoiselle Hernandez.

Beck estimait que Laurie Hernandez devait approcher de la trentaine. Elle était assez jolie, bien qu'un peu brute de décoffrage. Les cernes autour de ses yeux et sa pâleur maladive la vieillissaient.

Elle était entrée dans l'annexe des chats numéro deux et semblait ne pas se rendre compte qu'elle était observée. Beck devina que cela lui était égal. Elle n'en était pas à son coup d'essai. C'était sa quatrième visite en deux mois. De prime abord, elle avait semblé être, comme beaucoup d'autres, à la recherche d'un animal à adopter. Devant les animaux, elle s'était fendue des « oh ! » et des « ah ! » habituels et avait glissé ses doigts à travers les grillages des cages pour les faire sentir et lécher. Mais, brusquement, elle était passée d'amie des bêtes à tortionnaire. Une fois qu'elle avait gagné la confiance de l'animal, elle le pinçait avec les doigts ou le piquait avec un objet pointu ou encore l'arrosait avec un pistolet à eau. Elle se livrait à ces agissements sans la moindre inquiétude d'être repérée. Beck avait même l'impression qu'elle souhaitait être prise sur le fait. Cela faisait partie de son amusement.

Laurie Hernandez se baissa à quatre pattes devant un chat et l'appela. L'animal avança prudemment du fond de sa cage, tandis qu'elle prenait un objet dans sa poche. Elle sortit un cure-dent, avec lequel elle piqua le chat dès qu'il fut à sa portée.

Beck poussa la porte de l'annexe.

« Je vais devoir vous demander de partir, encore une fois. »

Laurie Hernandez fit un grand sourire.

« J'ai le droit d'être ici, dit-elle.

— Certainement pas armée d'un cure-dent.

— Et si je vous disais que je souhaite adopter ce chat ?

— Je doute fort que cela soit possible. Nous n'encourageons pas la cruauté à l'égard des animaux, nous la combattons.

— Bon, d'accord, je m'en vais. »

Elle se leva, après avoir tenté une dernière pique à l'intention du chat. Heureusement, ce dernier bondit vers le fond de sa cage.

« Vous n'êtes vraiment pas marrants, ici », dit-elle.

Il la raccompagna à la sortie, puis prit son manteau, et la suivit. Il était le seul à savoir qu'elle s'appelait Laurie Hernandez. Elle se sauvait toujours avant que quelqu'un puisse appeler les flics. Beck avait appris son nom en la suivant.

Dès qu'elle se retrouva dehors, elle brancha son casque à son iPhone.

Il la fila le long de Fillmore, ne laissant qu'un demi-pâté de maisons entre eux, tout en la regardant se frayer un chemin dans la foule. Son égocentrisme lui avait toujours permis de la suivre sans crainte d'être repéré. Il avait commencé ces missions de surveillance après la deuxième visite de la jeune femme au refuge. La première fois, il avait attribué ses actes à la cruauté ordinaire, mais son retour au refuge l'avait projetée sur le radar de Beck. C'était manifestement une femme pleine de mépris pour le monde et toutes ses créatures. Ce genre de comportement méritait punition.

Ses observations avaient révélé quelques détails intéressants. Pattes urbaines n'était pas le seul refuge qu'elle visitait. Elle tourmentait les animaux de la plupart des refuges de la ville. Le week-end, elle aimait fréquenter les boîtes de nuit, dérober les portefeuilles et les sacs à main en évidence, pour ensuite se saouler avec l'argent récolté. Elle consentait à se faire baiser par tous les mecs qui s'intéressaient, ne serait-ce qu'un peu, à elle.

Elle travaillait dans l'une de ces bijouteries bas de gamme du Westfield Center. L'image que Beck avait d'elle était celle d'un être méprisable qui prenait son pied en torturant les petits animaux et en faisant des misères aux autres. Il se demanda ce qu'elle ressentirait si elle se faisait torturer à son tour. Il avait pris sa décision. Il était temps qu'elle apprenne ce qu'était le respect. Il tripota le couteau dans sa poche. Cela faisait huit mois qu'il n'avait pas laissé sa marque sur quelqu'un, et il avait l'intention de le faire ce soir.

À plus tard, Laurie, murmura-t-il.

***

À part quelques gosses qui faisaient les pitres et l'individu qui avait tenté d'utiliser une carte de crédit volée, le service de Zoé au centre commercial était calme. Le revers de la médaille était que cela lui laissait beaucoup de temps pour ressasser les propos tenus par Jarocki durant leur séance du matin. Elle se doutait qu'il lui lançait un défi pour l'obliger à examiner son comportement et son état d'esprit, mais elle n'aimait pas ça. Jarocki présentait les choses de manière trop simple : l'événement « A » entraînait le comportement « B », et si le comportement « B » n'était pas modifié, il mènerait au résultat « C ». Pourtant, elle n'était pas une machine, mais un être humain bien trop complexe pour être catalogué, ainsi que l'avait remarqué Jarocki lui-même.

Mais au fond, le suis-je vraiment ?

En faisant sa dernière ronde avant de pointer, elle regarda son lieu de travail d'un œil nouveau. Avait-elle vraiment choisi ce centre commercial parce qu'il était le plus dangereux de Bay Area ? Était-elle vraiment devenue flic de fortune pour se remettre en danger ? Son but était-il de se punir ? Cette théorie la faisait paraître superficielle et puérile.

Elle refusait de gober le psycho-baratin de Jarocki. Elle avait choisi son boulot de vigile pour de bonnes raisons. Après l'enlèvement, les gens l'avaient traitée différemment à son retour à l'université. Une étiquette lui avait collé à la peau : celle de la victime. Tous savaient ce qu'il lui était arrivé et, à la suite de l'événement, ils la voyaient sous un autre jour. Il fallait qu'elle parte. Elle aurait pu changer d'université, mais elle voulait faire quelque chose d'aussi différent du doctorat que possible. Le poste d'agent de sécurité lui offrait cela. Elle avait aussi été attirée par le fait que le poste ne nécessitait ni qualifications ni engagement à long terme. Elle protégeait le centre commercial au jour le jour. Son travail prenait fin en même temps que son service. Elle faisait circuler les gens quand il le fallait, et si elle attrapait quelqu'un en flagrant délit, elle le remettait à la police. Pas de tracas, pas d'engagement. Elle n'avait ourdi aucun complot psychologique contre elle-même. Pour elle, c'était un boulot qui ne la mettrait pas à l'épreuve, et, à vrai dire, elle aimait bien l'idée de punir ceux qui ne respectaient pas les règles. Elle savait ce que Jarocki répondrait à cela.

Elle repensa à la suggestion de Jarocki concernant l'engagement dans la police. Cette idée, il la tenait d'elle. Ils avaient discuté à plusieurs reprises de ce qu'elle voulait faire de sa vie, et elle avait évoqué les services de police. Elle voulait arrêter les individus comme celui qui les avait enlevées, Holli et elle. Cela ne compenserait pas le fait d'avoir abandonné Holli, mais peut-être pouvait-elle empêcher qu'il y eût de nouvelles victimes.

Pourrait-elle vraiment entrer dans la police ? Cela prendrait des années. Elle n'avait pas tout ce temps à perdre. Elle avait besoin de satisfaction immédiate. De plus, elle ignorait combien de temps durerait son intérêt pour cette voie. Jarocki radotait sans arrêt sur le caractère passager du syndrome post-traumatique. L'envie de combattre le crime pouvait très bien lui passer à un moment donné, et l'engagement dans la police s'avérerait alors une perte de temps pour tout le monde.

Cette pensée la fit sourire. Elle dégainerait cet argument contre Jarocki la prochaine fois qu'il sortirait le sujet de son arsenal de psy.

Elle rejoignit le vestiaire du personnel et retira son uniforme étroit et peu confortable. Elle accrocha son pantalon à un cintre. Le pantalon réussissait à garder la même forme, qu'elle le porte ou non. *Vive le polyester.*

Vêtue de ses propres vêtements, elle quitta le centre commercial, ni vu ni connu, et rentra chez elle sur sa vieille moto. Après l'événement, elle avait dû se débarrasser de la Volkswagen. Trop de mauvais souvenirs y étaient liés. Cela n'avait été qu'un ajustement à faire dans sa vie, un parmi d'autres. Elle n'appelait jamais ce qui était arrivé « l'évasion » ou « la tentative de meurtre ». Elle ne s'était pas évadée, pas vraiment. Et elle n'aimait pas se rappeler qu'elle avait frôlé la mort. Dans son esprit, le terme à utiliser était « l'événement », ou, si elle s'en sentait le courage, « l'enlèvement ».

La moto était efficace aux heures de pointe, dans les embouteillages entre Richmond et San Francisco. Alors que tous attendaient, empêtrés dans d'interminables rangées de voitures, elle pouvait se faufiler entre les véhicules. Elle rentra dans son appartement avant huit heures et sauta sous la douche. Elle passa l'heure suivante à se coiffer et à se maquiller avant d'enfiler une robe de soirée rouge cerise et moulante, à la limite entre distinction et provocation. Une robe assez courte et décolletée pour vanter ses atouts, mais taillée de manière assez classique pour être flatteuse. Il faisait assez frais pour porter des bas, mais elle ferait sans. Elle voulait montrer sa peau nue.

Elle appela un taxi. Pas question de boire et de conduire. En plus, une robe et des talons, ça collait mal avec une moto.

En attendant le taxi, elle se détailla rapidement. La robe lui allait bien. Elle se fit plaisir en constatant qu'elle était jolie. Si elle devait faire sa Jarocki, elle dirait qu'être belle renforçait son estime de soi, ce qui était forcément une bonne chose, non ?

Le psy se trompait sur elle. Elle ne sortait pas en ville pour se mettre en situation de danger ni pour recréer les situations qui avaient mené à son enlèvement. Elle sortait pour s'amuser. Tout simplement. Elle était vivante, ce qui méritait d'être célébré au moins une fois par semaine et deux fois pendant les vacances.

Son téléphone portable sonna. Le taxi l'attendait dehors. Elle prévint le chauffeur qu'elle descendait.

Elle se mira une dernière fois et sourit. Elle allait faire un malheur.

CHAPITRE QUATRE

Laurie Hernandez était morte. Son corps se balançait par les poignets, flasque, la tête penchée en avant. Beck éclaira son visage. Son expression était paisible. La gravité fit son effet sur une goutte de salive mêlée à du sang, l'attirant vers le sol. La jeune femme s'était sans aucun doute mordu la langue. Il avait mis un terme à ses souffrances après deux heures de punition, par un coup de couteau dans le cœur. Il n'était quand même pas un monstre.

L'enlèvement et la punition s'étaient déroulés à la perfection. Il s'était emparé de Laurie Hernandez après le travail. Elle était si absorbée par son téléphone qu'elle n'avait pas remarqué qu'il la suivait dans les transports, puis dans la rue. Il connaissait le chemin qu'elle prenait pour rentrer. Il avait été facile de l'approcher, de lui injecter un tranquillisant chipé chez Pattes urbaines, de la jeter dans une benne le temps d'aller chercher sa Honda Pilot, et ensuite de la transporter jusqu'à son skiff pour enfin la conduire à la jetée. Chaque étape avait été planifiée et minutieusement calculée.

« J'espère que tu as compris ta leçon. »

La femme morte ne répondit pas, mais il était persuadé qu'elle avait compris. Elle le lui avait assuré pendant qu'il la fouettait. Cela dit, la plupart d'entre elles en faisaient autant. Pour faire cesser la douleur, elles étaient prêtes à dire n'importe quoi. Toutefois, il arrivait toujours un moment, en général juste avant qu'il ne mette fin à la punition, où la pécheresse soit confessait ses crimes, soit devenait provocante. Durant ses derniers instants, Laurie Hernandez lui avait demandé pardon pour tout ce qu'elle avait fait.

Elle l'avait presque remercié quand il avait déposé le fouet et s'était approché pour placer la pointe du couteau sur son cœur. Elle l'avait étonné. Il s'était attendu à de la résistance, des coups de pied, des cris, du désordre. Au lieu de quoi, il n'eut que de la soumission. Elle ferma simplement les yeux, juste avant qu'il n'enfonce le couteau d'un puissant coup à la base du manche.

« Les gens sont des créatures imprévisibles », dit-il, en tendant la main pour lui tapoter la joue avec sa main gantée.

Il laissa Laurie Hernandez suspendue et s'attela à la tâche importante de nettoyer et de faire disparaître les traces. À l'époque où il habitait en rase campagne près de Bishop, ses opérations avaient été facilitées. Bishop lui avait offert suffisamment d'isolement, de temps et d'espace pour qu'il soit décontracté durant la phase de nettoyage. Ici, à San Francisco, il devait être plus précis et raffiné en infligeant ses punitions. C'étaient des qualités dont il avait eu besoin après la débâcle de Bishop. La perte d'une des deux fêtardes qu'il avait ramassées là-bas avait été une erreur dont il avait eu la chance de réchapper. La ville n'était pas trop mal, malgré tout. San Francisco était une cité qui avait ses avantages. Alors que le désert était son ami auparavant, ici, son ami, c'était l'océan. Il pouvait simplement emballer Laurie Hernandez et faire couler son corps plus loin. Même si elle remontait un jour à la surface, l'eau aurait fait ses ravages, effaçant tout lien avec lui.

Et bien que la ville manquât de grands espaces où travailler dans une certaine intimité, elle avait des projets de reconstruction. Le rivage subissait de grands changements avec la rénovation de nombreuses jetées. Il était sidéré de voir le nombre de sites de ce genre qui restaient sans surveillance la nuit, sans aucune patrouille et souvent, avec pour toute protection, une simple clôture grillagée et des néons. Mais il y avait une chose à laquelle ces gens ne pensaient pas, l'accès par l'océan. Il n'était pas difficile pour lui de dériver sur un skiff pour venir travailler relativement calmement. C'était pour cette raison qu'il avait choisi la jetée 25 comme nouveau lieu de travail. La ville avait prévu de la transformer en centre artistique et de loisirs après le tournoi de l'America's Cup. Il ressentait une pointe d'excitation à infliger ses punitions ici, sachant que des dizaines d'ouvriers seraient à l'œuvre dès le lendemain matin pour le couvrir, en détruisant la scène de crime.

Il appuya sur la poitrine de Laurie avec une main gantée, tandis que, de l'autre, il retirait le couteau. Grâce à son cœur qui ne battait plus, peu de sang coula de la blessure, mais le peu qui s'égoutta atterrit sur la bâche en plastique dont il avait recouvert sa zone de travail. Il emballa encore et encore le couteau dans des sachets en cellophane puis le rangea dans son sac à dos. Il se baissa près du fouet posé sur la toile. Dans la pénombre, enroulé comme il l'était, on aurait dit un serpent mort. Il appréciait le fait que l'instrument ne paie pas de mine. Il était à peine plus long qu'une ceinture en cuir tressée, mais il avait la capacité de ravager le corps humain. Dix coups suffisaient à anéantir la plupart des gens. C'était un outil élégant. Il souleva le fouet, l'enroula doucement, et le rangea dans un autre sac. Il n'était pas question de s'en séparer. Il le nettoierait et le préparerait pour le prochain coupable.

À part la bâche en plastique et les menottes, le fouet et le couteau étaient les seuls équipements dont il avait besoin. Il appréciait l'efficacité du montage. C'était dépouillé. Propre. Simple. C'était ainsi qu'il vivait sa vie, et ainsi que les autres devraient vivre la leur. Il était convaincu qu'il fallait toujours occasionner un minimum de gêne pour autrui. Malheureusement, ce n'était pas l'attitude qui prévalait de nos jours. Le monde avait besoin qu'on lui présente un miroir en face, qu'on lui donne une leçon. Ce miroir, c'était Laurie Hernandez.

Il était maintenant temps de la descendre, de l'enrouler dans le plastique, et de l'envoyer vers sa dernière demeure. Il l'avait suspendue tout simplement grâce au mécanisme de palan trouvé sur le chantier. Il éclaira le dos et les fesses de sa victime. Le fouet avait fait son œuvre. Chaque coup avait laissé une blessure béante. Peau volatilisée. Chair à nu. Terminaisons nerveuses à vif. Il était impressionné par son propre ouvrage. Il avait réussi à toucher une superficie importante, quasiment sans chevauchements. Épatant, vu qu'il l'avait fouettée plus d'une quarantaine de fois.

Il essayait toujours d'être précis en donnant les coups de fouet, s'assurant bien que chaque nouveau coup meurtrirait une peau encore indemne. Une fois que le fouet avait laissé sa marque, il n'y avait aucun intérêt à parcourir un terrain ravagé. Après quarante coups, il y avait peu de chances de trouver de la peau indemne.

Soudain, un bruit à l'entrée du chantier retint son attention. Le bruit d'un ballon de football tapant le béton. Le ballon rebondit sur l'ossature en acier de la structure. Juste après, un rire. Puis des bruits de pas.

Des gens. Était-ce un ouvrier retournant au travail ? Un agent de sécurité ? Avait-il mal choisi l'emplacement ? Mais non. Il avait observé cet endroit pendant deux semaines avant d'arrêter son choix. Il perçut un mouvement au loin. C'était une paire de gosses, capuchons sur la tête. Beck s'accroupit derrière une poutre en acier.

Son cœur battait à tout rompre. Peu importait l'identité des intrus. Il ne devait pas être découvert. Il fallait partir.

Il jeta un coup d'œil sur Laurie Hernandez. Il n'avait pas le temps de l'emmener. Il allait devoir la laisser. Il s'empara de son sac à dos, qui contenait son couteau et toutes les affaires de Laurie Hernandez, et le balança sur son épaule. Il ne courut pas, mais disparut dans l'obscurité et se traça un chemin vers son skiff. Avec des mouvements silencieux et précis, il descendit l'échelle de jetée jusqu'au quai et défit son cordage. Le bruit que faisaient les intrus n'en fut que plus perceptible. Ils jouaient aux petits cons, cherchaient des ennuis, jusque-là en vain. Leurs plans risquaient de changer lorsqu'ils découvriraient Laurie Hernandez. Ce serait une dure leçon pour eux, aussi bien que pour lui. Il y avait des soirs comme ça, où tout partait en vrille.

***

Zoé ordonna au taxi de l'emmener à Russian Hill. Le quartier regorgeait de restaurants et de bars. Elle sortait en solo car la fin de ses amitiés faisait partie des changements survenus après l'événement. Aucun de ses amis ne l'avait traitée comme avant. Certains lui en voulaient d'avoir abandonné Holli. Zoé n'était pas forcément en désaccord avec eux sur ce point, elle aurait juste aimé savoir comment ils auraient géré la situation, eux. D'autres ressentaient le besoin de la traiter comme si elle était en phase terminale d'une maladie quelconque. Non, il valait mieux rechercher la compagnie d'inconnus. Là, au moins, elle arrivait sans passif et repartait sans engagement.

Elle entra au Ferdinand's. Il comptait parmi la bonne dizaine de bars du quartier. Le restaurant du Ferdinand's était huppé et accueillait une clientèle de cadres essentiellement. Ce n'était certainement pas un endroit pour un vigile au Smic, mais elle était jeune et belle. Lorsqu'elle rencontrait rapidement un « ami » potentiel, elle n'avait jamais à payer pour plus d'un verre ni pour un repas.

Le bar-restaurant était noir de monde, ce qui, pour un mardi soir, était inhabituel. Elle se fraya un chemin jusqu'au bar et commanda un cosmo, puis s'installa sur un tabouret dès qu'elle en repéra un de libre.

Il ne fallut pas longtemps avant que quelqu'un ne vînt s'asseoir sur le tabouret à côté du sien. Elle estima qu'il devait avoir tout juste la trentaine. Il n'était pas laid, mais laissait son costume haut de gamme lui donner un air d'importance. Il avait desserré sa cravate, qu'il avait tirée sur le côté, comme une preuve affectée qu'il travaillait dur, mais un simple coup d'œil à ses mains manucurées révélait que sa toilette était l'activité la plus manuelle de son existence.

« Cette place est-elle libre ? »

Elle regarda l'heure sur la montre de l'inconnu. À peine trois minutes s'étaient écoulées depuis son arrivée. C'était quasiment un record de rapidité pour attirer un dragueur.

« Oui, bien sûr.

— Super. Je suis resté debout toute la journée. Mais je céderai la place dès que vos amis seront là.

— Je dois retrouver deux copines un peu plus tard. »

Elle sourit, ce qu'elle faisait facilement avec les inconnus.

Elle apprécia son large sourire lorsqu'elle ne mentionna pas de compagnon. Les mecs étaient vraiment trop faciles à piéger. Elle fit mine de n'avoir pas remarqué le sourire et poursuivit son histoire.

« Mais, les connaissant, elles ne seront pas à l'heure. Je ne sais même pas pourquoi je fais des plans. »

Les mensonges lui venaient aussi naturellement que les sourires. Lorsqu'elle parlait aux inconnus, son identité était comme une feuille vierge, elle pouvait s'inventer n'importe quel personnage et les hommes la croyaient.

« Eh, nous avons tous des amis de ce genre. Avez-vous payé pour ce verre ?

— Pas encore.

— Je vous l'offre, histoire de vous réconforter d'avoir des amies aussi nulles. »

Il appela le barman, l'informa qu'il payait pour le verre de Zoé, et commanda une bière japonaise dont elle n'avait jamais entendu parler. Elle apprécia la manière dont il insista pour boire à la bouteille, une manœuvre évidente visant à renforcer sa virilité. Ils trinquèrent, verre contre bouteille.

« Moi, c'est Zoé.

— Rick, dit-il en lui serrant la main. Rick Sobona.

— Vous disiez que vous êtes resté debout toute la journée. Vous travaillez dans quel domaine ?

— La publicité. J'ai reçu les gens d'Apple toute la journée pour une réunion préliminaire. Quand je dis "j'ai reçu", entendez par là "mon staff et moi". »

Elle devina que son petit discours devait être un véritable attrape-minettes, du moins avec les cruches qu'il avait l'habitude de draguer. Elle, en revanche, voyait clair dans son jeu. Si son entreprise recevait des représentants d'Apple, elle les aurait invités à un dîner super chic, donc, à supposer qu'il soit quelqu'un de l'entreprise, il aurait dû être fameux dîner pour alimenter la conversation avec les invités. Elle ne prit même pas la peine de relever les invraisemblances de son histoire. Après tout, ce n'était pas comme si elle était elle-même allergique aux exagérations.

« Et vous, vous êtes dans quel domaine ?

— La comptabilité. »

Il la contempla de haut en bas.

« Vous ne ressemblez vraiment pas à une adepte des comptes d'apothicaire. »

Elle porta la main à la poitrine, d'un air faussement blessé.

« Devrais-je être vexée ? Êtes-vous en train de dire que je n'ai pas l'air assez intelligente pour être comptable ?

— Pas du tout, vous avez l'air très intelligente, répondit-il avec un sourire avenant, qui devint rapidement lubrique, mais vous êtes aussi très bien foutue. »

Avec un commentaire pareil, elle se dit qu'il brûlait un peu les étapes, mais d'un autre côté, en venant seule et habillée comme elle l'était, elle invitait sans doute le genre de type qui allait droit au but.

Elle répondit au compliment par un sourire.

« C'est gentil à vous. »

Le barman s'approcha et leur proposa le menu. La proposition élevait leur conversation du statut de papotage entre deux inconnus à celui de relation naissante. Ils commandèrent un repas et une deuxième tournée de verres, puis une troisième lorsque le repas fut servi. Avec la nourriture, l'alcool passait mieux. En général, elle tenait moyennement bien l'alcool, et elle ressentait déjà les effets des trois cocktails.

Il s'avérait que Sobona résistait tout aussi mal à l'alcool. La bière japonaise avait ralenti son débit et il avait maintenant les paupières à moitié fermées.

Il se pencha vers elle.

« Au fait, je n'habite pas loin. Je me disais qu'on devrait... Tiens, ça rime ! On pourrait appeler un taxi et faire un tour chez moi, qu'est-ce que tu en dis ? »

C'était le stade où les festivités atteignaient un point critique : l'étape de la déception. Rick Sobona était tout juste bon pour accompagner une boisson gratuite et égayer un mardi soir, rien de plus. Malgré toutes ses bravades et ses fantasmes, il n'était pas son type, et elle ne rentrerait pas avec lui. Elle ne rentrait jamais avec personne, d'ailleurs. Plus maintenant.

L'un des nombreux écrans plats situés au-dessus du bar attira son attention. Il diffusait le journal télévisé, le son abaissé à un murmure complètement couvert par le bruit dans le bar. Une bande défilait en bas d'écran avec la mention : « Flash info ». L'image montrait un cordon de police devant l'un des pontons de l'embarcadère. Une scène de crime typique, avec des policiers en uniforme qui maintenaient un périmètre, tandis qu'une foule de badauds s'approchait dans l'espoir d'entrevoir quelque chose. Bien plus loin, des hommes en civil, sans doute des inspecteurs de police, sillonnaient le bâtiment. Un duplex montra le présentateur du journal télévisé conversant avec son reporter sur place. Zoé n'aurait même pas remarqué le reportage sans le titre affiché en majuscules : « La victime d'un meurtre retrouvée suspendue ».

Des sonnettes d'alarmes se déclenchèrent dans la tête de Zoé. Son estomac se noua et elle eut du mal à respirer. Le manque d'oxygène intensifia les effets de la boisson dans son organisme. Tout l'alcool consommé semblait converger vers son cerveau. Lorsqu'elle essayait de saisir ce que montrait la télévision, l'alcool embrouillait son esprit, expédiant ses pensées dans des recoins obscurs et hors de sa portée. Elle inspira longuement et profondément, ce qui jugula l'angoisse montante, mais seulement temporairement.

Zoé saisit le bras du barman alors qu'il passait.

« Pouvez-vous augmenter le son de la télé ? »

Il la dévisagea comme si elle était folle.

« Il faut que j'écoute le reportage.

— Eh, je te parle ! » se plaignit Sobona.

Elle l'ignora.

« Il faut que j'écoute ça », répéta-t-elle au barman.

Il prit la télécommande et augmenta le son. Il y eut un gémissement collectif des clients, qui se retournèrent pour savoir pourquoi on permettait à la télévision d'interrompre le cours de leur existence.

Zoé serrait et desserrait les poings.

« Plus fort, s'il vous plaît.

— Planète Terre à Zoé. Planète Terre à Zoé. Ici Rick.

— Pour récapituler, disait le reporter, le corps sans vie d'une femme a été retrouvé au niveau de la jetée 25, un peu plus tôt dans la soirée. Les informations sont vagues pour l'instant. La police de San Francisco n'a fait aucune déclaration, mais, selon des témoins oculaires, la victime était nue, suspendue à la structure par les poignets, et portait vraisemblablement des traces de coups de fouet. »

La peur la submergea, et le choc la fit vaciller au point de s'accrocher au bar. La tête lui tournait et, lorsque cela s'arrêtait, elle n'était pas dans un bar, ni même à San Francisco, mais nue et seule dans un cabanon, en plein désert. Ça recommençait. Ça recommençait, ici à San Francisco.

Elle ramassa son sac.

« Il faut que j'y aille.

— Quoi ? s'écria Sobona, qu'est-ce qui se passe, là ? Je t'ennuie tout d'un coup ? Et moi qui croyais qu'on continuait la fête ailleurs !

— Je suis désolée. Peut-être la prochaine fois. »

Elle pivota sur le tabouret et se mit en route en titubant. Elle avait parcouru la moitié du chemin entre le bar et la sortie, après avoir fendu une foule de clients et de convives, lorsqu'elle sentit une main agripper son bras. Elle se retourna vivement et se retrouva face à face avec Sobona qui la retenait par le poignet.

« On n'a pas encore fini, tous les deux. »

Il avait commis une erreur en l'agrippant ainsi. Elle n'était plus la victime impuissante d'antan. Elle avait acquis les compétences nécessaires pour se défendre.

Zoé ne chercha pas à discuter ou à se plaindre. Elle agit instinctivement. Avec sa main libre, elle saisit son pouce et le tira violemment en arrière. Il glapit et lâcha prise, mais elle maintint la pression sur son pouce. La manœuvre força Sobona à replier le bras contre sa poitrine, puis à se mettre à genoux pour éviter de se faire briser le doigt. C'est alors que Zoé le lâcha.

« Espèce de salope. »

La haine qui émanait de lui semblait résulter avant tout de l'humiliation publique.

Sobona bondit, mais son nez percuta le talon de la main de Zoé qui arrivait en sens inverse. Le coup fut suffisamment puissant pour lui faire monter les larmes aux yeux, sans toutefois lui casser le nez.

« Ne t'avise plus jamais de toucher une femme comme ça, tu as compris ? lui cria-t-elle au visage. Plus jamais ! »

CHAPITRE CINQ

Ni Rick Sobona ni aucun autre client de chez Ferdinand's ne se mirent à la poursuite de Zoé. Ce qui ne signifiait pas que personne n'appellerait la police. Pour l'instant, Zoé avait d'autres chats à fouetter. Il se passait trop de choses dans sa tête. Elle avait besoin de la police, mais pas pour ça. Il fallait qu'elle sache si la femme assassinée avait un rapport avec Holli. *Avait-elle connu Holli ?*

Elle marcha vite et prit le premier taxi disponible. Elle ordonna au chauffeur de l'emmener à la jetée 25. L'avantage, c'était que le meurtrier avait choisi un repère facile à trouver.

Elle se pencha en avant sur son siège, les poings serrés. En proie à une montée d'adrénaline, elle frémissait de la tête aux pieds. Elle aurait voulu croire que c'était juste un effet secondaire de sa confrontation avec Sobona, mais c'était de l'angoisse à l'état pur. L'angoisse en repensant à ce que Holli et elle avaient subi. L'angoisse en imaginant ce que la femme assassinée avait subi. L'angoisse à l'idée que tout ce cauchemar pourrait recommencer pour Zoé.

L'ennemi numéro un, c'est l'angoisse, pensa-t-elle. C'était l'une des phrases de Jarocki. L'angoisse trouble l'esprit, obscurcit le discernement et compromet le rétablissement. Elle était en pleine attaque de panique, et devait se calmer. Elle appliqua l'une des techniques de respiration de Jarocki. Elle inspira profondément, retint l'air pendant une seconde, puis expira. Elle recommença une dizaine de fois et sentit le stress décroître à chaque inspiration. Elle ignorait si le petit tour de passe-passe de Jarocki fonctionnait parce que l'apport d'oxygène clarifiait son cerveau ou si le simple fait de se concentrer sur sa respiration détournait son attention de l'objet de son angoisse. Quoi qu'il en soit, cela fonctionnait. Elle ne s'était peut-être pas calmée, mais elle avait au moins retrouvé une certaine maîtrise d'elle-même.

Elle surprit le chauffeur de taxi en train de l'observer dans le rétroviseur. Elle devait lui sembler folle. L'était-elle ? La réaction provoquée par le reportage lui semblait à elle-même insensée. Depuis l'événement, elle avait vu des dizaines de reportages sur des meurtres sans jamais avoir réagi comme ce soir, mais le cas de cette femme suspendue était trop similaire à sa propre expérience. Il fallait qu'elle sache si le lien était réel, et tant pis si elle se ridiculisait dans sa quête de réponses.

Le taxi s'arrêta deux rues avant l'endroit demandé par Zoé car, avec la foule de policiers, d'équipes de télévision et de badauds, il était impossible de s'approcher davantage. Elle paya au chauffeur son dû et sortit.

Elle rejoignit le rassemblement au pas de course, mais la foule compacte ne lui laissait qu'un vague aperçu du chantier de rénovation, plus loin.

« Les flics ont-ils dit quelque chose ? demanda-t-elle aux gens autour d'elle.

— Ils nous disent que dalle, répondit l'homme à ses côtés.

— Tout ce qu'on a vu, c'est des gens qui entrent et qui sortent, dit la femme juste devant Zoé. Le corps est toujours à l'intérieur parce que personne ne l'a sorti.

— Quelqu'un ici a-t-il vu le corps ? »

Pour toute réponse, elle reçut une série de « non » et de hochements de têtes.

« Si on a vu le corps ? demanda sèchement une femme. Vous êtes complètement malade ou quoi ? Vous n'avez rien d'autre à faire ? »

Zoé aurait pu lui retourner la question.

« Où est la personne qui a trouvé le corps ? demanda-t-elle.

— Ils sont avec les flics.

— “Ils” ?

— Je crois que le corps a été découvert par deux personnes.

— Moi j'ai entendu qu'il n'y en avait qu'une », interjeta un autre badaud.

Tout cela était vain. Personne ne savait rien, et si quelqu'un pensait savoir, ce ne serait au mieux que pure spéculation.

Zoé joua des coudes pour se retrouver à l'avant, puis héla un flic derrière le cordon de sécurité.

« Je peux vous aider ? dit le flic.

— Il faut que je parle à la personne en charge de l'enquête.

— Pourquoi ?

— Il me faut des réponses.

— Je n'en doute pas, mais l'enquête est en cours, et il n'y aura pas de communiqué de presse. »

Elle aurait dû se douter qu'elle se heurterait à un mur de silence.

« Je ne demande pas cela juste par curiosité, il se peut que j'aie des informations. »

Elle se retint de révéler qu'elle avait peut-être rencontré l'assassin, car la conversation attirait un peu trop l'attention d'une foule de plus en plus intéressée.

« Quel genre d'information ? Vous connaissiez la victime ?

— Oui. Enfin, non. C'est pourquoi je voudrais parler à quelqu'un. Je sais peut-être quelque chose. J'ai des informations. »

Le flic lui jeta un regard signifiant qu'il en avait vu d'autres.

« Veuillez reculer, mademoiselle.

— Non. »

Sa réponse brusque le déstabilisa. Pendant quelques instants il sembla perdu, puis se ressaisit rapidement. Il la toisa de haut en bas. Il remarqua la robe, sa peau dénudée, le maquillage. Il se rapprocha et sentit son haleine.

« Avez-vous bu ce soir, mademoiselle ? »

Elle grogna intérieurement.

« Oui, mais quel est le rapport ?

— Écoutez, si vous ne partez pas, je vous arrête pour ivresse publique. Si vous avez besoin d'un taxi, je serais ravi de vous en appeler un. »

Ce flic lui faisait perdre son temps. Elle ne pouvait tout de même pas rentrer et attendre que les réponses viennent du journal télévisé. L'attente la rongerait de l'intérieur. Il n'en était pas question, il fallait qu'elle en ait le cœur net et elle n'allait certainement pas se laisser emmerder par ce flic.

Elle repéra deux hommes en civil qui sortaient du bâtiment. Tous deux retiraient des gants chirurgicaux. Ils devaient être des inspecteurs de police ou, tout au moins, avoir une meilleure connaissance de l'affaire que ce flic.

« D'accord », dit-elle.

Elle fit mine de partir, mais dès que le policier eut le dos tourné, elle passa sous le cordon de sécurité et fila tout droit vers les hommes en costume. Un cri s'éleva de la foule, suivi du cri du policier lui ordonnant de s'arrêter. Elle entendit des bruits de pas derrière elle.

« Excusez-moi, c'est vous qui menez l'enquête ? » cria-t-elle à l'intention des deux hommes.

La seconde qui suivit, tous deux couraient vers elle.

« Il faut que je vous parle.

— Arrêtez ! » La voix du flic tonna à nouveau derrière elle.

Il semblait tout proche et il l'était. Il la heurta violemment et la plaqua au sol. Il prit le gros du choc sur son épaule pour la ménager, mais son sac à main vola, ainsi que l'une de ses chaussures à talons.

D'un geste brusque, le plus jeune des deux inspecteurs remit Zoé debout.

« Qu'est-ce que c'est que ce foutoir, Acosta ? » demanda l'autre inspecteur au flic.

Acosta se releva prudemment.

« C'est une ivrogne, dit-il.

— C'est faux. Il faut que je vous parle de cet assassinat. »

L'inspecteur qui avait relevé Zoé la tenait toujours par le bras.

« Vous savez quelque chose ?

— Oui, c'est possible. Il faudrait juste que je confirme tout ça avec quelques détails.

— Nom de Dieu ! dit l'autre enquêteur. Vous êtes journaliste ou blogueuse ?

— Non.

— Comment vous appelez-vous ?

— Zoé Sutton. Il y a quinze mois, un homme m'a enlevée et a assassiné mon amie. J'ai regardé le journal télévisé. C'est le même meurtrier. »

Elle s'attendait à ce que l'information lui ouvre une porte, qu'elle remporte leur confiance, au lieu de quoi elle ne reçut que des regards froids. Son honnêteté aurait dû être récompensée par la confiance, mais elle semblait avoir produit l'effet inverse.

« Je ne suis pas folle, dit-elle.

— Personne n'a dit que vous l'étiez, répondit le jeune inspecteur.

— Mademoiselle Sutton, vous rendez-vous compte de ce que vous avez fait ? demanda l'autre. Vous venez de contaminer la scène de crime d'une enquête en cours. Savez-vous ce que cela peut avoir comme conséquences au plan juridique ?

— J'essaie de vous aider.

— Eh bien, c'est raté. Acosta, bouclez-la et emmenez-la au poste. Trouvez un motif, n'importe lequel. »

Acosta sortit ses menottes, suscitant les acclamations de la foule.

Non, elle les obligerait à l'écouter. Elle dégagea son bras et porta la main à la fermeture Éclair sur le côté de sa robe. Les deux inspecteurs de police s'apprêtèrent à dégainer leur arme. Acosta fit un bond en arrière. Ignorant le danger dans lequel elle s'était mise, elle ouvrit la fermeture Éclair. Elle écarta vivement la robe pour découvrir les lettres « I » et « V » gravées sur sa hanche.

« La femme, à l'intérieur, a-t-elle une cicatrice comme celle-ci ? »

Leur silence abasourdi lui confirma que oui.

***

Chez Pattes urbaines, Marshall Beck était assis dans la pénombre de l'annexe d'évaluation. Seuls les lampadaires de l'extérieur éclairaient un peu la pièce. Les chiens de combat étaient calmes. Ils avaient été renommés. Ils étaient nombreux à ne jamais avoir reçu de nom, et ceux qui en avaient portaient des noms débiles du style « Tueur », « Fauve » ou « Démon », donnés par leurs propriétaires débiles.

Beck venait souvent là le soir, après la fermeture, pour être avec les chiens. Il appréciait la solitude. Ces créatures l'aidaient à décompresser, alors que les êtres humains et leurs attitudes le gavaient et lui donnaient envie de s'isoler. Lorsque le bruit de ses pensées menaçait de lui exploser le crâne, les chiens lui offraient le silence. Ils ne le bombardaient pas de problèmes et de petites querelles mesquines. Ils lui laissaient du champ. Il les appréciait pour ça : ils n'étaient pas sentimentaux, et ne jugeaient personne. Si l'un d'entre eux mourait, ils ne s'embêtaient pas à en faire le deuil. Ils tournaient la page. Beck se trouvait un quasi-lien de parenté avec ces chiens de combat. C'était la raison pour laquelle il avait choisi de s'asseoir avec eux plutôt qu'avec les autres. Ils ne connaissaient que les questions de survie ou de mort. Ils comprendraient l'énormité des problèmes auxquels il était maintenant confronté.

Beck s'appuya contre le mur, en observant Brando, l'un des pitbulls, dans sa cage. Alors que tous les autres chiens dormaient, celui-ci restait éveillé. Il restait assis et soutenait le regard de Beck. De tous les chiens de combat que le refuge avait recueillis, Brando était celui avec lequel il avait ressenti une affinité immédiate. Ces chiens n'avaient pas été gâtés par la vie, et cela se ressentait. Leur calvaire en avait brisé plusieurs, en avait rendu certains déments et avait laissé les autres craintifs, mais pas Brando. Lui, il avait gardé l'âme avec laquelle il était né. Les dresseurs parviendraient à réhabiliter les autres chiens, mais pas lui. Brando n'était pas le genre à changer. Il était une constante universelle. Les dresseurs ne s'en étaient pas aperçus ou n'avaient pas voulu s'en apercevoir, mais Beck, si. Au-delà des cicatrices et des lacérations, la véritable nature de Brando brillait de manière éclatante dans son regard. Et ce qu'il reconnaissait chez le chien, le chien le reconnaissait chez lui. Ils étaient tous deux des survivants. Tous deux avaient souffert sans succomber.

Un flash de son passé lui traversa l'esprit. Il se revit enfant, à l'orphelinat, recevant une fois de plus des coups de fouet pour une infraction au règlement.

Le souvenir le fit grimacer. Les poils de Brando se hérissèrent devant tant de faiblesse, et il grogna.

« Ce genre de réaction creusera ta tombe », dit Beck.

Le chien cessa de grogner.

« Peu importe de toute façon, tu sais qu'ils vont devoir t'euthanasier, n'est-ce pas ? »

Brando se contenta de le fixer.

L'un des autres chiens gémit au son de la voix de Beck, et se retira dans un coin de sa cage. À part un frémissement d'oreille en direction de son congénère, Brando garda sa posture de sphinx.

« C'est un triste état de choses quand on doit payer pour celui qui nous a mis dans le pétrin. »

Le chien n'acquiesça pas, mais n'objecta pas non plus.

« Ce n'est pas vraiment juste, mais c'est la vie. »

Le chien se coucha en gémissant.

« Je parie que tu aimerais bien régler tes comptes, hein, Brando ? Évidemment. Avec un peu de chance, tu en auras peut-être l'occasion. »

Il soupira.

« Moi, par contre, je ne suis pas sûr de pouvoir poursuivre mon travail. »

Après le fiasco de ce soir, il était en terrain inconnu. Son travail avait été découvert. Que devait-il faire maintenant ? Il se sentait tout autant pris au piège que ces chiens.

« J'ai foiré, Brando. Je me suis encore planté. Cette fois, je risque de me retrouver dans une cage, moi aussi. »

Le mal était fait. Il avait ouvert une brèche aux flics. Laurie Hernandez leur fournirait un gros tas de preuves, tout comme le chantier. Ils avaient le début d'une piste.

Mais les mènerait-elle jusqu'à lui ?

Il ne le pensait pas. Au début, la panique lui avait insufflé la certitude absolue que les flics viendraient cogner à sa porte, mais ce sentiment s'était évanoui une fois qu'il s'était retrouvé dans les locaux paisibles du refuge. La logique avait remplacé la panique, grâce à l'influence apaisante de Brando. En décortiquant ses actes de la soirée, il comprit qu'il ne risquait rien. Il avait été prudent. Les flics auraient bien du mal à faire le lien entre Laurie Hernandez et lui. Il n'avait laissé aucune empreinte sur place, et, même s'ils retrouvaient une trace d'ADN, ils n'avaient aucun échantillon de comparaison. Hormis la bâche en plastique et Laurie Hernandez elle-même, il n'avait rien laissé en partant. Il avait encore son fouet et son couteau. La police avait un cadavre, rien de plus. Malgré son râté de ce soir, il ne risquait effectivement rien. Il sourit.

Brando se raidit.

Beck acquiesça.

« Tu as raison, il ne faut pas être trop sûr de soi en pareil cas. Je suppose que je devrais aller évaluer la situation. »

Il se leva, et son mouvement brusque déclencha une réaction collective de la part des chiens. Il laissa son absence les calmer.

Une fois dans son bureau, il alluma son ordinateur. Il fit une recherche Internet sur toutes les chaînes d'informations locales. Toutes avaient Laurie Hernandez comme information principale.

« Voyons l'étendue des dégâts », dit-il en cliquant sur un lien vidéo.

C'était un reportage typique. Dinah Ortiz, reporter de terrain, se tenait au premier plan, tandis qu'au loin les flics passaient au crible la scène de crime devant une foule de badauds qui restaient bouche bée ou manœuvraient pour passer à la télévision, ne serait-ce que quelques secondes. La journaliste relaya quelques maigres informations : une femme non identifiée avait été retrouvée nue et suspendue par les poignets sur le chantier de rénovation. Elle ajouta que la victime avait été brutalisée. Malheureusement pour mademoiselle Ortiz, la police s'était refusée à faire une déclaration.

Le reportage dura trois minutes et ne lui apprit pas grand-chose. Il renforça au contraire sa conviction que l'enquête ne mènerait pas la police à sa porte.

Il relança la vidéo. Son attention dériva de la journaliste à la scène elle-même. Il émanait de l'événement une certaine intensité, avec les spéculations de la reporter et la ferveur émanant des badauds. Cette réaction à son ouvrage le prit par surprise. Il s'était toujours efforcé de cacher ses actions au public et à la police. Leurs réactions le stupéfiaient, et l'intriguaient.

L'intimité avait toujours été son maître mot, mais était-ce justifié ? Son action n'avait qu'un objectif, punir ceux dont le comportement était inacceptable. Jusqu'à présent, son message s'était uniquement adressé aux gens à qui il infligeait la leçon. C'était du petit jeu. Le tapage médiatique autour de la mort de Laurie Hernandez changerait cela. Il entraînerait des discussions, des spéculations, des débats. La médiatisation pouvait entraîner un réel changement.

Il sourit. Il avait d'abord considéré les événements de ce soir comme un échec, mais ils s'avéraient être une chance. Dorénavant, il n'essaierait plus de dissimuler son travail. Il le diffuserait de manière à envoyer un avertissement aux autres : leur conduite ne serait pas tolérée.

Il se pencha en avant et chercha d'autres vidéos sur les chaînes locales affiliées. Il obtint une série de reportages par différents journalistes s'exprimant devant la même toile de fond. Il absorba toutes ces prises de vue avec fierté.

La filiale locale de la chaîne ABC proposait un reportage en temps réel, et il cliqua dessus.

La vidéo commença par une introduction des présentateurs en studio.

« Les événements ont pris une tournure intéressante ce soir sur le site de l'assassinat brutal d'une femme non loin de la jetée 25, lorsqu'un membre du public a franchi le cordon de police. Notre équipe était présente et a pu enregistrer l'incident, annonça Mick Tolley. Nous passons l'antenne à Dinah Ortiz pour un compte rendu en direct. »

Dinah Ortiz se tenait dans un autre angle que lors de son précédent reportage, bien que les badauds soient apparemment les mêmes.

« En effet, Mick, alors que nous étions entre deux reportages, une altercation entre un policier et un membre du public a donné la scène suivante. »

Son reportage enchaîna sur une vidéo. Un gros plan montra une jeune femme blonde dans une robe moulante passant outre le cordon de police. La caméra suivit les mouvements de la blonde lorsqu'elle cria et courut en direction de deux hommes en civil, sans doute des inspecteurs de police qui quittaient le chantier. Elle était trop éloignée de la caméra pour que celle-ci puisse retransmettre ses propos. L'hystérique n'alla pas bien loin avant de se faire plaquer au sol par un flic en uniforme. La caméra zooma sur elle tandis que le flic la relevait et que les inspecteurs s'en approchaient.

Beck se dit que la femme lui rappelait vaguement quelque chose.

La caméra montra une confrontation muette entre les inspecteurs et elle. Juste au moment où il semblait que la blonde allait finir en cellule de dégrisement, elle ouvrit la fermeture Éclair de sa robe et montra furieusement sa hanche juste au-dessus de son slip.

Un frémissement parcourut le corps de Beck lorsqu'il la reconnut.

À une vitesse vertigineuse, la caméra zooma sur ce que montrait la femme.

Il savait ce que révélerait l'objectif : sa marque.

Il tomba à la renverse sur sa chaise, et baissa le son du reportage de Dinah Ortiz. Ce dernier était sans importance. Une chose extraordinaire venait de se produire. *C'est elle!* pensa-t-il, *la fille de Vegas, l'évadée...*

CHAPITRE SIX

Lorsque les flics s'abstinrent de lui passer les menottes, Zoé se dit que c'était bon signe. Cela signifiait qu'ils la croyaient ou, tout au moins, qu'ils prenaient son histoire au sérieux. Les inspecteurs l'installèrent tout simplement à l'arrière de leur voiture et l'emmenèrent au palais de justice. Ils ne prononcèrent pas la moindre parole durant le court trajet, ni à son intention, ni entre eux. Elle devina qu'ils souhaitaient consigner tous ses propos dans un procès-verbal.

Ils lui firent traverser le bâtiment à toute allure, puis l'abandonnèrent dans une salle d'interrogatoire. Ils prirent son permis de conduire, ainsi qu'une photo de sa cicatrice et lui remirent une bouteille d'eau. Elle connaissait la routine. Ils étaient en train de vérifier ses antécédents. Tant mieux. C'était ce qu'elle voulait. Après quoi, ils pourraient laisser tomber les foutaises et se concentrer sur l'affaire.

Bien entendu, leurs vérifications ne seraient pas sans inconvénients. Ils confirmeraient qu'elle avait bien été enlevée, mais ils verraient aussi qu'elle avait été droguée et ivre à l'époque. La crédibilité, c'était primordial, et la sienne était un peu douteuse. Ou peut-être qu'ils prenaient leur temps, juste pour lui permettre de se calmer.

Après tout, elle avait envahi une scène de crime. Elle n'y voyait pas d'inconvénient. Elle patienta en se purifiant les bronches avec de profondes inspirations, comme le lui avait appris Jarocki, et elle sentit son corps se détendre.

Elle attendit presque une heure avant de voir entrer le plus jeune des deux inspecteurs dans la salle d'interrogatoire.

« Bonjour mademoiselle Sutton, je suis l'inspecteur Ryan Greening. Désolé de vous avoir fait attendre. J'espère que vous êtes disposée à répondre à quelques questions.

— Oui, et j'en ai quelques-unes à poser, moi aussi. »

Greening s'assit en face d'elle.

« Et j'y répondrai dans la mesure du possible. »

Elle trouva intéressant qu'un seul inspecteur ait été envoyé pour l'interroger, et que des deux, ce fut le plus jeune. Pensaient-ils qu'elle s'identifierait plus à quelqu'un ayant un âge proche du sien ? Peut-être qu'elle cogitait trop. *Toujours aussi suspicieuse, Zoé,* pensa-t-elle.

Il lui rendit sa pièce d'identité et sourit.

« Vous aviez les cheveux plus longs à l'époque où cette photo a été prise. »

Instinctivement, elle passa la main derrière sa tête et le long de sa nuque dégagée.

« Oui, je les garde courts maintenant. Vous n'aimez pas ?

— Bien sûr que si, c'est juste que cela vous donne un aspect différent. Avant de commencer, je voulais juste vous informer que cet entretien sera enregistré. Ça ne vous dérange pas ?

— Non. »

Il jeta un coup d'œil sur les griffures et les bleus qu'elle avait reçus au coude et à l'épaule en se faisant plaquer.

« Ce n'était pas très malin, ce que vous avez fait ce soir. Vous auriez pu être gravement blessée.

— Il fallait que je parle aux responsables de l'enquête.

— Il y a des moyens plus efficaces d'y arriver que de briser un cordon de police et de contaminer une scène de crime. Vous auriez pu téléphoner ou vous présenter au commissariat. »

Elle n'appréciait pas le fait que Greening essayât de la remettre à sa place. Les flics voulaient toujours que les choses soient faites à leur manière. Mais le gros scoop, c'était que le monde ne fonctionnait pas comme ils le voudraient, sinon elle n'aurait pas été enlevée, et ils n'auraient pas découvert le cadavre d'une femme ce soir.

« Oui, mais si j'avais fait ça, je me serais fait balader. »

Greening ne répondit rien à cela. Il observa plutôt sa tempe et grimaça.

« On dirait que vous allez avoir un sacré bleu. »

Elle devina que le maquillage grâce auquel elle avait camouflé son bleu s'était effacé.

« Ce n'est pas vous qui avez fait cela. Ça vient du boulot.

— Vraiment ? C'est quoi, votre boulot ?

— Vigile au centre commercial. »

Sa réponse lui fit écarquiller les yeux.

« Je n'aurais jamais deviné. Et depuis combien de temps ?

— À peu près un an. Et si on en revenait à nos moutons ?

— Bien sûr, pouvez-vous me dire ce que vous faisiez entre dix heures et minuit ?

— Je traînais juste dans un bar, dit-elle, regrettant immédiatement sa réponse. Le Ferdinand's. »

Il fit un hochement de tête en direction de sa robe.

« Avec des amis ? »

Elle mit du temps à répondre.

« Non.

— Seule ? »

Elle acquiesça.

Elle vit son expression changer alors qu'il tentait de digérer l'information. Elle espérait qu'il n'insisterait pas sur le sujet. Elle avait des informations qui pourraient les aider dans leur enquête. Qu'importait qu'elle soit allée au bar toute seule ? Elle était en mesure de les aider à coffrer un assassin. Heureusement, Greening accéda à sa requête silencieuse et abandonna le sujet.

« Quelqu'un peut-il confirmer que vous étiez au Ferdinand's à cette heure-là ? »

Elle était sûre que Rick Sobona et d'autres personnes seraient en mesure de lui fournir un alibi, mais pas précisément le genre d'alibi dont elle avait besoin en ce moment décisif.

« Il y avait du monde. Je doute que quiconque se souvienne de moi.

— Donc vous étiez de sortie en ville et vous êtes tombée, comme par hasard, sur la scène de crime. »

Encore un test de crédibilité, pensa-t-elle.

« Non, j'étais dans le bar et j'ai regardé le journal télévisé. Dès que j'ai vu le reportage, j'ai fait le lien et suis allée sur place.

— Quel lien ?

— La personne qui a tué cette femme ce soir est la même qui a tué Holli et… qui m'a enlevée.

— Qu'est-ce qui vous fait croire que les événements de ce soir sont liés à ceux que vous avez vécus ? »

Doux Jésus, la cicatrice, ça ne leur suffit pas? Il la mettait à l'épreuve. S'il avait vérifié son identité, il devait savoir ce qu'il lui était arrivé. Elle supposa qu'il fallait en passer par des simagrées.

« À la télé, ils ont dit que la femme était nue et suspendue par les poignets. C'est ce qu'il a fait à Holli. »

Une image de Holli suspendue à ce maudit crochet traversa son esprit. À présent, une autre femme avait été tuée, et cette fois-ci dans la ville où habitait Zoé. Le *statu quo* avait été rompu. Son avenir était incertain, car sa sécurité n'était plus assurée.

Soudain, elle se rendit compte que Greening la scrutait. Il y avait de la sympathie dans son regard, dont l'intensité la mit malgré tout mal à l'aise.

« Parlez-moi de votre enlèvement, mademoiselle Sutton », dit-il.

Autre flic, même rengaine, pensa-t-elle. À part Jarocki, il semblait que les policiers étaient les seuls à écouter son histoire. Soudain, la tête lui tourna, et elle se demanda si c'était dû à l'alcool qui prenait le pas sur l'adrénaline. Elle demanda un verre d'eau à Greening.

Lorsqu'il sortit pour le lui chercher, elle en profita pour se ressaisir. L'épreuve qui s'annonçait était nécessaire.

Greening revint avec une bouteille, qu'il décapsula avant de la lui remettre. Elle l'ouvrit et but. L'eau, en pénétrant dans son organisme, lui donna un frisson.

« OK, mademoiselle Sutton, j'ai parlé aux shérifs de Mono County, et je sais *grosso modo* ce qui s'est passé, mais j'aimerais que vous me racontiez cela étape par étape. Mademoiselle Buckner et vous étiez parties à Las Vegas. »

Zoé se tut un instant. Elle sentit le poids du regard de Greening, alors qu'elle se préparait mentalement à affronter le passé, à prendre la parole.

« Holli et moi y étions allées en voiture le temps d'un long week-end. Nous avons pris la route du retour le dimanche. La climatisation de ma voiture n'étant pas terrible, nous sommes parties tard, à la fraîche. Nous nous sommes arrêtées dans un petit patelin pour dîner. C'est là qu'il nous a enlevées. »

Cette fois-ci, elle eut un peu moins de mal à prononcer le fameux mot « enlevées ».

« Et c'est arrivé à Mono County ? »

Zoé se tut à nouveau.

« Mademoiselle Sutton ? »

Elle serra les poings.

« Zoé ? »

Elle frappa des poings sur la table, renversant la bouteille d'eau.

« Je n'en sais rien, cria-t-elle. Je n'en sais rien, d'accord? C'est arrivé, c'est tout. Je ne sais pas où, ni à quel moment. Et je ne sais pas par qui. »

Zoé vit le choc et la surprise sur le visage de Greening, et regretta son explosion de colère. Ça lui donnait un air instable. Et, pour aggraver son cas, le tout serait enregistré et visionné. Elle pouvait presque sentir la désapprobation de Jarocki pour son éclat.

« Ça va, mademoiselle Sutton. Il n'y a aucune raison d'être contrariée. Nous ne faisons que discuter.

— Je suis désolée, je suis désolée. Je regrette d'être partie en vrille. C'est juste que j'ai si peu de souvenirs de cette nuit, et ça me fout en rogne. Ce salopard est là, quelque part, mais quand j'essaie de me souvenir de lui, je ne vois qu'une ombre. Si j'avais pu l'identifier à l'époque, cette femme serait encore vivante à l'heure qu'il est.

— Vous ne pouvez pas en être certaine, et vous n'êtes pas responsable des actes d'autrui.

— C'est facile à dire. »

Greening retourna à ses notes.

« L'officier de police auquel j'ai parlé m'a dit que vous aviez été droguée au GHB. Il n'est pas surprenant que vous ne vous souveniez pas de grand-chose. Ce produit n'est pas utilisé sans raison, il est efficace. Pourquoi ne me dites-vous pas ce dont vous vous souvenez? »

Elle secoua la tête.

« Ce ne sont que des fragments. Je me souviens que nous nous sommes arrêtées dans une petite bourgade, mais j'ignore laquelle. Cela aurait pu être Mono County ou ailleurs. Nous avons bu. Nous avons flirté. Avec qui, je ne sais pas. Je me rappelle m'être réveillée dans un cabanon, nue, ligotée et saignant à cause de ma blessure à l'endroit où il m'avait tailladée. »

Elle se toucha la hanche, au niveau de sa cicatrice.

« Je ne sais pas non plus où j'étais à ce moment-là.

— Mais il a dû se passer quelque chose parce que vous avez été retrouvée nue et évanouie au volant de votre voiture, sur le bas-côté de l'US 395.

— Je me suis sauvée pour aller chercher de l'aide. »

Elle n'eut pas le courage de dire qu'elle s'était enfuie comme une petite garce apeurée en abandonnant son amie.

« Quelle distance avez-vous parcourue, à votre avis ?

— Ça aurait pu être à quelques mètres du bar, ou cent kilomètres plus loin. Je n'en ai pas la moindre idée.

— Holli n'a jamais été retrouvée ?

— Non.

— Que lui est-il arrivé à votre avis ?

— Il l'a tuée. »

Ses mots donnèrent l'impression de percuter les parois de la salle exiguë et de retomber lourdement.

« La dernière fois que j'ai vu mon amie, elle était suspendue au plafond comme une carcasse de viande, nue et en sang, pendant que ce malade mental lui tournait autour avec un fouet, et vous savez ce que j'ai fait ? Vous croyez que je l'ai aidée ? Que je me suis battue pour elle ? Non. J'ai couru. J'ai sauvé ma peau à ses dépens. »

Zoé se prit la tête entre les mains et ferma les yeux. Des images de Holli remplirent le vide, son corps se balançant mollement du crochet au plafond, l'individu se tenant derrière elle, son fouet à la main.

« Qu'a-t-il fait d'elle, à votre avis ? »

Cent fois, elle avait passé en revue les hypothèses dans sa tête, et aucune d'entre elles n'était agréable à contempler, ni particulièrement respectueuse des morts.

« Qu'est-ce que vous croyez ? demanda-t-elle. Il l'a enterrée. Nous étions au milieu de nulle part. Personne ne la trouvera jamais. Allez, vous perdez du temps, là. »

Greening leva la main.

« Désolé, mademoiselle Sutton. On peut faire une pause et prendre un peu l'air si vous voulez.

— Non, ça va. Je vais bien. Je m'excuse. Je suis juste un peu choquée ce soir.

— Je comprends tout à fait, mais dès que vous en sentirez l'envie, faites-moi signe et on fait une pause, d'accord ? »

Elle acquiesça.

« Pourquoi pensez-vous qu'il vous a enlevées, Holli et vous ?

— Je ne sais pas. Je me souviens qu'il brandissait son fouet en demandant à Holli si elle regrettait.

— Regrettait quoi ?

— Dieu seul sait. Il faudra que vous lui posiez la question.

— La cicatrice sur votre hanche a-t-elle une signification pour vous ? »

Son regard se dirigea vers sa hanche.

« C'est lui qui l'a faite, pas moi. Elle a une signification pour lui.

— Je sais, mais je me demandais si vous aviez une idée sur la question.

— Je me suis dit qu'il s'agissait de ses initiales, "I.V.". Qu'il me marquait comme sa propriété.

— Vous souvenez-vous d'une marque similaire sur mademoiselle Buckner ? »

Zoé ferma les yeux, puis secoua la tête.

« Je suis certaine qu'il l'a tailladée aussi, mais je ne me souviens plus si c'était pareil. La femme que vous avez retrouvée ce soir, avait-elle la même marque ? Je sais que vous ne pouvez pas tout me dire, mais c'est tout ce que j'ai besoin de savoir. Sinon, je n'arriverai pas à dormir. Je promets de ne le dire à personne.

— Elle a été marquée sur la hanche gauche, tout comme vous, mais ce n'était pas la marque "I.V." qui apparaissait gravée, mais "V.I.".

— Il a foiré sa propre marque ? C'est insensé. »

Elle s'arrêta, pensive. Ce type n'aurait pas commis ce genre d'erreur.

« Alors, ce ne sont pas des lettres ? »

Il secoua la tête.

« Nous pensons que ce sont des chiffres romains.

L'estomac de Zoé se noua lorsque l'énormité de la découverte lui apparut.

« Ça veut dire qu'elle était la numéro six. »

***

Ryan Greening quitta à nouveau Zoé et se rendit dans la salle d'observation. Édouard Ogawa se tenait devant l'écran de surveillance de la salle d'interrogation numéro trois. Zoé était assise, la tête entre les mains, mais se redressa brusquement, laissa échapper un ricanement en regardant la bouteille d'eau devant elle, et l'envoya voler à travers la pièce.

« Voilà une jeune femme bien colérique.

— Une jeune femme abîmée, plutôt », corrigea Greening.

Lorsque Zoé avait envahi la scène de crime en franchissant le cordon de police, Greening l'avait cataloguée comme une fêtarde ivrogne. La cicatrice l'élevait du statut de poivrot quelconque à celui de personne de grand intérêt pour la police. Elle changeait complètement la donne. Grâce à elle, leur enquête avait pris une dimension et une profondeur tout autres. Le crime n'était pas un cas isolé.

Greening feuilleta ses notes et révisa les quelques renseignements qu'il avait pu glaner auprès des shérifs de Mono County. Au petit matin, l'officier de service avait réussi à retrouver un numéro de dossier, mais ne pouvait pas communiquer le document sans l'accord de l'enquêteur. Greening eut de la chance que l'officier de service soit l'un de ceux qui, à l'époque, avaient été dépêchés pour secourir une Zoé nue et à moitié évanouie au bord de la route. L'officier avait donc pu lui donner un aperçu de ce qu'il était arrivé à Zoé et à son amie, aperçu qui suggérait fortement un lien entre Zoé et la victime anonyme de la jetée 25.

« Qu'en penses-tu ? » demanda Greening.

Ogawa secoua la tête.

« Il y a quelque chose qui cloche. Les shérifs de Mono County n'ont jamais retrouvé le lieu où les filles ont été détenues, ni l'amie ou quoi que ce soit d'autre qui puisse soutenir sa version des faits. Il n'y avait pas non plus de trace d'activité sexuelle, qu'elle soit consensuelle ou non.

— Elle avait été droguée. Elle ne va pas être fiable sur les faits.

— C'est bien ce qui me chagrine. En lisant entre les lignes de ce rapport, il apparaît que les gars de Mono County n'arrivaient pas à distinguer le vrai du faux. »

Greening avait eu la même impression en lisant le compte rendu.

« J'ai un rendez-vous téléphonique avec l'enquêteur principal de l'époque. Avec un peu de chance, il pourra nous éclairer, dit-il. En attendant, vu les similitudes, elle est forcément liée à cette affaire. Sa cicatrice correspond à la nôtre, et personne en dehors de l'enquête n'était au courant de ce détail. Son amie est censée avoir été suspendue et fouettée. Pareil pour notre victime. Pas d'agression sexuelle dans son cas, et *a priori,* il n'y en a pas eu dans notre affaire non plus.

— La plupart de ses propos n'ont pas pu être corroborés. Il aurait pu se passer n'importe quoi.

— Il y a tout de même quelques éléments qui confirment son histoire. Primo, son amie a disparu. Personne ne l'a revue depuis le trajet et il n'y a aucune trace d'elle après ce fameux week-end. Alors, où est-elle ? Deuzio, même si les shérifs de Mono County ont fait une croix dessus en raison des doutes sur sa fiabilité, ils ont quand même trouvé du Rohypnol dans son sang, alors il s'est forcément passé quelque chose. Et troisièmement, il y a la cicatrice sur sa hanche. À ce stade, je dirais que la cicatrice remporte ma conviction. »

Ogawa se pencha sur le mur de la petite pièce. Il fixait Zoé Sutton à l'écran.

« La cicatrice. Putain de cicatrice. »

Ce n'était pas la réaction à laquelle Greening s'attendait.

« Pourquoi tu te biles autant?

— Si cette cicatrice est liée à notre affaire, alors il s'agit d'un tueur en série et je n'ai pas besoin de ça. »

Si l'affaire dépassait le cadre de l'État, ils la perdraient au profit des flics fédéraux, mais Greening avait travaillé avec Ogawa assez longtemps pour savoir que ce n'était pas ce qui le contrariait. Il se fichait des questions de juridiction et de crédit. Ce qui lui importait, c'était de mettre les criminels hors d'état de nuire, et une affaire de meurtres en série serait non seulement difficile à résoudre, mais monopoliserait des milliers d'heures de travail. Ces affaires-là pouvaient propulser une carrière ou la briser.

« Je n'aime pas ce retournement de situation, dit Ogawa. Zoé Sutton pourrait être un coup de bol pour nous, ou alors une vraie casse-pieds. Elle est peut-être liée à l'affaire, mais nous ne savons pas comment.

— Elle est peut-être notre meilleure piste.

— Ou notre suspect numéro un. »

C'était une théorie que Greening ne gobait pas. Ogawa balançait toutes les possibilités, et ils ne pouvaient en ignorer aucune, mais Greening ne croyait pas que celle qu'ils voyaient à l'écran était l'assassin.

« En ce moment, elle est une distraction. Notre affaire, ce n'est pas Zoé Sutton, c'est la victime anonyme, et le temps presse. C'est ça mon objectif principal et je dois rester concentré dessus. Alors, je veux que tu te démènes pour savoir s'il y a vraiment un lien. C'est ta priorité absolue, OK?

— Pas de problème.

— Je retourne sur la scène de crime. Toi, tu l'interroges, tu en tires tout ce que tu peux, et tu me fais un compte rendu.

— D'accord. »

En sortant de la salle d'observation, Ogawa donna à Greening une tape dans le dos et lui dit :

« J'ai le sentiment que cette affaire va prendre une sale tournure. »

***

Marshall Beck était assis au volant de son 4 x 4 et attendait son numéro IV. Il s'était garé entre deux agents de cautionnement et avait une vue directe sur le palais de justice, qui abritait la cour d'appel, le bureau du procureur, la police de San Francisco, pour ne nommer que ces trois institutions. Il ne savait absolument pas si elle se trouvait à l'intérieur, mais cela lui paraissait probable, puisque le palais de justice abritait notamment la brigade des crimes majeurs de la police. Elle n'était plus sur les lieux du crime. Il avait vérifié. Les flics y étaient, et s'affairaient à leurs tâches de flic, mais numéro IV n'y était plus. La police l'avait peut-être envoyée paître, mais il en doutait. Ils seraient tentés de l'interroger, ne serait-ce que pour ensuite l'écarter en la cataloguant comme une cinglée.

Depuis qu'il l'avait vue au journal télévisé, il se creusait la tête pour essayer de retrouver son nom. Lorsqu'il s'était emparé d'elle et de numéro III, cela avait été purement spontané, alors il n'avait pas fait preuve de sa diligence habituelle. À l'époque, il n'avait pas considéré que c'était nécessaire. Les deux femmes étaient juste de passage dans le coin. C'étaient des inconnues sans attaches. Cela avait été son raisonnement infaillible, du moins jusqu'à ce que numéro IV ne s'évadât. Il n'avait regardé leurs pièces d'identité qu'une seule fois avant de s'en débarrasser. Il se souvenait de numéro III. Elle s'appelait Holli Buckner, mais il n'arrivait pas à mettre le doigt sur le nom de numéro IV. Il ferma les yeux et se revit en train de lire sa pièce d'identité. Un nom lui revint à l'esprit.

« Zoé Sutton, dit-il. Quel plaisir de refaire connaissance ! »

Il ne s'inquiétait pas de savoir que Zoé viderait son sac chez les flics. Elle ne savait rien qui pût les envoyer frapper à sa porte. Sinon, elle leur aurait parlé après son évasion. Le seul tort qu'elle pourrait lui faire serait de fournir à la police une deuxième donnée. Ils s'apercevraient alors qu'ils n'avaient pas affaire à un cas isolé mais à deux, et peut-être plus. Mais une deuxième donnée n'aiderait pas beaucoup les enquêteurs. Il en fallait trois ou quatre pour dégager un profil, et ça, Zoé ne serait certainement pas en mesure de le leur fournir.

Non, en réalité, son intérêt pour Zoé relevait de l'amour-propre. Elle était une mission inachevée. Il avait été négligent, et à cause de cela, elle lui avait échappé. Elle ne s'était pas acquittée de ses dettes. Elle n'avait eu qu'un avant-goût de ce qui l'attendait. Il était grand temps qu'il lui fasse subir tout ce qu'elle méritait. Mais il ne pouvait pas se précipiter et laisser ses émotions prendre le pas sur son discernement. Il avait pris toutes les précautions avec Laurie Hernandez, et pourtant les choses avaient mal tourné. S'il souhaitait clôturer son compte avec Zoé, il devrait faire preuve de ruse et de dissimulation. Il fallait la traquer et l'observer. Mais, pour cela, il avait besoin de ses propres données et, pour l'heure, il n'en avait aucune. Il connaissait son nom et savait qu'elle habitait dans les parages, voilà tout. Une rapide recherche téléphonique et sur Internet n'avait donné ni adresse postale, ni compte de réseau social actif. Si elle s'était mariée, elle avait peut-être changé de nom de famille, mais il n'y croyait pas. Cette robe n'était pas celle d'une femme mariée. Non, Zoé Sutton était sans doute célibataire. Et il trouvait cela révélateur. Elle vivait dans l'anonymat, sous le radar, autant que faire se peut à notre époque, en tout cas. Qui évitait Facebook et Twitter, tout en étant sur liste rouge ? Un technophobe dans le style du terroriste « Unabomber » ? À coup sûr. Comme ces gens qui souhaitent se soustraire au regard du monde. Oui, c'était ça. Zoé se cachait, et ceci à cause de lui. Il aurait pu la traquer et la retrouver juste après son évasion, mais il avait eu d'autres chats à fouetter. Il avait accepté son évasion et tourné la page. Mais pas Zoé, apparemment. Et pour ça, *chapeau bas*, se disait-il. Elle avait tiré des leçons de leur précédente rencontre.

Il jeta un coup d'œil sur l'horloge du tableau de bord. Cela faisait déjà deux heures qu'il était là. Était-il arrivé trop tard ? Il espérait bien que non. Il reconstitua le fil chronologique. En tenant compte de l'heure de diffusion du reportage, il estima que Zoé avait abordé les flics à peu près trois heures et demie auparavant. Il ne leur aurait pas fallu longtemps pour l'acheminer de la jetée 25 à ce bâtiment, mais ils l'auraient laissée poireauter un peu, le temps de faire des recherches sur ses antécédents. Peut-être était-il optimiste, mais, pour lui, ils l'auraient mise sur le gril pendant deux bonnes heures, si elle leur avait fait une révélation utile. Il était encore de l'ordre du possible qu'elle soit à l'intérieur. Cette pensée raviva son espoir. Il décida d'attendre encore deux heures avant d'abandonner pour la nuit.

Mais il n'eut pas à attendre si longtemps.

Quarante minutes plus tard, Zoé sortit du bâtiment en dalles. Un homme en costume ayant la trentaine l'escorta jusqu'en bas de l'escalier, et ils s'arrêtèrent sur le trottoir. Beck devina qu'il était soit policier en civil, soit procureur. Zoé et l'homme parlaient, mais il était trop loin pour suivre la conversation.

Un véhicule qui semblait être une voiture de police banalisée s'arrêta devant eux. L'homme ouvrit la porte pour Zoé et elle monta à l'arrière du véhicule. Beck démarra sa Honda Pilot et les suivit dans Bryant Street. Filer la voiture banalisée était plus compliqué que d'habitude. Du fait qu'on approchait du petit matin, la circulation était rare et lui laissait peu de véhicules derrière lesquels se cacher. Il ne pouvait que rester en arrière et espérer que tout aille bien. Il aimait bien l'idée que l'aspect ultra-ordinaire de la Honda lui fût favorable à cet égard. Elle lui fournissait quasiment un camouflage urbain. Il se demanda si les flics avaient pour habitude de vérifier s'ils étaient suivis. Il les imaginait à l'affût de toute activité illégale, mais il doutait qu'ils puissent se savoir surveillés. Il attribuait cela à l'arrogance de leur métier. Les policiers se croyaient intouchables, blindés même. Il se dit qu'il saurait bientôt si sa filature avait été repérée. Le flic conduisant Zoé ne ferait pas le sale boulot lui-même, pas avec une personne d'un tel intérêt pour l'enquête dans sa voiture. Non, il appellerait la centrale et une autre voiture de police tenterait de l'arrêter.

La voiture banalisée traversa la ville. Beck élimina plusieurs quartiers en les traversant. Il commençait à se dire que cela ressemblait à une chasse à la chimère lorsque la voiture ralentit et pénétra dans un complexe immobilier. La barrière de sécurité céda à l'approche de la voiture du flic. C'était un petit complexe immobilier d'à peine une trentaine d'unités, et Beck préféra ne pas les suivre à l'intérieur. Il se gara, traversa la rue en courant, et s'arrêta devant la barrière juste au moment où elle se refermait. Il observa le flic en uniforme accompagner Zoé jusqu'à la porte de son appartement, situé au deuxième étage. Il faisait trop sombre pour lire le numéro de porte, mais il mémorisa l'endroit. Il reviendrait pendant la journée pour déterminer son adresse complète. Zoé rentra chez elle, et il se retourna, le sourire aux lèvres. Il savait où habitait Zoé Sutton. Il tenait sa première donnée. Maintenant, il pourrait commencer à planifier sa deuxième capture.

CHAPITRE SEPT

Le lendemain matin, Greening s'affaira à son bureau pendant qu'Ogawa assistait à l'autopsie de la victime. Le jeune inspecteur approfondit ses recherches sur le cas de Zoé Sutton. Les bases de données racontaient une histoire intéressante sur elle, révélant un certain nombre de signaux d'alarme auxquels il ne se serait pas attendu, à savoir plusieurs délits mineurs. Au cours des quinze derniers mois, elle avait écopé de deux inculpations pour trouble à l'ordre public à San Francisco et une pour coups et blessures à Oakland. À la lecture des rapports de police, les incidents avaient un point commun : le tempérament colérique de Zoé. Elle avait eu une altercation dans un bar ou dans une boîte de nuit, qui avait dégénéré en un échange musclé de noms d'oiseaux, puis de coups. Dans les trois cas, elle avait plaidé coupable et purgé sa peine de travaux d'intérêt public.

Les inculpations étaient toutes survenues en l'espace de sept mois. Apparemment, elle s'était calmée durant les six derniers mois, du moins du point de vue des tribunaux. En revanche, son nom apparaissait dans nombre de rapports d'interrogatoire de terrain, qui avaient donné lieu à des avertissements plutôt qu'à des arrestations.

Il y en avait eu quatre sur la période et, au vu des adresses consignées, les incidents avaient tous eu lieu dans son quartier ou à proximité. Il y avait un point intéressant dans toutes ces interventions : l'agent dépêché sur place. L'agent Javier Martinez était intervenu dans trois cas sur quatre, et il avait procédé à l'arrestation après l'incident de trouble à l'ordre public. Il avait aussi annoté le dossier de Zoé, demandant à être contacté si elle se faisait à nouveau arrêter. Il semblait que Zoé avait un ange gardien. Greening décrocha son téléphone et laissa un message à Martinez le priant de le contacter.

Greening lança une recherche dans les bases de données criminelles au niveau national, mais le nom de Zoé n'apparut, avec celui de Holli, que dans un rapport sur leur enlèvement. Les bases de données avaient leurs limites. Elles lui donnaient des renseignements officiels sur une personne : ses antécédents, une estimation de sa valeur, mais rien sur sa dimension humaine. En revanche, les réseaux sociaux offraient une ouverture sur le caractère d'une personne. Bien que les réseaux sociaux fussent considérés par certains comme un fléau des temps modernes, ils étaient une aubaine pour les forces de l'ordre. Les gens, y compris les criminels, ne se rendaient pas compte à quel point ils étalaient leur vie sur la place publique. Pour le meilleur et pour le pire, dis-moi ce que tu tweetes et je te dirai qui tu es…

Il fournit le nom de Zoé aux plateformes de Facebook, Pinterest, Tumblr, Google+, Twitter et à tous les autres réseaux sociaux habituels. Zoé avait bien des comptes Facebook et Twitter, mais tous deux étaient inactifs. Ils avaient pourtant été plutôt animés jusqu'à l'enlèvement. Son dernier commentaire sur Facebook annonçait simplement : « À nous Vegas, ma cocotte ! » Dans la série de répliques qui suivaient, figurait un message de Holli disant : « *Ce qui se passe à Vegas reste à Vegas.* »

Malheureusement, ce fut bien le cas, pensa-t-il, avec une pointe de tristesse.

Depuis, Zoé n'avait pas laissé le moindre commentaire. D'autres, si. Il y avait des missives de ses amis lui demandant où elle était et ce qu'il était arrivé, mais sans réponse de la part de Zoé. Une certaine Michaela Shannon semblait être une amie persévérante. Pendant un an et jusqu'à trois mois auparavant, elle avait laissé sur la page Facebook de Zoé des messages réguliers, espacés de quelques semaines. Ses messages étaient du style : « Comment vas-tu ? » ; « J'espère que ça va » ; « Appelle-moi ! » ; « Où es-tu ? ». Le dernier faisait état de son désarroi : « Je m'inquiète pour toi. S'il te plaît, appelle-moi. »

Greening envoya un message personnel à Michaela à partir de son propre compte, dans lequel il se présenta et lui demanda de le recontacter au sujet de Zoé.

Greening sentit une ombre se pencher au-dessus de lui. Il se retourna et se retrouva face à un homme d'une cinquantaine d'années en uniforme, au torse puissant et avec des cheveux grisonnants et épais.

L'inconnu sourit.

« Vous savez, je peux vous dénoncer pour usage des réseaux sociaux pendant les heures de travail. »

Greening sourit à son tour.

« C'est pour le travail, justement. Promis, juré !

— Javier Martinez. Vous m'avez appelé ? »

Greening se leva et serra la main de Martinez. Il montra sa seule et unique chaise pour visiteur et Martinez s'assit.

Même sans connaître Martinez, Greening l'apprécia tout de suite. Son attitude amicale mit Greening immédiatement à l'aise. C'était réellement un grand atout pour un flic de patrouille. La plupart du temps, les gens entraient en contact avec la police aux pires moments de leur vie. Lorsque l'agent était perçu comme un être sympathique et serviable, cela faisait toute la différence.

« Que puis-je faire pour vous, inspecteur ?

— C'est au sujet de Zoé Sutton. »

Le sourire de Martinez disparut.

« Elle est encore dans le pétrin ?

— Oui, mais pas du genre auquel vous pensez. Je fais des recherches sur elle et je vois que vous avez demandé à être contacté en cas de problème. Puis-je vous demander pourquoi ?

— Je l'ai coffrée pour trouble à l'ordre public, il y a un an. J'aurais même pu aller jusqu'à retenir contre elle le motif "d'agression". Elle avait eu une prise de bec avec un gars qui la draguait dans un bar et l'a cogné quand il est devenu trop entreprenant.

— Et pourquoi ne l'avez-vous pas arrêtée pour agression ?

— Elle me faisait pitié. Je voyais bien que sa situation était plus complexe qu'il n'y paraissait, que ce n'était pas qu'une question d'agressivité excessive. J'ai réussi à la faire parler et elle m'a raconté ce qu'il s'était passé avec son amie. Elle était encore à vif à l'époque, et elle l'est toujours d'ailleurs. Elle avait besoin d'aide et non d'incarcération, alors j'ai changé la dynamique de la situation. J'ai demandé au gars, un vrai connard, s'il avait vraiment envie d'aller expliquer devant un tribunal qu'une minette bien plus petite que lui l'avait rossé. Ça l'a calmé et j'ai embarqué la fille pour trouble à l'ordre public.

— Je vois qu'il y a quelques rapports d'intervention qui n'ont pas été suivis d'effet. »

Martinez se racla la gorge.

« Ouais, j'ai en effet essayé de lui épargner les ennuis. Elle a subi un enfer et y a survécu, mais, après coup, il n'y a eu personne pour l'aider à gérer sa situation. Elle démarre au quart de tour. J'essaie juste de la calmer quand elle s'emporte et de l'aider à gérer des connards pour qui ça ne vaut pas la peine qu'elle risque sa liberté.

— Et sa famille dans tout ça ?

— J'ai contacté ses parents. Ce sont de braves gens, et ils ont fait de leur mieux pour la soutenir. Ils ont même envoyé son jeune frère comme émissaire, mais elle a coupé tout contact. Le facteur "honte" y est pour quelque chose, c'est sûr. Alors, je lui ai trouvé de l'aide. Il y a une œuvre de charité pour les femmes victimes de violence qui finance des séances de psychothérapie. Je l'ai mise en contact avec eux et ils lui ont donné le nom d'un psy qui la suit. »

Greening prit son carnet et l'ouvrit à une page vierge.

« Vous avez son nom ?

— Ouais. Docteur David Jarocki. »

Martinez sortit son téléphone portable et en consulta le contenu.

« Son bureau est du côté de Spear, mais voici son numéro. »

Greening prit le téléphone, nota le numéro puis le rendit à Martinez.

« Ça marche, la thérapie ?

— Je ne sais pas, mais elle est certainement plus stable que lors de notre première rencontre. C'est monstrueux, ce qu'elle a subi. Toute cette merde, ça ne part pas du jour au lendemain. »

Greening sourit.

« Et ça vous arrive souvent de jouer les preux chevaliers pour demoiselles en détresse ? »

Martinez rougit.

« Je fais de mon mieux pour tous ceux que je rencontre, mais Zoé, c'est différent. Avec un peu d'aide, elle peut redonner un sens à sa vie. Savez-vous qu'elle préparait un doctorat quand tout cela est arrivé ? Elle voulait travailler pour l'Agence de protection de l'environnement et nettoyer la planète.

— Et maintenant, elle est vigile.

— Ouais, je sais. Elle a tourné le dos à la vie, à l'amour, aux amis, à son avenir, à ses rêves, à tout. C'est vraiment dommage. »

Martinez confirmait ce que Greening avait lui-même constaté. Tous les signes tendaient à prouver que la vie de Zoé avait périclité après l'enlèvement. Mais c'était peut-être là un euphémisme. Ce n'était pas sa vie, mais Zoé elle-même qui avait changé. D'une certaine façon, elle était morte en même temps que Holli Buckner, et celle qui avait ressuscité à sa place était une personne différente.

« À votre avis, que lui est-il arrivé dans le désert? demanda Greening.

— Le ciel leur est tombé sur la tête, à Holli et elle.

— Alors, vous pensez qu'elles ont rencontré un sombre et méchant personnage, un inconnu? »

L'expression de Martinez changea et il se raidit sur son siège. Greening avait touché un point sensible et Martinez commençait à se refermer. Il était habitué à susciter cette réaction chez les témoins et les suspects, mais c'était étrange de l'observer chez un flic.

« Où voulez-vous en venir? »

Martinez était un frère d'armes, mais dans des situations pareilles, il fallait pousser les gens dans leurs retranchements pour parvenir à la vérité, même si cela voulait dire heurter quelques sensibilités. Ajoutant une bonne dose de scepticisme policier que recelait réellement son caractère, Greening ramassa tous les rapports de Zoé.

« Zoé Sutton a derrière elle un historique émaillé de violence. Aurait-elle pu tuer Holli Buckner et inventer cet enlèvement? »

Martinez était déjà debout.

« Comme je vous l'ai dit, Zoé Sutton a besoin de notre aide. C'est elle, la victime. »

Greening regarda Martinez sortir de son unité et se dit : « Bien joué. » Il venait peut-être bien de perdre un allié. Il avait contrarié un collègue. À présent, il s'agissait de voir s'il arriverait à en contrarier un autre. Il parcourut ses messages et sortit la note de l'adjoint Greg Solis. Solis était l'officier de Mono County en charge de l'enquête au moment de l'enlèvement de Zoé. En réponse à la requête faite par Greening auprès de l'officier de service la veille, Solis avait envoyé la totalité de son rapport par fax, accompagné d'un numéro de téléphone.

Greening décrocha son téléphone et composa le numéro de Solis.

« Ici l'adjoint Greg Solis.

— Bonjour, ici l'inspecteur Ryan Greening de la police de San Francisco. J'aurai voulu m'entretenir avec vous au sujet d'une de vos affaires. » Il récita le numéro de dossier. « Zoé Sutton et Holli Buckner.

— Je connais l'affaire, avez-vous du nouveau pour moi ? répondit Solis.

— À vrai dire, je n'en sais rien. Zoé Sutton prétend que son affaire est liée à un homicide qui a eu lieu ici hier soir.

— Vraiment ? »

Solis n'avait pas l'air impressionné.

« Et ça vous paraît plausible ? demanda-t-il.

— C'est bien ce que j'espérais que vous m'aideriez à déterminer. Si possible, j'aimerais vous demander une copie du dossier.

— Ça ne devrait pas poser de problème. Mais avant que j'aille perdre mon temps, dites-moi ce que vous avez. »

Vu le ton de sa voix, il semblait que Greg Solis avait une piètre opinion soit de la police de San Francisco, soit de Zoé Sutton.

« Hier soir, nous avons eu l'assassinat d'une femme non identifiée d'une petite trentaine d'années. Son corps a été découvert sur un chantier, nu, suspendu par les poignets. Elle avait été fouettée à maintes reprises avant d'être poignardée dans le cœur.

— Fouettée ? »

Greening perçut de la surprise et de l'intérêt dans la voix de Solis. Il continua, afin de bien lui faire mordre à l'hameçon.

« Oui. Notre victime avait aussi le chiffre romain "VI" gravé sur la hanche gauche. Nous pensons qu'il numérote ses victimes. »

Silence à l'autre bout. Un silence très parlant, en l'occurrence. Greening poursuivit :

« J'ai la version de mademoiselle Sutton, mais pourriez-vous me dire ce que vous en pensez, adjoint Solis ?

— Nous avons répondu à un appel police-secours d'un camionneur signalant une femme inconsciente au volant d'une voiture qui était sur le bas-côté après avoir fait un tête-à-queue. Nous avons trouvé mademoiselle Sutton nue et à demi évanouie. De prime abord, nous avons cru avoir affaire à un cas de conduite en état d'ivresse. Un test sanguin révéla qu'elle était en dessous de la limite d'alcoolémie, mais qu'elle avait du Flunitrazépam dans le sang. Ceci confirmait ses affirmations selon lesquelles elle et son amie, mademoiselle Buckner, avaient été enlevées et détenues contre leur gré. »

Greening n'aimait pas la façon dont Solis donnait sa version des faits. Il s'exprimait comme quelqu'un qui parle au tribunal, et non de flic à flic. Quelque chose clochait.

« Qu'avez-vous appris au sujet de l'enlèvement ? » demanda Greening.

Il entendit Solis soupirer à l'autre bout du fil.

« Pas grand-chose. Mademoiselle Sutton n'était pas en état de donner beaucoup de détails. Elle n'a pas pu nous dire où elle se trouvait avant ou après l'enlèvement. De même, elle n'a pu fournir qu'une description très vague de l'homme qui l'a enlevée. Il n'y avait personne pour corroborer ses dires. En somme, l'affaire était à bout de souffle. »

Greening comprenait la frustration de Solis. Il n'y a rien de pire que de tomber sur une affaire sans aucune piste. Autant essayer d'enfermer un nuage dans un bocal. Ce que Greening n'arrivait toujours pas à comprendre, c'était le ton dédaigneux qu'il entendait dans la voix de son collègue.

« Avez-vous pu tirer quelque chose de la voiture de mademoiselle Sutton ?

— Nous avons trouvé des fibres, et des cheveux appartenant à mesdemoiselles Sutton et Buckner, et à un individu de sexe masculin non identifié. »

Des preuves matérielles, Greening n'en avait pas, lui. Ce qui montrait que l'assassin s'était fait plus prudent depuis Zoé, mais s'il commettait la moindre négligence, une comparaison et un résultat positif le coinceraient pour les deux crimes.

« Si nous trouvons quelque chose de notre côté, je vous communiquerai les résultats. Et avez-vous réussi à localiser l'espèce d'atelier où le type les a emmenées ?

— Nous avons ratissé la zone à la recherche de bâtiments correspondant à sa description, mais n'avons jamais trouvé. À supposer que ses souvenirs soient exacts. »

C'était bien là le problème de Zoé. Sa version des faits était déformée par le Rohypnol. Pour autant qu'elle sache, l'atelier pouvait être un bâtiment administratif ou le sous-sol d'une église.

« Et *quid* de Holli Buckner ? Avez-vous fait des recherches sur elle ?

— Oui. Apparemment, mademoiselle Buckner avait réservé une chambre avec mademoiselle Sutton, mais nous n'avons pas pu confirmer qu'elle était bien avec elle. Il était difficile de prouver la validité de ses affirmations. Nous n'avons pas pu trouver de témoins oculaires pour confirmer qu'elles avaient fait le trajet ensemble, bien qu'il semble que ce fût le cas. »

Le choix des vocables utilisés, à savoir « semble » et « validité », était intéressant. Ces mots entraient dans la même catégorie que « prétendument ». Ils impliquaient l'incrédulité.

« Holli Buckner n'a jamais été revue depuis cet incident.

— Je sais. »

Sa réplique fut sèche.

« À votre avis, que s'est-il passé cette nuit-là ?

— Je ne sais pas, répondit Solis d'une voix un peu moins tendue. Mademoiselle Sutton n'était pas un témoin fiable. Elle nous a donné une version des faits confuse qui rendait l'enquête quasi impossible. »

Étant donné que Zoé avait été droguée, son imprécision n'avait rien de surprenant.

« Quel est le statut du dossier ?

— Ouvert. »

Vu les circonstances, cette classification était logique, mais Greening savait que ces gars n'en avaient pas fait assez sur cette affaire. Il aurait pu titiller Solis sur ce point, mais il décida de lui tendre la perche, plutôt.

« Et de vous à moi, que vous dit votre intuition ?

— Les choses se sont peut-être passées comme mademoiselle Sutton a dit.

— J'ai l'impression que vous allez ajouter un “mais…”. »

Solis émit un grognement appréciatif.

« Ça pourrait aussi être une fable pour couvrir les conséquences fâcheuses d'une dispute entre elles, ou pour permettre à mademoiselle Buckner de disparaître. »

Zoé en tant que coupable. C'était une théorie intéressante. Solis était aussi suspicieux qu'Ogawa.

« Et ses blessures ? demanda Greening.

— Facilement auto-infligées.

— Et le Flunitrazépam ?

— Peut-être auto-administré.

— C'est un peu tiré par les cheveux.

— C'est juste une théorie. Avec si peu de preuves, tout est possible. »

Il ne la porte vraiment pas dans son cœur, pensa Greening. Zoé avait dû leur faire une sacrée impression, car Greening avait le sentiment qu'ils ne lui accordaient même pas le bénéfice du doute. Il comprenait l'embarras de Solis, et sa probable amertume. Il avait été confronté à une affaire reposant sur du vent. Il n'y avait rien de solide à quoi raccrocher son enquête. Il n'avait pas de scène de crime, ni même de victime en tant que telle, car tout reposait sur un témoin peu fiable. La disparition de Holli Buckner prouvait qu'il s'était passé quelque chose cette nuit-là, mais sans autre preuve, l'affaire était restée lettre morte.

« Vu l'apparition d'une nouvelle victime potentielle, quel est votre sentiment à présent ?

— Pas de changement, pour l'instant. »

Greening sourit.

« Si je faisais un tour là-bas, vous pensez que vous pourriez me montrer le coin ?

— Pas sûr que je puisse vous montrer quoi que ce soit d'utile pour votre affaire, mais vous serez le bienvenu. »

Ogawa entra dans le bureau, l'air énervé, en tenant un journal. Greening remercia Solis et lui dit qu'il le recontacterait.

Ogawa s'installa sur le côté du bureau.

« J'ai une bonne nouvelle et une nouvelle merdique », dit-il.

Greening se pencha en arrière sur son siège.

« Donne-moi la bonne.

— Nous avons identifié la victime. Elle se nomme Laurie Hernandez. Elle nous a facilité la tâche. Elle a un casier. Fais des recherches sur elle.

— Et la nouvelle merdique ? »

Ogawa balança le journal sur le bureau de Greening.

« Quelqu'un a parlé, parce que la presse lui a donné un nom. »

Greening trouva le nom facilement dans l'article. Puisqu'il numérotait ses victimes, les journalistes le surnommaient « le Numéroteur ».

CHAPITRE HUIT

Chez Pattes urbaines, Marshall Beck, installé dans son bureau, prenait connaissance des dernières nouvelles. Il parcourut les gros titres à la recherche d'articles récents sur Laurie Hernandez. Il ne s'attendait pas à ce que la police révèle ses atouts, mais pensait qu'elle dévoilerait quelques détails sur l'affaire, afin de calmer la nervosité du public. Pour l'instant, la police n'avait encore révélé ni l'identité de Laurie Hernandez, ni celle de sa petite fugueuse, Zoé Sutton. Il trouvait cela intéressant que les flics n'aient pas révélé le nom de celle-ci ni divulgué grand-chose à son sujet. Aucun des sites Internet d'informations ni le site SFGate.com ne communiquait de reportage actualisé sur sa violation du cordon de police la veille, et aucune déclaration des autorités ne la mentionnait. Il interpréta leur silence radio comme une preuve qu'ils la croyaient. Elle avait réussi à les persuader de son utilité pour l'enquête. Un frisson d'anxiété parcourut son corps, mais il savait qu'il n'avait rien à craindre. Elle ne pourrait rien leur dire d'utile. Sinon, la police l'aurait retrouvé depuis longtemps.

Zoé n'avait peut-être pas été mentionnée par le site Internet SFGate.com mais lui, si, par son surnom. S'inspirant des chiffres qu'il avait gravés dans la peau des femmes, la presse le surnommait maintenant « le Numéroteur ». *Bande d'écrivaillons*, pensa-t-il. Ils avaient réduit son œuvre à une formule accrocheuse pour vendre plus de journaux. *Avec une créativité aussi médiocre, pas étonnant que le journalisme soit dans un état pareil.*

Il décida de contenir son mépris. Aussi agaçante que pût être une étiquette aussi stupide, il y avait plus agaçant encore : quelqu'un avait compris son système de marquage. « Le Numéroteur » était une invention journalistique, mais il doutait fort que ce fût les journalistes qui avaient deviné le sens de sa marque. Ça, c'était une découverte de la police, ce qui signifiait que leur équipe avait laissé fuiter le marquage des femmes punies à la presse. Il ne trouvait pas ça très intelligent de leur part. À présent, il savait qu'ils étaient sur sa trace et qu'ils avaient compris son système. Aucune importance, de toute façon, cela ne changerait rien. Il continuerait à numéroter celles qu'il punirait. Avec ces révélations, peut-être le public comprendrait-il son œuvre.

Il sentit le parfum de Kristi une seconde avant qu'elle ne se penchât au-dessus de son épaule. Il détestait qu'elle fasse ça. Il n'aimait pas que l'on envahisse son espace. C'était une irritation mineure, pas assez grave pour mériter un numéro. Cette femme avait, après tout, dédié sa vie à la cause des animaux.

« C'est vraiment terrible ce qu'il est arrivé à cette femme, n'est-ce pas ? dit Kristi.

— Oui, terrible.

— Il paraît qu'elle a été fouettée et marquée au fer rouge. »

« *Il paraît.* » *Quelles foutaises.* Les sempiternelles sources anonymes en savaient toujours plus que quiconque. Sauf qu'il n'avait marqué personne au fer rouge.

« Les flics ont-ils trouvé qui elle était ? demanda Kristi.

— Non, pas encore. Vous vouliez me demander quelque chose ?

— C'est aujourd'hui que l'on s'occupe du traitement de la paye, dit-elle avec un sourire. Les documents sont-ils prêts pour ma signature ?

— Pas encore. Ils le seront d'ici midi.

— D'ici midi. »

Elle lui donna un coup de coude taquin, ce qui lui déplut.

« Vous vous laissez aller. »

Une cacophonie d'aboiements explosa dans le centre. Des aboiements furieux et hostiles. Kristi sortit du bureau à toute vitesse. Beck la suivit de près.

Les chiens de l'aire d'observation aboyaient, mais l'épicentre de l'agitation n'était pas là. Celle-ci venait de l'annexe d'évaluation. De ce côté-là, on aurait dit qu'une guerre venait d'éclater. Beck pensa à Brando. Avait-il été provoqué ?

Kristi cogna à la porte.

« Tout va bien là-dedans ? »

Elle était maligne. Si l'un des chiens de combat s'était échappé, elle ne pouvait certainement pas se permettre de le laisser pénétrer dans la zone des visites.

« Oui ! » cria Tom Fischer.

Kristi ouvrit la porte et entra. Beck la suivit et ferma la porte derrière eux.

Tom et Judy King tentaient courageusement de faire rentrer Néron dans sa cage. Il grognait et ripostait furieusement en essayant d'enfoncer ses crocs dans tout ce qui l'approchait. Ils utilisaient un lasso de capture et la force brute pour le remettre en cage.

Beck fut surpris de voir cet animal précis poser problème. Il l'avait toujours considéré comme l'un des plus dociles. Cela dit, c'était un chien de combat. Il était dressé pour ça.

Du côté opposé, Bonnie Moebeck maintenait Lilith, un autre pitbull, dans un coin à l'aide d'un deuxième lasso de capture. Kristi se précipita pour leur venir en aide.

Tous les autres chiens aboyaient et grognaient dans leurs enclos, sauf Brando. À la manière dont il tournait dans sa petite cage, il était visiblement agité, mais il semblait conscient de son impuissance à changer la situation. Beck fut fier de l'intelligence de Brando.

Tom et Judy finirent par forcer Néron à rentrer dans son enclos, qu'ils refermèrent. Ils aidèrent ensuite Kristi et Bonnie à confiner l'autre chien.

« Que s'est-il passé, bordel ? demanda Kristi.

— Nous avons sorti Néron pour son test de socialisation, et il s'est bien débrouillé, dit Tom Fischer. On a ensuite sorti Lilith pour le sien, et au moment où on ramenait Néron, il l'a attaquée.

— Nom de Dieu ! Vous savez que vous ne pouvez prendre aucun risque avec ces chiens tant qu'ils ne sont pas complètement évalués. Un chien à la fois. C'est la règle. »

Les dresseurs semblaient assez penauds et baissaient la tête.

« Ça veut dire que Néron vient d'échouer à son évaluation, dit Kristi en donnant un coup de poing dans le mur. Putain de merde ! »

Beck savait ce que signifiait un échec pour Néron et probablement aussi pour Lilith. L'euthanasie. Une triste fin pour des vies maudites.

« OK, il faut prendre ça comme un rappel à l'ordre. On continue le bon boulot », dit-elle ironiquement.

Beck avait compris. Elle était frustrée par la futilité de la tâche. Kristi se dirigea vers la porte. Il se positionna devant elle.

« Ça se présente comment pour ces chiens ? demanda-t-il.

— Je ne pense pas qu'ils seront nombreux à obtenir un sursis à leur exécution.

— Et Brando ? »

Elle lui jeta un coup d'œil narquois.

« À ce stade, je ne sais pas. Pourquoi ? »

Sous son regard insistant, il rougit.

« Je l'aime bien. Il semble avoir du potentiel.

— Et qu'en savez-vous ? demanda-t-elle, véritablement intéressée.

— Il m'est arrivé de rendre visite aux chiens, pour voir comment ils allaient. Il est différent des autres. Il est fier. Altier, même. »

Kristi sourit.

« Seriez-vous intéressé par son adoption ? »

Il rougit à nouveau.

« Eh bien, oui.

— Avons-nous réussi à faire de vous un ami des bêtes ? » demanda-t-elle.

Il se remémora leur conversation durant son entretien d'embauche, lorsque Kristi lui avait demandé ce qu'il pensait des animaux. Il avait répondu qu'ils ne l'intéressaient pas outre mesure, mais qu'il avait du respect pour le travail du refuge et que son objectif principal serait de faire du bon travail pour le compte de l'association.

« Un ami des bêtes, je ne sais pas, mais de Brando, oui, c'est sûr.

— Allons dans mon bureau. »

Beck jeta un regard à Brando avant de suivre Kristi.

Elle s'assit à son bureau. Lui, préféra rester debout.

« Marshall, en avez-vous eu beaucoup, des chiens ?

— Quelques-uns quand j'étais enfant. »

Beck mentait. Il n'y avait pas eu de moments de complicité avec un chien durant son enfance. Les animaux de compagnie étaient interdits à l'orphelinat Jessica's Palomino Ranch.

« Brando n'est pas un chien ordinaire, c'est un chien de combat. Il serait difficile à gérer pour un propriétaire expérimenté, à plus forte raison pour un néophyte. À supposer qu'il soit déclaré adoptable.

— Pensez-vous qu'il passera le test ?

— Difficile à dire, mais ses chances sont probablement inférieures à cinquante pour cent. »

L'idée que Brando puisse être euthanasié lui était insupportable. Ce chien dégageait une telle présence et une telle puissance qu'il méritait une chance d'aborder la vie selon ses propres termes. Beck ne le laisserait pas se faire euthanasier. Il aurait Brando d'une façon ou d'une autre.

« Ce chien vous tient à cœur, dit Kristi. Pourquoi ?

— Je vois quelque chose en lui que j'aimerais cultiver. »

Elle sourit à nouveau.

« Écoutez, si vous êtes vraiment sérieux, je m'arrangerai pour que vous travailliez avec Tom. Il vous montrera comment gérer un chien comme Brando.

— Merci.

— Mais je ne peux rien vous promettre. Si Brando échoue à son test, je ne pourrai rien faire. J'aurai les mains liées. »

Je peux t'assurer que si Brando meurt, tu ne penses pas si bien dire, songea-t-il.

CHAPITRE NEUF

Installée sur son siège au guichet d'information, Zoé fixait l'intérieur du centre commercial d'un air absent. Les clients allaient et venaient dans son champ de vision mais elle les remarquait à peine. Une seule pensée, récurrente, l'obsédait : *il est là, quelque part.* C'était la même pensée qui l'avait empêchée de dormir la nuit précédente et qui l'avait préoccupée pendant toute la durée de son service au centre commercial. Elle avait toujours su que leur ravisseur à Holli et elle était quelque part, en liberté, mais elle n'avait jamais su où. Il existait dans l'espace indéfini qu'était « quelque part ». Mais la nuit dernière avait tout changé. Il était dans Bay Area. Elle était à nouveau à sa portée. Il lui avait fallu longtemps pour perdre ce sentiment, mais il était de retour. Un sentiment quasi permanent depuis que les flics l'avaient relâchée et qu'elle avait intégré l'énormité de la situation.

Jeff Hall, son collègue agent de sécurité, lui adressa la parole, la ramenant brusquement à la réalité.

« Qu'est-ce que tu dis ? »

Jeff tapota sa montre.

« C'est l'heure de faire une ronde. Tu la prends ? »

C'était la première fois qu'il lui adressait la parole depuis une heure, ce qui l'arrangeait. Elle n'était pas d'humeur à converser et Jeff était parfait pour ça. Il avait la personnalité d'un Pet Rock[1], tout en étant deux fois moins bavard. D'habitude, son silence l'agaçait, mais aujourd'hui cela faisait de lui le partenaire idéal.

Zoé jeta un coup d'œil à sa propre montre. À peine trente minutes avant la fin de son service. Une fois sa ronde terminée, il serait l'heure de s'en aller.

« Pas de problème, dit-elle, j'y vais. »

Elle descendit de son tabouret et fit mine de patrouiller dans le centre commercial. Elle parcourut les galeries supérieure et inférieure, puis flâna dans les magasins. Sa présence était suffisante pour fournir un sentiment de sécurité à ceux qui en avaient besoin et pour dissuader les rôdeurs.

En patrouillant, elle avait la tête remplie de questions. Pourquoi son ravisseur se trouvait-il ici ? La recherchait-il ? Savait-il où elle habitait ? Elle n'arrivait pas à trouver de réponses. Il se pouvait qu'il soit à Bay Area pour achever ce qu'il avait commencé, mais depuis son évasion, elle avait déménagé. L'appartement qu'elle louait à présent était au nom de ses parents, car elle avait eu besoin d'eux comme garants du bail. Et si le ravisseur avait voulu terminer ce qu'il avait commencé, pourquoi attendre si longtemps ? Ne l'aurait-il pas traquée immédiatement après son évasion ? Ce n'était forcément qu'une coïncidence. *Coïncidence.* Ce mot s'écroula et s'effrita dès qu'elle l'eût formulé dans son esprit. La stricte vérité dans cette histoire, c'était qu'il ne se trouvait pas loin. La distance exacte importait peu, il fallait juste qu'elle se protège contre l'éventualité d'une autre agression. Juste au moment où elle terminait sa ronde, une petite femme, la trentaine à tout casser, approcha Zoé par la droite et se mit en travers de son chemin.

---

1 Jouet populaire constitué d'une pierre décorée en animal domestique.

« Bonjour, dit la femme avec un sourire. Je me demandais si vous pouviez m'aider. Je cherche le Starbuck's. Pouvez-vous m'indiquer la bonne direction ? »

Zoé n'en avait aucune envie. Elle était en fin de service et le vestiaire du personnel n'était qu'à une quarantaine de mètres. En outre, elle n'avait pas à être serviable, ni à empêcher les bagarres ou à arrêter les voleurs. Et qui plus est, elle n'était redevable à personne d'autre qu'à elle-même. Mais qu'elle le veuille ou non, c'était son boulot.

« Bien sûr, répondit Zoé en forçant un sourire. Il faut monter au niveau juste au dessus. » Elle montra le coffee-shop. « Vous voyez le magasin Claire's ? Vous tournez à gauche là. »

— Je vous remercie, c'est vraiment gentil.

— De rien, dit Zoé en contournant la femme, mais celle-ci lui attrapa le bras.

— Vous êtes Zoé Sutton, n'est-ce pas ? »

Zoé ne la reconnaissait pas et se contentait de la fixer sans mot dire.

« Vous étiez sur la scène du crime de la jetée 25 hier soir. Vous avez affirmé connaître l'assassin. »

Le regard de Zoé s'abaissa vers la petite main qui lui tenait le bras. Bien que la poigne fût légère, elle la maintenait fermement en place.

« Quoi ?

— Lara Finz, je travaille au *Chronicle*. Serait-il possible de discuter un peu avec vous ? » Elle augmenta la largeur de son sourire. « Je vous offre le café. »

Elle ressentit une pointe d'angoisse. Elle pensa à la facilité avec laquelle cette journaliste l'avait retrouvée à son boulot. Si elle y était arrivée, lui aussi en serait capable.

Zoé recula d'un pas, libérant son bras d'un geste vif.

« Fichez-moi la paix, dit-elle.

— Écoutez, Zoé, je veux juste avoir votre version de l'histoire.

— Je n'ai pas d'histoire. »

Zoé reconnut un ton de panique qui imprégnait sa voix. Elle détestait le son de sa propre vulnérabilité.

« Si, vous en avez une, et j'aimerais la faire connaître. »

Zoé continuait à reculer.

La journaliste commit une erreur. Elle fit un pas en avant et saisit le poignet de Zoé. L'impertinence du geste déclencha un instinct primaire chez Zoé. Elle ne réfléchit pas. Elle réagit. Du talon de sa main, elle asséna un violent coup sur l'épaule de Lara Finz. L'impact fit chanceler la journaliste sur ses pieds. Même sa prise sur le poignet de Zoé ne suffit pas à la maintenir en équilibre et elle tomba lourdement sur le dos. Le contenu de son sac à main s'étala sur le sol de la galerie.

Zoé resta figée un instant. Elle ne savait pas si elle devait aider la journaliste ou se sauver. Les clients approchaient. Quelle imbécile de l'avoir acculée de cette manière! C'était de la faute de la bonne femme.

Zoé sentit les regards se diriger vers elle. Elle recula, puis fila vers le vestiaire du personnel. Une fois arrivée, elle fit glisser sa carte magnétique et entra en trombe. La porte, avec ses gonds pneumatiques, se refermait lentement dans un râle sonore et elle appuya dessus de tout son poids pour la fermer un peu plus vite. Elle respira lorsque le loquet se remit en place.

Elle tituba jusqu'au banc en face de son casier et s'affaissa dessus. Ses mains tremblaient. Elle les serra l'une dans l'autre dans le but de faire cesser le tremblement, en vain.

Et merde! pensa-t-elle.

Elle n'aurait pas dû riposter, même si cette femme le méritait. Elle se concentra sur l'un de ses exercices de respiration. Ce fut efficace, mais il lui fallut quelques minutes avant que les tremblements ne s'estompent. Elle ouvrit son casier et sortit son sac, puis retira son uniforme de flic de fortune pour le remplacer par un tee-shirt et un sweat-shirt. Juste au moment où elle mettait sa capuche, la porte du vestiaire s'ouvrit. Jared Mills occupa toute l'embrasure de la porte. Du haut de son mètre quatre-vingt-dix, Avec ses cent bons kilos, ce n'était pas bien difficile pour lui. Il venait prendre son service. Il était le seul à pouvoir gérer n'importe lequel des connards que le centre commercial pouvait leur balancer. Il lui sourit et elle lui retourna son sourire. Elle aimait bien Jared. C'était un type bien et d'agréable compagnie. Avec lui, le service passait comme un éclair. Malheureusement, ils n'avaient pas l'occasion de travailler ensemble aussi souvent qu'elle l'aurait voulu.

« Salut, toi. Tu as ton cours d'autodéfense aujourd'hui ?

— Oui.

— Fais gaffe. Il y a du mouvement dehors. Il y a une nénette qui est tombée sur les fesses ou a été poussée ou quelque chose dans ce genre-là. Jeff est en train de gérer, mais ne te laisse pas entraîner dans cette histoire. »

Elle balança son sac de sport sur son épaule et fit claquer le loquet de son casier.

« Je suis en mode incognito maintenant », dit-elle.

Jared pouffa de rire.

« À plus, dit-il, et pas de stress, OK? »

Zoé aurait bien aimé pouvoir suivre son conseil.

Elle sortit du vestiaire. Un petit groupe de personnes comprenant Jeff entourait Lara Finz. Dans l'immédiat, Zoé ne pensait pas avoir trop de souci à se faire, car mademoiselle Finz ne voudrait sans doute pas se faire connaître, mais elle décida de ne prendre aucun risque. Alors que tous étaient tournés vers Lara, elle prit la direction opposée.

Dans le parking, elle poussa un soupir de soulagement. L'incident de tout à l'heure aurait sans doute des répercussions, mais elle pensa qu'à chaque jour suffisait sa peine. Tout ce qui lui importait à présent était d'aller à son cours.

Elle enfourcha sa moto et rejoignit les embouteillages en direction de San Francisco. La circulation était plus dense que d'habitude, mais elle arriva à temps au Female Warrior. Le studio était situé dans le quartier de SoMa donnant sur Howard Street. La nuit, c'était un endroit sombre et déprimant, et ce n'était sans doute pas le meilleur emplacement pour un studio de self-défense pour femmes, sauf à vouloir mettre en pratique les techniques apprises. Pour une fois, elle trouva à se garer près de l'entrée. Elle traversa la rue au trot et appuya sur la sonnette.

Le Female Warrior était un studio privé réservé à ses membres. Les femmes qui y prenaient des cours d'autodéfense avaient été victimes de violences ou connaissaient elles-mêmes des victimes de violences. Ce n'était pas un endroit où l'on s'adonnait au dernier cours de fitness en vogue. C'était un lieu où les femmes apprenaient à se défendre, ce qui pouvait faire la différence entre la vie et la mort.

Les cours étaient limités à une vingtaine d'élèves, et Zoé fut la dernière à arriver vu le nombre de femmes déjà présentes dans la salle d'entraînement. Elle enleva rapidement son sweat-shirt et le rangea avec son sac de sport et son casque.

Karen Haldane était la propriétaire et l'instructrice du studio. Elle se dirigea vers l'avant de la salle d'entraînement et rappela tout le monde à l'ordre.

« Les filles, le cours débute dans cinq minutes. Alors, échauffez-vous comme bon vous semble. »

Tandis que certaines s'étiraient, d'autres s'entraînaient aux mouvements d'autodéfense deux par deux. Zoé fila tout droit vers BOB. BOB était un sac de frappe en mousse recouvert de plastique, aux dimensions d'un torse humain doté d'une tête, le tout monté sur un poteau. BOB se tenait là, visage et traits lisses et inexpressifs, fixant Zoé avec ses yeux vides. C'est ainsi qu'elle voyait son ravisseur. Les substances qu'il lui avait administrées avaient réduit son signalement à un visage indéfini qui aurait pu appartenir à n'importe qui. Ce déchet humain lui avait fait ça. Il avait fait pire à Holli et plus récemment à la femme retrouvée morte. De quel droit agissait-il de la sorte ? De quel droit détruisait-il sa vie ? Elle avait eu des objectifs dans la vie, et il les avait tous balayés. Ses espoirs et ses rêves avaient pris fin dans le désert ce soir-là. Et maintenant, à cause de lui, elle en était réduite à vivre un simulacre de vie. *Eh bien, qu'il aille se faire foutre !* Par un violent uppercut, elle projeta la base de sa paume contre le menton de BOB, faisant basculer le mannequin sur son axe. Lorsque le punching-ball bascula à nouveau vers elle, elle propulsa le talon de sa main dans son nez. Le mannequin se dégonfla brièvement, puis se regonfla. Dans la réalité, le coup aurait brisé le nez avec un craquement gratifiant.

Elle s'entraîna sur le mannequin en utilisant une combinaison appelée *ichi roku*. D'abord, elle envoya son poing à la verticale dans le plexus solaire de BOB. Puis, profitant de l'élan de son corps et de sa proximité avec BOB, elle passa son bras le long de sa poitrine et lui enfonça le coude au même point du plexus solaire. La manœuvre l'avait amenée tout près de BOB, si près qu'elle pouvait sentir son odeur bizarre de plastique. Elle se retourna et, du tranchant de la même main, lui asséna un violent coup sur la pomme d'Adam. C'était une superbe combinaison dont l'exécution ne durait que deux secondes mais qui suffirait à mettre la plupart des agresseurs hors d'état de nuire.

Elle répéta la combinaison à plusieurs reprises, chaque fois un peu plus vite que la précédente. Avec la vélocité, elle gagnait aussi en sophistication. La combinaison de quatre coups devint une combinaison de cinq, six, sept, huit coups ou plus, comprenant un coup de paume à la mâchoire inférieure du mannequin, un coup dévastateur à la tempe, une rafale de coups au bas ventre, et un coup de genou dans les côtes. Tout en maintenant sa garde ainsi que le lui avait enseigné Karen, elle cognait tous les points faibles de BOB. BOB se remit de tous ces coups. Un homme en chair et en os n'aurait pas pu. Il serait aux urgences.

« OK, les filles, on commence », annonça Karen.

Lorsqu'elle quitta BOB pour se diriger vers le milieu de la salle, Zoé remarqua que l'instructrice l'observait.

C'était un cours de niveau intermédiaire, et la plupart des femmes présentes s'entraînaient depuis plus d'un an. Cela faisait un peu moins d'un an que Zoé participait au cours du club, mais elle avait progressé plus rapidement que de nombreuses femmes qui venaient depuis plus longtemps.

Quel que soit le niveau, Karen commençait toujours de la même manière, c'est-à-dire par dix minutes d'étirements et de coups qui permettaient d'échauffer les corps et de dénouer les muscles. Elle poursuivait le cours avec une séance d'auto-*kumite,* un combat solitaire durant lequel toutes les femmes s'entraînaient avec un adversaire imaginaire en utilisant des techniques d'attaque et de contre-attaque. Cet échauffement renforçait les bases jusqu'à les transformer en réflexes.

Zoé fit les exercices. Elle ne fut pas satisfaite de sa performance, qu'elle trouva maladroite et qui lui parut manquer de concentration. Elle attribua sa mauvaise concentration à Lara Finz.

Au bout d'une heure, Karen rassembla tout le monde en cercle autour d'elle.

« OK. Les filles, ces dernières semaines, nous nous sommes entraînées sur des scénarios d'agression par-derrière. Ce soir, nous allons nous intéresser à l'agression par charge frontale. Jennifer, peux-tu me donner un coup de main pour la démonstration ? »

Jennifer accepta et s'avança. Aux dires de toutes, Jennifer était une participante de longue date aux cours de Karen, et Zoé sut que la combinaison devait donc être corsée.

« OK, Jen, tu t'immobilises en position d'attaque en avant. »

Jennifer prit une position de course avec le bras levé. Karen se mit sur le côté et simula un coup de pied au genou de Jennifer tout en piétinant. Jennifer fit mine de s'écrouler sur un genou. Karen enchaîna avec un double coup de paume au nez de Jennifer. Elle termina en se retournant et en assénant un autre coup de pied au même genou en utilisant cette fois le pied arrière. Karen répéta la démonstration, cette fois-ci en mouvement. Jennifer attaqua au ralenti, et Karen répéta la technique en trois points pour démontrer sa fluidité. Elle fit la démonstration encore plusieurs fois, à chaque fois un peu plus vite et en y ajoutant quelques options.

« Correctement exécutée, je vous garantis que cette combinaison enverra votre agresseur à l'hôpital avec un genou fracturé et un nez cassé ou tuméfié. OK, tout le monde a compris comment fonctionne cette combi ? »

Karen reçut comme réponse, une série de « oui ».

« Bien. Mettez-vous deux par deux et voyons comment vous appliquez tout ça. »

Zoé se retrouva avec une femme qu'elle ne connaissait que sous le prénom de Monica. Cette dernière venait au studio depuis plus longtemps que Zoé, mais Zoé ne savait rien sur elle, hormis qu'elle avait été agressée deux ans auparavant.

« Tu commences par quoi, l'attaque ou la défense ? demanda Monica.

— À toi de choisir.

— Je défends. J'ai envie d'essayer cette combi. »

Zoé acquiesça et prit une position d'attaque statique. Ainsi que l'avait démontré Karen, Monica exécuta chaque étape lorsque Karen en donna l'ordre. Monica répéta la combinaison de Karen jusqu'à ce qu'elle l'eût quasiment maîtrisée.

« Bon, on y va pour de vrai », dit Monica.

Zoé se lança dans une attaque au ralenti, et sa partenaire exécuta les trois mouvements l'envoyant au tapis, puis recommença plusieurs fois, avec le même résultat.

Karen allait de duo en duo, et donnait des conseils. Elle s'arrêta pour surveiller les progrès de Zoé et de Monica. Elle donna quelques tuyaux à Monica et demanda à Zoé d'attaquer un peu plus vite. Le résultat fut identique, Zoé se retrouva au tapis. Zoé savait que, en tant qu'agresseur, son rôle était de finir au tapis, mais elle avait le sentiment d'être un adversaire un peu trop facile. Elle aurait dû opposer au moins un peu de résistance à Monica. Elle n'avait vraiment pas la tête à ça ce soir.

Lara Finz l'avait si facilement bernée. Elle avait ridiculisé tout ce que Zoé apprenait dans ce cours. Elle était censée ne jamais baisser sa garde et, au premier test grandeur nature, elle avait échoué. De plus, la journaliste n'était rien par rapport à son véritable prédateur. Elle avait intérêt à se ressaisir, surtout si ce fils de pute était en ville.

« C'est bon, je crois que je maîtrise. Tu prends les rênes maintenant ? »

Zoé acquiesça.

Monica fit la statue pendant que Zoé exécutait les mouvements. Karen prodigua quelques ajustements jusqu'à ce que Zoé ait retenu la séquence. Ensuite Karen passa au duo suivant.

« On essaie avec un peu plus de vitesse », dit Zoé.

Monica attaqua lentement, mais le mouvement compliquait l'exécution de la séquence. Zoé rata son coup de pied latéral perdit l'équilibre et tomba.

« Zut ! siffla Zoé.

— T'inquiète. On réessaie. »

La deuxième fois, Zoé ne se positionna pas correctement à temps, et Monica la toucha.

« Allez, Zoé, tu peux y arriver. »

Zoé faillit lui dire qu'elle pouvait mettre ses encouragements là où elle pensait. Monica ne savait rien d'elle.

« Tu veux que je te remontre les mouvements ? demanda Monica.

— Non ! » aboya Zoé.

Monica écarquilla les yeux de surprise.

« Non, désolée. Je gère.

— OK, répondit Monica. On recommence, à ton signal. »

Zoé lui fit signe, et Monica chargea. Une fois encore, Zoé fut trop lente à réagir, trop maladroite dans son exécution et Monica lui fit perdre l'équilibre, l'envoyant lourdement au tapis.

« Merde.

— Ce n'est pas grave », dit Monica en lui offrant sa main.

Avec réticence, Zoé accepta la main tendue de sa camarade.

« On recommence.

— OK. »

Elles réessayèrent et Zoé réussit sa séquence de mouvements, mais visiblement, Monica y était allée doucement pour lui faciliter la tâche.

« Encore un essai avant la révision de cette combinaison, annonça Karen. Alors, on fait de son mieux !

— Tu as entendu ce que la dame a dit ! fit Monica.

— Et, cette fois-ci, ne me ménage pas. »

Monica sourit.

« Bien reçu. »

Elle chargea Zoé, qui vit l'ouverture qu'elle devait exploiter pour exécuter le premier coup de pied, et la manqua. Monica poignarda Zoé avec un couteau imaginaire, mais accrocha la mâchoire de Zoé. Ce fut accidentel. Zoé le savait. Mais sa réaction fut immédiate et impulsive. Elle gifla Monica du revers de la main. Monica resta figée sur place. Il n'en fallut pas plus à Zoé. Elle enchaîna avec un coup de paume au sternum. L'impact fit chuter lourdement Monica sur le tapis qui poussa un hurlement. Zoé arma son poing au cas où Monica riposterait.

« Zoé ! » cria Karen.

L'appel de Karen sortit Zoé de son état second. Tout le monde la fixait d'un air choqué et dégoûté. Monica pleurait. Deux femmes se précipitèrent pour la relever. Zoé ouvrit la bouche pour s'excuser, mais les mots ne sortirent pas. Elle était tout aussi sidérée par sa propre attitude que les autres dans la salle.

Karen lui montra la porte.

« Fiche le camp d'ici, Zoé. »

Zoé acquiesça. C'était la seule chose à faire. Elle se leva, tourna les talons et vit l'inspecteur Ryan Greening debout près de la réception.

Merde, pensa-t-elle.

Lorsqu'elle passa à côté de lui pour aller récupérer ses affaires, il dit :

« Je crois qu'il faut qu'on parle. »

CHAPITRE DIX

L'inspecteur Greening ouvrit la porte pour Zoé et ils sortirent, avançant dans l'obscurité de la nuit. Les bruits de consternation et de dégoût de ses camarades d'entraînement filtraient à travers les fenêtres en verre dépoli du studio. Elle traversa la rue et se dirigea vers sa moto afin de s'éloigner de sa bourde. Greening la suivit.

« Comment m'avez-vous retrouvée ? demanda-t-elle.

— Je suis allé au centre commercial pour vous voir, mais vous étiez déjà partie. Un de vos collègues m'a dit où vous étiez. »

Greening aurait pu téléphoner avant de venir ou même prendre rendez-vous, mais il avait choisi de passer à l'improviste pour pouvoir l'observer dans son élément naturel. Elle n'avait pas besoin de lui demander si elle était suspecte. Le fait qu'il ait assisté à sa petite manifestation de colère à l'entraînement ne serait probablement pas de nature à dissiper sa suspicion. Quand elle merdait, elle merdait sérieusement.

« Vous voulez bien m'expliquer ce qu'il vient de se passer là-dedans ?

— Rien. Je me suis emballée. Ça arrive. Qu'est-ce que vous voulez ?

— J'ai des choses à vous dire au sujet de notre enquête, mais j'ai également des questions à vous poser. Avez-vous un moment à m'accorder pour qu'on discute ?

— Bien sûr. Où voulez-vous qu'on aille ?

— J'aimerais revoir avec vous le fil des événements d'hier soir, c'est pourquoi je vous propose que l'on aille ensemble à l'endroit où vous avez bu un verre, le Ferdinand's. »

Zoé grogna intérieurement. Elle n'avait aucune espèce d'envie de retourner sur les lieux de son crime. Elle essaya de trouver un prétexte pour changer de destination, mais elle était à court d'idées. Elle céda et répondit :

« D'accord, comme vous voudrez. »

Il insista pour conduire, et elle dut donc laisser sa moto sur place. Elle trouvait qu'il contrôlait la situation d'une manière passive-agressive. C'était le *modus operandi* des flics : vous donner l'impression que vous avez le choix, alors qu'il n'en est rien.

Il y avait encore beaucoup d'affluence à Russian Hill. La zone autour du Ferdinand's était si bondée que Greening dut se garer trois rues plus loin. Ils marchèrent côte à côte. Un observateur non averti, s'il n'y prêtait pas d'attention particulière, aurait pu les prendre pour un couple.

Ferdinand's avait autant de succès que la veille. Il y avait une foule compacte jusqu'à la porte d'entrée, et le restaurant n'avait pas beaucoup de tables libres.

« C'est une zone de guerre, ici. Vous êtes bien certain de vouloir discuter d'une affaire de police avec tant de monde autour ?

— Je pense que ça va aller. »

Elle se résigna au fait qu'il n'y avait pas moyen d'esquiver et entra avec lui.

En entrant dans le restaurant, elle se sentit mal à l'aise. Le Ferdinand's n'imposait pas de code vestimentaire, mais elle était la seule à être en survêtement de racaille. Greening et elle allaient devoir s'appuyer sur son costume et son insigne. La veille, elle était venue habillée comme un canon de beauté, et maintenant elle revenait en sweat-shirt à capuche.

Toutefois, sa tenue de sport jouait aussi en sa faveur. Elle reconnut plusieurs membres du personnel, mais eux ne la reconnurent pas. La veille, elle était éblouissante. Ce soir, en revanche, elle faisait tache. Pas étonnant que personne ne la reconnût. Elle en ressentit un certain soulagement.

Greening demanda une table à l'hôtesse. Au moment où elle sortit son bloc-notes pour y inscrire son nom, il lui montra nonchalamment son insigne. On leur proposa immédiatement une table, bien qu'elle ne fût pas parmi les meilleures. Ils se retrouvèrent à une table pour deux, près de la baie vitrée et non loin de la porte. Il prit la chaise faisant face à l'entrée, la chaise qu'elle aurait aimé occuper. Elle détestait tourner le dos à l'entrée. On ne sait jamais qui peut nous tomber dessus par-derrière. Avant l'enlèvement, cela ne la gênait pas.

« Vous venez souvent ici ? demanda-t-il en regardant autour de lui avant de s'intéresser au menu.

— De temps en temps. »

Était-ce vraiment hier, la dernière fois que je suis venue ici ? Elle avait l'impression que c'était un lointain souvenir. Elle aurait voulu être aussi insouciante que les autres clients. Ils étaient heureux, riaient et plaisantaient, comme s'il n'y avait pas eu de meurtre à quelques kilomètres à peine de là. Mais, pour eux, y avait-il eu un meurtre ? Les gens ne prennent conscience de la mort que lorsqu'elle les touche. Elle était prête à parier que si elle demandait à n'importe lequel d'entre eux si une femme avait été assassinée la veille, ils n'en sauraient rien. Personne ne faisait attention à ces choses-là. Pas étonnant que les tueurs puissent opérer en toute impunité pendant si longtemps.

« Vous avez dîné ?

— Non.

— Moi non plus. Je meurs de faim. Commandez ce qu'il vous plaira. C'est moi qui offre. »

Elle n'aimait pas l'idée d'un repas offert par un flic. Il y aurait une demande de retour d'ascenseur.

« On peut se partager la note, dit-elle.

— C'est moi qui offre, dit-il en souriant. En fait, je devrais dire que c'est le commissariat qui offre. »

Elle ne savait rien des frais de fonctionnement de la police, mais elle doutait qu'ils couvriraient un dîner avec un suspect potentiel.

« Je n'ai pas très faim. »

Il fronça les sourcils.

« Comme vous voudrez. »

Le serveur se présenta et déposa une bouteille d'eau sur la table. Il demanda s'ils voulaient commander quelque chose au bar. Ils répondirent tous deux que non, mais Greening commanda plusieurs petits plats apéritifs.

« N'hésitez pas à piocher dans mes assiettes. »

Elle ne savait plus si c'était un interrogatoire ou un rendez-vous galant. Cette dernière alternative lui paraissait invraisemblable, mais Greening devait forcément avoir une idée derrière la tête en la caressant ainsi dans le sens du poil, et c'était plutôt mauvais signe.

« Vous disiez qu'il y avait du nouveau, dit-elle.

— Effectivement. »

Il se redressa sur son siège et se pencha en avant.

« Il y a eu quelques développements.

— Lesquels ?

— Nous avons identifié la victime d'hier soir. Elle s'appelait Laurie Hernandez. Vous la connaissiez ? »

Zoé secoua la tête.

« Ça m'aurait étonné. Il y avait peu de chances que ce soit le cas, dit-il. J'ai une question plus sérieuse à vous poser : avez-vous parlé à la presse ?

— Non. »

Elle mentait, mais c'était un pieux mensonge. C'était la presse qui avait essayé de lui parler. Elle n'avait pas voulu. Aussi tentante que fut l'idée de mettre Greening aux trousses de Lara Finz, le risque d'un effet boomerang sous forme de plainte pour agression l'en dissuada.

« En êtes-vous certaine ? C'est important, Zoé.

— Oui, j'en suis certaine. Pourquoi ? »

Il retira un exemplaire du *Chronicle* et le posa sur la table.

« Les journalistes lui ont donné un surnom. »

Zoé scruta l'article, il était signé du nom de Lara Finz. *Garce*, pensa-t-elle.

Elle parcourut rapidement l'article et s'arrêta sur l'identité publique du tueur. Il n'avait pas de visage, mais il avait un surnom, « le Numéroteur ». Elle soupira.

« Oui, pas très original, mais potentiellement exact.

— Comment en est-on arrivé là ?

— Vous avez été filmée par les équipes de télévision hier soir en train de nous montrer votre cicatrice. »

Instinctivement, elle porta la main à sa hanche, puis rougit de son geste révélateur.

« Mais c'est vous, les flics, qui avez trouvé la théorie qu'il pouvait numéroter ses victimes. »

Greening soupira.

« Il semblerait que quelqu'un au commissariat ait révélé ce détail. Ça ne serait pas la première fois que quelqu'un vend des informations à la presse.

— Soyez assurée que, lorsque nous retrouverons la personne à l'origine de la fuite, elle passera un sale quart d'heure. »

Soyez assurée ? Quelle blague ! pensa-t-elle. *Quelle autre information le commissariat de Greening a-t-il laissé fuiter ? Est-ce pour cette raison que Lara Finz m'a retrouvée aussi facilement ?*

« Mon nom ne doit pas être révélé à la presse. Il pourrait me reconnaître.

— Oui, je sais. L'inspecteur Ogawa est en contact avec le *Chronicle* à ce sujet. Ne vous inquiétez pas.

— C'est facile à dire, quand on est à votre place. »

Elle tapa du poing sur la table. Plusieurs clients se retournèrent vers eux. Elle baissa la voix.

« Ce n'est pas avec vous qu'il a des comptes à régler.

— Oui, je sais. Je m'excuse, dit-il.

— Dites-moi ceci, est-ce le même individu ?

— Nous pensons que oui. Laurie Hernandez a été dénudée, suspendue par les poignets et brutalement fouettée avant qu'il ne la tue. Nous ne pouvons évidemment pas faire une analyse graphologique, mais les cicatrices semblent avoir été gravées par le même individu. »

Ce fut d'une certaine manière un soulagement de l'entendre dire. Pendant si longtemps, les gens l'avaient considérée comme une fêtarde qui ne pouvait pas distinguer la réalité de la fiction. Elle était véritablement une victime, et personne ne pouvait plus le nier. Elle trouvait juste dommage que sa légitimation vienne au prix d'une vie humaine. C'était une triste victoire.

C'était bien *lui*. Le Numéroteur était dans la même ville qu'elle. Il importait peu que le nom de Zoé apparaisse à la télévision ou dans les journaux, car elle s'était déjà fait remarquer sur les lieux du crime. Il n'avait qu'à regarder les nouvelles pour savoir qu'elle n'était pas loin. Le fils de pute avait l'avantage. Il savait à quoi elle ressemblait. En revanche, elle pourrait l'avoir en face d'elle sans pour autant le reconnaître.

« Alors, Laurie Hernandez était numéro VI, Holli, numéro III, et moi numéro IV. Quid des numéros I, II et V ?

— Nous travaillons sur la question. Nous faisons des recherches basées sur les similitudes de victimologie. »

Zoé fit la grimace. « Victimologie » était un mot désagréable à l'oreille lorsqu'on faisait partie des victimes.

« Pardon. C'est du jargon policier. Pas toujours très joli à entendre.

— Ce n'est pas grave.

— Le problème, c'est l'étendue du champ de recherche. Le suspect ne peut pas être du coin, vu l'endroit où il vous a enlevée. Les autres victimes peuvent être n'importe où dans le pays. La recherche ne va pas être facile à affiner, et ça risque d'être long. Le dispositif policier est minutieux, mais lent. »

Les plats commandés par Greening arrivèrent. Il goûta un peu de chaque apéritif et l'encouragea à en faire autant. Malgré sa mauvaise humeur, elle avait faim. Apparemment, casser la gueule à une camarade d'entraînement, ça creusait. Elle prit quelques rouleaux de printemps.

« Je ne pense pas que vous trouverez les autres victimes, dit-elle.

— Qu'est-ce qui vous faire dire ça ?

— Holli n'a jamais été retrouvée, pourtant j'étais avec elle et j'ai signalé l'enlèvement. Je ne pense pas qu'il souhaite que l'on retrouve ses victimes. Je parie que vous n'auriez jamais retrouvé Laurie Hernandez s'il n'avait pas été dérangé.

— Peut-être bien, mais ce sont les erreurs qui permettent de résoudre les affaires. La plupart des crimes sont commis sur un coup de tête et improvisés. Je doute que la majorité des criminels planifie plus de quelques heures en avance, en règle générale. Même quelqu'un d'aussi organisé que ce type ne peut pas couvrir tous les angles possibles. Personne ne le peut. Il est tout seul contre le pouvoir de la police de San Francisco et de toutes les autres branches de la puissance publique dans la zone de Bay Area et à travers le pays. Ayez un peu foi en nous. Ce “Numéroteur” a foiré avec vous et encore hier soir. Cela me rend confiant quant à nos chances de l’appréhender. »

Elle apprécia son analyse, mais perçut une forme de volonté de persuasion quasi commerciale dans son argumentation. Le Numéroteur avait réussi à se dérober des années durant, et il était donc de l’ordre du possible qu’il y parvînt encore pendant plusieurs années. Autant elle était d’accord pour dire qu’un homme seul ne pouvait pas rivaliser avec une force de police de l'importance de celle de San Francisco, autant elle reconnaissait au Numéroteur un avantage sur une organisation aussi vaste. Il avait la possibilité de passer inaperçu, l’agilité pour se déplacer rapidement et la capacité de modifier ses plans à tout instant. Cette marge de manœuvre était difficile à vaincre.

Elle garda ses pensées pour elle. Il aurait été peu charitable de les partager. Après tout, elle devait croire en la police de San Francisco car elle voulait désespérément qu’il soit arrêté. Greening picora encore quelques aliments dans les plats apéritifs avant d’annoncer :

« J’ai parlé à quelques-uns de vos amis aujourd’hui. »

Des amis ? Elle ignorait qu’elle en avait.

« Le docteur Jarocki et l’officier Martinez. »

Un psychologue et un flic étaient-ils vraiment à classer dans la catégorie des amis ? Si elle ne pouvait pas faire mieux, elle était à plaindre.

« Qu’a dit le docteur Jarocki ?

— Pas grand-chose, en raison du secret professionnel. »

Tant mieux. Elle aurait voulu l’appeler, mais ne s’en était pas senti le courage.

« Allumeuse ! » cria quelqu’un dehors.

Ni Zoé, ni Greening n'y prêtèrent attention jusqu'à ce qu'un poing heurte la baie vitrée au niveau de la tête de Zoé. Elle sursauta sur sa chaise.

De l'autre côté de la baie vitrée, se tenait Rick Sobona, imbécile de son état, et accessoirement cadre supérieur dans la publicité. Il arborait un gros bleu tirant sur le violet, qui s'étalait de ses yeux jusqu'à son nez, au niveau où elle l'avait cogné. Il pointa son doigt vers elle.

« Allumeuse ! » cria-t-il à nouveau.

Zoé secoua la tête.

« C'est quoi, ce foutoir ? » dit Greening.

Sobona jetait des regards furieux à Zoé et attendait qu'elle lui réponde. Voyant qu'elle l'ignorait, il fit irruption dans le restaurant. L'hôtesse leva la main pour lui barrer le chemin, mais il la poussa de côté. Il se pencha au-dessus de Zoé, se tenant directement contre sa table. Cette invasion de son espace personnel hérissa la peau de Zoé. À cause de la présence de Greening, elle réprima l'envie de lui envoyer un énorme coup de poing dans les testicules. Elle était idéalement positionnée pour ça, mais Greening l'avait déjà vue tabasser quelqu'un ce soir.

— Je n'arrive pas à croire que tu reviennes ici après m'avoir roulé hier soir, dit-il. Je vois que tu remets ça, hein, petite allumeuse ?

« Surveille ton langage, bonhomme, interjeta Greening.

— Qu'est-ce qu'elle t'a promis, à toi ? En tout cas, ne la crois pas. Elle prend son pied en flirtant, et en faisant style, mais c'est que du pipeau. Et une fois terminé son petit cinéma, elle te fait ça ! » dit-il en montrant les ravages causés sur son visage par l'unique coup de Zoé.

Zoé sentit le regard insistant de Greening sur elle.

Greening se leva et fit face à Sobona.

« Bon, ça suffit, tu as fait ton petit discours, maintenant il est temps que tu t'en ailles. »

Sobona lâcha un ricanement moqueur.

« Je n'en ai certainement pas fini. On va régler cette histoire une fois pour toutes. »

Greening plongea sa main dans sa veste et sortit son insigne.

« Non, dit-il. Tu arrêtes tout de suite, ou sinon tu vas vraiment avoir des ennuis. »

Sobona roula des yeux et applaudit de manière théâtrale.

« Génial ! Un flic ! Alors c'est comme ça que tu t'en sors ! Grâce à la protection des flics. T'es vraiment une moins que rien. »

Le mépris dans sa voix était incommensurable. Si son intention était de l'humilier publiquement, il avait réussi son coup. Elle aurait voulu disparaître.

L'hôtesse revint, accompagnée du chef et de deux serveurs. Ils entourèrent Sobona.

« Monsieur, vous n'êtes pas un de nos clients. Je vous prie de partir.

— Cette salope m'a presque fracturé le nez et le pouce hier soir.

— Cela ne nous regarde pas. Il est temps que vous partiez. »

Un des serveurs, un gars aux larges épaules, posa la main sur le bras de Sobona, juste pour renforcer le propos du chef.

Sobona leva les mains en signe de reddition, enlevant par ce geste la main du serveur.

« OK, OK, je m'en vais. Je sais reconnaître quand je suis en train de me faire entuber. »

Le serveur raccompagna Sobona à la porte, au cas où il changerait d'avis. Greening resta debout, sans doute dans l'éventualité où ses pouvoirs de flic seraient requis.

« Monsieur, dorénavant, vous n'êtes plus le bienvenu ici, dit le chef.

— Je n'ai aucune intention de venir perdre mon temps ici. Votre cuisine est pourrie ! »

En partant, Sobona ne put s'empêcher de cogner une dernière fois à la fenêtre en criant :

« Salope ! »

Le chef s'avança les mains levées, jusqu'au milieu du restaurant.

« Toutes mes excuses pour ce désordre, messieurs dames. Nous ne sommes malheureusement pas à l'abri des perturbations occasionnelles de tel ou tel ivrogne. J'espère que cela n'aura pas gâché votre soirée. »

Il s'en retourna à la cuisine sous les applaudissements.

Greening se rassit.

« On ne s'ennuie jamais avec vous ! » dit-il.

L'hôtesse s'approcha de Zoé et de Greening.

« Je suis vraiment navrée de tout cet incident, dit-elle. Ça va ? Je peux vous servir quelque chose ?

— Non, merci, dit Zoé. Je m'excuse, je suis vraiment gênée. »

L'hôtesse posa une main sur son épaule.

« Je vous en prie, ne le soyez pas. Quoi que vous ayez pu lui faire, il l'a mérité.

— Je crois que nous allons demander l'addition », dit Greening.

Tandis que l'hôtesse retournait à son poste, Greening se pencha en avant en lui murmurant :

« Et vous disiez que personne ici ne vous reconnaîtrait. Souhaitez-vous modifier votre déclaration, mademoiselle Sutton ? »

***

Depuis l'autre côté de la rue, Marshall Beck avait regardé Zoé encaisser l'explosion de colère de l'individu. C'était un sacré colérique, ce qui déplaisait à Beck. Les déballages émotionnels en public le dégoûtaient.

Bien qu'il répugnât à traiter avec cet homme, il y avait là une histoire qui pouvait éventuellement lui donner un avantage sur Zoé.

Pour cibler quelqu'un, il fallait avant tout savoir faire des recherches. Plus on en savait, plus on était susceptible de prendre le dessus.

Filer Zoé s'avérait être une mission relativement aisée, maintenant qu'il connaissait son adresse. L'un des avantages du travail de Beck chez Pattes urbaines était qu'il avait la liberté de fixer ses propres horaires. Ce matin, au lieu de se rendre au travail, il avait surveillé l'immeuble de Zoé. Il avait attendu son départ, puis l'avait suivie jusqu'au centre commercial du Golden Gate. Il avait réussi à récupérer ses horaires de service en faisant mine de présenter sa candidature pour un poste d'agent de sécurité. Il était ensuite allé au travail, puis en était sorti assez tôt pour retrouver Zoé sur le point de rentrer chez elle. Sur sa moto, elle était difficile à filer, notamment aux heures de pointe, avec leur cortège d'embouteillages. Elle prenait beaucoup de risques, tantôt en rejoignant la circulation, tantôt en s'y soustrayant. Cela avait obligé Beck à emprunter les voies réservées au covoiturage, juste pour ne pas se laisser distancer. Il croyait l'avoir perdue, jusqu'à ce qu'il repère sa moto devant le studio d'autodéfense. Elle était devenue un vrai petit soldat commando, maintenant. Il attribuait cela à son influence sur elle. À présent, ses dons pour la filature l'avaient amené jusque-là. Il avait alors suivi Zoé et ce flic qui avait déjà raccompagné la jeune femme à la sortie du palais de justice la veille. L'homme en colère représentait un petit imprévu dans l'opération de surveillance de la soirée.

Ça va être vraiment facile, pensa Beck. Il traversa la rue, et se mit délibérément sur le chemin de l'homme. Ce dernier jurait et marmonnait encore, sans se rendre compte de l'approche de Beck. L'attitude nonchalante de Beck visait plus à dissimuler ses intentions aux passants dans la rue, qu'à tromper sa cible. Il marcha droit vers l'homme. Celui-ci regardait Beck, mais sa rage l'empêchait de voir ce qu'il y avait juste devant lui. Beck sortit son téléphone portable et fit semblant de lire un texto en marchant. Il se positionna de manière à heurter l'épaule de l'homme en colère avec son bras.

L'impact envoya voler le téléphone portable de Beck, qui atterrit et glissa sur le trottoir.

« Putain, regardez où vous allez, merde ! » aboya l'homme.

Le colérique de Zoé mesurait une bonne quinzaine de centimètres de moins que Beck. Il se mit sur la pointe des pieds pour pouvoir regarder Beck les yeux dans les yeux. L'homme avait peut-être sa colère comme atout mais Beck, lui, avait de son côté la taille, la force et la technique. Il pouvait briser cet homme sur-le-champ, si l'envie lui en prenait.

Beck leva les mains.

« Je m'excuse, monsieur. C'était un accident, nous nous sommes rentrés dedans. Il n'y a pas de mal, c'est sans rancune.

— Faux ! Ce n'est pas sans mal, et encore moins sans rancune. »

Beck écarquilla les yeux, d'un air faussement intrigué.

« Vous êtes sûr que vous allez bien ? On s'est juste heurtés, c'est pas la fin du monde.

— Le monde irait bien mieux si les connards comme toi regardaient où ils vont en marchant.

— OK. Désolé. Je ne cherche pas la bagarre. Je voulais juste voir si ça allait. »

Une femme ramassa le téléphone de Beck et le lui remit.

« Tenez. Voici votre téléphone », dit-elle.

Elle jeta un regard réprobateur au colérique.

« Je crois qu'il est cassé », ajouta-t-elle.

Beck examina son téléphone, dont l'écran était fêlé. Étant donné les enjeux, c'était un petit prix à payer. Le colérique regarda le téléphone endommagé, ouvrit la bouche pour cracher encore des invectives, puis la tension quitta brusquement son corps.

« Eh, merde ! Je suis vraiment désolé. Ce n'est pas après toi que j'en ai, c'est après quelqu'un d'autre. »

Il pointa le pouce vers le restaurant où Zoé et le flic étaient encore attablés.

Beck montra le visage tuméfié de l'homme.

« On dirait que quelqu'un s'est acharné sur toi », dit-il.

Il porta la main à son nez enflé et bleu.

« D'où ma sale humeur. Écoute, c'est moi qui ai fait le con, là. Je te rembourse le téléphone, c'est le moins que je puisse faire. »

Beck sut à ce moment précis qu'il tenait cet homme.

« T'inquiète pour le téléphone. Je me suis fait baratiner par un commercial qui m'a fait prendre une de ces assurances qui remplacent le téléphone cassé par un autre de la gamme au-dessus, et gratuitement en plus. Donc, je crois tu m'as rendu service, en fait ! »

L'autre pouffa de rire.

« Au moins, je n'aurai pas tout foiré ce soir, dit-il.

— Écoute, si tu veux te racheter, tu m'offres un verre ! dit Beck.

— Je ferai mieux, je t'en offre deux. »

Beck lui tendit la main.

« Moi, c'est Brad Ellis.

— Rick Sobona. »

Ils marchèrent jusqu'au Poison, un bar situé six rues plus loin et dont Sobona avait assuré son interlocuteur qu'il « l'adorerait ».

Ce n'était pas un endroit que Beck pouvait adorer. C'était beaucoup trop tape-à-l'œil. Des spots derrière le bar faisaient briller une lumière céleste sur les liqueurs de marque, comme si elles étaient dotées de pouvoirs magiques. Poison n'avait pas de barmans, mais des mixologues. La façon dont les clients criaient et se tapaient dans les mains lorsque les mixologues préparaient les cocktails révélait une volonté désespérée de prendre du bon temps.

« Génial, ce bar, non ?

— Très cool », mentit Beck.

Sobona fendit le groupe de clients accolés au bar, juste devant eux. Il héla Nick, un mixologue qui arborait un look de l'époque de la prohibition, les cheveux plaqués et lissés avec du gel et une moustache fine.

« Messieurs, c'est quoi votre poison ? » demanda Nick.

Beck devina que c'était sans doute le slogan marketing de ces types.

« Cet homme est un génie des cocktails. Redonne-moi ce truc que tu m'as servi ce week-end.

— Ça devait être un John Gotti. »

Beck ne buvait presque jamais. Il n'en ressentait pas l'envie, et ne buvait donc que lorsqu'il fallait se soumettre aux codes de la sociabilité. Comme dans le cas présent.

« On dirait que c'est un cocktail que je me dois d'essayer », dit Beck.

Nick tapota le comptoir du bar.

« Deux Gotti pour ces messieurs ! »

Pendant que Nick se donnait en spectacle en préparant les cocktails tout en secouant des mixeurs, Beck et Sobona firent causette. Ils échangèrent sur leurs quartiers respectifs, leurs métiers, leurs sorties, et ainsi de suite. Beck dut mentir au sujet de ses activités, son passe-temps favori étant d'infliger une leçon aux gens irresponsables. Ceci l'obligea à emprunter les histoires qu'il avait entendues dans la bouche de certains de ses collègues les plus sociables.

Beck demanda une paille et goûta le cocktail. C'était un mélange aigre-doux. Il se dit que c'était somme toute logique pour un « John Gotti ».

« Alors, je peux te poser une question délicate ?

— Bien sûr. On est potes maintenant.

— Pourquoi cette humeur massacrante tout à l'heure ? »

Sobona fronça les sourcils et secoua la tête.

« Je venais de me prendre la tête avec une salope qui m'a énervé. »

Beck n'aimait pas le mot « salope ». En règle générale, il n'aimait pas les grossièretés. Les gens méritaient parfois les noms d'oiseaux, mais ceux-ci se répercutaient tout aussi négativement sur celui qui les prononçait. Lorsque les gens se comportaient mal, la réaction adéquate était de leur donner une correction. Les injures, c'était des enfantillages. La réaction adulte, c'était d'infliger le châtiment.

« Elle m'a fait ça, hier soir, dit Sobona en montrant les bleus sur son visage. J'ai essayé de lui demander des comptes, mais elle était avec un flic qui la couvrait. »

Intérieurement, Beck tirait son chapeau à Sobona d'avoir avoué que Zoé lui avait fait les bleus. La majorité des hommes n'auraient pas osé raconter s'être pris une raclée des mains d'une femme. Peut-être Sobona n'était-il pas le vantard qu'il croyait.

Cette salope, le mot avait un goût aussi désagréable dans sa bouche que le « John Gotti », *dis-moi donc tout ce que tu sais sur elle.*

CHAPITRE ONZE

En rentrant de son étrange dîner interrogatoire avec l'inspecteur Ryan Greening, Zoé trouva un message de David Jarocki.

« Zoé, il y a un officier de police qui est venu me voir pour me poser des questions au sujet d'un incident vous concernant. Pourriez-vous passer me voir au bureau demain ? J'ai des rendez-vous pendant la journée, mais je peux vous recevoir à n'importe quel moment à partir de dix-neuf heures. Venez à l'heure qui vous conviendra. J'espère que vous vous portez bien. »

Zoé eut l'impression qu'elle se faisait convoquer dans le bureau du proviseur. Elle pouvait tenter de l'esquiver, mais il la rattraperait au travail. Cela lui était déjà arrivé.

À l'issue d'une journée calme au centre commercial, durant laquelle les clients firent profil bas, Zoé fut soulagée de voir que Lara Finz n'avait pas porté plainte. Elle arriva au bureau de Jarocki à sept heures et demie. Elle trouva le psychologue seul à son bureau, en train de rédiger des notes sur des patients. Du moins, c'est ce qu'elle supposa, car il éteignit immédiatement son ordinateur lorsqu'elle entra.

« Merci d'être venue. Asseyez-vous. »

Elle s'installa sur le sofa, et il passa de son bureau à son fauteuil. Il serra ses mains l'une dans l'autre et se pencha en avant.

« Un policier est venu me voir hier pour poser des questions à votre sujet. Naturellement, je ne lui ai rien dit, mais il m'a parlé de l'incident à la jetée 25. Je l'ai visionné sur Internet.

— Je n'en suis pas très fière.

— Ce n'est pas le plus important. Je me suis inquiété pour vous après le visionnage. Comment vous sentez-vous ? Vous voulez m'en parler ? »

La réponse à cette question était « non », mais à ce stade de la psychothérapie, Jarocki n'admettait plus de refus.

« J'étais dans un bar, dit-elle. J'ai vu un reportage télévisé sur un meurtre. J'ai eu l'intuition que ce crime était très similaire à mon enlèvement. Je suis allée sur place à la recherche de réponses, mais le policier m'a envoyée balader, ce qui était inacceptable, alors j'ai brisé le cordon.

— Qu'est-ce qui vous a fait penser que ce meurtre pouvait être lié à Holli et vous ? »

Zoé secoua la tête.

« Mon intuition et les circonstances du crime. Le fait que cette femme ait été suspendue et fouettée. Ça m'a parlé. Ça ressemblait vraiment à ce qu'il est arrivé à Holli. Il fallait que je sache si cette femme avait été assassinée par le même agresseur. Si c'est le même individu, j'ai des informations qui peuvent les aider à l'appréhender. Mon aide peut être décisive.

— Et… ? »

Jarocki ne la lâchait pas. Il savait qu'elle ne serait pas allée sur place uniquement par altruisme. Il savait aussi que Zoé y était allée par égoïsme.

« Et je pourrai faire payer l'assassin de Holli pour ce qu'il a fait.

— Et… ?

— Il n'y a plus de "et".

— En êtes-vous certaine ? »

Zoé serra les poings. Elle se pencha en avant sur le sofa, piétinant d'agitation. *Et s'ils attrapent ce salopard, ils pourront lui faire dire ce qu'il a fait de Holli.*

« Vous cherchez des réponses. Certains trouveraient cela égoïste ou égocentrique. Peu importe. Vous avez besoin de réponses pour pouvoir tourner la page. Ne vous sentez pas obligée de cacher vos objectifs, Zoé. »

Elle respira un peu plus facilement après sa validation.

« Y a-t-il un lien entre cette femme et vous ?

— Elle s'appelait Laurie Hernandez. »

Elle n'appréciait pas que l'on considère la femme comme une victime anonyme. Les anonymes tombaient dans l'oubli.

« Je m'excuse, Laurie Hernandez, c'est cela. Y a-t-il un lien entre Laurie et vous ?

— Je ne la connaissais pas, mais on lui a gravé la même marque que moi sur la hanche. Un chiffre romain. La presse a surnommé l'assassin "le Numéroteur" parce qu'il numérote ses victimes.

— Oui, j'ai vu cela dans le *Chronicle*. Et comment réagissez-vous à tout ça ? »

À ton avis ? avait-elle envie de répondre. C'était une question stupide, mais c'était ainsi que fonctionnait Jarocki. Il posait des questions en apparence obtuses pour susciter une réponse et l'amener à s'ouvrir.

« Je me sens effrayée. Sur les nerfs. Contrariée. En colère. »

Son regard s'abaissa sur ses poings serrés. Elle les desserra.

« Le salopard qui a essayé de me tuer est ici, dans Bay Area. Ça m'effraie. Il a toujours été un monstre qui existait quelque part dans l'éther, mais à présent, il s'est matérialisé, et cela m'affecte. Je ressens de la colère, parce qu'il a fait à quelqu'un d'autre ce qu'il avait fait à Holli et moi. Je suis en colère parce qu'il s'imagine qu'il peut continuer à assassiner des femmes. Je suis en colère parce que, si j'en avais fait plus lorsque j'en avais l'occasion, Laurie Hernandez serait encore vivante à l'heure qu'il est. C'est ce qui me fout le plus en rogne. »

Jarocki resta un instant silencieux.

« Vous n'êtes pas responsable de ses actes.

— Non, seulement des miens, et ils n'ont pas été sans conséquences.

— Quelles conséquences ?

— J'ai abandonné Holli. Personne ne sait si elle est vivante ou morte. J'ai été incapable de guider les flics vers le macabre petit terrain de jeu de l'assassin, du coup ils ne l'ont pas retrouvée. Il est resté libre de tuer depuis, et c'est partiellement de ma faute. Vous ne pouvez pas le nier.

— Il y a aussi un avion de ligne qui s'est volatilisé ; Bay Bridge, le nouveau pont, qui a des fissures ; et le déficit budgétaire du pays qui n'a pas baissé. Et tout cela est également de votre faute, je présume.

— Bien sûr que non.

— En êtes-vous sûre ? Ces choses se sont produites et vous ne les avez pas empêchées ou atténuées, donc vous devez en endosser la responsabilité aussi, si l'on suit votre logique.

— C'est un peu ridicule, ce que vous dites là.

— Peut-être, mais je démontre que vous n'êtes pas responsable des maux de ce monde. Vous ne pouvez pas vous sentir coupable pour les actes d'autrui et leurs futures conséquences. Personne ne le peut. Ce chemin-là mène à l'autodestruction. Écoutez, nous avons parlé de ceci à maintes reprises durant nos séances, et je sais que c'est difficile, mais il faut vous pardonner à vous-même. Les gens ne peuvent pas fonctionner correctement sans pardon. C'est pour cela que les catholiques ont la confession et les juifs le Yom Kippour. On reconnaît ses manquements, et on tourne la page.

— On dirait que vous évoquez une vie sans culpabilité.

— Une vie saine, surtout.

— C'est bien beau, tout ça, mais vous oubliez la punition. Si je vais me confesser, je n'échappe pas pour autant à ma responsabilité. Je dois faire pénitence en récitant des “Je vous salue, Marie”, ou quelque chose dans ce genre. C'est la punition dont je suis redevable. Quelle est la mienne ?

— Vous ne trouvez pas que vous vous êtes suffisamment punie comme ça ? »

C'était un coup bas. Un coup efficace, mais un coup bas, malgré tout.

Jarocki se leva.

« Je vais me préparer un café, dit-il. Je vous en fais un ? »

Elle acquiesça et ils se dirigèrent vers la salle de détente, qui ressemblait plutôt à un placard. Il leur prépara deux tasses à l'aide de sa petite machine à café.

« Je reste dans ce bureau toute la journée. Ça vous dérange, si on parle en marchant ? Tout le monde est rentré, de toute manière, personne ne nous entendra.

— Non, pas du tout. »

Ils marchèrent le long des couloirs étroits et silencieux. Cela lui rappela ses rondes au centre commercial. Elle réprima le réflexe de vérifier que les portes étaient bien fermées.

« Malgré votre approche peu orthodoxe, comment la police vous a-t-elle traitée ?

— À la manière des flics. »

Il sourit et acquiesça.

« L'inspecteur qui est venu me voir a eu la même attitude. Il savait que je ne pouvais rien révéler, mais il est tout de même venu à la pêche aux renseignements.

— En réalité, et en toute honnêteté, ils ont été corrects. Une fois que j'ai réussi à me faire entendre, ça m'a aidée à me calmer. Je ne dirais pas qu'ils m'ont donné l'impression d'être utile, mais je sais que je les ai aidés. Grâce à moi, ils savent qu'il ne s'agit pas d'un cas isolé.

— C'est génial, non ? Vous avez dit vouloir les aider, et c'est ce que vous avez fait. Vous avez mis la police sur la voie qui permettra d'appréhender ce tueur.

— Et je peux faire plus.

— Je n'en doute pas, mais ce n'est pas votre rôle. Vous avez fait votre part, maintenant laissez-les faire leur travail. »

Voilà qui était plus facile à dire qu'à faire. Elle pouvait difficilement rester sur la touche alors qu'elle était concernée par toute cette affaire. Il y avait d'autres réponses enfermées dans sa tête. Elle devait les extirper, et pas uniquement pour aider la police. Elle avait besoin de savoir ce qu'il leur était arrivé, à Holli et à elle, après avoir quitté Las Vegas. Elle n'était plus disposée à laisser des questions sans réponse.

Ils arrivèrent au bout du couloir, s'arrêtèrent pour regarder par la fenêtre. Ils n'étaient pas assez haut perchés pour avoir un panorama complet de la ville, mais il y avait une assez belle vue sur Alcatraz, sur le Golden Gate Bridge, et Zoé put même apercevoir le dessus de la jetée 25. Elle goûta son café qu'elle trouva plus amer que quelques instants plus tôt.

Elle n'aimait pas quand Jarocki prenait des airs quasi paternels avec elle et tentait de lui donner des leçons de vie. Toutefois, sa préoccupation pour elle était bien réelle, et atténua l'agacement engendré par ses questionnements un tantinet importuns.

« Vous savez que je dois vous prendre à partie, dit-il. Lorsque vous avez couru vers cette scène de crime, vous étiez en crise, et vous ne m'avez pas appelé. »

Elle se revit en train de briser le cordon de police. Il y avait longtemps qu'elle n'avait pas autant perdu la maîtrise d'elle-même. Elle respira profondément.

« Je n'en ai pas eu le temps, la police m'a interrogée pendant longtemps.

— Et vous auriez pu éviter cela si vous n'aviez pas réagi de manière aussi impulsive. Vous auriez dû m'appeler avant toute chose, et je vous aurais accompagnée. Vous le savez, car nous en avons discuté à maintes reprises, le comportement impulsif ne sert pas vos intérêts. Pensez-vous que vous auriez pu gérer la situation différemment tout en aboutissant aux mêmes résultats ? »

La maîtrise des impulsions était l'un des nombreux chevaux de bataille de Jarocki, mais du point de vue de Zoé, cela s'apparentait à la répression des émotions. Elle avait fini par comprendre que ce n'était pas la même chose. Ressentir la peur n'était pas une chose à éviter, en revanche, le fait de se laisser submerger par la peur l'était. Il lui avait fallu une année d'instrospection pour le comprendre. Mais, dans le feu de l'action, elle n'était pas toujours rationnelle.

« J'ai paniqué en regardant le reportage. J'ai eu l'impression d'être à nouveau dans ce cabanon, avec l'assassin. Je devais absolument savoir si c'était encore lui, quel que soit le moyen d'y arriver. Je ne me suis pas laissé le temps de gérer le choc, ce que j'aurais dû faire.

— Je suis une ressource dans laquelle vous ne devez jamais hésiter à puiser, dit-il.

— J'y penserai la prochaine fois.

— Plusieurs autres aspects de ce qu'il s'est passé cette nuit-là me préoccupent. D'abord, vous veniez d'un bar.

— Il ne faut pas exagérer, docteur Jarocki, je ne suis pas une ivrogne.

— Je n'ai jamais dit ça. Il n'y a rien de mal à prendre un verre de temps à autre, mais – nous en avons déjà parlé lors de nos discussions précédentes – l'alcool n'arrange pas le syndrome post-traumatique.

— Quoi d'autre ?

— Vous étiez vêtue de manière provocante. »

Par le passé, elle lui avait avoué qu'elle sortait parfois seule, habillée de manière suggestive pour draguer. C'était un effet secondaire de son traumatisme. Elle ressentait le besoin de flirter à nouveau avec le danger en se remettant dans la situation qui avait abouti à son enlèvement. C'était sa punition pour s'être évadée alors que Holli ne le pouvait pas. Elle n'en était même pas consciente avant que Jarocki ne le fasse ressortir au cours d'une de leurs séances. Et, bien qu'elle en comprenne à présent le mécanisme, elle continuait à le faire.

« J'étais juste de sortie. Ce n'était pas planifié. J'en ai juste eu envie. Êtes-vous en train de me dire que les jupes courtes sont incompatibles avec le syndrome post-traumatique ?

— Non, et ne soyez pas agressive, Zoé.

— C'est quoi le problème, docteur ? Écoutez, si vous avez quelque chose à dire, dites-le.

— Vous êtes sortie en plein milieu de la semaine, habillée pour draguer. Vous étiez en train de recréer le scénario qui a mené à votre enlèvement, de vous mettre une fois de plus dans la ligne de mire. Vous vous êtes mise à l'épreuve, en espérant une confrontation. Je pensais que vous aviez dépassé ce genre de comportement il y a plusieurs mois. Quand avez-vous rechuté ? Ou est-ce simplement que vous me mentez plus efficacement ? »

Zoé voyait bien que Jarocki était en colère, mais il parvenait malgré tout à donner à sa voix la tonalité d'un parent déçu.

« Écoutez, vous supposez beaucoup de choses, là. J'aurais très bien pu être à l'anniversaire d'une amie.

— Était-ce le cas ? Corrigez-moi. Dites-moi que je me trompe. Comment s'appelle l'amie en question ? »

Zoé resta muette.

« Zoé, cela fait plus d'un an que je suis votre confident. Je vous connais. Je comprends votre situation et votre douleur et je vous accompagnerai dans la durée. Qu'il faille un an ou dix pour vous aider, je serai là pour vous soutenir. Vous n'avez pas besoin de me mentir. Vous ne me décevrez jamais, mais si vous continuez à faire les mauvais choix, vous vous décevrez vous-même. »

Il était effectivement son confident. Les confidents étaient super pour écouter et offrir une épaule sur laquelle pleurer, mais rien de plus. Ils n'étaient jamais là pour offrir de l'aide concrète, du genre qui fait la différence. Quant aux psychologues, ils étaient les pires de tous les confidents, ils vous balancent les matériaux nécessaires à la construction d'un édifice, sans en fournir les plans. Elle s'apprêtait à envoyer ce scoop à la figure de son *confident*, quand soudain, sa combativité s'envola.

Elle ne pouvait pas le blâmer pour ses propos car il n'avait pas tort. Elle se mettait effectivement en péril. Elle se mettait effectivement à l'épreuve. Elle voulait voir si elle pouvait repousser quelqu'un comme le Numéroteur. Elle avait à présent des compétences qui lui manquaient au moment de leur rencontre. Si elle rencontrait un autre Numéroteur, l'issue serait-elle la même ? Elle voulait le battre, marquer un point pour les victimes. Et si elle perdait, tant pis. Ce serait le prix à payer pour avoir survécu à l'enlèvement alors que Holli y était restée. Ces pensées étaient insensées. *Qu'est-ce qui cloche chez moi ?* Au départ, elle n'avait pas été consciente de ses actes, et n'avait pas reconnu la dangerosité de son comportement. À présent, si. Elle en était consciente. Et pourtant, elle reproduisait le même schéma, encore et encore.

Elle s'affaissa contre le mur, renversant du café par terre.

« Je ne sais pas pourquoi je fais ça », admit-elle.

Il prit sa tasse de café à moitié pleine.

« Nous sommes des machines complexes, dit-il. Il nous faut beaucoup de temps pour comprendre pourquoi nous faisons les choses que nous faisons, mais une fois que nous avons compris, nous n'en sommes que mieux lotis. »

Il la raccompagna à son bureau.

« Avec tout ce qu'il se passe, comment pensez-vous que vous vous débrouillez, en général ? »

Elle voulut mentir et répondre qu'elle se portait à merveille, mais n'en fut pas capable. Elle avait agressé trois personnes récemment, à cause d'un tueur qui hantait son esprit. Elle raconta à Jarocki les incidents avec Monica à l'entraînement d'autodéfense, et ceux impliquant Rick Sobona et la journaliste.

« Ces incidents sont regrettables, mais j'espère que vous êtes consciente de la situation. Vous êtes dans un état de vulnérabilité et vous devez prendre soin de vous. Ne tirez pas trop sur la corde. Faites-vous plaisir et entourez-vous d'amis qui puissent vous soutenir. »

Il était de bon conseil, mais les conseils sont rarement aussi faciles à appliquer. Le fait de se faire plaisir n'allait pas l'aider à se défendre contre un tueur. Les amis auraient pu l'aider, mais au fond, elle ne pouvait compter que sur elle-même. C'était un triste constat sur sa vie.

« La police vous a-t-elle proposé une protection rapprochée ?

— Non. Pourquoi ?

— Je ne voudrais pas vous effrayer mais, si moi je vous ai vue à la télévision, il y a de fortes chances pour que ce tueur aussi vous ait vue, et reconnue. Faites attention à vous. »

CHAPITRE DOUZE

Le lendemain, Zoé était assise au guichet d'information du centre commercial et réfléchissait. Elle n'avait pas cessé de réfléchir depuis sa séance de la veille. De nombreuses idées tournoyaient dans sa tête. La plus effrayante de toutes était que le Numéroteur avait pu la reconnaître. Son impulsivité avait peut-être fait d'elle une cible.

Parfois, tu n'es vraiment pas très maligne, pensa Zoé. En ce qui concernait son propre espace et sa sécurité personnelle, elle avait aiguisé sa vigilance. Le Numéroteur pouvait être n'importe qui. Là était le problème. Pour elle, il était un spectre. C'était épuisant de se défendre contre une ombre.

L'autre point qui la tracassait, c'était l'affirmation de Jarocki selon laquelle l'aide qu'elle avait fournie aux policiers était suffisante et qu'elle devait à présent se mettre en retrait et les laisser faire leur travail. Jarocki avait raison, sauf sur un point. Elle pouvait encore être utile aux policiers en leur fournissant un compte rendu précis de ce qu'il leur était arrivé à Holli et elle. Le seul moyen qui lui venait à l'esprit pour y parvenir était de retracer leurs pas lors du voyage à Las Vegas.

Elle avait déjà tenté de le faire, quelque temps après le début de ses séances de psychothérapie avec Jarocki, mais n'avait pas pu aller plus loin que Livermore. Dès qu'elle avait vu les panneaux indiquant l'autoroute I-5, elle avait paniqué. Elle s'était mise à transpirer, à faire de l'hyperventilation, et avait fini sur le bord de la route, incapable d'avancer ni de reculer. Finalement, elle avait dû appeler une dépanneuse pour la ramener chez elle.

À l'époque, elle n'était pas prête, mais à présent, elle l'était. Il lui importait de le faire pour Holli, pour Laurie Hernandez et toutes les autres victimes, et pour elle-même. Jarocki discourait sans arrêt sur la nécessité pour elle de faire quelque chose de constructif et de positif. Pour plusieurs raisons, cela voulait dire retourner à Vegas. En plus d'apporter son aide aux flics, elle ferait face à ses démons, ce qui ne manquerait pas de renforcer sa confiance en elle. Quitter la ville serait aussi un bon moyen de mettre de la distance entre le Numéroteur et elle, maintenant qu'elle le savait dans les environs de Bay Area. C'était une bonne idée de retracer ses pas.

Entre deux demandes de renseignements de la part des clients, elle navigua sur Google Maps à l'aide de son poste d'ordinateur. Elle n'était pas censée utiliser l'ordinateur pour ses recherches personnelles mais, malgré la réputation douteuse du centre commercial, il y avait beaucoup de temps morts. Par chance, elle était de service avec Jared et il ne la dénoncerait pas. Il avait remarqué son inquiétude et avait bien voulu faire les rondes pendant qu'elle assurait la permanence du kiosque d'information.

Elle examina les routes possibles, à l'aller comme au retour de Las Vegas. L'aller vers Vegas fut facile à retracer sur la carte. Holli et elle avaient emprunté les autoroutes I-580 puis I-80, avaient ensuite bifurqué à gauche, à Bakersfield, après quoi elles avaient pris la CA 58 en direction de Barstow, et enfin la I-15 tout droit jusqu'à Vegas. La route avait été aussi ennuyeuse qu'une montée en ascenseur, mais en plus long. C'était elle qui avait eu l'idée de pimenter un peu les choses pour le retour, mais elle ne se souvenait plus de l'itinéraire alambiqué qu'elle avait concocté. Elle avait été recueillie par les shérifs de Mono County entre Bishop et Mammoth Lakes après son évasion, ce qui signifiait qu'elles avaient essayé de rentrer par Yosemite. Cela réduisait les itinéraires possibles à deux options. Soit elles avaient suivi les routes menant à Carson City, soit elles avaient emprunté celles qui traversent la Death Valley. Zoé zooma sur l'image satellite de la carte. Quelque part le long de ces routes, il l'avait détenue. Elle ignorait si elle parviendrait à le retrouver, mais elle retrouverait son atelier. La colère et l'adrénaline provoquèrent une accélération de son pouls. Son talkie-walkie crépita. C'était Jared. Il semblait essoufflé. Elle devina qu'il courait.

« Zoé, de l'aide ! Voleur au niveau supérieur… arrive vers toi. *Niners* à capuche. »

Les codes de Jared étaient tout ce dont elle avait besoin. Elle saisit son talkie-walkie.

« J'arrive ! » dit-elle.

Elle fonça vers les escaliers roulants. Montant les marches quatre à quatre, elle se hissa au deuxième niveau du centre commercial en quelques secondes. Elle trébucha en arrivant en haut de l'escalator, mais retrouva son équilibre en quelques foulées et fila à toute vitesse à travers le centre commercial.

Elle n'eut pas à crier aux clients de s'écarter de son chemin. Ils s'écartèrent d'eux-mêmes de manière à pouvoir assister au spectacle.

Il ne lui fallut qu'un instant pour repérer le voleur en sweat-shirt à capuche de l'équipe des 49ers qui piquait un sprint à travers la foule, avec Jared à ses trousses. Ils étaient à cent cinquante mètres d'elle. Le voleur avait vingt mètres d'avance sur Jared, mais celui-ci gagnait du terrain.

Si Jared ne le rattrapait pas, elle l'arrêterait. L'individu était pris au piège. Elle lui barrait la route de la sortie du niveau supérieur. S'il rebroussait chemin, il tomberait sur Jared. Elle accéléra encore, ce qui, dans son uniforme encombrant, n'était pas chose facile.

La question semblait toute réglée. Jared rattrapa l'individu, et lui asséna un coup dans le dos, l'envoyant mordre la poussière. Au moment où Jared plongea pour se saisir de lui, le voleur mit la main à la poche et sortit un couteau. D'un geste vif, la main qui tenait le couteau forma un arc visant à taillader Jared, et laissa une longue marque rouge sur sa poitrine. Jared porta la main à la poitrine et tomba à genoux.

« Fils de pute ! » grogna Zoé, tout en courant.

Le délinquant se releva d'un bond. Il mit une seconde à comprendre que Zoé courait vers lui, puis il s'arrêta net. Zoé fit de même. Ils étaient à quinze mètres l'un de l'autre. Les clients retournaient précipitamment dans les magasins ou se plaquaient contre la rampe.

Elle l'examina attentivement. Il avait 20 ans tout au plus et était certes plus grand qu'elle, mesurant environ un mètre quatre-vingts, mais il était maigre. Il pesait au maximum soixante-dix kilos. Ils étaient donc à égalité.

Le regard du voleur se déplaça vers la sortie située derrière Zoé, puis revint à elle. À l'expression de son visage, elle lut dans ses pensées : *la sortie est juste là, et ce n'est qu'une femme, je peux me la faire.*

Il sortit le couteau. Elle s'attendait à un couteau à cran d'arrêt, mais c'était un couteau de cuisine bon marché avec une lame de dix centimètres. Pour autant, il n'en était pas moins létal.

« Dégage de mon chemin, putain ! » aboya-t-il.

Mais un bégaiement fit trembloter chacun de ses mots. Le vol était maintenant le moindre de ses soucis. Il avait tailladé Jared, et il n'était pas question qu'elle le laisse s'échapper. Ceux qui faisaient du mal à autrui ne devaient pas s'échapper. Certainement pas ce type. Ni l'assassin de Laurie Hernandez et de Holli. Elle resta fermement campée sur ses deux jambes.

« Lâche ce couteau, ordonna-t-elle.

— T'es folle! fut sa réponse. Ils te payent pas assez pour ces conneries.

— Ça n'en vaut pas la peine, mam'zelle! » dit un client.

Elle fit un pas délibéré en avant, et le type se précipita sur elle. Les badauds qui étaient à proximité s'éparpillèrent, provoquant des sursauts de surprise chez les autres.

Il était rapide. Il parcourut la courte distance qui les séparait en un éclair, le couteau levé, mais elle conserva son calme. C'était précisément ce que lui avaient enseigné tous ses cours d'autodéfense. La démonstration de Karen quelques jours plus tôt lui vint à l'esprit. Elle se mit sur le côté et lui asséna un coup de pied latéral. Son pied ne le toucha pas de plein fouet, mais suffisamment pour le forcer à mettre un genou à terre. Elle lui envoya un double coup de paume au visage qui lui heurta durement l'arête du nez. Il poussa un cri, mais il n'était pas un adversaire sans mérite, car le coup ne l'assomma pas. Il balança son bras, couteau en main. Le manche en bois la toucha à la pommette. L'impact causa une explosion de douleur dont les ondes se propagèrent sur tout le visage de Zoé. Elle recula en titubant et heurta la rampe, qui l'empêcha de chuter vers le premier niveau du centre commercial.

Le voleur se releva et s'élança en boitillant vers la sortie. Zoé l'avait à coup sûr estropié avec son coup de pied. Elle lui courut après et le surprit avec un coup du tranchant de la main sur son avant-bras, envoyant le couteau glisser sur la surface polie du centre. Avant qu'il ne puisse le récupérer, elle lui piétina l'arrière de la jambe, le forçant de nouveau à tomber à genoux. Elle avait le dessus et s'empressa d'en tirer parti en appliquant la prise du sommeil, bondissant en avant et enroulant ses bras autour de son cou.

Il tomba en avant, soit de surprise, soit dans une tentative de la déloger, mais elle maintint sa prise. Ils se retrouvèrent tous deux à terre. Il se débattit, mais elle résista. Il se retourna, se retrouvant sur elle. Cependant, son poids modique n'était pas de nature à la dissuader. Elle savait qu'elle le tenait et enveloppa ses jambes autour de sa taille. Il lui donna un coup de coude dans les côtes. Elle ravala la douleur. Ses coups perdaient en puissance, et elle sentait sa force le quitter. Ce n'était plus qu'une question de temps. Un râle désagréable s'échappa de ses lèvres juste avant qu'il ne tombe en syncope dans ses bras.

Jared apparut, la main sur la poitrine au niveau de son entaille. Avec un grand sourire, il lui dit :

« Tu l'as coincé, le connard. »

Zoé se releva sous les applaudissements et les vivats.

Elle scruta le voleur en sweat-shirt des 49ers à capuche. *Oui, je l'ai coincé, le connard. Maintenant il ne reste plus qu'à coincer l'autre connard, celui qui importe vraiment.*

***

Le centre commercial se transforma en cirque, avec un ballet de policiers, d'ambulanciers, de chefs de rayons, et de clients, le tout agrémenté d'une modeste présence médiatique. Afin d'observer ce spectacle, Marshall Beck avait opté pour une position périphérique. Le suspect, une fois revenu à lui, avait été menotté par la police. Celle-ci avait également rassemblé une poignée de témoins oculaires et établi un cordon de sécurité autour de la zone où Zoé avait étranglé le gamin en sweat à capuche. Les ambulanciers soignaient à la fois Zoé et son collègue agent de sécurité pendant que les policiers tentaient de recueillir leurs déclarations. Les directeurs du centre commercial restaient près de Zoé et de son collègue. Deux équipes de télévision interrogeaient des clients et un porte-parole du centre commercial. Du point de vue de Beck, c'était on ne peut plus satisfaisant, étant donné qu'il avait tout conçu et planifié.

Après avoir appris que Zoé prenait des cours d'autodéfense, il avait décidé de déterminer si elle avait véritablement acquis des compétences de combat. Manifestement, la réponse était oui. Elle ne se battait certainement pas comme ça quand il l'avait enlevée. Il lui avait ouvert les yeux sur ses propres errements et elle avait, de ce fait, changé. Cela lui plaisait. Il avait provoqué chez quelqu'un un changement pour le mieux. Il se demanda quels autres changements il avait provoqués dans sa vie. Si elle en avait opéré suffisamment, peut-être la laisserait-il tranquille au profit d'une autre personne ayant besoin de rééducation.

Il avait fallu jouer serré pour mettre en œuvre cette performance, mais tout s'était finalement déroulé sans anicroche. Il avait voulu mettre Zoé à l'épreuve, mais n'avait pas su comment s'y prendre jusqu'à ce qu'il découvre qu'elle travaillait au centre commercial du Golden Gate. Ce centre commercial ayant la réputation d'être un repaire de pickpockets et de voleurs à l'étalage, il représentait l'environnement idéal pour l'évaluer. Beck ne pouvait pas se permettre d'attendre que l'inspiration criminelle frappe de sa propre initiative, alors il s'était promené dans le centre en prenant soin d'être ostensiblement négligent avec son portefeuille et son iPhone. Il s'était transformé en une cible de choix, et cela avait porté ses fruits. Lorsqu'il se trouvait dans le magasin Macy's, il avait déposé son téléphone sur un présentoir pour ramasser une chemise, et le gamin au sweat-shirt des 49ers l'avait chapardé. Il n'aurait pas pu espérer meilleur scénario.

Zoé avait subi son baptême du feu. À présent, c'était à son tour. Il fallait qu'il connaisse la portée des souvenirs de Zoé. Il risquait de tout perdre, mais c'était un risque calculé, car il était sûr qu'elle n'avait aucun souvenir concret de cette nuit-là. Il se fraya un chemin au milieu de la foule et se présenta au premier agent de police qu'il rencontra.

« Bonjour, dit-il. C'est mon téléphone portable que ce type a volé. À qui dois-je m'adresser ?

— Venez avec moi », répondit l'agent en le guidant.

Le policier l'emmena voir un brigadier pour qu'il fasse sa déclaration. Beck joua son rôle et livra sa version des faits pour le rapport officiel. Il s'efforça d'agrémenter son récit de consternation et de choc pour lui donner un élément humain. Il ne devait pas être froid et factuel. Il venait de se faire voler. Il vivait un tournant dans son existence, et il devait se comporter en conséquence.

L'ennui et l'insatisfaction transparaissaient dans l'attitude du brigadier. Il ne semblait éprouver aucune excitation à débarrasser la société d'un criminel de plus. C'était la routine. Beck le comprenait. C'était un cas qui irait alimenter les statistiques, voilà tout. Il devina que le flic avait dû voir cette scène mille fois. Pour lui, ce n'était qu'un incident de plus qui en disait long sur le triste état de l'espèce humaine.

Entre les questions du brigadier, Beck jeta quelques regards rapides à Zoé. Elle était là. L'évadée. À aucun moment, il ne la vit regarder de son côté. Elle était trop occupée avec les flics et les ambulanciers.

« Nous allons devoir garder le téléphone, c'est une pièce à conviction.

— Vraiment ? Je suppose que c'est logique.

— Nous devrions être en mesure de vous le restituer dans deux jours.

— Pas de problème. C'est comme vous voulez. Qu'est-ce qu'on fait maintenant ? Avez-vous besoin que je reste dans les parages ?

— Non, j'ai vos coordonnées. Vous êtes libre de partir, et nous vous contacterons à propos de votre téléphone dans une journée ou deux.

— Merci. Ça ne pose pas de problème si je vais rapidement dire merci aux agents de sécurité ? Ces gars se sont donnés à fond, et je pense que c'est le moins que je puisse faire.

— Pas de souci. Allez-y. »

Beck ne pouvait pas nier le picotement d'excitation qu'il ressentit en parcourant la courte distance qui le séparait de ses héros en herbe. Son moment de vérité approchait.

Les ambulanciers en avaient fini avec Zoé, mais s'occupaient toujours de son collègue. Beck s'inséra nonchalamment entre les flics et les ambulanciers.

« Bonjour. Je m'excuse de vous déranger, je voulais juste vous dire merci. C'est mon téléphone qui a été volé et que vous avez récupéré. »

Il regarda délibérément Zoé dans les yeux et ne vit aucune réaction de sa part. Il ne pouvait dire si elle dissimulait ou pas.

« Je ne sais vraiment pas quoi dire d'autre. Vous êtes super.

— C'est notre boulot, dit Zoé. Il a enfreint la loi, et on ne doit pas le laisser s'en tirer. »

Le ton de sa voix était dur et sans concessions.

Bravo, pensa Beck. Il en avait fait une femme. Toutefois, une partie de lui se demandait si c'était un message codé qu'elle lui adressait.

« C'est peut-être votre boulot, mais je suis quand même désolé que vous ayez été blessée. Ça va aller ? »

Zoé toucha sa joue où elle avait reçu le coup. Elle ressemblait à l'une de ces réclames pour les implants qui montraient des photos « avant » et « après ». Un côté de son visage était deux fois plus gros que l'autre. Sa joue était rouge et enflammée, et il devina qu'elle aurait de sacrés bleus avant la fin de la journée.

« Nous allons nous en remettre », dit son collègue, dans le plus pur style des super-héros.

Beck devina qu'il devait encore être sous le coup d'une poussée d'adrénaline. Zoé paraissait sonnée par l'affrontement. Elle avait le regard vitreux et vague. Alors que son collègue était survolté, elle était absente. Était-ce la raison pour laquelle elle ne le reconnaissait pas ?

« Et cette entaille ? demanda Beck en montrant la poitrine de l'agent de sécurité.

— Ça a l'air plus méchant que ça ne l'est, dit l'ambulancier qui soignait le collègue de Zoé. Il n'y a pas de muscles abîmés, ce qui est une bonne chose. Par chance, le couteau n'était pas assez tranchant pour provoquer de réels dégâts. Nous allons les emmener aux urgences pour un bilan complet.

— Il faut qu'on les emmène à l'hôpital tout de suite, dit l'autre ambulancier.

— Encore une fois, je ne vous remercierai jamais assez pour ce que vous avez fait aujourd'hui. Je m'appelle Brad Ellis, dit-il en tendant la main au collègue de Zoé.

— Jared Mills, dit-il en empoignant la main tendue et en la serrant puissamment.

— Ravi de faire votre connaissance, Jared. »

Il tendit la main à Zoé. Elle la serra. Sa main était chaude mais sèche, sans la moindre trace de sueur d'anxiété.

« Zoé Sutton.

— Ravi de vous connaître aussi, Zoé. »

Il la regarda dans les yeux et chercha une lueur de compréhension, mais n'en vit aucune.

Zoé ne le reconnaissait pas. Il esquissa un sourire, qui se transforma en une expression d'enchantement.

CHAPITRE TREIZE

Greening était debout devant un tableau blanc qui servait de support d'informations pour l'affaire Laurie Hernandez, et il ajoutait des renseignements concernant la victime elle-même. Au début de toute enquête, surtout d'une enquête sur un homicide, tout ce qu'il avait comme élément était un instantané. Il n'y avait pas de récit, pas d'histoire, juste les circonstances. Dans l'affaire Laurie Hernandez, il avait un cadavre, un lieu, et la cause de décès. Avant de pouvoir avancer, Ogawa et lui devaient remonter le temps et rassembler une série d'images du passé.

Il n'aimait pas juger une victime. Pour lui, les phrases : « Elle l'a bien cherché ! » ou « Elle a eu ce qu'elle méritait ! » ou encore « Ça lui pendait au nez ! » étaient à bannir absolument. Les victimes méritaient que justice soit faite, et il se donnait à cent pour cent pour chaque affaire. Ce qui n'empêchait pas ses sentiments personnels de s'infiltrer dans son raisonnement. Après une longue et déprimante journée à interroger les amis, la famille et les collègues de Laurie Hernandez, il en était arrivé à la conclusion qu'elle n'était pas une femme très sympathique.

Ses collègues, actuels ou passés, qui étaient nombreux car elle changeait souvent d'emploi, avaient du mal à trouver un propos amène à son encontre.

Le témoignage se rapprochant le plus d'un compliment se résumait en deux mots : « caractère difficile ». Elle esquivait ses responsabilités, laissant les autres ramasser les pots cassés, et elle était insolente avec les clients. Des rumeurs circulaient selon lesquelles elle volait de l'argent dans les sacs et les portefeuilles des vestiaires du personnel, bien que personne n'en ait eu la preuve concrète. Elle semblait avoir été formée dans le même moule que sa fratrie et ses parents. Tous, sauf un, avaient des casiers judiciaires constitués de délits mineurs allant des chèques sans provision à la conduite en état d'ivresse. Son père avait demandé à Greening s'il recevrait un dédommagement de la part de la ville et du promoteur immobilier étant donné qu'elle avait été assassinée à proximité de la jetée 25. Ses amis versèrent des larmes de crocodile pour elle, en ignorant la liste impressionnante des délits et turpitudes qu'elle avait commis, comme le vol à l'étalage, le trouble à l'ordre public et l'ivresse publique.

Le tableau qu'il avait dressé était celui d'une jeune femme qui traversait la vie sans aucun égard pour quiconque, à l'exception d'elle-même. En dépit de ses défauts, elle n'avait pas mérité la fin brutale qu'elle avait endurée, et « endurée » était le mot adéquat. Le rapport préliminaire du médecin légiste estimait qu'elle avait reçu quarante coups de fouet. Bien qu'une flagellation pareille eût été suffisante pour la tuer, il semblait que la cause du décès eût été le coup de couteau dans le cœur. Le médecin légiste estima qu'elle avait dû tomber en syncope à un moment donné durant la flagellation. Il avait du mal à imaginer la douleur et les tourments qu'elle avait endurés.

Pauvre enfant, pensa Greening.

Le Numéroteur n'était qu'une merde, un sadique. Il était impatient d'arrêter ce salopard. L'une des caractéristiques regrettables du système judiciaire faisait que le Numéroteur ne subirait jamais le même degré de douleur que ses victimes. La société se voulait meilleure que ses criminels, et ne devait jamais s'abaisser à leur niveau de dépravation. Dans le cas du Numéroteur, il aurait souhaité que la société fît une exception. Il méritait de souffrir autant que ses proies, et même plus.

Il fit un pas en arrière et s'éloigna du tableau blanc, puis s'assit sur le bord du bureau d'Ogawa pour avoir une vue d'ensemble. Le tableau de l'affaire Laurie Hernandez paraissait bien bancal. Il était divisé en plusieurs colonnes récapitulant les informations sur les différentes protagonistes de l'affaire. Les colonnes de Zoé Sutton, Holli Buckner et Laurie Hernandez étaient bien garnies. Il y avait en revanche peu d'informations sur le Numéroteur, hormis ses armes du crime et sa méthodologie. Les colonnes dédiées aux victimes portant les numéros I, II et V étaient vides. Ogawa n'avait pas apprécié que l'on fasse de la place sur le tableau pour des victimes qui ne faisaient pas partie de son enquête ni de leur juridiction selon toute vraisemblance, mais pour Greening, elles méritaient d'être mentionnées. S'ils réussissaient à mettre des noms sur les numéros, ces corrélations les aideraient à faire le lien avec le Numéroteur.

Ogawa entra dans la pièce.

« Eh ! Je croyais que tu étais parti voir les shérifs de Mono County.

— J'y vais dès que j'aurai fini ici. »

Ogawa tira sa chaise à lui et s'assit à côté de Greening. Tous deux fixèrent le tableau.

« "Le Numéroteur", franchement ! s'écria Ogawa. Il fallait absolument que tu lui donnes le même nom que la presse ? »

Greening en avait eu assez de voir le terme « auteur du crime » inscrit au tableau. Dans la plupart des affaires, ils avaient un nom de suspect à mettre au tableau. Dans cette affaire, ils n'avaient rien d'autre qu'un sobriquet. Malgré sa ringardise, ce surnom lui permettait de garder à l'esprit les priorités de ce type : c'était un tueur qui comptait les points.

« Tu préfères quoi ? "l'auteur du crime", "le méchant" ? »

Ogawa grogna.

« Je préfère "le Nul". Enfin, tout sauf l'invention d'un journaliste.

— Tu as quelque chose à ajouter au tableau ? »

Ogawa secoua la tête.

« Notre homme est un salopard prudent. À part Laurie Hernandez, il n'a rien laissé sur les lieux du crime. »

Étant donné qu'il totalisait six victimes sans avoir été pris, cela n'avait rien d'étonnant. Il avait dû perfectionner son art.

« Il a accédé à la jetée 25 par bateau. Aucune caméra de surveillance ne filmait la baie. Ses armes de choix ne nous arrangent pas. Nous n'avons pas encore de base de données nationale pour les fouets, et le couteau dont il se sert est un banal couteau de chasse. S'il s'était servi d'une arme à feu, nous aurions au moins l'expertise balistique pour nous aiguiller.

— Il n'est pas infaillible. Il a déjà foiré l'assassinat Sutton et Buckner en laissant Zoé s'échapper. Il va commettre une autre erreur.

— Alors, on attend le numéro VII qui sera pour nous le chiffre porte-bonheur, c'est ça que tu veux dire ? »

La vérité, c'était qu'une septième victime augmenterait leurs chances d'attraper l'individu, mais c'était un prix trop élevé à payer.

« Non. Ce que je veux dire, c'est qu'il existe des preuves qui nous mèneront à lui et que ce sont ses erreurs qui nous aideront à le faire. »

Ogawa resta silencieux pendant quelques instants.

« J'ai essayé de cerner le fonctionnement de ce connard. Son truc pour le numérotage, c'est destiné à qui, au juste ?

— Les tueurs de ce genre aiment bien signifier leur travail, soit en collectionnant, soit en marquant. Notre homme est un marqueur.

— J'aurais préféré qu'il soit un collectionneur. S'il gardait des souvenirs de ses tueries, on le coincerait plus facilement. Mais pourquoi les numéroter ? Ce n'est pas comme s'il nous laissait découvrir les corps. »

Ogawa a raison sur ce point, pensa Greening. Ils avaient comparé le marquage de numéros à toutes les bases de données locales et nationales et n'avaient rien trouvé qui corresponde au *modus operandi* du Numéroteur.

« C'est un obsessionnel compulsif. Il compte les points, même s'il est le seul à le savoir.

— Il nous faut autre chose », dit Ogawa.

Il alla au tableau et étudia les informations de près.

« Il doit y avoir quelque chose chez ses victimes. Les mecs comme lui ont un type. Ils assassinent la même personne encore et encore.

— Alors, c'est quoi, son type ? »

Les femmes, d'après ce que Greening avait pu constater jusqu'alors. Au moins, avec la prise de contact de Zoé Sutton, ils avaient une meilleure compréhension de la situation. Sans elle, ils peineraient vraiment à trouver une piste. Il quitta le bureau d'Ogawa et s'approcha du tableau.

« Il n'y a pas beaucoup de similitudes entre ces trois-là. Toutes trois peuvent être qualifiées de jolies et ont moins de trente ans, mais il n'y a pas d'autres points communs. Laurie Hernandez n'avait pas le bac, alors que Zoé Sutton et Holli Buckner préparaient un doctorat. Zoé et Holli n'ont aucun lien avec Laurie Hernandez. Zoé est blonde, alors que Holli et Laurie étaient brunes. Zoé est plutôt petite, Holli était grande et Laurie de taille moyenne. Laurie et Zoé ont toutes deux des casiers judiciaires, alors que Holli n'en a pas. »

Ogawa tapota sur les dates d'inculpations de Zoé.

« Et toutes les condamnations de Zoé sont survenues après son enlèvement, alors ça ne veut pas dire grand-chose. »

Greening acquiesça. Si le Numéroteur avait un type, alors c'était justement l'absence de type.

Si seulement ils avaient des renseignements sur les victimes I, II et V. Ils pourraient confirmer ou abandonner cette théorie.

« Le Numéroteur est un tueur qui souscrit à la non-discrimination. Il vise les filles bien comme les mauvaises. »

Soudain, quelque chose fit tilt dans la tête de Greening.

« Ce n'est pas tout à fait vrai, ça. De son point de vue, ce ne sont pas des filles bien. Zoé et Holli venaient de se faire remarquer dans je ne sais quel restaurant quand il les a enlevées, et Laurie Hernandez passait son temps à énerver tout le monde. »

Greening secoua la tête en considérant sa propre conclusion. Il lui avait semblé tenir quelque chose au moment où il y avait pensé, mais une fois énoncée, l'idée lui parut rebattue.

« C'est peut-être ça. Peut-être qu'il cible celles qu'il pense être des mauvaises filles. Zoé se souvient d'avoir entendu le Numéroteur demander à Holli si elle regrettait.

— Ça soulève des idées intéressantes, dit Ogawa. Si nous prenons Zoé et Holli comme modèles pour toutes les victimes, ça donnerait ceci : il est témoin du comportement indécent d'une femme, il la drogue, l'enlève, et la tue sur un site d'exécution préparé à l'avance. Si nous appliquons la théorie à Laurie Hernandez, ça nous donne quoi ? Nous savons où il l'a tuée. Le médecin légiste a trouvé une marque de piqûre et l'analyse toxicologique, lorsque nous l'aurons, nous confirmera à coup sûr qu'elle a été droguée. Ce que nous ignorons, c'est l'endroit où il a été témoin d'un écart de conduite de la part de Laurie Hernandez.

— Elle travaillait dans une boutique qui vend des déguisements, des bijoux, et des services de piercing des oreilles, bref, le genre de boutique qui, à mon avis n'est pas un repaire typique pour un Numéroteur. Même si, vu que personne ne l'a revue après le travail, il est probable qu'il l'ait enlevée quand elle rentrait chez elle. Cela signifie qu'il connaissait son lieu de travail.

— Ce qui veut dire aussi qu'il l'a observée longtemps avant de l'enlever. Ça représente un changement par rapport à Zoé et à Holli. Il semble qu'il ait fait preuve d'opportunisme dans cette affaire-là. Quel que soit le comportement déplacé que Laurie Hernandez a dû avoir à un moment donné, il l'a probablement remarqué dans un endroit qu'ils fréquentaient régulièrement tous les deux. Essayez de voir si vous pouvez dresser une liste des lieux qu'elle fréquentait habituellement, ensuite nous vérifierons s'ils ont été le théâtre d'un incident. Prions les dieux, Greening, pour que l'incident ait été enregistré par des caméras de surveillance.

— On focalise sur ces victimes-là, mais qu'en est-il de lui ? Si ce type est si sensible à ce qu'il est commun d'appeler un mauvais comportement, il y a de fortes chances pour qu'il se soit pris le bec avec quelqu'un à un moment donné, entraînant de fait une intervention de la police. »

Ogawa sourit.

« Oui, l'idée me plaît bien. Je vais vérifier les rapports d'intervention. Après tout, on a coffré "Son of Sam" grâce à un stationnement interdit. Ce serait top de coincer un trouduc aussi moralisateur que celui-ci parce qu'il a donné ses coordonnées pendant un interrogatoire de terrain. »

Greening regarda une fois encore leurs trouvailles et secoua la tête.

« C'est incroyable, ce type est en croisade contre les filles qui font les fofolles.

— Il n'est probablement pas très fan de *Sex and the City* non plus. »

Ogawa haussa les épaules.

« Tu ne t'attendais quand même pas à mieux de la part de ce mec ? »

CHAPITRE QUATORZE

Le cœur de Zoé se mit à palpiter lorsqu'elle vit apparaître la ville de Las Vegas à l'horizon. La cité brillait dans la nuit grâce à un million de lumières, et à des kilomètres et des kilomètres de néons. La vue de la ville au bout de l'autoroute annonçait que sa tâche ne faisait que commencer. Jusqu'à présent, elle n'avait fait que conduire, lancée dans une poursuite passive, en simple transit. Sa destination était à présent à sa portée. Elle marquait le véritable commencement de ce voyage. La perspective des découvertes qui l'attendaient l'exaltait et l'effrayait à la fois. Dans son portable, Jarocki était joignable en numérotation rapide, au cas où elle serait dépassée par les événements.

Au moins, elle était parvenue plus loin que lors de sa tentative de l'année précédente. Une fois qu'elle avait quitté San Francisco, son courage avait périclité, mais la véritable épreuve était survenue lorsqu'elle avait atteint Livermore. L'invincibilité dont elle avait fait montre dans le bureau de Jarocki l'avait désertée en arrivant au tronçon de route qu'elle n'avait pas réussi à parcourir la fois précédente. Ses paumes étaient devenues moites, et elle avait ressenti des picotements dans l'estomac. Elle avait respiré profondément, appuyé sur l'accélérateur, et dépassé l'endroit fatidique à toute vitesse, en essayant de ne pas y penser. Dès qu'elle eût dépassé l'endroit, sa confiance en elle avait grandi. Le fait de briser cette barrière invisible lui prouva qu'elle n'était plus la même personne qu'un an plus tôt. Elle était meilleure. Plus forte. Elle avait un but. Ce monstre qui avait détruit sa vie, ses espoirs, ses rêves, ne contrôlait plus sa vie. Tant qu'il était en liberté, elle ne pouvait pas complètement tourner la page, mais c'était le tournant, le moment où elle commençait à reprendre possession de sa vie.

« Tes jours sont comptés, Numéroteur », murmura-t-elle.

Lorsqu'elle arriva dans la banlieue de Las Vegas, elle jeta un coup d'œil sur l'horloge du tableau de bord de la voiture de location. Bientôt vingt-trois heures. Le trajet avait duré presque dix heures. Elle avait réappris à quel point la route était monotone sur mille kilomètres de trajet. La fois précédente au moins, Holli et elle avaient pu discuter ensemble. Cette fois-ci, elle était seule avec ses pensées. Des souvenirs du voyage précédent défilèrent dans son esprit : les conversations, le jeu, les boîtes de nuit et l'alcool. Les larmes lui montèrent aux yeux lorsqu'elle atteignit le point maudit où les souvenirs se dissolvaient et où le cauchemar prenait le relais. Les blessures étaient encore à vif. Si elle les laissait saigner avant d'être prête à les affronter, elle n'arriverait jamais à Vegas. Elle enclencha le régulateur de vitesse et fit de même pour ses pensées. Elle se concentra sur la route et sur le paysage changeant, écouta la radio et chanta les chansons que celle-ci diffusait. Elle s'efforça de vivre dans le temps présent et non dans le passé. Et cela fonctionna. Elle y était, elle était à mi-chemin.

Elle se fraya un chemin jusqu'au Strip de Las Vegas, et pénétra dans le parking du Caesar's Palace, où Holli et elle étaient restées dormir. Puisqu'elle devait reproduire ses mouvements, cela impliquait de passer la nuit dans le même hôtel.

« Nous ne vous gardons que pour une nuit apparemment », dit le réceptionniste.

La direction du centre commercial lui avait accordé une semaine de congé après qu'elle eut appréhendé le voleur de l'iPhone de Brad Ellis, mais elle n'avait pas besoin de plus d'une nuit pour cette excursion.

« C'est à peine suffisant pour s'amuser dans notre belle ville » dit le réceptionniste avec un sourire et un clin d'œil.

Zoé se retint de lui répondre qu'elle n'était pas là pour s'amuser. C'aurait été une réponse impulsive, et Jarocki n'aurait pas approuvé.

« Je suis juste de passage, je rentre chez moi. »

Le réceptionniste sourit.

« Alors, vous avez choisi la bonne escale. Une nuit, c'est plus qu'il n'en faut pour faire la coquine.

— Je n'ai pas l'intention de faire la coquine. »

Le regard du réceptionniste s'attarda sur les bleus sur son visage. Zoé devina les interprétations possibles qui se reflétaient dans son expression. *Femme battue en fuite, peut-être? Prostituée échappant à l'emprise de son maquereau?* L'idée lui amena presque le sourire aux lèvres. La jovialité du réceptionniste s'évapora et il devint sérieux. Il lui remit deux cartes magnétiques et lui précisa le numéro de sa chambre avant de lui souhaiter un bon séjour.

Sa chambre était petite, et semblait plus exiguë encore du fait de la présence de deux lits. C'était la même configuration que la fois précédente. Elle regarda par la fenêtre, contempla la vue donnant sur le parking, le Palms, et plus loin, le Rio. Là-bas, des milliers de gens prenaient du bon temps. Cette pensée l'attrista.

« Ressaisis-toi, Zoé. »

Elle regretta d'avoir lancé une pique au réceptionniste. Peut-être qu'elle devrait s'amuser. Elle méritait une récompense. Jarocki aimait évoquer « les percées » et le fait qu'on ne les voie pas forcément comme telles avant qu'elles ne se produisent. Le moment de sa percée était venu. Elle reprenait les rênes de sa vie.

Elle jeta son sac de voyage sur le lit le plus proche, sortit ses affaires, et accrocha la robe courte rouge sur un cintre. Elle ne l'avait pas remise depuis le coup de poing asséné à Sobona. Puis elle sauta sous la douche et nettoya les conséquences de dix heures de route et d'air conditionné. Elle se shampouina et se recoiffa dans un style plus nerveux et plus « femme fatale ». Elle y alla fort sur le maquillage, afin de cacher les bleus. L'application délicate de fond de teint et de fard lui donna des pommettes superbes. Avant de glisser dans sa robe, elle examina les traces violettes et bleues laissées des deux côtés de sa cage thoracique par les coups du voleur de portable, qui s'était avéré moyennement efficace. Elle scruta ses bleus avant d'y appliquer de l'anticerne. Combien de fois avait-elle écopé de blessures de ce genre pendant l'année écoulée ? Cinq fois, six fois ? Elle estima que le nombre exact devait être plus près de neuf. Ce n'était rien de grave, plutôt superficiel. Néanmoins, Jarocki avait raison. Elle se mettait bel et bien dans la ligne de mire. Aucune de ses connaissances ne subissait des blessures aussi fréquemment. Elle attribua cela au fait que les gens la sous-estimaient. Elle était une femme, menue de surcroît, ce qui leur donnait l'impression qu'elle était insignifiante, un marchepied. Ceux-là apprenaient à leurs dépens qu'elle était une force de la nature, ainsi ils ne renouvelleraient pas leur erreur.

Elle remonta la fermeture Éclair et étira la robe au niveau de ses hanches.

Il était minuit lorsqu'elle entra dans le hall du casino. Bien que l'on fût en pleine semaine, le casino grouillait de monde. Elle se dit qu'apparemment, à Las Vegas, personne ne devait jamais se lever tôt pour aller au travail.

Elle échangea deux cents dollars contre des jetons, bien qu'elle n'eût pas l'intention d'en dépenser plus de la moitié. Elle ne pouvait pas, au vu de ses moyens, se permettre de perdre plus. Elle rejoignit une table de craps bondée. Elle aimait bien le craps, pour les chances de gain décentes et pour l'esprit communautaire qui régnait autour de la table. Il ne lui fallut pas longtemps pour se retrouver en train de miser quarante dollars sur le « passe », un cocktail cosmo dans une main et les dés dans l'autre. Les gens l'acclamèrent lorsqu'elle lança les dés et lui souhaitèrent un joli coup. Elle aimait la sensation forte que lui procurait l'inconnu, ainsi que les conséquences imprévisibles qui pouvaient en résulter. Chaque lancer de dés pouvait mener à la fortune ou à la ruine.

Elle se laissa porter par sa chance tant qu'elle le pût, mais la belle épopée prit fin lorsqu'elle lança un sept avant son point. S'ensuivirent des huées et des grognements, tandis que le croupier récupérait tout l'argent amassé par les parieurs durant la série gagnante de Zoé. Elle n'avait pas tout perdu, puisqu'elle avait empoché trois cent cinquante dollars avant le sept fatal. C'était suffisant pour couvrir le coût de son expédition.

Juste au moment où elle quittait la table de craps, deux types ayant la quarantaine passée l'abordèrent. Tous deux avaient un style C & A avec chemise simple et pantalon. Ni l'un ni l'autre n'était Brad Pitt, mais ils n'étaient pas non plus désagréables à regarder.

« Eh, tu ne t'en vas pas, j'espère ? demanda l'un d'entre eux. La soirée commence à peine. »

Elle jeta un coup d'œil à sa montre qui annonçait bientôt deux heures.

« Si, une fille doit faire attention à son sommeil pour être belle.

— On t'offre un verre d'abord, dit l'autre.

— Et pourquoi prendrais-je un verre avec deux inconnus ? »

Elle sourit pour leur signifier qu'il n'y avait aucune agressivité dans son propos.

Ils lui retournèrent son sourire.

« Un inconnu, c'est juste un ami qu'on n'a pas encore rencontré », répliqua le premier.

Un inconnu, c'est aussi quelqu'un qui va te kidnapper, te suspendre à un crochet et te fouetter, pensa-t-elle.

« Moi, c'est Jack. Lui, c'est Rob, dit le premier des deux.

— Et toi tu t'appelles comment ? demanda Rob.

— Zoé.

— La malédiction de l'inconnu est levée, affirma Jack. En tant que nouveaux amis, nous devons fêter l'événement autour d'un verre et porter un toast. »

Elle sentit le poids de leurs regards sur son corps.

« Et pourquoi auriez-vous envie de prendre un verre avec moi ? »

Rob lui montra une poignée de jetons.

« Tu nous as fait gagner pas mal d'argent. Il est normal de te remercier. C'est mon éducation texane qui l'exige.

— Alors, qu'est-ce que tu en dis ? » demanda Jack.

Elle allait refuser, puis pensa à la journée stressante qui l'attendait indubitablement le lendemain. Il lui faudrait retrouver les endroits qui avaient détruit sa vie et avaient coûté à Holli la sienne. Qu'importe ce qu'elle allait découvrir, ce serait une épreuve brutale pour son mental. La distraction d'un cocktail avec des inconnus serait la bienvenue.

« Pourquoi pas ? »

Le trio traversa le hall du casino et entra chez Mark Anthony. Ils essayaient de l'impressionner. Le Mark Anthony était le genre de bar où l'éclairage complexe accentuait le décor extravagant dans le but de justifier les prix élevés, et où l'entrée était gardée par un duo de videurs. Ils choisirent une table haute en plein milieu du bar.

La serveuse s'approcha dès qu'ils prirent place. Elle se présenta en tant que « Jade », un prénom que Zoé soupçonnait d'être factice. Zoé l'estima aussi jeune qu'elle, bien que le maquillage de la serveuse rendît son âge difficile à deviner. La robe de soirée noire que portait Jade était décolletée devant, inexistante dans le dos et haute sur les cuisses. Le tout était conçu pour pousser les hommes à se comporter comme des sots et à dépenser un maximum d'argent pour tenter de l'impressionner. Zoé ne pouvait pas vraiment la juger. Ne lui arrivait-il pas de porter le même genre de tenue en vue des mêmes résultats ?

« Alors, les gars, je peux vous proposer un cocktail ? Notre équipe peut vous concocter n'importe lequel. Ou, mieux encore, je peux peut-être vous proposer un service à la bouteille ?

— Champagne ! annonça Jack. C'est une célébration.

— Ça me va très bien, ajouta Rob. Qu'est-ce que tu en dis, Zoé ? »

Ni l'un ni l'autre ne lui semblaient être le genre à boire du champagne, et elle n'avait certainement pas la tête à ça. Elle haussa les épaules.

« C'est vous qui payez la tournée, alors je vous laisse choisir.

— Adjugé ! Ce sera du champagne, dit Jack.

— Je vous amène ça tout de suite, dit Jade.

— Avec un verre d'eau, ajouta Zoé. »

Sur la route, elle avait pris un goûter, mais pas de véritable repas, et elle commençait déjà à ressentir les effets des deux cosmos qu'elle avait descendus plus tôt.

« On est là pour le salon professionnel des appareils médicaux. T'es là pour ça aussi ? Moi, je dirais que t'es commerciale. Je me trompe ? »

Elle fut tentée de leur répondre qu'ils avaient raison. Il lui arrivait souvent de mentir au sujet de sa profession pendant une drague. Personne n'avait envie de savoir qu'elle était vigile. Elle préféra leur dire qu'elle prenait des mini-vacances.

Leurs visages s'illuminèrent à cette nouvelle. Zoé devinait ce qui leur traversait l'esprit. Ils se disaient que, s'ils avaient une aventure, celle-ci n'aurait aucune conséquence fâcheuse sur leurs relations de travail. Elle regretta de ne pas leur avoir dit qu'elle participait au salon professionnel. Cela les aurait encouragés à garder leurs distances.

Le champagne arriva, et Jade les servit en faisant tout un plat de l'événement. Ils levèrent leurs coupes à leur bonne fortune. Les deux types les vidèrent d'un trait, tandis que Zoé goûta à peine au sien. Rob les resservit.

Au cours des dix minutes suivantes, Zoé but plus d'eau que de champagne. Elle se demanda ce qui clochait chez elle ce soir-là. D'ordinaire, elle aurait rivalisé avec eux, enchaînant verre sur verre, mais ce soir, elle n'en avait tout simplement pas envie. Elle ignorait si c'était dû aux deux hommes et à leurs tentatives soporifiques de l'impressionner avec leurs métiers et les joujoux pour grands enfants qui les attendaient chez eux, ou si c'était tout simplement le voyage qu'elle entreprenait qui assombrissait son humeur. Elle avait cru qu'une soirée décontractée au casino lui fournirait le répit dont elle avait besoin avant son périple, mais elle s'était trompée. L'idée lui semblait à présent sordide et insensée. Elle était venue dans le but de retrouver le repaire d'un tueur. Se faire draguer par un duo rencontré par hasard ne cadrait tout simplement pas avec le contexte. Le poids de sa stupidité reposait lourdement sur ses épaules.

Il faut que tu sois plus maligne que ça, se dit-elle. *C'est le genre de conneries qui ont mené à ton enlèvement au départ.*

« Vous savez quoi, les gars ? dit-elle, coupant la parole à Jack au milieu d'une histoire sur son bateau. Il faut que je rentre. »

Les deux hommes lui répondirent par une volée de « non! » témoignant de leur profonde déception.

Elle se leva.

« Le devoir m'appelle, les gars. »

Rob lui attrapa le poignet.

« Écoute, reste un peu. On peut prendre une autre bouteille, s'éclater et voir où la soirée nous mènera. »

Rob parlait encore mais elle ne l'entendait plus, à cause du bourdonnement dans ses oreilles, bourdonnement provoqué par son sang qui bouillait. En une fraction de seconde, elle était passée du calme plat à un état proche de l'explosion. Tout ce qu'elle voyait, c'était qu'il la retenait par le poignet. Il tentait de l'entraver. Avec ce sentiment erroné de pouvoir la contrôler. Tout ce qu'elle avait à faire, c'était de lui asséner un coup à la gorge du tranchant de sa main libre et là, il comprendrait à quel point il se trompait.

Ce geste simple d'autodéfense était, dans son esprit, prêt à être exécuté, mais elle se retint de laisser partir le coup. Ces types n'en valaient pas la peine, et elle ne voulait pas d'ennuis. Ce qu'elle voulait, c'était retourner à son plan originel et retracer ses pas. Elle respira profondément, se débarrassant de sa rage.

« Rob, ne gâche pas tout. On a tous gagné de l'argent, et on a bu un verre. Maintenant, je veux partir. »

Il grogna.

« Et si moi je ne veux pas que tu partes ? »

Elle sentit la rage refaire surface. Elle la repoussa.

« Si tu ne me lâches pas, je vais crier, ce qui fera venir les videurs, puis les flics, et tu finiras ta nuit en garde à vue. »

Rob resta figé.

« Je sens venir un hurlement.

— Nom de Dieu, Rob, lâche-là ! » dit Jack.

Rob lâcha prise et elle sortit du bar, sans prendre la peine de se retourner ne serait-ce qu'une fois.

Sur le chemin du retour à sa chambre d'hôtel, elle repensa à ce qui venait de se passer. Elle s'était mise dans une situation de vulnérabilité et avait réussi à s'en sortir sans blesser quiconque. Elle savait comment Jarocki aurait qualifié la chose : maturité.

***

Aidé par l'obscurité de la nuit, Marshall Beck s'introduisit dans l'immeuble de Zoé, ni vu ni connu. Cela faisait deux heures qu'il observait l'immeuble, et il était certain qu'elle n'était pas chez elle. Il n'y avait aucune lumière allumée dans l'appartement, personne n'y était entré et personne n'en était sorti.

Il monta les escaliers jusqu'au deuxième étage, et marcha calmement jusqu'à la porte de Zoé, comme s'il avait une bonne raison de lui rendre visite. L'erreur commise par beaucoup de personnes était d'avoir l'air coupable. Pour lui, la mascarade était facile. Il ne faisait rien de mal. Ses intentions étaient bonnes.

Il sortit un passe-partout et le glissa dans la serrure. Il l'avait fabriqué lui-même et s'était entraîné sur les portes de son propre logement. Il avait aussi un outil de crochetage, mais n'en eut pas besoin. Le passe opéra sa magie, et il pénétra dans l'appartement.

Il alluma la lumière. Le plan de l'appartement était simple. Il était composé d'une chambre, d'une salle de bains et d'un salon attenant à une cuisine américaine avec salle à manger. Le mobilier, ou plus exactement l'absence de mobilier, donnait au logement un aspect inhospitalier. L'appartement de Zoé avait le strict minimum. Dans le salon, il y avait une causeuse et un fauteuil, séparés par une table basse. Une télévision, qui n'avait même pas un écran plat, reposait sur un support. La chambre abritait seulement une couche sans tête de lit, poussée dans un coin, et une table de nuit du côté exposé.

Cet endroit n'est pas le cocon d'une jeune célibataire, pensa-t-il.

L'appartement ne dégageait aucune féminité, jusqu'au choix des meubles qui étaient purement fonctionnels. Et il manquait autre chose. Il mit une seconde à comprendre ce que c'était. Il manquait des photos. Il n'y avait pas non plus de tableaux ou de reproductions accrochés aux murs pour donner à la pièce un peu de personnalité. Rien qui puisse fournir un indice sur les personnes qui étaient chères à Zoé. C'était un détail, bien sûr, mais qui pourtant changeait tout.

Il n'arrivait pas à savoir si l'austérité du logement était un signe du changement de comportement de Zoé ou pas. Lorsqu'il l'avait rencontrée l'année précédente, c'était une fêtarde bruyante et paillarde. À présent, elle vivait comme une bonne sœur tout en travaillant comme flic de fortune casse-cou et prête à risquer sa vie pour un portable volé. Mais ce n'était pas tout à fait vrai. Son altercation avec Rick Sobona contredisait l'image de la bonne sœur, tout comme la mini-robe qu'elle portait le soir de la mort de Laurie Hernandez.

Il se rendit dans la chambre et ouvrit le placard. À côté des uniformes d'agent de sécurité du centre commercial, il trouva des jeans, des tee-shirts, des vêtements de sport et quatre robes moulantes très provocantes.

« Tu es une énigme, Zoé Sutton », dit-il en refermant le placard.

Il s'assit sur le bord du lit pour intégrer cet aperçu sur la vie de Zoé. Il était venu uniquement pour repérer les lieux, mais il était également venu équipé et prêt à mettre un point final aux choses si besoin était. Il avait son taser dans une poche et un torchon imbibé de chloroforme dans l'autre. Ce serait du gâteau de la prendre si elle passait la porte.

Mais serait-ce justifié ?

C'était la grande question qui taraudait son esprit depuis qu'il l'avait vue à la télévision. Son enquête avait révélé qu'elle était une femme métamorphosée. Une partie de lui disait qu'il fallait la laisser tranquille. Il l'avait transformée. De plus, il y avait dans la société des cas bien pires de vies humaines nécessitant une rééducation.

Mais… il y avait toujours un « mais ». Ces robes de pétasses dans son placard. Il avait du mal à se remettre de ces fichues robes. Elles étaient une preuve criante de l'incapacité de Zoé à se réformer. Si elle n'avait pas changé, même après avoir bénéficié d'une seconde chance qui ne tenait qu'à un fil, alors elle méritait le sort qu'il lui avait réservé dès le départ.

La poursuivre était maintenant hautement risqué. Les flics la surveillaient. Il ne pouvait pas l'aborder avec la liberté qu'il avait eue avec les autres « numéros », et ce ne serait pas une mise à mort propre. La meilleure chose à faire était de la laisser tranquille. Il avait laissé sa marque sur elle, et c'était bien plus qu'une cicatrice. Le choix intelligent, c'était de l'oublier, mais il sentait sa fierté le titiller. Il avait foiré et elle s'était échappée. Il fallait toujours qu'il achève ce qu'il avait commencé. C'était son point faible et sa force.

Il retourna au salon et attendit Zoé. Et attendit. L'horloge posée sur le décodeur afficha minuit, puis une heure, et deux heures. À trois heures, il était évident qu'elle ne rentrerait pas ce soir. Il pouvait facilement imaginer ce qu'elle fichait, vêtue de l'une de ces robes, en la compagnie d'un autre Rick Sobona. L'accoutrement rouge dans lequel il l'avait vue n'était pas dans le placard.

« Où es-tu, Zoé ? » dit-il d'un ton méprisant.

Il avait le sentiment qu'elle était partie quelque part. Il était passé au centre commercial plus tôt dans la journée, mais elle n'y était pas. Avait-elle quitté la ville ? La robe rouge manquante indiquait que non. Personne ne part en voyage en laissant tous ses habits sauf une robe de fêtarde.

Il perdit toute idée de mansuétude. Il sortit de l'appartement, sachant pertinemment qu'il reviendrait.

CHAPITRE QUINZE

Le lendemain, Zoé attendit d'être à quelques heures de l'aube pour quitter Las Vegas. C'était l'heure à laquelle Holli et elle s'étaient mises en route, et elle partit donc au même moment cette fois-ci aussi. Ce qui signifiait qu'elle avait été obligée de passer la journée à traîner le long du Strip de Las Vegas, mais elle n'y avait pas vu d'inconvénient. Vegas avait largement de quoi l'occuper avant qu'elle ne commence son long périple de découverte.

Elle se souvenait de l'itinéraire emprunté au début de leur trajet de retour. C'était l'une des rares choses dont elle se souvenait. Elles avaient pris la US 95, en direction d'Indian Springs, puis avaient serpenté entre la base de l'Armée de l'air à Creech et la Death Valley. Pour finir, elles avaient prévu de rentrer en Californie et à San Francisco en prenant un raccourci à travers Yosemite, une route qui montrait le paysage en évolution de la Californie et du Nevada. Cela aurait dû être agréable, et non cauchemardesque.

Elle n'avait à retracer que quatre cents des mille kilomètres de route, car la police l'avait retrouvée sur la US 395 dans sa Coccinelle cabossée, à mi-chemin entre Mammoth Lakes et Bishop.

Étrangement, elle avait été retrouvée après avoir roulé dans la mauvaise direction, dans la direction opposée à celle de San Francisco.

Qu'est-ce que ça veut dire ?

Cela voulait dire qu'elle avait été assez droguée pour ne plus distinguer la droite de la gauche, le nord du sud. Dieu seul sait où elle avait cru aller. Elle repassa les souvenirs flous de cette nuit-là dans sa tête. Elle ne se souvenait que d'avoir voulu s'évader. Cette pensée, et la honte qui s'y associait, lui firent monter les larmes aux yeux.

Elle avait choisi l'endroit de sa sortie de route comme le point de départ de sa recherche. Ce qu'il leur était arrivé à Holli et elle serait reconstitué à partir de l'endroit où les flics l'avaient retrouvée. L'importance du diamètre à considérer était toutefois difficile à déterminer. Il y avait un certain nombre de facteurs à prendre en compte. Dans son état d'hébétude, quelle distance avait-elle parcourue en partant des vieux cabanons ? Sur quelle distance leur ravisseur les avait-il conduites au départ du bar où elles s'étaient arrêtées ? Où était le bar ? Elle estima qu'il s'agissait d'une zone d'environ quatre-vingts à cent trente kilomètres de rayon, qu'elle délimita sur la carte qu'elle avait récupérée avec la voiture de location. Elle décida de concentrer ses efforts sur ce cercle. Cela représentait beaucoup de route, mais la tâche serait facilitée par la faible densité de la population dans cette partie du pays. Les bourgades étaient rares et espacées sur de vastes superficies de terre. Toutefois, la recherche n'en était pas moins redoutable.

Ne faisant pas confiance à sa mémoire pour lui désigner le bar de l'extérieur, elle décida de s'arrêter dans chaque bourgade de sa zone de recherche pour scruter chaque bar et restaurant de l'intérieur. La première localité qu'elle visita fut Big Pine qui s'avéra être une réserve indienne. Elle s'arrêta devant chaque panneau indiquant un lieu-dit pouvant recéler un bar ou un restaurant. Sa progression était lente. Les heures défilaient, mais elle ne se laissa pas décourager. Tout le reste pouvait attendre. Mettre au jour la vérité était la seule chose qui lui importait.

Elle finit par arriver à Bishop. C'était une petite ville, mais de loin la plus grande qu'elle avait traversée depuis son départ de Las Vegas. Elle consulta son compteur. Elle avait parcouru quatre cent dix-huit kilomètres depuis son départ de Las Vegas. À ce stade, Holli et elle avaient dû être affamées, avec un réservoir d'essence quasi vide et seulement à mi-chemin de leur destination. Il semblait probable qu'elles se soient arrêtées là.

Elle ralentit. Bishop était une ville en dehors du temps. L'US 395 lui servait d'axe principal et de point d'origine, le reste de la ville s'étalant à partir de la route. À en juger par ce qu'elle voyait, c'était une ville touristique qui servait de base pour visiter les montagnes Sierra. Elle se voyait bien faire une halte ici avec Holli. C'était kitsch, ce qui était bien dans leur style.

Mais, malgré son côté kitsch et son potentiel, elle ne s'en souvenait pas. L'endroit lui était aussi étranger que tout ce qu'elle avait vu jusqu'alors durant le trajet. Elle ne se laissa toutefois pas décourager par l'inconnu. Elle avait su dès le début de son expédition que celle-ci pouvait s'avérer un échec total, et avait intégré cette éventualité. L'important pour elle était d'essayer et de ne pas laisser le passé empêcher la découverte de la vérité. Bishop ne lui rappelait rien, d'accord, mais il fallait en scruter chaque recoin.

Elle s'arrêta devant un commerce qui prétendait être un bar, un restaurant, et un magasin de souvenirs. Elle demanda le gérant et fut confrontée aux propriétaires, un couple d'une soixantaine d'années, aussi ronds que grands.

Elle leur demanda de but en blanc :

« Vous vous souvenez de moi ? »

C'était une question bizarre à balancer à des inconnus, mais elle retint leur attention, pour le meilleur ou le pire. Ça avait été inconfortable et humiliant au départ, mais après une bonne douzaine d'essais, la vexation avait fini par disparaître. Le couple, Martha et Fred Blanco, secoua la tête. Elle expliqua la situation et leur montra une photo de Holli. Elle récolta encore des secouements de tête.

Les Blanco lui proposèrent un dîner gratuit, mais elle refusa. Le temps jouait contre elle. Dans deux heures, les commerces allaient fermer pour la nuit. Au lieu d'un repas, elle demanda la liste de tous les autres restaurants et bars de la ville. Ils les lui indiquèrent sur une carte touristique.

Elle visita l'Alley, un bowling avec un restaurant ; l'Hacienda, une grosse cantine mexicaine ; Lucia's, un restaurant italien ; une brasserie allemande, Hofbräu ; et trois autres commerces, mais elle fit chou blanc à chaque fois. Personne ne se souvint d'elle et *vice versa.*

Ce fut une autre histoire lorsqu'elle arriva au Smokehouse, un restaurant-barbecue. Par rapport à la ville, le Smokehouse était grand. Il avait la taille et la forme d'un entrepôt, mais ses murs blanchis à la chaux et ses peintures murales colorées adoucissaient son apparence. Apparemment, l'établissement n'évoquait rien pour Zoé; en revanche, il parla à son subconscient. Les paumes de ses mains devinrent moites en un instant. Son corps lui disait que cet endroit était significatif.

Pourvu que ce ne soit pas un délire, se dit-elle en descendant de voiture.

Elle entra. À l'intérieur, le Smokehouse était un saloon de western. Il avait un parquet simple et un long bar. Un garde-pied cuivré longeait le mur d'un côté, et il y avait des tables hautes de l'autre. Des cabines à l'allure de box pour chevaux, avec des murs hauts et boisés remplissaient l'autre moitié du restaurant. Des présentoirs chargés de cornes de vaches et de cerfs ornaient les murs. À l'arrière, il y avait une petite scène et une piste de danse. La sono jouait de la musique country. Zoé crut percevoir un flash de déjà-vu, mais elle ne savait pas s'il était réel ou si c'était simplement l'écho d'un autre restaurant-barbecue ou grill-room qu'elle aurait visité par le passé.

Une serveuse repéra Zoé et l'aborda. Elle était petite et approchait la cinquantaine.

« Combien de personnes, chérie ?

— Je suis toute seule, mais j'ai une question à vous poser d'abord.

— Bien sûr. Allez-y.

— Je m'appelle Zoé Sutton. Vous souvenez-vous de moi ? »

Une expression d'inquiétude assombrit le front de la serveuse, et elle secoua la tête. Zoé ignora son expression et continua. Cela portait ses fruits de persévérer.

« C'était il y a quinze mois. Je suis venue avec une amie. »

Elle montra une photo de Holli.

« J'avais les cheveux longs à l'époque. »

La serveuse n'arrêtait pas de secouer la tête.

« Ma p'tite dame, vous savez combien de clients j'ai servis en quinze mois ?

— Je suis sûre que nous nous sommes fait remarquer.

— Remarquée ou pas, je ne me souviens pas de vous.

— Mais vous étiez bien ici à l'époque », dit Zoé, n'écoutant que sa détermination.

Cela faisait partie des choses qui pouvaient tourner à son avantage. Dans une petite ville comme celle-ci, loin des métropoles, il n'y avait pas beaucoup de renouvellement du personnel.

La serveuse mit les mains sur les hanches et fronça les sourcils.

« Écoutez, je ne voudrais pas être malpolie, mais vous voulez une table ou pas ? »

Zoé sentit qu'elle perdait son interlocutrice et se dit qu'elle devait la ramener de son côté.

« Désolée de vous faire perdre du temps, mais c'est important. Mon amie et moi avons été kidnappées sur le chemin du retour. Je ne me souviens pas de ce qui s'est passé. J'essaie de reconstituer nos mouvements pour aider la police. »

Zoé repéra un homme à la carrure épaisse avec un polo aux couleurs du restaurant qui portait une demi-douzaine d'assiettes sales, et qui les regardait. Il remit les assiettes à un garçon de cuisine et s'approcha. Ses sourcils froncés annonçaient à Zoé qu'elle allait se faire mettre à la porte. Elle devait s'en faire un allié.

Elle sortit une coupure de journal et la montra à la serveuse.

« Je me suis échappée. Mon amie a été tuée. Êtes-vous sûre que vous ne vous souvenez pas de nous ? »

Le choc imprégna le visage de la serveuse.

« Il y a un problème, Karalee ?

— Non, Tom, répondit Karalee. Elle a besoin d'aide, c'est tout. »

Zoé ne savait pas si elle entendait par là qu'elle avait besoin de renseignements ou d'une assistance d'ordre psychiatrique.

« Êtes-vous le propriétaire ?

— Non, le gérant. »

Elle remit l'article de journal à Tom, avec la photo de Holli, et lui livra les faits, comme autant de coups de massue. Son regard resta fixé sur l'article. Elle savait qu'elle paraissait dérangée. Elle passait peut-être pour une cinglée, mais il leur était cependant difficile d'ignorer une histoire pareille.

« Que voulez-vous ? demanda Tom avec un mélange de prudence et de serviabilité.

— J'aimerais demander à vos employés s'ils se souviennent de moi ou de Holli. Y a-t-il quelqu'un qui travaillait déjà ici à l'époque des faits ?

— Trois ou quatre de mes employés. Mais, écoutez, je ne veux pas que vous perturbiez nos clients. Comme vous pouvez le voir, nous sommes occupés. »

En dépit de sa superficie, le restaurant était quasiment rempli aux deux tiers.

« Je vous promets d'être discrète et rapide. »

Tom soupira et dit à Karalee :

« Installe-la au bar, et moi je les envoie un par un. »

Zoé prit la main de Tom.

« Merci, dit-elle. Vous ne pouvez pas savoir à quel point je vous suis reconnaissante.

— Ouais. Super ! »

Karalee installa Zoé au bout du bar. Le barman s'approcha et déposa une serviette en papier avec le menu.

« Voici Andrew. Il était ici à l'époque. Andrew, voici Zoé. Elle a des questions à poser. Aide-la, s'il te plaît. »

Andrew ne parut pas le moins perturbé par la requête cryptique.

« Pas de problème, dit-il. Je peux vous servir quelque chose, Zoé ?

— Du café. J'ai une longue route devant moi.

— Du café, j'en ai ! » répondit-il en se tournant vers une machine à café.

Andrew avait plus de la trentaine et était plutôt séduisant. Il avait une touffe blonde désordonnée qui aurait eu besoin d'un bon coup de brosse, mais cela lui allait. Zoé attribua son charme à sa décontraction.

Il déposa la tasse de café devant elle.

« Vous avez des questions à me poser ? »

Elle lui glissa la coupure de journal.

« J'essaie de savoir si je suis venue ici il y a quinze mois. Je voyageais avec mon amie, Holli. »

Elle lui remit la photo.

« Quelqu'un nous a kidnappées et a tué Holli.

— Il est écrit là qu'elle a disparu, dit Andrew, sans dédain ni jugement.

— Croyez-moi, elle est morte. C'est juste que les flics n'ont pas encore retrouvé son corps. »

Il lui rendit la photo et la coupure de journal.

« Et vous essayez de la retrouver ?

— Si possible, mais ce que je voudrais vraiment c'est donner à la police un compte rendu plus précis de ce qui s'est passé. Je veux les aider à coincer le salopard qui a fait ça, ou leur donner n'importe quel élément qui les aidera. »

Andrew la fixait, le visage inexpressif.

« J'avais les cheveux longs, à l'époque. Je conduisais une Volkswagen Coccinelle.

— Je me souviens de vous. »

La remarque la prit par surprise. Elle avait tant l'habitude que les gens n'aient aucun souvenir d'elle que la réponse positive la déstabilisa.

« Vraiment ?

— Je ne me souviens pas de la date ou quoi, mais je me souviens de vous et de votre amie. »

Soudain, Zoé sentit un accès de jubilation monter en elle. C'était un début. Et même plus. C'était le début de la fin pour *lui,* leur ravisseur.

Zoé espérait qu'il n'était pas en train de la baratiner.

« Comment vous souvenez-vous de nous ?

— Vous vous êtes vraiment données en spectacle ici, toutes les deux. »

Elle se sentit rougir.

« Vous arriviez de Las Vegas. Vous étiez pleines aux as, mais côté bonnes manières, ce n'était pas ça. Vous faisiez monter la sauce. Vous avez dragué tous les célibataires du bar et même quelques gars pas si célibataires que ça. Il y avait un groupe qui jouait ce soir-là, et vous êtes montées sur scène pour un karaoké improvisé. »

Elle regarda par-dessus son épaule vers la petite scène et la piste de danse. Elle essaya de s'imaginer les événements décrits par Andrew, mais ne se souvint de rien. Les choses qu'il décrivait étaient pourtant bien dans leur style, à Holli et elle. Elles avaient fait les folles à Las Vegas. C'était le but du jeu. Se lâcher et décompresser.

« Je suis désolée si nous avons fait les pauvres filles. »

Andrew haussa les épaules.

« Vous ne faisiez de mal à personne. Je vous voyais comme des filles qui voulaient s'amuser. Vous avez un peu contrarié certains des convives, mais ce n'était pas bien grave. Vous encouragiez les clients à consommer, alors le gérant appréciait.

— C'était Tom ?

— Non. Tom n'est là que depuis trois mois. »

Elle repensa aux gens qui avaient été contrariés.

« Est-ce que quelqu'un a été très en colère après nous ?

— Quelques familles avec enfants. Des personnes âgées. »

Il tapota la coupure de journal.

« Mais assez en colère pour vous faire ça ? Non. »

Les pensées de Zoé basculèrent vers l'autre extrême.

« Quelqu'un a-t-il sympathisé avec nous ?

— Vous aviez un certain nombre d'admirateurs.

— Y en a-t-il un qui vous vient à l'esprit en particulier ?

— Oui, Craig Cook. »

Le nom ne lui disait rien.

« Est-il du coin ? Vous pensez que je pourrais lui parler ?

— Oui, deux fois oui. »

Craig Cook… Se pourrait-il que ce soit lui ? Elle répéta le nom encore et encore dans sa tête. Holli et elle l'avaient-elles un peu trop excité, et ensuite, quand il n'avait pas obtenu d'elles ce qu'il voulait, l'avait-il pris de force ? Avait-il fait de même avec les quatre autres femmes ? Elle serra les poings.

« Vous pouvez me dire où le trouver ?

— Je vais faire mieux. Je vais le faire venir à vous. »

Andrew sortit son téléphone portable et composa un numéro.

« Craig, c'est Andrew. T'es occupé, là ? Tant mieux. Passe au Smokehouse. J'ai ici une demoiselle qui voudrait te parler. Non, ça n'a rien à voir avec ça. Grouille-toi de venir. »

Il raccrocha.

« Il arrive, dit-il. Je vous sers autre chose en attendant ? »

Elle commanda un plat apéritif qu'elle n'avait pas vraiment l'intention de manger.

En regardant Andrew s'occuper des autres clients du bar, un sentiment d'angoisse envahit Zoé. Il était si mielleux et accommodant. Rien ne semblait le perturber. Les gens étaient normalement pris de court quand elle leur posait des questions sur son enlèvement, mais pas Andrew. Tout lui avait glissé dessus. Elle se repassa l'image du Numéroteur tel qu'elle l'avait vu cette nuit-là. La silhouette avec le fouet, debout devant le corps suspendu de Holli, était grande avec des cheveux blonds. Andrew ne cadrait pas avec cette image floutée par les barbituriques. Il n'était pas assez grand, mais elle pouvait se tromper. Dans l'état de terreur où elle s'était trouvée à ce moment-là, peut-être lui avait-il paru démesurément grand. Les souvenirs étaient en règle générale peu fiables, et les siens encore moins parce qu'elle avait été droguée. Holli et elle avaient-elles vraiment été embarquées par un homme seul ? Était-il possible qu'il y en ait eu deux ? Un homme seul aurait-il pu si facilement gérer deux femmes droguées ? Et comment, en premier lieu, avaient-elles été droguées ? Ça n'aurait pas été facile à faire pour un client, mais pour un barman, c'aurait été du gâteau. Son regard s'abaissa vers son café. N'y avait-il que du café là-dedans ?

Elle venait peut-être de se remettre dans la ligne de mire, mais ce n'était pas grave. Elle voulait que la police retrouve celui qui l'avait enlevée, et elle se fichait de savoir par quel moyen y arriver. Si ces types s'attendaient à retrouver la même Zoé, ils se trompaient.

Elle avait des compétences, à présent. Des compétences auxquelles ils ne s'attendraient pas. Elle était désormais une combattante. Pas une victime.

Un homme entra dans le restaurant et Andrew lui fit signe de la main. L'homme fit de même. Andrew revint vers Zoé.

« C'est lui, Craig. Vous vous souvenez de lui ? »

Se souvenait-elle de lui ? Non. Mais de sa silhouette, par contre, si. Il était grand, plus d'un mètre quatre-vingts, avec les épaules larges et une carrure épaisse. Il avait une chevelure épaisse et blonde. Il correspondait à l'image qu'elle avait emportée de l'atelier délabré.

La colère monta en elle, en même temps que l'angoisse, formant un mélange qui engendrait la panique. Sa respiration s'accéléra. Elle sentait venir la crise de panique, mais il fallait qu'elle la repousse. Elle ne devait pas leur faire savoir qu'elle les tenait.

Respire, pensa-t-elle. *Respire. Ne te découvre pas. Laisse-les croire qu'ils ont le dessus. Ne laisse pas l'angoisse te dominer. Respire, tout simplement.*

Craig lui adressa un sourire et s'assit sur le tabouret à côté du sien. Elle s'efforça de lui retourner son sourire.

« Je te présente Zoé, dit Andrew. Holli et elle ont traversé la ville il y a quelque temps. Vous trois, vous aviez sympathisé. »

Craig plissa le front en réfléchissant, mais ne semblait pas se souvenir. Après un long moment, son expression changea et son sourire réapparut, plus large que la première fois.

Jouait-il la comédie ? se demanda-t-elle.

« Zoé et Holli. Je me souviens de vous deux. Tu t'es fait couper les cheveux. On avait passé une super soirée. »

Pas Holli et moi, pensa-t-elle, en espérant que son expression ne la trahissait pas.

« Est-ce que Holli est là ?

— Non.

— Dommage. Tu es en ville pour une raison particulière ?

— Oui. Pour toi. »

Elle lui tendit la main. Lorsqu'il tendit la sienne, elle attrapa son poignet et sauta de son tabouret, le renversant à terre. Elle lui tordit violemment le bras derrière le dos et lui plaqua la main entre les omoplates.

« Eh ! Putain de merde ! » cria-t-il.

Une onde de choc et de surprise se propagea parmi les clients.

« Nom de Dieu, Zoé ! » dit Andrew.

Le tapage entraîna l'arrivée à grands pas de Tom. D'un regard, Zoé le figea sur place.

« Appelez les flics ! aboya-t-elle.

— Je savais bien qu'on aurait des problèmes avec vous !

— Faites-le ! »

CHAPITRE SEIZE

Le service de police de Bishop était minuscule. Zoé avait déjà vu des cabinets médicaux plus grands. En fait, même le Smokehouse était plus grand. Elle devina que ce service ne devait pas compter plus d'une demi-douzaine de policiers, ce qui n'était pas étonnant, vu la taille de la ville. Elle doutait que leur équipe soit assez bien lotie ou compétente pour appréhender un tueur. Elle le leur avait dit, ce qui l'avait fait atterrir dans une salle d'attente exiguë. Cela faisait maintenant des heures qu'elle attendait.

L'inspecteur Ryan Greening émergea d'une salle dont la porte affichait la mention : « Personnel autorisé uniquement ». Il était en jean et tee-shirt, au lieu de porter son uniforme habituel, le costume.

Zoé bondit de son banc.

« Alors ? »

Il répondit à sa demande par un froncement de sourcils.

Elle ne pouvait pas trop lui en vouloir. Il l'avait sauvée. Le chaos avait régné lorsque les flics étaient arrivés et l'avaient trouvée plaquant Craig Cook contre le bar. Les accusations avaient fusé de-ci de-là, de la part de Zoé, d'Andrew et de Tom. La solution la plus simple fut d'emmener tout le monde au poste pour démêler le vrai du faux. Les déclarations de Zoé ne rencontrèrent pas d'écho favorable. Elle risquait plutôt une double inculpation pour trouble à l'ordre public et agression. Heureusement, elle passa rapidement du statut d'agresseur à celui de victime, lorsqu'elle réussit à les convaincre d'appeler l'inspecteur Greening. Il leur avait répondu qu'il arrivait sur-le-champ. Depuis lors, elle était confinée dans la salle d'attente, entourée d'un mur de silence. Sa seule grosse surprise fut la durée du trajet de Greening, qui avait mis moins d'une heure à arriver de Bay Area.

« OK, désolée. S'il vous plaît, dites-moi juste ce qu'il se passe.

— Sortons quelques minutes. »

Ils sortirent et se retrouvèrent dans la rue. La nuit était calme et silencieuse. On aurait dit que la ville retenait son souffle.

« Que se passe-t-il ? » demanda Zoé.

Cette fois-ci, elle réussit à réprimer le ton accusateur dans sa voix.

« Rien, répondit-il. Ils ne sont pas coupables.

— Si, forcément ! Craig Cook était avec nous le soir où nous avons été enlevées. Nous lui avons parlé. Il était assez proche pour glisser quelque chose dans nos verres. Il ressemble même à l'individu que j'ai en mémoire. »

Greening leva la main pour l'interrompre.

« Désolée, désolée, fit-elle. Quoi ? Dites-moi, s'il vous plaît.

— Bon, c'est simple. Craig Cook se souvient de Holli et de vous. Il a flirté avec vous, et vous en avez fait autant avec lui. Aux dires de tous, vous vous êtes bien amusés, ensuite vous êtes parties toutes deux de votre plein gré, laissant Cook sur sa faim et avec un sérieux coup de blues aux couilles, ce sont ses termes, pas les miens.

— C'est tout ? »

Greening la regarda avec un air de déception paternel.

« Je pourrais ajouter que vous étiez toutes deux sacrément bourrées quand vous êtes retournées à votre voiture.

— Non, c'est impossible. J'avoue qu'il nous arrivait de boire et de conduire, mais jamais quand nous étions au-dessus de la limite d'alcoolémie, et surtout pas avec toute la route que nous avions à faire cette nuit-là. C'est lui. J'en suis sûre. »

Greening leva les mains.

« Croyez-moi, ce n'est pas lui.

— Qu'en savez-vous ? C'est sa parole contre la mienne. »

Greening secoua la tête.

« Ce n'est pas lui. Il a un alibi en béton. Il s'est fait coffrer pour ivresse et conduite indécente moins d'une heure après votre départ du Smokehouse. »

Elle ne pouvait pas y croire. Elle ne voulait pas y croire. Elle n'était pas plus proche de la vérité qu'avant. Elle eut envie de crier, de pleurer et de rire tout à la fois.

« Alors ça n'a été qu'une énorme perte de temps », dit-elle dégoûtée d'elle-même plus qu'autre chose.

« Non. L'élément nouveau dont nous disposons à présent, c'est d'un autre repère dans la chronologie. D'après le barman, Holli et vous êtes parties une demi-heure avant qu'ils ne ferment. Il était donc vingt-deux heures trente. Les shérifs de Mono County vous ont récupérée à cinq heures quarante-cinq. Ce qui vous est arrivé s'est produit dans ce créneau. C'est une chose que nous ne savions pas. Donc, bien joué.

— S'il vous plaît, pas de condescendance. La journée a été assez dure comme ça.

— Ce n'en est pas. Je me suis intéressé de près à votre affaire, et nous avons si peu de renseignements qu'un élément apparemment aussi insignifiant qu'une chronologie représente un grand pas en avant. »

Zoé sourit, puis secoua la tête en prenant conscience de quelque chose. Elle aurait dû s'en apercevoir plus tôt, mais il était tard, et elle avait été focalisée sur Craig Cook plutôt que sur la vue d'ensemble.

« Vous êtes arrivé vraiment vite. Vous étiez en train de me surveiller, n'est-ce pas ?

— C'est en partie vrai. C'est la procédure.

— Et j'ai réussi le test ?

— Zoé, il est tard. Je répondrai à vos questions demain, mais pour l'instant, Craig Cook voudrait vous parler.

— Ah bon ? »

Greening acquiesça et l'emmena à l'intérieur. Tandis qu'il la guidait vers la salle d'interrogatoire, un policier fit sortir Andrew. Celui-ci la dévisagea avec le même air imperturbable qu'auparavant. Ce ne fut pas le cas du policier qui lui jeta un regard furieux. Elle devina qu'elle devait être coupable d'avoir gâché une soirée tranquille à Bishop.

Greening frappa à la porte de la salle d'interrogatoire et le chef de la police leur ouvrit. Craig Cook était assis dans le coin le plus reculé de la pièce, derrière une table. Son gabarit et la petitesse de la pièce lui donnaient l'aspect d'un écolier surdimensionné. Il avait aussi l'air décontenancé. Elle se dit qu'il avait dû être bousculé pendant l'interrogatoire. Le chef montra la chaise en face de Cook, et elle s'assit. Si Cook s'attendait à avoir de l'intimité, il devait déchanter. Le chef et Greening restèrent dans l'embrasure de la porte.

« Zoé, ils m'ont dit ce qu'il t'est arrivé, et je voulais juste te dire combien je suis navré. Je peux à peine imaginer ce que Holli et toi avez subi. Si j'avais su à l'époque, j'aurais pris contact avec la police pour dire que je t'avais vue ce soir-là. »

Toute sa bravade avait disparu, et Zoé regretta de lui avoir fait endurer tout ça.

« Ce n'est pas grave. Désolée de t'avoir mis dans ce pétrin.

— Je ne t'en veux pas. J'en aurais fait autant à ta place. Si seulement j'avais retenu quelque chose qui puisse faire avancer l'enquête.

— Es-tu absolument certain que ce n'est pas le cas ? N'est-il pas possible que tu te souviennes d'un petit détail des événements de cette nuit-là ? »

Il secoua la tête.

« J'étais assez bourré, dit-il. Je me souviens juste m'être amusé. »

Elle étendit le bras et prit l'une de ses larges mains dans les siennes. Sa main se crispa, mais seulement l'espace d'une seconde, puis il serra légèrement celle de Zoé.

« S'il te plaît, essaie de t'en souvenir. Quelqu'un nous a droguées et je pense que ça s'est passé au Smokehouse. Est-ce que quelqu'un a joué des coudes pour prendre ta place à côté de nous ? Ou… quelqu'un était-il un peu trop intéressé par nous ? As-tu vu quelqu'un partir en même temps que nous ? »

Mais Cook secouait la tête.

« Non. Rien de tel ne me vient à l'esprit. Pour être honnête, on était tellement inconscients qu'Elvis lui-même aurait pu faire une apparition surprise sans qu'on le remarque. Je te promets de parler à Andrew et aux gens qui étaient présents ce soir-là, et s'il en ressort quelque chose d'utile, je le dirai à ces gars. Je veux absolument qu'ils attrapent ce connard. »

Craig Cook était un type adorable.

« Merci », dit-elle.

Greening lui fit signe de partir. Il serra la main du chef, qui promit de rester en contact au cas où il aurait des pistes. Greening et Zoé se retrouvèrent à nouveau dans la rue.

« Votre voiture est encore au Smokehouse ?

— Oui.

— Je vous y dépose. »

Bishop était une si petite ville qu'il ne fallut que quelques minutes à Greening pour rejoindre sa voiture de location.

« Alors, je suppose que votre présence ici signifie que vous faites une petite expédition pour remonter le temps. »

Zoé n'était pas d'humeur à se faire sermonner.

« Oui. Désolée.

— Il n'y a aucune raison de l'être. Je comprends. Alors, c'est quoi le plan, maintenant ?

— Rentrer chez moi.

— Maintenant ? »

L'horloge du tableau de bord annonçait qu'il serait bientôt trois heures. En partant immédiatement, elle arriverait à San Francisco avant l'heure de pointe.

« Oui.

— Vous êtes obligée de rentrer avant demain ? »

Elle le dévisagea, ne sachant pas où il voulait en venir.

« Il faudrait que je rentre, mais je n'ai pas d'obligation particulière. Pourquoi ?

— Eh bien, nous sommes tous deux ici pour essayer de découvrir ce qui vous est arrivé à Holli et à vous, alors pourquoi ne pas le faire ensemble ? Retraçons vos pas pour voir ce que nous découvrirons d'autre. »

***

Marshall Beck entra dans les locaux de Pattes urbaines pour rendre sa visite vespérale à Brando. Il aimait partager ses sentiments avec le chien. Du fait que Brando ne trahirait jamais ses confidences, il était infiniment plus facile pour Beck de lui révéler ses pensées les plus intimes. Des pensées qu'il avait du mal à s'avouer à lui-même. Jamais il ne lui était arrivé d'entretenir une telle relation avec quiconque. Il n'avait jamais eu d'ami ou de maîtresse à qui se confier autant. Il était en terrain inconnu et cela lui plaisait.

Il entra dans l'annexe d'évaluation. Les anciens chiens de combat remuèrent brièvement. Deux d'entre eux aboyèrent, mais pas pendant longtemps. Ils commençaient à s'habituer à ses visites tardives. Naturellement, Brando ne réagit pas à l'arrivée de Beck.

« Salut, Brando, dit-il. Tu vas bien ? »

Il parlait au chien comme à un adulte et non comme à un enfant. Ç'aurait été insultant de le traiter autrement que comme un humain. Il n'avait jamais compris pourquoi les gens s'exprimaient en langage « bébé » avec leurs animaux de compagnie. Pas étonnant qu'il y ait autant d'animaux à la fourrière.

Il enleva le loquet de la cage de Brando et ouvrit la porte. Le chien resta dans son enclos. Ce n'était pas grave. Il sortirait de son plein gré quand il serait prêt. Ce moment-là approchait, Beck en était certain. Le jour même, il avait été autorisé, pour la première fois, à travailler directement avec Brando. Tom Fischer et lui avaient travaillé sur des techniques visant à tester le tempérament du chien et à l'apprivoiser. Brando, fidèle à lui-même, avait été froid et distant. Tom avait trouvé cela problématique, car c'était d'autant plus difficile de déterminer son caractère. Beck y avait vu une manifestation de la maîtrise que Brando avait de lui-même.

« Je t'admire, Brando. Tu es patient. J'aimerais l'être autant, mais je parie que tu en as assez de rester assis là. Je suppose que tu aimerais sortir un peu d'ici, pas vrai ? Je sais que j'en aurais envie, si j'étais à ta place. »

Il prit l'une des laisses coulissantes qui étaient accrochées au mur. Elles servaient de longes temporaires pour les dresseurs qui déplaçaient les chiens d'un enclos à un autre ou pour les propriétaires potentiels qui voulaient promener un chien avant de prendre leur décision.

Il s'agenouilla devant Brando. Le chien resta immobile.

Beck glissa doucement la laisse autour du cou de Brando. Il se leva et tendit la laisse. Le chien sortit lentement de la cage.

Beck sourit.

« C'est bien, dit-il. On y va. »

Ils sortirent. Il était tard, les rues étaient désertes et il était fatigué, mais le fait de marcher avec Brando le revigora. Brando était agréable à promener. Il restait au pied. Non, « au pied » n'était pas le terme adéquat. Brando marchait à ses côtés comme le ferait un ami ou un égal. Oui, il verrait bien Brando bénéficier d'une grâce. Ce chien était une créature remarquable. Beck n'était pas sûr qu'il aurait pu être aussi indulgent après avoir enduré les mêmes souffrances que Brando.

Ils marchèrent en silence. Il voulait que le chien profite de sa liberté et s'imprègne du monde autour de lui, ce dont il avait été privé pendant si longtemps. *Faut que tu t'y habitues, mon vieux.*

Après vingt minutes de marche, il entama la conversation avec son ami.

« Zoé n'était pas chez elle ce soir. Je me demande si elle ne m'a pas fait le coup de quitter la ville. Mais j'en doute, quand même. La plupart de ses affaires sont encore à l'appartement. Elle reviendra, ne serait-ce que pour les récupérer, mais du coup, je me demande ce qu'il faut que je fasse maintenant. Faut-il que je reste concentré sur Zoé ou que je passe à quelqu'un d'autre ? »

Il marqua une pause, s'attendant à une réaction de Brando, mais le chien poursuivait son chemin.

« Une partie de moi me dit de tourner la page. Peut-être qu'il sera d'autant plus agréable de se concentrer sur quelqu'un d'autre, sachant que j'aurai laissé Zoé souffrir dans l'incertitude de ne pas savoir si je vais revenir m'occuper de son cas ou pas. »

Un couple marchant en sens inverse s'écarta pour les éviter. Beck fut déçu de cette réaction. *Percevait-il Brando et lui comme une menace ?* Parce qu'ils n'en seraient pas une, tant que le couple se comporterait honorablement et respectueusement. *Ou peut-être le couple avait-il reconnu en eux des mâles dominants.* Cette idée lui fit plaisir.

« Il est l'heure de te ramener chez toi pour la nuit, dit-il en faisant le tour du pâté de maisons pour retourner au centre. Je peux me permettre de laisser Zoé Sutton en attente. Si elle veut se cacher pendant quelque temps, qu'elle le fasse. Je peux attendre. Il faut que je me focalise sur quelqu'un d'autre. Mais qui ? »

Avec Laurie Hernandez, il avait eu de la chance. Elle s'était offerte à lui sur un plateau d'argent en faisant preuve de mépris pour les animaux du centre où il travaillait. Mais là, il n'avait personne d'autre sur son radar. Pour arriver à ses fins, il ferait donc ce qu'il avait fait pour toutes les autres victimes. Il se fondrait dans le décor, et observerait le monde. Il traînerait dans les bars et les boîtes de nuit. Il lirait les journaux à la recherche de ceux qui manquent de respect. Il traquerait les contrevenants et les châtierait. Il leur montrerait qu'il y a un prix à payer pour l'inconduite.

Il chercha l'inspiration auprès de Brando et la trouva. Ils rentrèrent rapidement au refuge, et il alluma l'ordinateur dans son bureau. Il fit une recherche sur l'affaire des chiens de combat et trouva le nom de Javier Muñoz. Il était l'instigateur présumé du réseau de combats de chiens. Le terme « promoteur » le désignait comme organisateur professionnel, à ne pas confondre avec un amateur. Aux dernières nouvelles, il était en liberté sous caution. Ce qui mettait ce salopard entre les mains de Beck. Il adressa un sourire à Brando.

Après vingt minutes de recherches intensives sur Internet, Beck trouva l'adresse de Muñoz à Hayward, ainsi qu'un certain nombre d'autres renseignements cruciaux concernant le promoteur de combats de chiens. Beck adorait le fait qu'une telle masse de renseignements sur la vie privée des gens soit si facilement disponible de nos jours. Cela facilitait grandement son travail.

« Allez, Brando, il faut qu'on aille quelque part. »

Il mit Brando dans sa Honda. Le chien prit place sur le siège avant, et ils se dirigèrent vers Hayward.

Muñoz vivait dans un quartier surpeuplé et délabré, ce qui étonna Beck. À en croire les reportages télévisés, il avait gagné des dizaines de milliers de dollars grâce à son réseau de combats de chiens. Beck se demanda si son choix de résidence était une question d'image.

Il arrêta le 4 x 4 à une distance d'un demi-lotissement de chez Muñoz. C'était une petite habitation de style ranch avec un toit plat. À l'exception d'une maison où l'on jouait de la musique bruyante, la rue de Muñoz était calme. La plupart des habitations étaient plongées dans le noir. Il y avait de la lumière chez Muñoz. Il aurait aimé pouvoir regarder à l'intérieur et de plus près, mais il lui fallait d'abord évaluer les alentours. Il n'aimait pas la proximité de toutes les maisons les unes par rapport aux autres. Cela signifiait qu'il serait difficile d'aborder quelqu'un sans être repéré. Dans les quartiers animés, les gens étaient trop préoccupés pour se focaliser sur une seule personne. Les quartiers calmes fonctionnaient différemment, les visages inconnus étaient toujours remarqués. Ce n'était pas grave. Une observation de plus près n'était pas nécessaire. Il avait juste besoin d'avoir une bonne compréhension des mouvements de Muñoz, de guetter une ouverture, et de frapper au moment où sa cible serait la plus vulnérable. Pour l'heure, il avait un point de départ en l'adresse de Muñoz. Tout se mettrait en place à partir de cette donnée et dicterait la suite.

Une Dodge Challenger les dépassa en trombe, et se gara sur la place de stationnement. Un petit homme trapu approchant la quarantaine descendit de voiture. C'était Muñoz. Beck le reconnut, ayant vu sa photo dans les reportages.

Un grognement sourd s'éleva du siège à côté de Beck. Il se retourna vers Brando. Le chien avait été calme et réservé au refuge, mais ici, face à son tortionnaire, il était tendu, une véritable boule de nerfs. Beck sourit.

« Ne t'en fais pas, mon ami. Tu auras ta vengeance. Nous devons juste attendre notre heure. »

CHAPITRE DIX-SEPT

Zoé et Greening passèrent le restant de la nuit à Mammoth Lakes. Greening y avait déjà loué une chambre d'hôtel, alors elle l'avait suivi de Bishop ; une fois arrivés, il avait pris une chambre pour elle et elle s'était endormie quelques minutes seulement après s'être couchée. Greening la réveilla avec un coup de fil à neuf heures. En une demi-heure elle fut prête et quitta la chambre pour retrouver Greening qui l'attendait près de sa voiture de location. Il était à nouveau en costume. Elle pensa qu'il devait être de service.

« Vous roulez avec moi aujourd'hui. Vous pouvez laisser votre voiture ici. J'ai réglé ça avec l'hôtel. »

Zoé jeta son sac de voyage dans le coffre de la voiture de location.

« Vous avez faim ? »

Elle acquiesça.

« Super. J'ai repéré un endroit idéal, hier. »

Ils roulèrent jusqu'à un petit restaurant, où ils furent installés à une table avec vue sur Mammoth Mountain et commandèrent des petits-déjeuners. Zoé eut l'impression que Greening avait travaillé pendant quelques heures avant de la réveiller. Il avait sans doute transmis à sa hiérarchie son rapport sur les festivités de la veille.

« Alors, vous êtes venu ici pour veiller sur moi ? demanda-t-elle.

— Je m'intéresse à votre affaire. Elle peut nous aider à résoudre la nôtre et *vice versa*, en tout cas je l'espère.

— Quand êtes-vous arrivé ?

— Hier.

— Avez-vous appris quelque chose ?

— Pas grand-chose. J'espère avoir plus de chance aujourd'hui. »

La serveuse vint remplir leurs tasses de café avant de passer à la table suivante.

« Pourquoi est-ce si important pour vous de venir ici et de vous torturer l'esprit ? »

Elle haussa les épaules.

« Parce qu'il faut que je me souvienne de ce qu'il m'est arrivé. Cette nuit-là est un gros trou de mémoire. Tous les autres pourraient probablement vous en dire plus que moi, et ça me fout en rogne. Ça faisait un moment que j'avais envie de venir dans le coin pour y retracer mes pas. J'ai déjà essayé une fois, mais je n'avais pas eu le courage d'aller jusqu'au bout. J'ai pensé que, si je revenais me confronter à tout ça, je serais également amenée à revoir ce que j'ai pu faire ou ne pas faire.

— C'est-à-dire ?

— Je me suis sauvée, alors que j'aurais dû rester.

— Si vous étiez restée, vous seriez morte. Vous le savez bien.

— Ce n'est pas comme si ma vie avait été toute rose depuis. Mourir en tentant de sauver Holli aurait été le meilleur choix.

— Foutaises ! »

La réplique de Greening fut sèche et dénuée de sympathie.

« Ne me dites pas que Holli a connu le meilleur sort. Si elle était là, elle vous ferait regretter ces propos. À en juger par ce qu'a enduré Laurie Hernandez, votre amie a subi une mort affreuse que personne ne souhaiterait à un autre être humain. Vous avez survécu. Acceptez-le et aimez d'autant plus la vie. »

Ça paraissait tellement simple pour les gens comme lui, qui ne saisissaient pas ce qu'elle avait traversé. Leur problème, c'était qu'ils ne comprenaient pas le stigmate indélébile de la honte ou sa profondeur. Et comment le pourraient-ils, à moins de s'être rendus coupables d'un acte répréhensible ? Même Jarocki ne comprenait pas vraiment. Il vivait une vie charmante. De la honte, il ne connaissait que ce qu'il avait lu dans des bouquins ou étudié chez ses patients. Greening et Jarocki et tous les autres voyaient les choses de la même manière, comme si la honte était une chose superficielle. *Tiens ! On dirait que tu as de la honte sur toi. Ne t'inquiète pas, un peu d'eau et de savon, et ça partira*. En réalité, la honte était, comme le cancer, un mal à exciser, mais ce n'était pas chose facile, surtout quand elle enveloppait votre cœur.

« Êtes-vous venue ici en espérant le croiser à nouveau ?

— Non. Je ne me suis pas embarquée dans une mission suicide. J'essaie d'aider. D'aider Holli, Laurie Hernandez et toutes les autres victimes.

— Et vous-même ?

— Oui, et moi-même. Ça fait trop longtemps que je me cache de ce fils de pute. J'essayais de refaire le voyage de Las Vegas à chez moi pour trouver des indices.

— Comme au Smokehouse.

— Oui. Je ne me souviens pas du tout de ce restaurant, mais eux se souviennent de moi. »

Greening secoua la tête.

« Et vous avez arrêté Craig Cook, un innocent. Vous rendez-vous compte de la dangerosité de cette situation ? Et qu'elle aurait pu très mal tourner pour vous ?

— Mais ça n'a pas été le cas.

— Je trouve inquiétant ce que vous dites là, parce que la situation a effectivement mal tourné et vous ne voulez pas l'admettre. »

On aurait dit Jarocki.

« Vous aimez faire des vagues, Zoé. »

Il regarda son assiette à moitié pleine et la poussa.

« Vous avez vraiment cru que Cook était le coupable ?

— Sur le coup, oui. Je l'ai vu et j'ai pensé que c'était possible.

— Celui que nous recherchons est en ville, pas ici.

— Vous ne pouvez pas en être certain. Peut-être qu'il fait la navette. Double identité et tout le tralala.

— Possible, mais improbable. La manière dont il a pris Laurie Hernandez suggère qu'il l'a observée d'abord. Croyez-moi, il est en ville. Et, de toute manière, vous devez cesser d'être aussi impulsive. Sinon, vous finirez par vous faire du mal. »

Il y eut un blanc, ni l'un ni l'autre ne prenant la parole pendant plusieurs minutes.

« Écoutez, ce n'était pas mon intention d'être autoritaire, dit Greening. En fait l'idée de retracer vos pas est bonne. C'est ce que j'essayais de faire, mais ce serait beaucoup plus facile si vous m'accompagniez, alors ce que j'aimerais, c'est vous emmener là où les shérifs vous ont retrouvée, et ensuite remonter le fil à partir de là. Ça vous va ?

— Oui.

— Alors, on y va. »

Greening paya l'addition et ils reprirent la route dans sa voiture. Elle remarqua qu'il lui jetait des regards en biais.

« Qu'est-ce qu'il y a ? demanda-t-elle.

— Votre visage. Ce bleu. Vous ne l'aviez pas hier, si ? »

Elle n'avait pas très bien camouflé son bleu.

« C'est arrivé au travail. Je désarmais un voleur et il m'a frappée avec un couteau.

— Vous le "désarmiez" ? »

Elle lui raconta l'incident avec le voleur d'iPhone.

Greening secoua la tête.

« Comment êtes-vous passée d'une préparation de doctorat à un poste de vigile ?

— Après ce qu'il s'est passé, je ne pouvais pas retourner à l'université. J'avais besoin de faire autre chose, mais je n'avais pas d'autres qualifications. Je n'ai rien trouvé d'autre que vigile au centre commercial. »

Il fronça les sourcils.

« Je suis sûr que vous pourriez trouver quelque chose de mieux payé et de moins dangereux ».

Son diplôme en sciences environnementales lui ouvrait des possibilités, mais aucune ne lui convenait.

« Je pourrais trouver autre chose, mais j'aime bien la sécurité au centre commercial. »

Il se fendit d'un sourire moqueur.

« C'est vrai, je vous assure. Je ne veux pas d'un boulot ordinaire. J'ai été transformée par ce que m'a fait le Numéroteur. Je ne peux pas faire un travail classique, de neuf à dix-sept heures. Il me faut une activité qui change les choses, et c'est le cas au centre commercial. J'arrête les voleurs de sacs à main, les pickpockets, les voleurs à l'étalage et les vandales. J'aide les enfants perdus à retrouver leurs parents et je relève les gens lorsqu'ils tombent. Je contribue un peu à améliorer la société. »

Son expression moqueuse se transforma en un véritable sourire.

« Vous parlez comme un flic. »

Elle ne répondit pas.

« J'ai dit une bêtise ? demanda-t-il.

— Non. Le docteur Jarocki pense que je devrais envisager une carrière dans la police.

— Eh bien, si vous êtes sincère dans votre volonté d'aider les gens et de changer les choses, vous devriez l'envisager sérieusement. C'est une bonne carrière, bien meilleure qu'un travail de vigile.

— Vous voudriez vraiment d'une flic avec le genre de passif que j'ai ?

— Si par "passif" vous entendez la capacité à ressentir de l'empathie pour les victimes et la volonté de leur rendre justice, alors oui, certainement. »

C'est cela, oui, pensa-t-elle. Elle le dévisagea, cherchant une trace d'ironie dans ses propos, mais n'en trouva aucune. Sa foi en elle l'étonna.

Ils approchaient de la rampe d'accès de la route US 395, celle sur laquelle Zoé avait été retrouvée. Il s'arrêta sur le bas-côté avant d'atteindre la route.

« OK. Je vais vous emmener à l'endroit précis où vous avez été retrouvée. Je sais que vos souvenirs sont plutôt flous, alors nous allons y aller doucement. Si vous voyez quoi que ce soit qui évoque un souvenir, ou si vous voulez revoir quelque chose, vous me le dites. Nous pouvons aller aussi vite ou aussi lentement que vous vous le souhaitez, c'est d'accord ? »

La perspective lui donnait des sueurs froides, mais elle acquiesça.

Ils rejoignirent la route en roulant bien en deçà de la limitation de vitesse. Il conduisait avec ses gyrophares allumés pour ne pas énerver les autres automobilistes.

Il lui relaya ce qu'il avait lu dans les rapports de police. C'était surréaliste de l'entendre raconter des événements qui la concernaient et dont elle n'avait aucun souvenir. Elle aurait voulu avoir une inspiration soudaine, mais rien.

Il lui demanda de passer en revue les événements tels qu'elle s'en souvenait, et il l'interrogea sur chaque petit détail. Son esprit passa du présent aux événements de cette nuit-là. Elle ne vit pas la route. Elle se revit, ainsi que Holli, et le Numéroteur. C'était le même film vague et incomplet qu'elle avait vu et revu dans son esprit des tas et des tas de fois. Il était pénible à regarder, mais pour la première fois, elle eut envie de le regarder jusqu'au bout. Soudain, il ralentit.

« Que se passe-t-il ? demanda-t-elle.

— Nous y sommes. »

Il arrêta la voiture.

« C'est très précisément ici que les shérifs vous ont retrouvée. »

La révélation heurta Zoé de plein fouet. Sa réaction fut immédiate et brutale. Elle se mit à ressentir des frissons qui drainèrent toute sa force. Elle eut du mal à ouvrir la portière et dut s'appuyer dessus de tout son poids pour y parvenir.

Greening ne remarqua pas le changement dans son état et avança à grands pas vers un point précis au bord du bitume. Il consulta le contenu d'un dossier avant de montrer le sol avec ses deux mains.

« Vous avez fait une sortie de route ici, et votre voiture allait dans cette direction-là, dit-il en montrant le sud. »

Elle tituba vers Greening sur des jambes qui la soutenaient à peine. Tout cela était bien trop réel pour elle, et son courage s'évaporait. Elle était venue pour découvrir la vérité et pour contribuer à l'arrestation d'un tueur. À présent, elle ne voulait plus que deux choses, se sauver et se cacher.

Greening ouvrit à nouveau le dossier. Les rapports étaient agrafés sur le côté droit, tandis que les photos de vingt centimètres sur vingt-cinq étaient à gauche dans le dossier. Il tapota sur celle du dessus. Elle montrait l'avant de sa Coccinelle coincé dans le fossé, et, en arrière-plan, un policier en uniforme surveillant la scène d'un air réprobateur.

Quelques souvenirs de cette nuit-là lui revinrent en mémoire, mais seulement par bribes : les gyrophares alternant le bleu et le rouge remplissaient son champ de vision, ensuite une lumière éblouissante braquée sur son visage. Des silhouettes devant la lumière. Le grincement de la portière que l'on ouvrait. Une voix qui dit : « Mam'zelle, mam'zelle, vous n'avez… ? Nom de Dieu, elle est toute nue ! », et une autre voix disant : « Cette salope est complètement bourrée. » Et elle, criant et se débattant contre les mains qui la touchaient. Des hommes criant, lui ordonnant de se calmer. Elle, hurlant encore et encore le même mot : « Holli ! » Ensuite, plus rien.

« Ça va ? » demanda Greening.

Elle se passa une main sur le visage.

« Oui, ça va. »

Le flic avait l'air sceptique.

Elle lui prit le dossier des mains, le repliant pour examiner la photo. Elle s'orienta de manière à être en phase avec l'image de la photo.

« Vous vous souvenez de quelque chose ?

— Pas vraiment.

— La position de la voiture montre que vous veniez de Mammoth Lakes et que vous alliez vers Bishop. C'est la direction opposée à votre destination initiale. Vous avez rebroussé chemin. Vous pouvez me dire pourquoi ? »

Elle secoua de nouveau la tête.

« Aviez-vous l'intention de retourner à Bishop, pour une raison ou une autre ?

— Je pense que je conduisais juste pour me sauver. La destination m'importait peu. Désolée. J'aurais aimé en savoir plus. »

Greening soupira.

« Ce n'est pas grave, dit-il. Voyons les choses autrement. Vous alliez vers le sud. Ça vous évoque quelque chose ?

— J'étais tellement droguée que j'aurais pu tourner en rond avant de tomber dans les pommes ici, pour autant que je sache. Tout ce dont je me souviens, c'est d'être montée en voiture, et d'avoir roulé en priant pour qu'il ne me suive pas. »

Il acquiesça. Zoé sentit que Greening souhaitait ardemment qu'elle se souvienne. Elle partageait son sentiment, mais avait depuis longtemps renoncé à l'espoir d'y parvenir à la seule force de la volonté. Soit les souvenirs reviendraient d'eux-mêmes, soit ils resteraient perdus à tout jamais.

« Je crois que l'endroit où vous avez été détenue se trouve quelque part le long de ce tronçon de route. Étant donné l'état dans lequel vous étiez, la peur et l'adrénaline auront atténué certains effets du Rohypnol, mais pas tous. Vous n'avez pas dû conduire longtemps avant de vous retrouver dans ce fossé. Je dirais quinze kilomètres tout au plus dans une direction ou dans l'autre. Quand on prend en compte l'heure à laquelle vous avez quitté Bishop, le temps qu'il lui aura fallu pour arriver ici et se mettre au boulot… »

Elle grimaça lorsqu'il employa le mot « boulot », un euphémisme insipide pour « torture et meurtre ».

« Désolé, dit-il.

— C'est pas grave.

— Ce que je veux dire, c'est que nous ne sommes pas loin. Pas loin du tout. Vous voulez bien qu'on essaie de retrouver cet endroit ensemble ? demanda-t-il avec un sourire.

— Oui, mais les shérifs l'ont déjà fait. Ils ont vérifié les propriétés aux alentours et n'ont rien trouvé qui y corresponde.

— Vous leur aviez donné assez peu de renseignements la dernière fois. Ils ont basé leurs recherches sur l'endroit où ils vous ont retrouvée. Ils ne savaient pas d'où vous veniez ni où vous alliez. Ils n'avaient aucun élément sur lequel concentrer les recherches. Nous, si. Tout ce qu'il vous est arrivé s'est produit entre Bishop et la route de Mammoth Lakes. Alors, je vous le redemande : “Êtes-vous d'accord pour que nous essayions de retrouver l'endroit ensemble ?” »

« Oui. »

Il se retourna vers sa voiture.

Zoé demeura au bord de la route, fixant la voie qui disparaissait vers le sud.

Au loin, elle rétrécissait sous l'effet des montagnes et des collines qui l'engloutissaient de part et d'autre. C'était sans doute la vue qu'elle avait eue cette nuit-là. Elle cherchait à se remémorer quelque chose, à déclencher un souvenir ; toute son attention tendue espérant reconnaître un trait particulier d'une route qui semblait banale. Mais celle-ci ne demeura rien de plus qu'une route, ce qui ne changeait en rien le fait que tous les événements s'étaient produits ici.

« Zoé ? Ça va ? »

Elle se retourna.

« Oui. Je pense que nous devrions aller dans cette direction d'abord. »

L'espoir illumina son visage.

« Direction sud, alors ! »

Ils suivirent la direction sud, essayant chaque sortie et explorant chacune des routes secondaires jusqu'au cul-de-sac. Puis ils arrivèrent à la fin de la route, sur Bishop, sans rien trouver qui corresponde à ses souvenirs dilués.

Greening roula jusqu'au Smokehouse et s'arrêta sur leur parking.

« Je ne suis pas sûre qu'ils sauteront de joie à l'idée de nous avoir à déjeuner.

— Certainement pas, » dit-il en souriant.

Toutefois, son sourire s'estompa rapidement.

« Bon, dit-il, j'aimerais faire les choses différemment au retour. Je vais vous raconter les événements de cette nuit-là, et vous allez combler les trous. »

Elle sentit les poils de ses bras se hérisser.

« Vous savez vraiment me rendre heureuse, répondit-elle.

— Je vais vous bousculer un peu. Je ne m'en excuserai pas, parce que je pense que c'est important, et que je pense que vous êtes d'accord avec moi sur ce point.

— Du moment que vous acceptez de payer pour mes psychothérapies après…

— Nous y sommes, en psychothérapie, c'est vous qui devriez me payer, là. »

Il souriait à nouveau. C'était une chose toute simple, mais cela lui donnait confiance en elle. Il lui donnait confiance en elle. Entreprendre cette démarche seule l'effrayait, et elle se savait capable de flancher si cela devenait trop pénible. Avec Greening, elle avait quelqu'un pour la protéger et l'encourager.

« Allez, on démarre notre petit show ! dit-il. Où étiez-vous garée ce soir-là ?

— Je ne sais pas. »

Greening roula doucement à travers le parking.

« Vous aviez été mises à la porte du Smokehouse. Holli et vous êtes retournées à votre voiture. Étiez-vous seules ? Quelqu'un vous a-t-il arrêtées pour vous demander de le déposer quelque part ? Y avait-il quelqu'un qui vous attendait à la voiture ? »

Un flash brilla soudain dans les recoins de son esprit. Holli et elle bras dessus, bras dessous riant dans l'obscurité. Puis l'image s'évanouit à nouveau dans la pénombre.

« Quelqu'un vous a-t-il suivies ? À ce stade, le Rohypnol a commencé à faire son œuvre dans votre organisme. Vous vous sentez plus saoule que vous ne devriez. Fatiguée, sonnée. »

Greening reprit la route et prit la direction nord.

« Vous êtes dans votre voiture. C'est vous qui conduisez ou lui ? Si c'est lui, alors vous êtes trois dans la voiture. Vous êtes assise où ? À la place du conducteur ? Ou à celle du passager, ou encore derrière ? »

Le flash brilla une fois de plus dans sa tête. La lumière fut brève, mais l'image était claire.

« Et Holli ? Où est-elle ?

— Attendez. Arrêtez de parler. »

Il se tut, mais continua à conduire.

« C'est moi qui conduisais. Holli était à côté de moi. Il était à l'arrière, recroquevillé à cause de sa grande taille. Holli lui a proposé d'échanger leurs places, mais il a refusé. Nous lui rendions service. »

Après toute l'ambiguïté et toute la confusion qui l'avaient assaillie, elle était estomaquée de s'être souvenue d'un détail avec autant de clarté.

Mais, en dépit de l'image claire et nette qui venait de lui apparaître, le brouillard continuait à obscurcir les événements qui avaient suivi.

« Alors, vous l'avez emmené en voiture ? dit Greening d'une voix excitée.

— Je ne sais pas. Je suppose que oui.

— Vous a-t-il demandé de le déposer quelque part ? »

Elle secoua la tête.

Ils atteignirent les limites de la ville de Bishop, et Greening poursuivit sa route.

« OK, vous roulez sur la US 395. Holli est assise à côté de vous. Lui, est à l'arrière. Le Rohypnol vous tient fermement dans ses griffes. Vous zigzaguez sur la route. »

Pour illustrer le propos, il laissa sa voiture de service virer en biais avant de surcompenser en donnant un brusque coup de volant du côté opposé.

« Il a probablement proposé de prendre le volant. »

Elle se concentra de toutes ses forces, espérant qu'un autre flash se manifesterait.

« Peut-être, répondit-elle.

— C'est lui qui conduit maintenant. Je crois que Holli est toujours à l'avant. Vous êtes à l'arrière. Vous et lui avez simplement échangé vos places. »

Cela paraissait plausible, mais elle n'y croyait pas.

« Vous conduisez depuis si longtemps… Il est tard et il fait nuit. Vous êtes sur des routes que vous ne connaissez pas. C'est probablement un soulagement de le laisser prendre le volant. Vous êtes-vous étalée sur le siège arrière ou vous teniez-vous droite ? »

Flash, s'il te plaît, montre-toi. Greening faisait, à partir de rien, un formidable travail de reconstitution des événements de cette nuit-là, et elle qui y était ne se rappelait que dalle. Avec la frustration croissante, elle sentit son pouls s'accélérer et sa tension artérielle monter en flèche.

« Je ne sais pas. Je ne m'en souviens pas. Et merde !

— Ce n'est pas grave, Zoé. Ne vous mettez pas en boule. Je n'ai pas besoin de tous les détails. Il me faut juste assez de pièces pour assembler le puzzle. Aidez-moi à trouver les coins. »

Il resta muet pendant les cinq minutes suivantes. Elle fit de même, évacuant progressivement toute sa frustration. Elle maintint son regard sur la route, se clarifiant l'esprit grâce à son interminable sinuosité.

Comme auparavant, Greening emprunta toutes les sorties et suivit toutes les routes isolées jusqu'au bout.

« Parlez-moi de cet endroit. À quoi ressemblait-il ? Avez-vous perçu des bruits bizarres ? Avait-il une odeur particulière ? Dites-moi ce dont vous vous souvenez. »

D'avoir abandonné Holli, pensa-t-elle. *Voilà ce dont je me souviens.* Elle s'efforça de contenir sa culpabilité et de la mettre de côté. Elle pourrait la ressasser plus tard. Elle n'y manquait jamais.

« Je me suis réveillée dans un cabanon ou une cabane à outils avec un toit en tôle. Je dirais trois mètres sur six. Il était rempli de bric-à-brac et usé. Le sol s'affaissait à cause de l'usure et du poids de toutes les vieilleries qu'il y avait là-dedans.

— Très bien. Quoi d'autre. »

Elle se revit nue, venant juste de sectionner les câbles qui avaient entravé ses poignets et ses chevilles.

Instinctivement, elle massa son poignet droit, à l'endroit où le plastique avait taillé sa peau. Elle était à la fenêtre du cabanon, en train de scruter l'extérieur, et les hurlements de Holli remplissaient l'atmosphère.

« Il y a une autre remise délabrée en face de celle où je me trouve. L'atelier se trouve à ma droite. C'est là qu'il est en train de torturer Holli. L'atelier est tout aussi usé par les intempéries. Les lumières y sont allumées, mais les fenêtres sont tellement crasseuses que la lumière est atténuée. »

Elle se souvint d'avoir regardé par les petites fenêtres.

« Du verre teinté.

— Du verre teinté ?

— Tous ces petits carreaux poussiéreux… On aurait dit les vitraux maudits de l'église du diable. »

Greening ne sut quoi répondre.

« OK, donc, vous vous échappez du cabanon. Il y en a un autre devant vous. L'atelier abritant Holli et lui est sur la droite. Vous êtes nue. Vous avez mal. Vous êtes confuse. Il fait nuit. Qu'est-ce que vous voyez, sentez, entendez, goûtez ?

— Les étoiles. De la lumière au loin, je crois. Je n'entends rien. Pas de bruit de voiture ou de camion. Pas d'avions au-dessus de moi. Pas de voix. Je sens l'air de la nuit, qui est sec et poussiéreux. Je sens des fleurs ou des arbres ou quelque chose dans le genre, mais je ne les vois pas et ne les reconnais pas. Je n'ai aucun goût dans la bouche.

— Vous êtes pieds nus. Qu'y a-t-il sous vos pieds ?

— De la terre.

— Juste de la terre. Pas de bitume ni de béton ?

— Non. Il n'y avait que de la terre. La route était en terre. Une simple piste. »

Greening arrêta la voiture et sortit deux cartes. Il annota deux points et regagna la route.

Il changea de tactique. Au lieu d'emprunter toutes les routes goudronnées, il explora toutes les pistes et les routes non pavées. Sa voiture de service, une Crown Victoria, n'était pas faite pour les surfaces inégales et mouvantes. Elle peinait à tenir la route et s'aplatit sur ses amortisseurs à plusieurs reprises.

« Bon, vous vous êtes échappée du cabanon et vous êtes dehors, sur une étendue de terre », dit Greening.

Elle ne vit plus la route devant elle. Elle était de retour dans le passé. Après qu'elle eut quitté la chaleur oppressante du cabanon, la fraîcheur de la nuit avait séché la sueur recouvrant son corps.

« Oui, dit-elle.

— Voyez-vous les montagnes devant vous ?

— Non », répondit-elle.

Puis d'une voix plus assurée, elle répéta :

« Non. Pas de montagne. Juste l'horizon.

— Mais la route était devant vous ?

— Oui. Je pense que c'était le cas. »

Il lui adressa un sourire.

« Ça veut dire que vous étiez du côté ouest de la route. »

Il gara à nouveau la voiture sur le bas-côté et examina les cartes, se servant une fois de plus de son marqueur.

« Nous approchons de l'endroit, Zoé. »

Ils empruntèrent les trois pistes suivantes, qui menaient à des impasses physiques aussi bien que psychiques. Ici, pas de flash-back ni de cabanon couvert de tôle.

Ils commençaient à perdre de la luminosité. Le soleil planait au-dessus des montagnes. Elle avait cru qu'ils seraient de retour à Mammoth Lakes avant la tombée de la nuit, mais ils n'étaient même pas à mi-chemin.

Greening freina brusquement. La voiture dérapa vers la bande d'arrêt. Un semi-remorque klaxonna bruyamment en les dépassant.

Greening saisit la carte et la déploya. Il passa le doigt au-dessus d'endroits qu'il avait marqués, puis se redressa et montra du doigt une piste rugueuse de l'autre côté de la rue. Une chaîne épaisse et lâche pendait entre deux bornes rouillées d'à peine un mètre de hauteur et barrait l'accès. Il n'y avait aucun panneau « Accès interdit » ou « Accès autorisé uniquement ». L'anonymat était son unique message.

« Cette piste-là n'est pas sur la carte. »

Zoé fixa la chaîne, puis elle suivit la piste du regard.

« Elle ne me rappelle rien.

— Allons nous en assurer. »

Leur véhicule traversa la route d'un trait et s'arrêta devant la chaîne pendante. Elle sauta de la voiture pour la décrocher, mais elle était cadenassée.

« Elle est fermée à clé, lui cria-t-elle.

— Tendez-la », cria-t-il en réponse.

Il avança doucement sa voiture de fonction jusqu'à ce que ses pare-chocs étirent la chaîne au maximum. Zoé lâcha et laissa la Crown Victoria avancer en pressant la barrière. Il appuya sur l'accélérateur, et l'une des bornes sortit de terre, faisant tomber la chaîne.

Zoé remonta en voiture.

« Pas très efficace comme système de sécurité.

— Ce n'était pas le but. Trop de sécurité, ça attire l'attention. Pas assez, et tout le monde l'ignore. »

La Crown Victoria de Greening encaissait rebonds et secousses sur le terrain accidenté. Elle serpenta tantôt à gauche tantôt à droite sur quatre cents mètres avant d'entamer une légère montée, qui se transforma bientôt en légère descente. La piste s'étendait encore et encore sur une trajectoire à peu près parallèle à la route et aux montagnes.

Zoé fut prise d'un étrange sentiment d'angoisse. Il n'y eut pas de flash cette fois-ci, mais l'éloignement de la route l'effraya. Elle avait ressenti la même sensation en sortant du cabanon. La sensation d'être coupée du monde. Elle regarda par-dessus l'épaule de Greening vers le paysage plat qui s'étendait jusqu'à l'horizon. Serait-ce ici ?

Ils suivirent un autre virage, puis Greening ralentit.

« Zoé, regardez.

— Nom de Dieu. »

Les appentis n'y étaient plus. Il n'y avait plus que les débris aplatis de ce qui avait été trois structures, d'abord écrasées par la force, puis laissées à la merci des éléments qui devaient faire leur œuvre de corrosion et de dissimulation.

Zoé sauta de la voiture avant que Greening ne l'eût arrêtée, et piqua un sprint en direction des décombres. Les toits en tôle étaient là, ainsi que les carreaux de fenêtre brisés.

La disposition était telle qu'elle s'en souvenait. Il était concevable qu'il s'agisse de trois autres structures, mais la folle accélération des battements de son cœur lui indiquait qu'elle ne se trompait pas. Elle se retourna et vit Greening qui se précipitait vers elle. Elle montra du doigt le sol qu'elle avait été contrainte d'arpenter pieds nus.

« C'est ici. »

CHAPITRE DIX-HUIT

« Je crois qu'on a trouvé quelque chose », fut tout ce que Greening eut à dire pour faire débarquer la cavalerie. Plus d'une douzaine d'adjoints au shérif d'Inyo, d'inspecteurs, et d'officiers de la police scientifique couvraient le terrain d'abattage du Numéroteur. Greg Solis, du département du shérif de Mono County, était présent. Zoé ne l'avait pas revu depuis son enlèvement. Il n'avait pas l'air content de la revoir. Elle savait pourquoi : les questions de juridiction. Elle avait peut-être été retrouvée à Mono County, mais le Numéroteur avait accompli sa tâche à Inyo County. Pas étonnant qu'ils n'aient pas trouvé le site. Personne n'avait regardé au-delà des limites de la localité. Elle pouvait jouer le jeu des reproches, mais une seule question l'intéressait : *Holli et les autres victimes étaient-elles enterrées ici ?*

Dans une luminosité déclinante, les flics étaient en train d'établir un périmètre autour des décombres et se dépêchaient d'installer des éclairages. Greening était absorbé par sa conversation avec le shérif et deux autres hommes que personne n'avait pris la peine de présenter à Zoé. Il l'avait abandonnée dans sa voiture comme une gamine encombrante pour aller s'occuper de ses affaires d'adulte, c'est-à-dire de policier.

En les regardant travailler, elle se demanda ce qu'ils allaient trouver sous les gravats. Elle espérait ne pas avoir à assister à la découverte.

Greening se détacha de son conciliabule et vint s'installer sur le siège du conducteur.

« Bon, je vais dire à un des adjoints de vous ramener à l'hôtel. Je vais probablement devoir rester encore un jour ou deux, mais vous êtes libre de rentrer chez vous.

— Pourquoi me mettez-vous sur la touche ?

— Zoé, je vous en prie. Vous savez bien que vous ne pouvez pas être impliquée. Vous êtes un témoin. »

Et une suspecte, pensa-t-elle. Plusieurs des adjoints l'avaient regardée de travers. Après tout, c'était ces mêmes hommes qui l'avaient d'abord dédaignée en lui collant une étiquette de fêtarde alcoolique, puis de suspecte du meurtre de son amie.

« Écoutez, ce n'est pas moi qui décide, c'est leur juridiction. Leur scène de crime. Je ne suis qu'un observateur.

— Mais vous restez.

— Seulement parce que nos affaires s'entremêlent. C'est tout. Ils vont probablement me virer d'ici dans quelque temps. Si vous restez un peu plus longtemps à l'hôtel ce soir, je vous tiendrai au courant de l'avancée de l'affaire, autant que faire se peut. »

Elle n'avait pas l'intention de rester. Elle avait beaucoup de route à faire, et en partant sur-le-champ, elle pouvait rentrer chez elle avant minuit. De toute manière, Greening était en train d'ériger le grand mur bleu qui servait à écarter les civils.

« Je crois que je vais rentrer chez moi. Pouvez-vous au moins me dire ce qu'il se passe ?

— La procédure. Ils vont boucler la scène ce soir et commencer à la décortiquer demain. Ils vont amener du matériel spécial pour analyser la zone.

— Dans quel but ? »

L'expression de Greening devint prudente. Elle savait ce qu'ils allaient chercher. Son regard se dirigea vers les adjoints travaillant sur la scène de crime.

« Vous pensez qu'elle est peut-être enterrée là ? Qu'elles sont peut-être toutes enterrées là ?

— Je ne sais pas. Ils vont fouiller la zone avec un radar à pénétration de sol et faire intervenir les chiens. »

Elle lui fut reconnaissante de son omission des termes sous-jacents de chiens « détecteurs de cadavres ».

« J'espère que vous les trouverez. »

Greening resta silencieux pendant un long moment.

« Moi aussi, dit-il. Je vais chercher votre chauffeur. »

Il sortit de la voiture et héla un policier en uniforme pour la ramener à Mammoth Lakes. Lorsqu'il approcha avec l'agent, elle sortit à son tour pour les rejoindre.

« Voici l'adjoint Beatty, qui va vous conduire à votre hôtel. Je vous recontacte demain. Il se peut que les shérifs de Mono County aient besoin d'une nouvelle déposition de votre part, mais ils vous la feront probablement soumettre à San Francisco. »

Elle écouta son bla-bla et autres paroles signifiant « brave fille, brave fille ». *Ne manquaient plus que la tape sur la tête et la promesse d'un bonbon en guise de récompense.* Greening, ayant dû relever son humeur, lui prit la main.

« Zoé, il ne faut pas que vous ayez l'impression d'être exclue. Vous avez été d'une grande aide aujourd'hui. Grâce à vous, nous avons fait un pas de plus vers l'arrestation de ce type. »

***

Pour Greening, l'aide inter-services se résuma à « merci bien, et surtout, ne laissez pas la porte se refermer sur votre derrière en sortant ». À présent, il comprenait ce qu'avait ressenti Zoé quand il l'avait renvoyée. Toutefois, s'il faisait abstraction de sa vexation, la situation n'était pas trop mauvaise. Le shérif de Mono County et l'adjoint Solis étaient cordiaux et reconnaissants, mais d'un point de vue juridictionnel, ils avaient l'intention de faire les choses dans les règles. Ils le tiendraient au courant, mais ne lui permettraient pas de jouer dans leur cour. Toutes politesses mises à part, il avait détecté chez eux une certaine irritation à son égard pour avoir découvert la scène du crime. Personne n'aime voir sa compétence professionnelle mise à mal par un autre.

Il n'avait pas trop à se plaindre. C'est eux qui auraient à traiter la scène de crime toute la nuit, alors que lui pourrait établir son rapport à une heure décente. Une fois congédié, il rentra à Mammoth Lakes. Lorsqu'il arriva, la voiture de Zoé Sutton avait disparu du parking de l'hôtel. Il trouva dommage qu'elle fût partie. Il aurait voulu arrondir les angles avec elle. Elle était la clé de cette affaire.

Il rentra dans sa chambre avec son « dîner de flic en service » composé d'un hamburger avec des frites et d'un Coca de chez Carl's Jr. Avec son indemnité journalière, il aurait pu dîner dans un restaurant, mais il n'avait jamais apprécié de manger seul.

Il jeta la nourriture sur le bureau de la chambre et enleva sa veste et ses chaussures. Il prit une bouchée de son hamburger. Il le trouva sacrément délicieux. Il ne sut trop si c'était dû à l'altitude ou au fait qu'il n'avait rien avalé depuis le petit-déjeuner.

Il attendit d'avoir mangé la moitié de son repas avant d'appeler Ogawa pour l'informer. Celui-ci ne fut pas ravi d'apprendre qu'il avait passé toute la journée avec Zoé, mais comme il lui avait demandé de se rapprocher de la jeune femme, il ne pouvait pas vraiment s'en plaindre. Garder un œil sur elle était une bonne idée. L'historique de Zoé révélait une nature instable et elle ne serait d'aucune utilité à l'enquête s'ils la braquaient.

« Elle a trouvé le site. »

Il s'abstint de dire « le site des assassinats » car, à ce stade, ils n'avaient trouvé aucun corps.

« Après tout ce temps, elle s'est tout d'un coup souvenue de l'endroit où ça s'est passé ? » dit Ogawa.

Son scepticisme était évident. Zoé avait encore fort à faire pour le gagner à sa cause.

« Ça a été un processus d'élimination. On s'est tapé toutes les routes qu'on a croisées avant de tomber sur celle-ci. Je n'ai pas eu besoin qu'elle me confirme que c'était bien là. L'endroit correspondait à sa déposition de l'année dernière.

— Je ne trouve pas ça bien qu'elle soit dans le coin.

— Elle cherche des réponses.

— Ou bien elle cherche à se couvrir. »

Greening retourna à son repas, et prit une frite.

« Donc, tu ne lui fais pas confiance.

— Il y a trop de questions sans réponse. Elle est loin d'avoir été innocentée dans notre enquête. »

Greening sourit. C'était la raison pour laquelle il appréciait de travailler avec Ogawa, son partenaire ne faisait confiance à personne.

« Alors, quel est ton sentiment vis-à-vis d'elle ?

— Je n'en ai pas, parce qu'il y a trop de possibilités, dit Ogawa.

— Il est arrivé quelque chose à cette fille il y a quinze mois. Il y a eu, à ce moment-là, un net changement de personnalité et de style de vie. Mais je n'arrive pas à trouver un lien avec Laurie Hernandez.

— Mademoiselle Sutton est beaucoup trop désireuse de s'immiscer dans notre enquête, à mon goût.

— D'accord, mais pourquoi s'intéresse-t-elle à notre enquête ? Si elle avait tué Holli Buckner et voulait simplement passer sous le radar, elle n'aurait eu qu'à se taire. Nous n'aurions fait aucun lien entre Laurie Hernandez et elle ou d'autres victimes potentielles.

— C'est bien ce qui me chagrine. Nous nous faisons balader depuis que cette femme a bousillé notre scène de crime. Tu n'es là où tu es qu'à cause d'elle. »

Ogawa n'avait pas tort sur ce point.

« Tu penses revenir quand ?

— Je fais le point avec le shérif demain matin et ensuite je décolle.

— Et les collègues montagnards, ils te traitent comment ?

— Comme un cousin éloigné.

— Raison de plus pour ramener tes fesses ici. Écoute, je n'ai rien contre cette Sutton, en soi. À ce stade, je ne peux ni l'impliquer ni l'ignorer, alors elle est un problème qu'il faut traiter. Pour ça, je suggère que tu reprennes son dossier et ses déclarations et que tu recherches des incohérences. »

Greening lui raccrocha au nez. Ogawa était un salopard. Une bonne et saine défiance pour la nature humaine était une arme utile pour tout flic, mais Ogawa poussait le bouchon un peu trop loin. Greening n'arrivait pas à cerner Zoé complètement, mais il était assez sûr de lui quant au fait qu'elle était la victime et non la coupable. Et maintenant, Ogawa semait le doute dans son esprit. Beaucoup de choses pointaient vers l'innocence de Zoé, mais sa situation était si vague par certains côtés qu'il ne savait pas exactement à quoi ou à qui il avait affaire.

Il jeta le reste de son fast-food et sortit ses cartes. Il nota l'emplacement du site du Numéroteur avec un marqueur, puis il traça avec un feutre vert l'itinéraire du Smokehouse jusqu'au site. Enfin, il traça en orange l'itinéraire d'évasion de Zoé jusqu'à l'emplacement de son tête-à-queue. Il recula son siège, et réfléchit au sens que pouvait bien avoir l'itinéraire qu'il venait de tracer.

Zoé avait suivi la piste sinueuse jusqu'à la US 95, avait roulé jusqu'à Mammoth Lakes et, quelque part en chemin, avait fait demi-tour pour finir dans un fossé en direction du sud. Certes, Zoé n'était pas en état de conduire, et il n'était pas surprenant qu'elle ait rebroussé chemin et ensuite dérapé vers le fossé. Il était néanmoins étrange qu'après avoir échappé au Numéroteur, elle ait eu son accident à sept kilomètres à peine de son repaire. En lorgnant ce tableau avec les yeux blasés d'Ogawa, il aurait dit qu'elle retournait vers la scène du crime.

***

La traversée du Bay Bridge à l'entrée de San Francisco rappela à Zoé combien Bay Area était surpeuplée et impatiente. Même à cette heure tardive, tous conduisaient trop vite et trop près les uns des autres. Durant les deux jours de son absence, elle s'était habituée à la solitude de la vie en dehors des grandes villes de Californie, et avait pu se retrouver seule avec ses pensées. Serrée sur le pont avec des centaines d'autres, tout ce à quoi elle pouvait penser était de ne pas se faire percuter par les voitures entrant et sortant de sa file juste devant elle.

La route du retour lui avait été agréable. La solitude l'avait aidée à décompresser et à évacuer la rancune qu'elle avait ressentie quand Greening l'avait mise sur la touche. Elle avait fait sa part. Elle avait joué les chiens renifleurs et avait déniché un indice. Il incombait maintenant aux policiers d'en tirer quelque chose. Elle obligerait Greening à tenir parole et lui mettrait la pression pour qu'il la tienne au courant.

La solitude lui avait aussi donné l'occasion de pleurer Holli et son propre sort. Cette nuit-là avait toujours été à cheval entre réalité et cauchemar. *Avait-elle réellement été enlevée? Avait-elle vraiment vu Holli suspendue à un crochet? Avait-elle réellement échappé à un tueur?* Elle savait ce que le service du shérif de Mono County pensait d'elle : qu'elle avait inventé toute l'histoire dans un moment de torpeur alcoolisée. Le fait d'avoir trouvé les remises signifiait que son histoire était bien réelle. Ça s'était bien produit. Cela voulait aussi dire qu'*elle avait vraiment abandonné Holli.*

Cette seule pensée l'avait préoccupée durant la majeure partie de son trajet et avait supprimé toute l'impatience et l'agressivité que la mauvaise circulation avait provoquées en elle. Elle laissa les autres véhicules fourmiller autour d'elle. Ils pouvaient bien garder leur mètre et demi d'avance. Elle rentrerait quand elle rentrerait.

Elle arriva devant l'entrée de son immeuble et actionna la télécommande. La barrière s'écarta, et elle pénétra à l'intérieur. Il était trop tard pour rendre la voiture de location. Elle se gara à côté de sa moto et monta son sac à l'appartement, puis entra et alluma la lumière. Épuisée par la longue route qu'elle venait de faire et par les émotions qu'elle avait éprouvées, il lui fallut un moment avant de se rendre compte qu'il y avait quelque chose qui clochait dans son appartement. Elle n'arrivait pas à mettre le doigt dessus. Elle avança dans le salon et s'arrêta. Rien n'était dérangé, mais tout lui semblait anormal, comme si tout avait été déplacé, puis replacé exactement au même endroit. Puis elle comprit ce qui clochait, elle sentait une légère odeur d'eau de Cologne.

En l'espace de quelques secondes, elle comprit son erreur, mais le mal était fait. La porte avait été refermée derrière elle, l'empêchant de battre en retraite. Elle tenait encore son sac de voyage d'une main, et son esprit n'était pas en mode défensif. Elle avait cédé à l'intrus tout l'avantage dont il avait besoin. Il arrivait sur elle depuis la chambre. Autrement dit, il était entièrement dans son angle mort.

« Merde ! »

Elle eut le temps de lâcher le sac et de se retourner vivement pour voir une grande silhouette gantée et vêtue de noir, la tête couverte d'un masque de ski. Elle ne voyait pas pourquoi il s'était embêté à mettre un déguisement de *ninja*. Elle savait très bien qui se cachait derrière le masque. Le Numéroteur l'avait enfin rattrapée. Il chargea vers elle en brandissant un taser. Du tranchant de la main, elle lui asséna un coup à l'avant-bras et envoya voler l'arme à travers la pièce. L'appareil atterrit loin d'eux. Elle souhaitait ardemment le récupérer, mais elle ne pourrait pas compter dessus.

Elle avait peut-être désarmé son agresseur, mais elle n'avait pas stoppé son élan. Il la heurta violemment, enroula ses bras autour d'elle et la poussa dans le fauteuil. Elle se retrouva le ventre écrasé contre le fauteuil qui lui coupa le souffle, mais qui l'empêcha aussi de tomber à terre, ce qui aurait donné à l'individu un avantage décisif.

L'impact déplaça le fauteuil de quelques centimètres sur le tapis. Avec son poids sur elle, elle fut contrainte de se tenir sur la pointe des pieds, mais lui aussi. Il était déséquilibré. Elle saisit sa chance et lui piétina violemment les orteils. Les baskets de Zoé se déformèrent sur le bout métallique de sa chaussure. Il était venu équipé, et elle était vraiment dans le pétrin.

Il lâcha un rire.

Son arrogance causerait sa perte. Elle lui envoya un coup de coude dans le ventre. Son rire se transforma en grognement et il fit un pas en arrière.

Il avait relâché la pression sur le corps de Zoé. L'air remplit à nouveau ses poumons, atténuant sa douleur à l'estomac. Sans perdre une seconde, elle se retourna pour propulser la paume de sa main dans son menton. Au lieu de quoi, elle sentit le revers de la main de l'intrus. Avec sa taille et son avantage de poids, il la gifla, envoyant sa tête valser sur le côté, puis tout son corps, avant qu'elle ne s'effondre.

Si elle restait à terre, elle n'aurait pas la moindre chance de survie. S'il l'atteignait, elle était fichue. Elle essaya frénétiquement de se relever, mais ne put que se mettre à quatre pattes avant de recevoir un énorme coup de pied au ventre. Des étoiles explosèrent dans son champ de vision et tout l'air de ses poumons fut comme aspiré en un instant. Elle avait la tête pleine de stratégies de défense et de gestes de contre-attaque, mais son corps la trahit et se ratatina sous l'effet de « la punition ».

Allez Zoé, pensa-t-elle, *tu peux faire mieux que ça.* C'était un cri de ralliement auquel elle croyait mais auquel son corps, lui, refusait de souscrire.

Il tituba vers elle, en se frottant l'estomac.

C'est ça, viens donc par ici, pensa-t-elle. *Laisse-le croire qu'il a gagné.* C'était ça la clé. Elle avait encore des ressources. Sa force revenait, un souffle laborieux à la fois, mais elle feignit d'être sérieusement blessée. Elle leva les jambes en les pliant au niveau des genoux, et gémit. Ça sonnait juste. C'était convaincant.

Il mit la main à la poche et sortit un torchon humide. Elle n'avait pas besoin qu'on lui explique ce qu'il y avait dessus ni à quoi servirait le torchon.

Lorsqu'il fut à sa portée, Zoé déplia sa jambe, et lui envoya un coup de pied dans l'entrejambe. Elle sentit son pied toucher une coque. Elle ne lui avait pas fait mal, mais elle l'avait au moins repoussé.

Il s'était trop bien préparé. Il était trop bien entraîné. Et bien trop effrayant.

Elle se traîna sur le dos, s'éloignant de lui et se servant du fauteuil comme d'une barrière entre eux.

Il approchait lorsque quelqu'un cogna à la porte.

« Qu'est-ce que vous foutez là-dedans, merde ! Il y en a qui essaient de dormir. »

Son agresseur se retourna vers la porte. Zoé vit sa chance, fit une roulade, et plongea au-dessus du tapis pour attraper le taser.

« Au secours ! Appelez la police ! » cria-t-elle.

La porte s'ouvrit et son voisin du dessous apparut dans l'encadrement de la porte. Elle ne connaissait pas son nom. Son arrivée entraîna un dilemme inconfortable chez l'agresseur : *qui fallait-il neutraliser d'abord ? Zoé ou le voisin ?*

Il choisit Zoé. Il était évident que le voisin ne lui arrivait pas à la cheville. Il fonça sur elle, et elle saisit le taser. Avant qu'elle ne puisse se lever, il donna un coup de pied dans son bras et l'envoya voler.

« Eh ! » cria le voisin faiblement.

L'intrus sauta sur Zoé, bloquant ses bras par terre avec ses genoux. Elle lui asséna une batterie de coups de genoux dans le dos, mais n'avait tout simplement pas assez de force ou d'allonge pour avoir un réel impact.

D'un crochet droit, il lui fracassa la tête, et le coup lui enleva l'envie de se battre.

« Tu t'es bien mieux défendue cette fois-ci, Zoé », dit-il avec une réelle admiration dans la voix.

Il lui mit les mains autour du cou et serra. Il appuyait exactement là où il fallait. Elle sut qu'elle tomberait bientôt en syncope, si elle ne le faisait pas lâcher prise. Elle voulut arracher ses mains, puis lui griffer le visage, mais ne put l'atteindre. Elle sentit un bourdonnement dans sa tête, puis le monde autour d'elle s'écroula.

« Je n'en ai pas fini avec toi, dit-il, il faut encore que je te raye de ma liste de choses à faire. »

CHAPITRE DIX-NEUF

Avec un sursaut explosif, Zoé revint à la vie et entendit des voix tout autour d'elle ; elle sentit des mains qui la touchaient. Elle avait une lumière intense braquée sur son visage, obscurcissant tout et tout le monde. Elle cria et donna des coups dans toutes les directions, et elle sentit à plusieurs reprises un impact.

« C'est fini, cria une voix par-dessus ses hurlements, vous êtes en sécurité ! »

Elle s'arrêta un instant. Elle serrait les poings, prête à frapper n'importe lequel d'entre eux au moindre faux mouvement.

« Dégagez cette fichue lumière de mon visage !

— Désolé », répondit une voix, puis la lampe torche fut éteinte.

Ses yeux s'adaptèrent et les visages devinrent moins flous. Elle était entourée de deux ambulanciers, un homme et une femme, et de deux policiers en uniforme.

L'ambulancière lui dit :

« Nous allons vous examiner, d'accord ? »

Zoé acquiesça.

Pendant que les ambulanciers l'examinaient, les flics l'interrogeaient. Pour sa part, elle n'avait qu'une question à leur poser.

« L'avez-vous attrapé ?

— Non, fut leur réponse, aussi simple que dévastatrice.

— Connaissez-vous votre agresseur ? »

Oui, je le connais, c'est juste son identité que je ne connais pas.

« C'est le Numéroteur. Il faut contacter l'inspecteur Ryan Greening.

— Le Numéroteur. Vous en êtes certaine ? dit le flic.

— Écoutez, il faut qu'on l'emmène à l'hôpital, dit l'ambulancier.

— Attendez une minute, ordonna le flic.

— Évidemment que j'en suis sûre. Allez chercher l'inspecteur Greening. Il me connaît.

— D'accord, je viens avec vous à l'hôpital. »

Malgré ses protestations, les ambulanciers l'installèrent sur un énorme brancard qu'ils dirigèrent vers la sortie. Un flic avait été posté à sa porte pour écarter ses voisins. Il dut frayer un chemin pour les ambulanciers. Intérieurement, Zoé pestait contre leurs regards insistants et leurs questions.

« Bande de vautours », murmura l'ambulancière une fois qu'ils eurent traversé le groupe de badauds.

Zoé fut dirigée vers l'une des deux ambulances en attente.

« Je n'ai pas besoin de deux ambulances.

— L'autre est là pour votre voisin, dit l'ambulancier. Le connard l'a basculé par-dessus la balustrade. »

Zoé ferma les yeux et secoua la tête. Elle ne pouvait pas avoir une autre mort sur la conscience.

« Est-il…

— Il va bien. Il a une jambe cassée, mais il va s'en sortir. »

Ils la montèrent dans l'ambulance avec le flic qui l'avait questionnée. Elle fut emmenée au San Francisco General Hospital, où une femme médecin l'examina dans la salle des urgences. Elle fit le constat d'hématomes et d'écorchures légères, sans fracture ni commotion. Lorsque le médecin donna son feu vert, elle fut installée dans une chambre privée, accompagnée d'un agent de police.

Au moment où ce dernier finissait d'enregistrer sa déclaration des faits, deux inspecteurs et un technicien de la police scientifique arrivèrent. Le flic et les inspecteurs discutèrent dans le couloir pendant que le technicien s'affairait autour d'elle à la manière d'un gorille qui s'occupe de sa progéniture. Il fit des prélèvements sous ses ongles, examina ses blessures et prit ses vêtements. Elle savait que le processus serait une perte de temps. Le Numéroteur maîtrisait trop bien son art. Elle ne lui avait pas arraché d'échantillons biologiques et il n'en avait pas laissé sur elle.

Les inspecteurs entrèrent à nouveau dans sa chambre d'hôpital.

« Je suis l'inspecteur Sean Dwyer, et voici l'inspecteur Joël Arnold, dit Dwyer. Pouvez-vous nous raconter ce qui s'est passé ce soir ? »

Elle n'était pas d'humeur à supporter un autre interrogatoire futile.

« Je veux parler à l'inspecteur Ryan Greening. »

Au lieu de Greening, on lui envoya Ogawa. Il mit une heure à arriver, l'obligeant à subir le papotage de Dwyer et d'Arnold. Il s'assit à côté de son lit tandis qu'Arnold et Dwyer restaient debout, appuyés contre le mur.

« C'était vraiment lui ? » demanda-t-il.

Le ton de sa voix était calme et maîtrisé, mais elle ne perçut aucune chaleur ni compassion.

« Oui.

— Vous êtes sûre ?

— Évidemment que j'en suis sûre. Il m'a appelée par mon prénom et m'a dit que je m'étais beaucoup mieux défendue cette fois-ci. Qui voulez-vous que ce soit d'autre ? Je ne crois pas aux coïncidences, vous y croyez, vous ? »

Quelqu'un frappa à la porte. Dwyer ouvrit et David Jarocki apparut. Zoé fut confuse de voir Jarocki dans l'embrasure de la porte.

« Docteur Jarocki, que faites-vous ici ? »

Dwyer jeta un coup d'œil à Ogawa, qui acquiesça. Il ouvrit la porte plus amplement, pour laisser entrer le psychologue. Ensuite, les pièces du puzzle s'assemblèrent toutes seules, et elle jeta un regard furieux à Ogawa.

« J'ai demandé au docteur Jarocki de venir. Je me suis dit que vous pourriez avoir besoin de son aide. »

Le mensonge d'Ogawa lui parut transparent. C'était dans son propre intérêt qu'il avait fait venir Jarocki. Ce dernier était là pour calmer la fofolle si elle pétait les plombs.

« Voulez-vous que je reste, Zoé ? »

Elle acquiesça.

Il sourit, s'empara de la seule chaise restante, puis s'assit à côté du lit, à l'opposé d'Ogawa. Il regarda Zoé de la tête aux pieds. Elle sentit son regard se porter sur sa collection toujours plus grande de blessures. Ces derniers temps, elle servait de punching-ball à tout le monde.

« Vous tenez le coup ? demanda le psychologue.

— Oui, je ne me suis pas laissé faire. »

Il esquissa un sourire peiné et lui prit la main.

« Tant mieux, mais j'aurais préféré que vous n'ayez pas à vous battre. »

Ogawa se racla la gorge.

« J'ai encore quelques questions. »

Jarocki lâcha la main de Zoé.

« Vous dites que c'était lui, mais comment a-t-il retrouvé votre adresse ? Habitez-vous au même endroit que la première fois qu'il vous a enlevée ? »

Elle secoua la tête. Le déménagement avait été l'une de ses toutes premières priorités après l'enlèvement. Elle avait déménagé pour se cacher de lui. Pour se cacher de tout le monde.

« J'étais encore à l'université à Davis quand il nous a enlevées et, depuis, j'ai fait très attention à ne publier qu'un minimum de renseignements sur moi.

— Alors comment vous a-t-il retrouvée ? » demanda Arnold.

C'était la question qu'elle n'avait pas cessé de se poser. Il savait qui elle était, et il savait où la trouver. Elle porta la main à la cicatrice qu'il lui avait faite. Dans l'esprit du Numéroteur, elle lui appartenait, et il avait l'intention de récupérer son bien.

« Je ne sais pas.

— Probablement de la même manière que moi, par la télé, dit Jarocki. Nous avons tous vu Zoé envahir la scène de crime de Laurie Hernandez au journal télévisé. Il l'aura vue aussi, l'aura reconnue, et à partir de là, il l'aura traquée.

— Nous n'avons jamais communiqué le nom de Zoé à la presse. »

Elle se rappela une citation de Benjamin Franklin évoquant les secrets qui n'étaient réellement gardés que lorsque tous les protagonistes étaient morts. Le sceau du secret n'était jamais ni absolu ni inviolable.

« Vous avez du ménage à faire dans vos rangs, inspecteur », lui dit-elle.

Ogawa fronça les sourcils.

« Je me dois de vous corriger, inspecteur, dit Jarocki. Vous avez une bien plus grosse préoccupation que de savoir comment le Numéroteur a retrouvé Zoé ce soir. »

Ogawa fit la grimace.

« Je préférerais que vous ne l'appeliez pas comme ça.

— Attrapez-le, et je n'aurai plus à le faire, répondit Jarocki avec un sourire dédaigneux.

— C'est quoi, l'autre préoccupation, docteur ?

— Protéger Zoé du Numéroteur. »

Zoé se demanda si c'était possible. Il avait prouvé qu'il était capable de l'atteindre n'importe quand.

« Les médecins veulent vous garder en observation ce soir », dit Ogawa à Zoé. Vous serez sous protection policière à tout instant.

« Et après cela ? »

Ogawa parut gêné. Elle devina la suite.

« Vous ne pouvez pas me protéger, n'est-ce pas ?

— La dure réalité, c'est que la police de San Francisco n'est pas en mesure de vous proposer une protection vingt-quatre heures sur vingt-quatre. Nous pouvons faire quelque chose sur le court terme, mais à long terme… »

Ce n'est pas comme dans les films, pensa-t-elle. Elle regarda chacun des policiers dans les yeux. Aucun d'entre eux ne détourna le regard, ce qui était tout à leur honneur. Ils ne purent lui offrir que leurs condoléances.

« Alors, je fais quoi ? Je le laisse retenter sa chance ? »

Ogawa fronça les sourcils.

« Non, vous devez prendre des précautions.

— Des précautions ! lâcha Jarocki. Vous êtes la police. Les précautions, c'est vous, normalement ! “Servir et Protéger”, c'est votre devise. C'est votre boulot, nom de Dieu ! »

Zoé apprécia de voir Jarocki se mettre en colère. Jusque-là, elle n'avait pas su s'il en était capable. Après tout, c'était agréable de voir qu'il était humain.

Ogawa leva les mains en signe de reddition.

« Je sais que c'est insuffisant, mais ce sont les limites de notre pouvoir. Ça ne veut pas dire que nous ne vous aiderons pas.

— Alors, je fais quoi ?

— Il est clair que vous ne pouvez pas rentrer chez vous. Comme vous dites, il sait où vous habitez et il a prouvé qu'il sait crocheter une serrure. Pour le court terme, nous vous mettrons dans un hôtel.

— Le court terme, ça veut dire quoi ?

— Deux jours.

— Deux jours, doux Jésus ! dit Jarocki.

— Il y a des associations et des groupes privés qui sont spécialistes du soutien dans les situations comme celle-ci, et qui pourront probablement financer une semaine à l'hôtel.

— C'est super ça, parce que dans une semaine, vous l'aurez déjà mis en prison, n'est-ce pas ? »

Aucune réponse.

« Surtout, pas de traitement de faveur, les gars. Vous êtes au courant que ce type veut à tout prix me tuer, pas vrai ?

— Zoé, s'il vous plaît. Je comprends votre frustration. »

Il ne la comprenait certainement pas, mais elle s'abstint de le lui dire. Comme Jarocki l'avait bien fait comprendre à Zoé, balancer des piques ne résolvait rien. Ogawa savait que la situation était grave, et que leurs pouvoirs étaient pitoyables. Elle décida de ravaler sa colère pour le moment et de la ressortir à un moment plus opportun.

« Que suggérez-vous, alors ?

— Quittez la ville. Avez-vous des amis ou de la famille chez qui vous pouvez rester ?

— C'est vraiment ce que vous avez de mieux à proposer ? Que je reste chez des gens pour les mettre en danger ?

— Vous seriez étonnée de savoir à quel point c'est efficace, dit Arnold.

— Admettons, je quitte la ville. Et mon boulot ?

— S'il connaît votre adresse, il y a de bonnes chances qu'il connaisse votre lieu de travail aussi, dit Ogawa. Je vous suggère de prendre un congé.

— Vous savez où je travaille. Ce n'est pas le genre de poste qui offre l'option "congé".

— Je peux en discuter avec la direction du centre commercial et arranger les choses. Je suis sûr qu'ils comprendront.

— Vous ne savez pas comment fonctionne la sécurité du centre commercial.

— Alors, vous perdrez votre boulot. C'est toujours mieux que de perdre sa vie, dit Dwyer. »

Il avait raison, ce qui n'empêchait pas Zoé d'avoir envie de lui envoyer un gros coup de paume au sternum. *Trou du cul, va.*

« Donc, si je résume bien, je quitte la ville, je perds mon boulot, et je recommence tout à zéro, pendant que lui, il reste libre de vaquer à ses charmantes occupations. C'est vraiment ce que toute victime a envie d'entendre. »

Ogawa soupira.

« Je suis désolé, mais parfois, on n'y peut rien, c'est comme ça. Ça ne va pas rester éternellement comme ça. Vous pourrez revenir quand on l'aura attrapé.

— *Si* vous l'attrapez. Ça fait longtemps qu'il fait ces conneries. Ce qui veut dire qu'il est doué pour ça, et moi je pourrais très bien passer le restant de mes jours à me méfier de tout le monde.

— Peut-être. Je ne peux rien vous promettre. À ce stade, je ne peux que me concentrer sur ce qui est réalisable, c'est-à-dire vous trouver une planque. Pourriez-vous aller chez des membres de votre famille ? Vos parents, vos frères et sœurs, peut-être ? »

À l'évocation des membres de sa famille, sa combativité s'envola. Depuis l'enlèvement, elle les avait rejetés. Peut-être que le temps était venu de reprendre contact, mais elle n'avait aucune intention de les mettre en danger. Il avait réussi à la trouver une fois. Il pouvait recommencer. Elle ne pouvait pas faire ça à ses parents.

« Je ne suis pas en contact avec eux. »

Elle vit Ogawa sur le point de dire quelque chose, puis changer d'avis.

« C'est pas grave, dit-il. Et les amis ? »

Une vague d'humiliation la submergea. Il n'y avait pas d'amis. Plus maintenant. Tout comme ses parents, elle les avait écartés. Elle était seule contre le monde entier. Elle se savait responsable de cet état de choses et elle ressentit de la tristesse pour sa petite existence pathétique. Le Numéroteur n'avait pas été la seule personne à avoir détruit sa vie. Tout d'un coup, ce fut elle qui se trouva incapable de soutenir le regard des personnes présentes dans la pièce.

« Non, il n'y a personne. »

Ogawa soupira.

« OK, dit-il. Laissez-moi parler aux groupes qui nous aident dans ce genre de situation. Je suis sûr qu'ils vous trouveront un endroit où vous loger.

— Ce n'est pas nécessaire, dit Jarocki. J'ai une maison familiale à Napa où Zoé pourra rester pendant le temps qu'il faudra. »

Elle se retourna vers lui et le remercia avec une profonde gratitude.

« Ce n'est pas grand-chose, mais vous y serez en sécurité. Personne ne pensera à vous chercher là-bas.

— C'est très généreux de votre part, dit Ogawa. On vous garde ici ce soir et demain matin, on vous y emmène. Je sais que ça n'en a pas l'air comme ça, Zoé, mais nous allons assurer votre sécurité. »

***

Marshall Beck entra dans les locaux de Pattes urbaines. Après l'enlèvement manqué de Zoé, il avait besoin du calme et de la tranquillité du refuge. Il se rendit dans l'annexe d'évaluation, releva le loquet de la cage de Brando, et s'assit à sa place habituelle en face du chien. Fort et stoïque, Brando demeura assis.

« Je ne l'ai pas eue, dit-il au chien. C'est une femme différente maintenant. Bien plus accomplie qu'avant. J'avais le dessus pourtant : l'élément de surprise, la force supérieure, le savoir-faire. Un voisin a tout gâché pour moi ce soir. Ce sont les petites choses qu'on ne peut pas contrôler qui gâchent tout. C'est bien le problème des villes. Trop d'habitants. Trop d'impondérables. C'est pourquoi les zones rurales sont préférables. Je contrôle l'environnement. »

Il regarda Brando, en quête d'une réaction. Le chien ne lui livra rien. Ou bien se trompait-il sur ce point ? N'avait-il pas perçu une lueur de déception dans ses yeux ? Brando avait-il flairé sur lui la puanteur de l'échec ? En tout cas, il la sentait sur lui-même.

« C'est vrai, je me cherche des excuses. Je ferai mieux la prochaine fois. Et, oui, il y aura une prochaine fois. »

Brando ne lui offrit aucun encouragement. Pas de remuement de queue. Pas de gémissement, ni d'aboiement. Beck appréciait cela. Le chien était un ami sévère. Pas de commisération. Juste une confiance silencieuse.

Il se leva.

« On va faire notre petit tour ? »

Il s'empara d'une des laisses coulissantes accrochées au mur. Anticipant la suite, Brando avança vers lui et il lui passa la laisse autour du cou. Il entraîna le chien hors du refuge et dans les rues. Il y avait quelques passants épars. Ils évitèrent le gros pitbull en faisant des détours. C'était inutile. Brando n'était pas dangereux. Simplement, il ne se laissait pas impressionner par son environnement. Le chien trottait à ses côtés, à tel point que la laisse pendait mollement dans sa main et semblait superflue. Brando était dominant, mais pas agressif. Il ne riposterait qu'en cas de provocation, et il aurait fallu être fou pour le provoquer.

Il promena Brando jusqu'à Union Square, puis à Chinatown et ensuite à Nob Hill avant de retourner au refuge. Ce fut une belle promenade. Brando se comporta bien et, comme toujours, ce fut un plaisir de le promener. Et pourtant, alors qu'il se tenait devant l'entrée du refuge, au moment de glisser la clé dans la serrure, Beck s'arrêta. Il était insatisfait. Il avait commencé à accomplir une tâche et puis tout s'était écroulé. Il n'était pas prêt à jeter l'éponge. Dans l'immédiat, il ne pouvait pas retenter le coup avec Zoé. Elle devait être aux mains des médecins, puis des flics. À court terme, elle serait hors d'atteinte. Malgré tout, il était insatisfait. Il lui fallait finir la journée sur un succès.

Il baissa le regard vers Brando, et comprit où ils devaient aller.

***

Beck installa Brando dans sa Honda Pilot, et prit le chemin de la maison de Muñoz dans le quartier de Hayward. Les lumières étaient allumées à l'intérieur, mais la Challenger de Muñoz n'était pas garée devant la maison. Il se rendit aux autres repaires de Muñoz, deux adresses à Hayward, un bar à Union City, et un club de Striptease à San Francisco. Il finit par trouver la Challenger à Fremont, devant l'entrepôt qui servait de couverture pour son réseau de combats de chiens.

Il fut effaré à l'idée que Muñoz puisse retourner sur les lieux de son crime. *Connard un jour, connard toujours,* se dit-il.

Il n'y avait pas d'autres voitures aux alentours, donc ce n'était pas une soirée de combats. Il se demanda ce que le chef de réseau faisait là. Il fit demi-tour et alla garer le 4 x 4 à quelques lotissements de l'entrée de l'entrepôt.

« Attends-moi ici une minute », dit-il en tapotant le cou de Brando.

Il sentit des muscles noués et de la tension.

« Tu te souviens de cet endroit, n'est-ce pas, mon petit ? Plein de souvenirs désagréables. Je sais. Je comprends. Ne t'inquiète pas. Personne ne te renverra dans cet enfer. »

Il sortit du 4 x 4 et s'approcha de la Challenger à pied. C'était le calme plat dans la zone. Il y avait de-ci de-là quelques véhicules à l'abandon, mais c'était à peu près tout. Les rues étaient si silencieuses qu'il entendait le bourdonnement des feux tricolores. L'isolement du lieu expliquait pourquoi il avait si bien servi Muñoz et son réseau de combats de chiens. Et l'isolement était la raison pour laquelle ce lieu servirait si bien le dessein de Beck ce soir.

Il s'arrêta au niveau de la voiture de Muñoz. Il écouta un instant, puis il prit un sac plastique contenant des crottes de chien, et en frotta le contenu le long de la poignée de la portière, côté conducteur. Les crottes avaient été joyeusement fournies par Brando durant leur balade.

Après avoir fait un nœud avec les bouts du sac plastique et l'avoir mis dans sa poche, il partit à la recherche de Muñoz. Il accéda au bâtiment par une porte recouverte d'une planche. Dans une vie antérieure, l'entrepôt avait été une sorte d'usine. Il se retrouva dans ce qui devait être la zone administrative, à en juger par le studio ouvert et les cloisons rouillées. Il y avait une puanteur d'urine. Il devina qu'il devait être dans la zone de détention, où Muñoz avait dû garder les chiens. Il balaya le sol avec le rayon de son stylo-lampe. Il n'y avait plus aucune trace des cages, ni des enclos. Les flics les avaient sans doute tous emportés en tant que pièces à conviction, ne laissant derrière eux que la puanteur.

Il prêta l'oreille et détecta des mouvements au fond du bâtiment. Il se faufila à travers les locaux, jusqu'à la zone de l'usine. Un espace ouvert de plus de quatre mille cinq cents mètres carrés s'étendait devant lui, ponctué uniquement de colonnes de support en acier. C'était sans doute là que les chiens avaient subi leur entraînement, et où les combats avaient eu lieu. Mais plus aucun indice ne permettait de le deviner. À part les ordures et les débris, le sol craquelé était à nu.

Il repéra Muñoz en train d'éclairer les débris avec une lampe torche. Cette dernière éclairait ce qu'il restait de son commerce, à savoir rien. Il fouillait les débris en marmonnant en espagnol. Beck n'arrivait pas à savoir si Muñoz avait égaré quelque chose ou s'il cherchait dans les décombres de son entreprise de quoi la faire renaître de ses cendres. La question était futile. Il n'y aurait ni redémarrage ni nouveau départ. Ce soir, ce serait la fin.

Beck en avait vu assez. Il avait recueilli suffisamment d'informations. Muñoz était seul et isolé. Il rebroussa chemin jusqu'à l'entrée de l'usine, se dissimula derrière une colonne en béton et attendit que Muñoz réapparaisse. Vingt minutes plus tard, il apparut. Il avait une drôle de démarche. Il avançait tête baissée, en balançant les bras. Avec sa corpulence épaisse et trapue, Beck trouvait qu'il ressemblait à une borne d'incendie.

Muñoz retourna à sa voiture et saisit la poignée de portière enduite de merde. Il retira vivement sa main et l'examina sous l'éclairage de sa lampe torche.

« *Que la chingada* », grogna-t-il.

Beck se mit à rire.

Muñoz dirigea la lampe torche vers lui. Beck fit un pas hors de son rayon.

Muñoz lui montra sa main.

« Tu trouves ça drôle, espèce de trou du cul ? »

Beck riait toujours.

« Oui, très drôle.

— Et tu continueras à te marrer quand je te ferai lécher ma main ? »

Beck recula d'un pas, puis se mit à courir en direction de sa Honda. Il se retourna lorsqu'il entendit le bruit des pas de Muñoz. Ce déchet humain courait avec une démarche maladroite de rachitique qui ne pouvait pas rivaliser avec ses propres foulées, plus amples et développées, résultat de nombreuses années d'entraînement à la course de fond. Il était certain d'avoir cerné les aptitudes de Muñoz pour la course. C'était pour cela qu'il avait garé sa voiture quatre lotissements plus loin.

« T'imagine pas que tu peux m'échapper, enculé !

— Je n'ai aucune intention de t'échapper », pensa Beck avec un large sourire en arrivant à sa voiture.

« Je te tiens, maintenant. »

Muñoz ne le tenait pas. Il avait encore plus d'un lotissement de retard, et laissait sur le bitume les traces de ses pieds plats.

« Non, c'est moi qui te tiens », dit Beck.

D'un geste vif, il ouvrit la portière de sa voiture et dit simplement :

« Élimine-le. »

Brando bondit hors de la voiture et foula le pavé de ses puissantes pattes. Son accélération au moment de rattraper Muñoz fut un spectacle de toute beauté.

Muñoz tituba et s'arrêta avant de faire demi-tour. Beck esquissa un large sourire. Il se demanda si le promoteur avait compris qu'il s'était fait berner. Comprenait-il qu'il avait été attiré dans un espace ouvert, loin de la sécurité de sa voiture pour que Brando puisse assouvir sa vengeance ? Beck en doutait. Le raisonnement déductif ne comptait sans doute pas au nombre de ses compétences.

Brando rattrapa son tortionnaire avant que celui-ci ait pu parcourir quinze mètres. Le chien le percuta violemment dans le dos, le faisant chuter. Dès qu'il fut à terre, Brando sauta sur sa proie.

Muñoz appela au secours. Il leva les mains pour se protéger, mais Brando se contenta de mordre la main qui l'avait précédemment forcé à combattre jusqu'à la mort. La nuit retentit encore de hurlements et de supplications, qui restèrent sans réponse.

Beck ouvrit la boîte à gants et sortit son couteau de marquage. Il prit la laisse de Brando avant de marcher nonchalamment vers le combat très inégal.

Lorsqu'il arriva sur la scène du carnage, les bras de Muñoz n'étaient qu'une interminable série de lacérations. Il n'était plus capable de les garder en l'air pour se protéger et Brando l'avait pris par la gorge. Un jet de sang partait de son cou et avait éclaboussé le sol à l'endroit où Brando l'avait traîné.

Muñoz jeta à Beck un regard plein d'appréhension et de crainte, mais celui-ci ne ressentit aucune pitié.

« Ce n'est pas particulièrement divertissant de voir deux animaux combattre jusqu'à la mort quand on est l'un d'eux, pas vrai ? »

Muñoz ne répondit pas. Aucune parole ne pouvait plus l'atteindre. Aucun sauvetage ne pouvait plus se faire.

Lorsque Brando relâcha enfin sa proie, cela faisait un bon moment que Muñoz était mort. Le chien s'éloigna de son œuvre simplement en faisant un pas en arrière et Beck lui glissa la laisse autour du cou. Brando obéit sans faire d'histoire.

Beck sortit son couteau pour ajouter Muñoz au score, puis s'arrêta. Ç'aurait été indécent : c'était l'œuvre de Brando, et non la sienne.

Son regard s'abaissa vers le chien et il lui caressa la tête.

« Je sais que ça ne répare pas ce qu'il t'a fait, mais au moins il a payé pour ses crimes. »

CHAPITRE VINGT

Zoé prenait le petit-déjeuner le lendemain matin, lorsque sa protection rapprochée arriva. Son duo dynamique était composé de l'agent Martinez, en civil pour une fois, et de Ryan Greening. Il avait dû rouler toute la nuit pour rentrer. Elle aurait juré qu'il portait les mêmes vêtements que la veille lorsqu'ils avaient cherché le terrain du Numéroteur. Une vague de honte la submergea à la vue de Martinez. Il avait été bienveillant avec elle, mais trop souvent au cours de l'année précédente, il l'avait recueillie après de grosses beuveries. Elle devina qu'ils étaient censés être l'équipe « bien-être » qui lui était destinée, autrement dit, des gens qu'elle connaissait et en qui elle avait confiance.

« Comment vous sentez-vous Zoé ? » demanda Martinez.

Détruite aurait été la réponse la plus directe. Avec ses réserves d'adrénaline au plus bas, son corps lui rappelait à quel point elle s'était débattue, et amplifiait le message au maximum. Elle ressentait chaque bleu, chaque griffure, chaque déchirure musculaire. Ce matin-là, le simple fait de bouger exigeait d'elle un effort particulier.

« Je crois que je vais mieux que lui, répondit-elle en montrant Greening d'un signe de tête.

— Ne vous fiez pas aux apparences. Moi, ça va. J'ai juste besoin de me changer, dit-il. Et, en parlant d'habits, je vous ai apporté ça. »

Il souleva le sac de voyage de Zoé et le lui montra :

« L'une de nos policières vous a rassemblé des affaires pour quelques jours. Elle y est allée à l'aveuglette, alors si elle a oublié quelque chose d'important, dites-le nous et nous vous l'enverrons. »

Elle était contente que quelqu'un ait pensé aux habits, étant donné que la veille, l'équipe de la police scientifique d'Ogawa avait emporté tous ses vêtements, à l'exception de sa petite culotte.

« Alors, c'est quoi le plan ?

— Dès que vous êtes prête, nous partons pour la résidence du docteur Jarocki, dit Martinez.

— Et lui, il est où ?

— Il est déjà dans la résidence.

— Vous n'avez toujours pas attrapé le Numéroteur ? »

Greening fronça les sourcils et secoua la tête.

« Non, désolé », dit-il.

Donc, elle allait effectivement devoir se cacher du monde entier.

« Laissez-moi m'habiller, alors. »

Greening et Martinez sortirent de la chambre. Ils montèrent la garde avec l'agent affecté à cette tâche. Zoé aurait beaucoup aimé prendre une douche avant de mettre ses vêtements propres, mais elle était avant tout pressée de sortir de l'hôpital.

Elle sauta du lit et fouilla dans le sac pour voir les affaires qu'on lui avait préparées. Apparemment la policière avait été plutôt prévenante. En plus des fondamentaux, elle avait été assez attentionnée pour ajouter une robe, des chaussures à talons, son shampoing, un sèche-cheveux et du maquillage. Toutes ces choses aideraient Zoé à se sentir elle-même, plutôt que d'avoir l'impression d'être un petit animal apeuré et traqué.

Elle mit un pantalon de yoga, un tee-shirt, et des chaussures de course. De cette manière, si elle avait besoin de courir ou de se battre, elle n'en serait pas empêchée par sa tenue. Elle mit également une casquette de baseball pour plus d'anonymat.

Elle se mira dans la glace. Elle ressemblait à un cas d'école de femme violentée. Elle examina sa mâchoire. Il n'y avait pas de gonflement, juste un énorme bleu qui couvrait tout le côté de son visage, là où le Numéroteur l'avait cognée. Le bleu était assorti aux empreintes de mains laissées autour de son cou lorsqu'il l'avait étranglée. Elle souleva son tee-shirt et soupira à la vue des hématomes couvrant son estomac, legs du coup de pied qui l'avait fracassée contre le sofa. Elle lâcha le vêtement, couvrant ainsi les pires blessures.

« En tout cas, tu es toujours là », dit-elle à son propre reflet.

Elle ouvrit la porte de la chambre ; Greening et Martinez se retournèrent.

« Prête pour le départ ? » demanda Martinez avec un sourire.

Zoé ne fut pas certaine d'apprécier ce sourire. Il relevait de l'optimisme forcé. Après la nuit précédente, il n'y avait plus de place pour l'optimisme, mais pour préserver les amabilités, elle répondit :

« Ouais.

— Par ici », dit Greening.

Il lui prit son sac, et elle suivit les deux policiers dans un couloir menant à l'ascenseur du personnel.

« Il y a une voiture qui nous attend dehors, dit Greening. Je ne m'attends pas à ce qu'il y ait des problèmes, mais s'il devait arriver quoi que ce soit, suivez nos instructions, d'accord ?

— D'accord. »

Malgré leur tenue décontractée, Zoé trouva que Greening et Martinez ne passaient pas inaperçus, et tous ceux qui faisaient un peu attention à eux devaient penser la même chose. Leurs vestes étaient déformées maladroitement au niveau de leurs armes. Ils se déplaçaient avec une démarche alerte, et non comme des visiteurs cherchant leur chemin. Ils ressemblaient à ce qu'ils étaient, une ostensible équipe de sécurité essayant de ne pas se faire remarquer. Cela n'embêtait pas vraiment Zoé. Cette fois, elle avait l'avantage du nombre. Ils étaient trois contre un seul Numéroteur.

Ils prirent l'ascenseur jusqu'au niveau de la rue et sortirent de l'hôpital par-derrière, loin de l'entrée principale. Ils se dirigèrent vers une Ford Expedition verte garée dans la zone rouge, avec un autre flic se tenant oisivement à côté.

« Tout va bien ? demanda Greening en passant.

— Personne ne l'a approchée. »

Martinez marcha devant, ouvrit le 4 x 4, jeta son sac dans le coffre, et lui ouvrit la portière arrière. Elle monta en voiture tandis que Greening et Martinez s'installaient à l'avant, Martinez ayant pris le volant.

Dès qu'ils eurent démarré, Greening et Martinez s'exprimèrent en codes policiers, l'excluant de la conversation. Greening resta concentré sur les véhicules environnants. Martinez fit un certain nombre de manœuvres circulaires et rebroussa chemin à deux reprises, avant de déclarer :

« Personne ne nous suit.

— Très bien, on s'en va d'ici », dit Greening.

Martinez suivit la US 101 et se dirigea vers le Golden Gate Bridge. Greening resta sur le qui-vive jusqu'à ce qu'ils eussent traversé le pont, puis il se détendit.

Il ne leur fallut pas longtemps pour arriver à Napa. Quand Jarocki avait dit posséder une maison familiale là-bas, Zoé s'était imaginé un endroit entouré de vignes. Au lieu de quoi, ils arrivèrent dans un quartier résidentiel adossé à un parc. Martinez s'engagea dans l'allée et gara la voiture devant une large propriété du style de celles que l'on trouve dans les ranchs.

Jarocki émergea de la maison en faisant un sourire et un signe de la main. Il serra Zoé dans ses bras et serra la main de Greening.

La rue était calme et il n'y avait pas le moindre passant, néanmoins, il dit :

« Rentrons, pas la peine de se donner en spectacle. »

Grâce à la climatisation qui tournait, il faisait frais dans la maison. Zoé devina que Jarocki devait avoir à peu près cinquante ans, mais la maison semblait avoir été meublée par des gens bien plus âgés. Il y avait beaucoup d'impressions florales et de meubles qui dataient de plusieurs décennies avant la fondation d'Ikea.

« Je vais vous montrer votre chambre, dit Jarocki avant de les guider vers la chambre principale. Vous aurez votre propre salle de bains, et donc une totale intimité.

— Je ne voudrais pas vous prendre la vôtre. N'importe laquelle m'ira.

— Ce n'est pas ma chambre, dit-il. C'était celle de mes parents. Maintenant, c'est la chambre d'amis. »

Martinez déposa le sac de Zoé sur le lit.

« Dr Jarocki, l'agent Martinez doit revoir avec vous certaines mesures de sécurité pour la propriété, et moi je dois discuter de certaines choses avec Zoé. »

Jarocki acquiesça et Martinez l'emmena loin de la chambre. Zoé et Greening y entrèrent. Puis il s'assit sur le rebord de la fenêtre et scruta le jardin isolé.

« Bon, ce n'est pas le dispositif de protection des témoins, et vous êtes donc libre de vos mouvements, mais il y a des règles de base à respecter, dit-il. Rester à l'intérieur. Ne pas ouvrir à qui que ce soit. Si vous avez besoin de quelque chose, vous demandez au docteur Jarocki de vous l'apporter, ou vous m'envoyez un SMS. Vous avez mon numéro de téléphone. Si vous êtes prudente, il ne vous arrivera rien de mal. »

Zoé soupira.

« Ça ne va pas être très marrant.

— Ce n'est pas le but. Écoutez, je sais que c'est nul, et que ça va vous rendre dingue, mais s'il vous plaît, soyez raisonnable. Je ne veux pas qu'il vous arrive quoi que ce soit. »

Elle se laissa tomber sur le bord du lit.

« C'est vous qui restez ou c'est l'agent Martinez ? »

Il secoua la tête.

« Vous n'êtes pas sous le régime de la détention par mesure de protection.

— Je suis juste en cachette. »

Il fronça les sourcils.

« Oui, j'aurais aimé pouvoir vous assigner quelqu'un ici à plein-temps, mais pour tout vous dire, je pense que vos intérêts seront mieux servis en faisant travailler tous les officiers disponibles sur l'affaire. J'ai demandé au commissariat local que quelqu'un passe toutes les deux heures, et moi je prendrai de vos nouvelles tout au long de la journée, histoire de m'assurer que tout va bien.

— Honnêtement, vous pensez me garder ici combien de temps ?

— Je ne peux pas vous donner une réponse réaliste en ce moment. Il y a trop d'impondérables. Donnons-nous deux semaines, et puis on avisera. »

Le regard de Zoé balaya la pièce remplie de possessions d'autrui. C'était son nouveau domicile. Sa nouvelle prison. Elle n'en voulait absolument pas. Peut-être aurait-elle dû suivre le conseil donné par Ogawa la veille et choisir de partir en recommençant tout à zéro.

« Écoutez, je sais que tout ça est dans mon propre intérêt, mais il faut que vous me donniez une raison d'espérer, dit-elle. Les shérifs ont-ils trouvé quelque chose d'utile là-bas, sur le terrain du Numéroteur ?

— Ils sont encore en train de ratisser le site à la recherche de preuves, mais ils n'ont trouvé aucun corps.

— Pensez-vous qu'ils la retrouveront ? »

Elle eut du mal à prononcer le nom de Holli.

« Mon intuition me dit que non.

— Alors, il l'a enterrée ailleurs ?

— Ou bien elle s'est échappée, comme vous.

— Ne me faites pas, ça ! lui aboya-t-elle à la figure. Ne me baratinez pas. Si Holli avait été vivante, elle serait rentrée chez elle. Elle est morte, et ce malade a fait je ne sais quoi avec son corps. Ne faites pas semblant de croire autre chose ! »

Greening leva les mains.

« Désolé, désolé », dit-il.

Jarocki et Martinez apparurent dans l'embrasure de la porte.

« Il y a un problème ? demanda Jarocki, en écarquillant les yeux.

— Non, tout va bien, dit Greening.

— Zoé ? demanda Jarocki.

— Ça va.

— Le docteur et moi avons fini », dit Martinez.

Greening quitta le rebord de fenêtre.

« Bien, on va vous laisser vous installer. Avez-vous besoin de quelque chose d'autre dans l'immédiat ?

— Il y a deux ou trois choses dont j'aurais besoin.

— Faites une liste, faites-la moi parvenir. J'enverrai quelqu'un vous déposer les affaires plus tard. Je vous appelle ce soir. »

Jarocki les raccompagna à la porte, tandis que Zoé restait dans la chambre à coucher. La maison avait sans doute une importance toute particulière pour Jarocki mais, à Zoé, elle paraissait froide et inhospitalière. Elle se sentait seule et fatiguée. Le Numéroteur était une fois de plus en train de détruire sa vie. Elle se dit qu'elle devrait peut-être le laisser finir le travail, le laisser la tuer. Au moins, elle en aurait fini avec tout ça.

Jarocki apparut devant la porte.

« J'allais me faire du café. Vous en voulez ?

— Pourquoi pas. »

Elle lui emboîta le pas jusqu'à la cuisine. Il mit de l'eau à bouillir dans une casserole et du café dans une grosse cafetière française.

« Alors, c'est ici le domaine familial », dit-elle.

Il regarda autour de lui et sourit.

« Pas tout à fait. C'est la maison familiale. Mes parents nous l'ont léguée, à mes frères et moi. Nous n'avons jamais pu nous résoudre à la vendre à cause de tous les souvenirs qui y sont attachés, comme les fêtes de Noël en famille, ou encore les scènes où mon père essayait en vain de nous apprendre à jouer au baseball, alors nous l'avons gardée. Nous la prêtons aux amis, mes frères s'en servent quand ils me rendent visite, et moi, je viens parfois travailler ici quand j'ai besoin d'un peu de solitude. »

Elle s'imagina son enfance. Vu la façon dont il s'exprimait, et la décoration typique des années 1950, il lui semblait que Jarocki avait vécu une enfance idyllique à la Norman Rockwell. Elle n'en ressentit aucune pointe de jalousie. Sa jeunesse à elle n'avait pas été bien différente jusqu'à l'entrée dans sa vie du Numéroteur. Elle avait aussi une maison familiale comme celle-ci qui l'attendait, ainsi que des parents qui l'aimaient, mais elle leur avait tourné le dos. Elle écarta cette pensée de son esprit.

Jarocki prépara le café, puis le servit au salon. Elle s'étendit sur le sofa, sentant à nouveau chacune de ses blessures. Le médecin lui avait prescrit des anti-inflammatoires avant de la libérer, mais elle n'avait aucune intention de les prendre. Elle préférait garder tous ses esprits. Jarocki s'assit juste à côté d'elle dans une chaise longue, le dos à la fenêtre.

« Et maintenant, on fait quoi ?

— Ce que vous voulez. Je suis à votre disposition.

— Je n'ai pas besoin d'une nounou.

— Entendu. Si vous préférez être seule, cette maison sera à vous tant que vous en aurez besoin, mais si vous voulez de la compagnie, je peux rester. J'ai annulé mes rendez-vous pour aujourd'hui, et je peux travailler ici. Il faudra que j'aille au bureau pour voir mes patients, mais le reste du temps je peux revenir ici. Voulez-vous que je reste ? »

Elle n'en savait rien. Elle ne savait pas trop ce qu'elle voulait, alors elle resta muette.

« Vous n'êtes pas obligée de décider tout de suite. Réfléchissez-y.

— Pourquoi vous donnez-vous autant de mal ? »

Il déposa sa tasse de café et se serra les mains l'une dans l'autre.

« Vous êtes ma patiente, dit-il. Vous avez besoin d'aide, et je suis en mesure de vous la prodiguer. »

Elle aurait dû le remercier, mais elle n'en fit rien. Elle n'aimait pas être redevable aux gens, et dépendre de leur aide. C'était sans doute la raison pour laquelle la maison lui déplaisait. Elle lui rappelait immanquablement qu'elle était dépendante.

« Comment vous sentez-vous ?

— J'ai mal partout. »

Les courbatures qu'elle ressentait n'étaient pas très différentes des crampes qui l'assaillaient régulièrement au lendemain d'un entraînement d'autodéfense particulièrement dur. Son cou, en revanche, c'était une tout autre affaire. En le touchant, elle avait l'impression de sentir les traces des doigts du Numéroteur, des traces laissées sous sa peau, au plus profond de sa chair et au plus profond de son âme.

« Voulez-vous que l'on parle de ce qui s'est passé la nuit dernière ? »

La question semblait anodine, mais Zoé en perçut les implications sous-jacentes. Il ne s'agissait pas d'une vague interrogation.

« Vous voulez transformer ceci en une séance de psychothérapie ? »

Jarocki leva les mains et sourit.

« Puisque nous sommes là… »

***

Marshall Beck retourna sur la scène du crime, selon l'expression consacrée, c'est-à-dire l'immeuble de Zoé. Mais pouvait-on parler de crime ? Il pensait qu'il fallait plutôt parler de scène d'un service public. Son seul crime avait été d'échouer dans sa tentative de la capturer. C'était la deuxième fois qu'elle lui échappait. Il fallait qu'il fasse un sans-faute la prochaine fois. Elle devait être punie.

Au lendemain de l'échauffourée, il était repassé devant l'immeuble en allant au bureau et avait trouvé des flics qui s'y affairaient encore. À midi, lorsqu'il y avait refait un tour, ils étaient encore là, même si leur nombre avait été réduit à une voiture de patrouille garée dans la rue. Il était à présent plus de cinq heures, il n'y avait plus de voiture de patrouille, même si son intuition lui disait que la vieille Intrepid garée à la place était une voiture banalisée. Il dépassa nonchalamment la berline, notant au passage que le gars qui était assis du côté passager avait l'air de s'ennuyer. *Se pouvait-il vraiment qu'il attende quelqu'un ?* La réponse serait fournie par l'épreuve du temps. Combien de temps une personne reste-t-elle assise sur le siège passager avant d'une voiture ? Trente minutes ? Une heure ? Deux ? Non, quand on attend un ami, on ne reste pas dans une voiture plus de trente minutes. Au-delà, on va chercher l'ami en question.

Beck savait être patient. Un travail de précision comme le sien enseignait la patience. Après quatre-vingt-dix minutes d'attente dans la voiture, l'homme dans l'Intrepid était toujours là.

« Toi, mon ami, tu es un flic », se dit Beck dans le calme de sa Honda.

Donc, les flics surveillaient le domicile de Zoé. C'était logique. Sa petite fugue à la *Chicken Little* avait exposé Beck. De ce fait, il était vital qu'il réussisse son enlèvement la fois suivante.

Il sentit monter sa tension et fixa le regard sur ses poings qui serraient le volant comme pour le broyer. Dans la situation présente, il fallait qu'il garde la tête froide. S'il voulait retrouver Zoé, il fallait qu'il reste calme et détendu. Il évacua lentement toute la tension de son corps.

Il se demanda pendant combien de temps les flics surveilleraient l'appartement de Zoé. Une journée ? Une semaine ? Plus longtemps ? Il pestait contre son échec de la nuit précédente. Un échec qui lui forçait la main. Avec toute l'attention policière qui entourait maintenant Zoé, il serait obligé d'ajuster ses plans. Pour les forces de l'ordre, il demeurait un fantôme. Le concernant, ils n'avaient qu'une identité bidon, et c'était à peu près tout. Pour l'instant, il pouvait se permettre de lâcher prise et de garder un œil sur Zoé. Il pourrait toujours se saisir d'elle une fois que la police s'en serait désintéressée.

Mais il y avait quelque chose dans le fait de laisser un travail inachevé qui ne lui convenait pas. Abandonner, c'était échouer. L'échec, c'était la lâcheté. Et il était tout sauf un lâche. De plus, s'il quittait la ville, qu'est-ce qui empêchait Zoé d'en faire autant ? Il ne supporterait pas de revenir seulement pour s'apercevoir qu'elle s'était sauvée aussi. Oui, il connaissait son nom, mais rien ne l'empêchait d'en changer.

Tout cela était très frustrant, mais lui démontrait qu'il fallait qu'il soit au meilleur de sa forme à l'avenir. Plus d'erreurs. Plus d'échecs. Il ne pouvait pas se permettre de se faire prendre. Il descendit à nouveau du 4 x 4. Malgré la présence des flics, il avait besoin de jeter un œil sur Zoé elle-même. S'il y avait un flic à l'extérieur, y en avait-il un autre dans l'appartement avec elle ?

Puisque les flics n'avaient pas une bonne description de lui, il pouvait marcher jusqu'à la grille, mais le flic qui surveillait l'immeuble prenait peut-être note de tous ceux qui entraient et sortaient. Heureusement, il n'avait pas besoin d'entrer dans l'immeuble pour observer l'appartement de Zoé. Il lui fallait simplement monter sur le toit d'un immeuble adjacent.

Il traversa la rue et entra dans l'immeuble d'à côté. Une porte sécurisée l'empêchait d'accéder à la cage d'escalier, mais pas d'emprunter l'escalier de secours à l'arrière de l'immeuble. Il monta l'escalier jusqu'au toit, sortit ses jumelles de poche, et scruta l'appartement de Zoé. Les rideaux étaient fermés et les lumières éteintes.

Était-elle à l'intérieur ? *Sinon, pourquoi les flics surveillaient-ils l'appartement ? S'ils n'étaient pas là pour veiller sur elle, ils attendaient sans doute son agresseur.* Il fallait qu'il voie jusqu'où les flics étaient prêts à aller.

Il redescendit par l'escalier de secours, puis il fit le tour du lotissement avant de décider quelle serait sa prochaine manœuvre. Il lui fallait jeter un coup d'œil de près à l'appartement de Zoé pour savoir si elle y était. Ce qui voulait dire passer devant le flic en faction près de l'entrée. Eh bien, soit.

Il attendit son heure, et patienta jusqu'à ce qu'un automobiliste ouvre la barrière sécurisée pour rentrer. Lorsque la barrière s'ouvrit, il entra. Il traversa le parking jusqu'à l'immeuble de Zoé. Il ne s'embêta pas à grimper les escaliers jusqu'au deuxième étage. Ce n'était pas nécessaire. Du rez-de-chaussée, il pouvait voir les bandes jaunes de la police qui bouclaient sa porte d'entrée.

Voilà qui était intéressant. *Si l'appartement de Zoé était considéré comme une scène de crime, alors, où était-elle ? Était-elle chez un ami ? Possible, mais il ne l'avait vue avec personne. Elle semblait être du genre solitaire. Avait-elle quitté la ville à l'insu des flics ? Ce n'était peut-être pas pour lui que les flics surveillaient l'immeuble. Peut-être qu'ils attendaient de voir si elle rentrerait, et quand.* Il balaya le parking du regard et vit la moto de Zoé. Elle aurait pu quitter la ville sans sa moto, mais c'était improbable. Zoé se cachait quelque part, pas loin.

Il était temps de partir. Il avait appris tout ce qu'il pouvait apprendre ce soir.

Une jeune femme aux cheveux longs et bouclés entra dans l'allée au volant d'une Honda Civic, activant la barrière sécurisée. Beck sortit alors que la voiture entrait.

Prenant soin de ne pas regarder le flic en faction, il traversa la rue et se dirigea vers son 4 x 4 avant de jeter un coup d'œil par-dessus son épaule. La conductrice de la Honda était à présent au deuxième étage de l'immeuble de Zoé. Elle s'arrêta devant l'appartement de Zoé.

De sa position de l'autre côté de la rue, il l'observa. *Qui êtes-vous, mademoiselle ? Une amie, une voisine indiscrète ou bien plus ?*

La femme ignora le cordon de police et entra dans l'appartement.

Tiens, tiens, Zoé a bel et bien une amie. Il sourit.

Il retourna à son véhicule et s'assit au volant. Il attendit une demi-heure avant de voir réapparaître la femme, cette fois avec un sac de sport bien rempli.

C'est sûr qu'on ne peut pas demander à Zoé de vivre sans ses affaires de première nécessité, pensa-t-il.

Il mit le contact et attendit que la Civic apparaisse. Lorsqu'il vit la petite berline, il la prit en filature. Le flic en faction ne réagit pas, ce qui prouvait qu'il était au courant pour la petite assistante de Zoé.

En prenant soin de rester à une distance discrète, Beck suivit la Honda, qui traversa la ville jusqu'à la US 101, puis emprunta le Golden Gate Bridge et entra dans Marin County. La conductrice ne semblait pas l'avoir repéré. Elle ne conduisait d'ailleurs pas comme quelqu'un qui s'attendait à être suivi.

Quel genre d'amie êtes-vous, mademoiselle Civic ? Jusqu'où iriez-vous pour aider votre amie Zoé ?

Il espérait bien qu'elle n'irait pas jusqu'au bout du monde. Il n'avait qu'un demi-plein d'essence dans le réservoir. Il s'était inquiété pour rien. Ils n'allèrent pas plus loin que Napa. Il arrêta son 4 x 4 quand mademoiselle Civic ralentit devant une maison un peu plus loin dans le lotissement. Elle emprunta l'allée à pied, sac de sport en main, sonna, puis disparut à l'intérieur.

Beck n'avait pas vu Zoé, mais c'était inutile. Il savait qu'il avait trouvé sa cachette.

CHAPITRE VINGT-ET-UN

La sonnerie de la porte d'entrée retentit. Instinctivement, Zoé se leva pour ouvrir. Jarocki sortit de son bureau à vitesse grand V.

« C'est moi qui ouvre, vous n'avez pas oublié ? » dit-il.

Non, elle n'avait pas oublié, mais l'adaptation à la captivité s'avérait compliquée. Aller et venir à sa guise lui était si naturel que, tout d'un coup, se souvenir d'une interdiction de sortir lui parut aussi intenable qu'une interdiction de respirer.

« Allez dans votre chambre », dit le psychologue.

Malgré la situation, l'injonction quasi parentale lui amena le sourire aux lèvres. Elle obéit et regagna sa chambre. Le fait de rester à l'abri des regards faisait partie du protocole établi par Greening.

Quelques instants plus tard, Jarocki cria :

« Ça va, c'est l'inspecteur Greening. »

De retour dans le salon, elle vit Greening qui passait par porte en portant une demi-douzaine de sacs de supermarché et une machine à pâtes. Jarocki le soulagea d'une partie du matériel et des sacs de provisions et le guida vers la cuisine.

« Ravi de voir que vous respectez nos règles », dit Greening.

La chaleur de l'après-midi envahissait la maison. Elle alla fermer la porte.

« Le docteur Jarocki m'oblige à rester sage », dit-elle.

Greening lâcha ses sacs sur le comptoir.

« Je crois bien que j'ai trouvé tout ce que vous avez demandé. Ça devrait vous occuper. »

S'occuper était la clé de tout. Il ne lui avait pas fallu plus de vingt-quatre heures pour comprendre que le régime de protection de témoins était nul. Rester cloîtrée, cela voulait dire pas de cours d'autodéfense, pas de gym, pas de footing, pas de shopping, pas de travail et pas de sortie en boîte. Mettre au rancart tout ce qui la définissait et l'occupait habituellement la rendait dingue. Même les détenus pénitentiaires avaient droit à une heure de promenade. Et dire qu'avant d'être confinée, elle avait cru mener une existence insipide. Pour faire passer le temps et occuper toutes ses journées, elle avait donc décidé de s'adonner à une activité comme la cuisine.

« Vous avez quelques minutes pour discuter de l'affaire ?

— J'ai beaucoup plus que quelques minutes, répondit Zoé.

— Je vous laisse seuls ? demanda Jarocki.

— S'il vous plaît, docteur.

— Pas de souci. »

Lorsque le psychologue retourna dans sa chambre, Greening prit place sur le sofa, en face de Zoé.

« Comment ça va ? demanda-t-il.

— J'ai découvert qu'il y a des limites au nombre de DVD qu'on peut supporter de regarder coup sur coup. »

L'inspecteur sourit et montra du doigt l'amoncellement de provisions.

« D'où la liste des courses. »

Elle lui retourna son sourire.

« D'où la liste des courses.

— Écoutez, je sais que c'est dur, mais je crains que ce ne soit inévitable au vu de la situation. Tenez bon. Respectez les règles, ne soyez pas téméraire, et tout finira par s'arranger. »

Les hématomes sur son cou, qui lui faisaient mal toutes les fois qu'elle avalait sa salive, garantissaient qu'elle ne serait pas téméraire. Du moment que Greening et la police de San Francisco faisaient leur part en attrapant le Numéroteur.

« Avez-vous tout ce qu'il vous faut pour l'instant?

— Oui. Votre policière a ramené le reste de mes affaires hier soir. Quoi de neuf du point de vue de l'enquête? » demanda-t-elle.

Le sourire de Greening s'évapora, et elle devina la teneur de la conversation avant même qu'il ne reprenne la parole.

« Nous avons mis votre logement sous surveillance, au cas où il reviendrait. Nos hommes ont ratissé votre appartement à la recherche de traces et de preuves scientifiques, mais ils n'ont rien trouvé d'exploitable.

— J'aurais pu vous le dire. Il est prudent. Il ne commet pas d'erreur.

— Si, il en commet, sinon vous ne seriez pas là. »

Sa réplique la désarma.

« Et l'enquête de Mono County?

— Malheureusement, elle est au point mort.

— Quelle que soit l'utilisation qu'il a faite de ces cabanons, ce n'était pas pour enterrer des corps. Les chiens n'ont trouvé aucune trace. L'équipe de police scientifique a bien trouvé d'éventuelles traces de sang, mais elles sont si dégradées qu'elles ne serviront pas à grand-chose. Les enquêteurs du coin travaillent avec les gens du Smokehouse pour tenter de retrouver quels clients y étaient en même temps que Holli et vous, ce soir-là. S'il a dîné là, nous pourrions peut-être nous saisir d'un reçu de carte de crédit, ce qui nous mènerait jusqu'à lui. De plus, les enquêteurs vont peut-être pouvoir retrouver un témoin ayant remarqué quelque chose. »

C'était rageant d'entendre ça. Tout était si précaire, avec pour seul fondement des « peut-être » et des « éventuellement ». Elle sentit monter sa colère.

« Rien de tout cela ne donne l'impression que vous êtes sur le point de l'attraper.

— Je sais que c'est dur, mais c'est ainsi que fonctionne le travail policier. Si vous entrez dans le métier un jour, vous verrez que c'est la dure réalité du déroulement d'une enquête. On ne donne pas l'assaut toutes les cinq minutes. Il n'y a pas de satisfaction immédiate. C'est un travail de longue haleine, fait de persévérance et de diligence. Nous faisons tout ce que nous pouvons, mais ça va être long. »

Si c'était ça le fonctionnement de la police, alors ce n'était peut-être pas la carrière qu'il lui fallait. Ce n'était pas pour rien que son boulot au centre commercial lui plaisait. Il se passait quelque chose, ou pas. S'il se passait quelque chose, on s'occupait du coupable sur-le-champ. Le crime était résolu aussi vite qu'il avait été commis.

« Alors, avez-vous quelque chose de positif à m'annoncer ?

— Oui, et c'est la raison principale de ma venue pour vous parler. Je crois que nous avons trouvé le lien entre vous, Holli et Laurie Hernandez. Ou tout au moins, la raison pour laquelle le Numéroteur vous a ciblées. »

Un frisson parcourut tout son corps. Du coup, sa frustration croissante envers Greening en fut atténuée.

« Je suis désolé de devoir vous dire ça, et ce n'est pas pour vous manquer de respect, mais on dirait qu'il cible les femmes qui se comportent mal. »

Zoé rougit.

« Désolé, c'est juste notre hypothèse de travail. »

Elle refoula ses excuses d'un geste de la main.

« Qu'entendez-vous par "qui se comportent mal" ?

— En faisant des recherches sur Laurie Hernandez, nous avons découvert qu'elle était l'auteure de toute une liste de petits délits : vol, trouble à l'ordre public, ivresse publique. Et, selon les témoins que j'ai interrogés, elle n'avait pas un caractère facile. Des choses de ce genre. »

Le CV de Laurie Hernandez lui semblait étrangement familier, mais il y avait un problème.

« Ce n'était pas le cas de Holli, ni même mon cas. J'avais un casier judiciaire vierge avant le Numéroteur.

— Oui, mais rappelez-vous de votre soirée au Smokehouse. Vous étiez bruyantes et vous faisiez du tapage. Vous étiez toutes les deux en train de draguer Craig Cook. Le Numéroteur aura été témoin de la scène et aura trouvé votre comportement de mauvais goût. Vous avez enfreint ses règles. »

Elle s'affaissa sous le poids de la honte, de la gêne et du sentiment de culpabilité. Elles étaient parties à Las Vegas juste pour décompresser un peu. Oui, elles avaient été des pestes au Smokehouse avec leurs pitreries, mais elles ne méritaient pas de mourir pour autant.

« Nous ne faisions que traverser Bishop, cette nuit-là. Comment nous aurait-il ciblées ?

— Il aurait pu être à Las Vegas aussi, mais je ne pense pas, vu qu'il avait un site tout prêt où il vous a emmenées toutes les deux. Mon sentiment est que ce fut une réaction impulsive de sa part. Il était au Smokehouse, et il a agi. »

La maîtrise des impulsions. Apparemment, ce n'était pas un problème que pour ceux qui souffraient du syndrome post-traumatique. Les regrets et les scénarios hypothétiques se mirent à défiler dans sa tête. *Et si Holli et elle avaient été plus sages, le Numéroteur les auraient-ils ignorées ? Et si elles avaient pris une route différente ou étaient parties à un autre moment, l'auraient-elles évité ? Et si elles avaient pris la route un peu plus tôt… Et si elles avaient pris l'avion…*

Et si elles s'étaient arrêtées ailleurs qu'au Smokehouse… Il y avait un « et si » qui était plus difficile à supporter que les autres :

« Si le Numéroteur nous a choisies à cause de notre comportement au Smokehouse, quelques heures de décalage dans un sens ou dans l'autre, et nous ne l'aurions jamais rencontré. Rien de tout ça ne serait arrivé. »

Elle passa sa vie des quinze derniers mois en revue, ainsi que son évolution de thésarde à vigile, de satisfaite à malheureuse, de sociable à solitaire. Et tout cela à cause d'une rencontre fortuite. Pour décrire son histoire, le mot « tragique » semblait un doux euphémisme.

« Malheureusement, c'est en général ainsi que ces choses arrivent. "Au mauvais endroit, au mauvais moment" est une expression qui décrit bien de nombreuses victimes de la violence et du crime. C'est injuste, mais c'est comme ça.

— Vous pensez que c'est comme ça qu'il a eu Laurie Hernandez ?

— Peut-être. On dirait qu'il a enlevé Laurie quand elle rentrait du travail. Elle n'avait été impliquée dans aucun incident ce jour-là au travail, ce qui nous fait penser qu'il l'a choisie, qu'il l'a ensuite observée avant de l'enlever. L'hypothèse est qu'il a rencontré Laurie à un moment donné, n'a pas apprécié ce qu'il a vu, et a décidé qu'elle serait la prochaine sur sa liste. Je suppose que, lorsque vous vous êtes échappée, il a appris qu'il ne pouvait pas se permettre d'être aussi impulsif.

— Je suis heureuse d'avoir servi à quelque chose.

— Les prédateurs comme lui ne sont pas nés parfaits. Ils perfectionnent leurs méthodes à partir de leurs erreurs.

— Et que signifie cette grande découverte ?

— Naturellement, nous savons qu'il y a d'autres victimes, et nous avons un profil de victime dont nous pouvons nous servir. Nous allons faire une recherche sur les femmes ayant disparu et ayant un historique de petits délits et de comportement antisocial, ensuite, nous ferons le lien avec un suspect.

— Ça me paraît un peu vague comme recherche.

— Vague et vaste aussi. Le Numéroteur n'est pas confiné à un endroit comme le prouve le fait qu'il vous ait enlevée à Bishop et Laurie Hernandez ici, en ville. Nous ne savons pas s'il est basé en Californie ou s'il opère dans tout le pays. Donc, ça ne va pas être du gâteau. Mais, encore une fois, c'est ainsi que fonctionne une enquête policière.

— Ce que j'ai vraiment du mal à comprendre, c'est le côté mesquin de tout ça, dit Zoé.

— Mesquin, oui. Surprenant, non. Donnez-moi un seul exemple de psychopathe qui ait une raison noble, valable ou compréhensible de tuer les gens. Ce sont des êtres abîmés qui font encore plus de mal aux innocents. Nous n'arriverons jamais à le comprendre. »

Rien de ce que disait Greening ne lui inspirait confiance. Le Numéroteur semblait tenir la police de San Francisco et tous les autres en échec. Elle posa la question qui lui importait le plus.

« Pendant combien de temps vais-je rester coincée ici ?

— Une semaine. Un mois. Je n'en sais rien. »

Elle secoua la tête.

« Vous êtes là pour un certain temps, jusqu'à ce qu'il y ait une avancée.

— Espérons qu'il y en ait une bientôt. »

CHAPITRE VINGT-DEUX

Marshall Beck entra dans les locaux de Pattes urbaines, probablement pour la dernière fois. Il n'y aurait pas de retour possible après ce qu'il s'apprêtait à faire. Le refuge lui manquerait. De tous les emplois qu'il avait occupés, celui-ci était le plus agréable. L'association rendait un service désintéressé visant à améliorer le sort de créatures qui étaient incapables de s'occuper d'elles-mêmes. Mais malgré tout l'amour qu'il portait au refuge, celui-ci lui avait brisé le cœur ce jour-là.

Le matin même, Kristi Thomas était entrée dans son bureau en arborant un air pensif et avait fermé la porte derrière elle.

« Il faut que je vous parle, Marshall. »

Elle prit place en face de lui. Ses mains étaient serrées l'une dans l'autre et tellement tendues qu'elles en étaient blanches.

« J'ai de mauvaises nouvelles. Nous avons fait passer les derniers tests de comportement aux chiens de combats. »

Il devina ce qu'elle allait dire avant qu'elle n'ouvre la bouche.

« Seuls trois des douze chiens ont réussi. Brando n'en faisait pas partie. Tom et Judy m'ont dit que Brando et vous avez fait du bon boulot ensemble durant les sessions de réhabilitation, mais Brando n'a pas démontré un tempérament sécurisant pendant le test de socialisation. Je sais qu'un lien s'est vraiment créé entre le chien et vous, et que vous espériez le garder, mais ça ne sera pas possible. Je suis vraiment désolée, Marshall. »

Il avait toujours su que cette issue était possible, mais il s'attendait à ce que Brando reste maître de lui. Il supposa que le chien était trop fier pour se plier aux règles. Beck le comprenait et le respectait pour cela.

« Qu'est-ce que ça veut dire ? demanda-t-il.

— Brando et les autres chiens seront euthanasiés la semaine prochaine, conformément à la décision de justice.

— Peut-on refaire le test ? Puis-je prendre la place de l'examinateur ? Peut-on faire appel de la décision ?

— Non, les chiens ne peuvent pas être testés à nouveau. Vous pouvez faire appel de la décision, mais je doute que vous ayez gain de cause.

— Je vois.

— Je sais que vous aviez jeté votre dévolu sur Brando, mais il y a d'autres chiens. Ils auront besoin d'un foyer aimant et d'un propriétaire dévoué. J'espère que vous envisagerez d'en adopter un.

— J'y réfléchirai » dit-il sans aucune intention de le faire. « Puis-je continuer à travailler avec Brando jusqu'à ce que son heure arrive ? »

Kristi sourit.

« Bien sûr », dit-elle.

Bien qu'il en ait envie, il ne pouvait se résoudre à lui en vouloir. Kristi ne faisait que suivre les règles. Ceci était de la faute du récemment défunt Javier Muñoz, et d'un juge borné.

« Merci de m'avoir tenu informé.

— Je sais que ce n'est pas d'un grand réconfort, mais il faut que vous sachiez que vous avez offert à Brando un peu d'humanité au cours des derniers jours de sa vie. »

Il avait ressassé la conversation toute la journée. Les derniers jours de Brando étaient encore loin. Il allait s'en assurer. Il entra dans l'annexe d'évaluation. Les regards des chiens traversaient la salle pour se fixer sur lui. Savaient-ils qu'ils vivaient la dernière semaine de leur existence ?

« J'aurais aimé vous sauver tous », dit-il.

Il souleva le loquet de la cage de Brando et le chien sortit. Il passa la laisse coulissante autour du cou de l'animal et le guida vers sa Honda Pilot.

En chargeant Brando dans son véhicule, il dit :

« Tu es sauvé. Nous avons juste une personne à récupérer avant de partir. »

***

L'arrière de la maison du docteur Jarocki à Napa donnait sur Alston Park, ce qui était un charmant atout pour le propriétaire, mais un terrible défaut du point de vue sécuritaire. En effet, la maison était exposée à la moindre petite effraction par l'arrière. Marshall Beck était venu en repérage la nuit précédente.

Il avait garé sa Honda devant la maison, laissant Brando à l'intérieur. Il avait l'intention d'entrer par-derrière et de ressortir par-devant. Zoé était assez petite pour qu'il la porte sur sept cents mètres à travers le parc, mais il aurait été problématique de la passer par-dessus la barrière. L'audace lui réussirait mieux. Lui balancer une couverture sur le corps, la porter jusqu'au 4 x 4, et la jeter sur le siège arrière, de la même manière que l'on manipule un gros sac de sport. Il suffisait qu'il se comporte de manière tout à fait normale, et les gens réagiraient en conséquence.

Il avait dû patienter une heure avant d'entamer son approche. Une voiture de patrouille de la police de Napa était stationnée devant la maison lorsqu'il était arrivé. Il n'eut pas l'impression que c'était une mesure permanente. Le type ne prit pas contact avec les occupants de la maison, et semblait plus préoccupé par sa paperasse. C'était de la poudre aux yeux. Les flics ne s'étaient pas embêtés avec un dispositif de protection complet, juste des passages réguliers en voiture et des livraisons. L'agent lui donna raison en repartant peu après.

Il attendit encore vingt minutes pour savoir si la sentinelle serait remplacée. Lorsqu'il vit qu'il n'y aurait pas de relève de la garde, il descendit du 4 x 4 en laissant Brando à l'intérieur et fit le tour vers le parc. Il parcourut l'herbe récemment coupée. Une fois arrivé à la grille, il chercha le X qu'il avait marqué au sol avec un spray lors de sa première mission de reconnaissance, pour pouvoir reconnaître le jardin en question. Il ne voulait surtout pas arriver dans le parc puis, à cause de l'obscurité, sauter dans le jardin de quelqu'un d'autre. Il trouva son X et s'appuya contre la grille. Elle faisait un mètre quatre-vingts de hauteur et il était facile pour lui, grâce à sa grande taille, de regarder par-dessus. Il scruta les résidences attenantes. Elles étaient toutes deux plongées dans l'obscurité. Il dut regarder trois maisons plus loin sur la gauche pour percevoir de la lumière venant de l'intérieur d'une maison. Il semblait qu'il avait affaire à un voisinage de couche-tôt, ce dont il était reconnaissant.

La résidence de Jarocki était plus animée. Zoé était dans la cuisine, apparemment en train de préparer un plat. Les fenêtres étaient éclairées dans une des chambres, mais les rideaux étaient fermés. L'activité de Zoé dans la cuisine impliquait de rester du côté droit de la maison pour demeurer caché. Il n'avait pas à s'inquiéter d'un éventuel éclairage de sécurité. Il s'en était assuré durant son tour de reconnaissance. L'homme qui était avec Zoé n'en avait pas installé sur sa propriété, contrairement à ses voisins. Beck en avait testé la portée en agitant une branche sur différents niveaux tout en suivant la grille arrière, jusqu'à ce qu'il eût trouvé les limites des capteurs.

Tant qu'il restait à l'intérieur d'une zone définie, il ne les déclencherait pas.

Il se déplaça vers le côté droit de la propriété, celui qui touchait celle du voisin, et grimpa par-dessus d'un seul mouvement agile. Il atterrit en position accroupie et attendit, observant Zoé en cuisine. Elle se tenait penchée sur l'évier, devant une fenêtre donnant sur le jardin. Si elle levait la tête ou remarquait un mouvement, c'en serait fini de lui. Il attendit qu'elle se retourne, puis fit un bond en avant.

Il rejoignit son point d'entrée, une porte coulissante, et se mit à genoux. Elle donnait sur la chambre principale, apparemment. Il adorait les portes coulissantes. Elles avaient en général des serrures à peine plus complexes que les portes de douche. Il sortit son crochet et s'occupa de la serrure, qui céda en quelques instants. Il s'offrit le luxe d'un sourire avant de glisser à l'intérieur.

CHAPITRE VINGT-TROIS

La cuisine, ce n'était pas son truc, à Zoé. Ce n'était pas qu'elle fût mauvaise cuisinière, simplement, elle n'y était pas encline. Pour elle, les repas avaient toujours été plutôt simples, composés pour l'essentiel de salades et de plats préparés. C'était la résultante de la vie estudiantine qui, entre les cours et les stages, offrait peu ou pas de temps à investir dans la préparation des repas. Par la suite, après sa prise de fonction au centre commercial et les longues heures de travail qui s'ensuivirent, elle n'avait pas eu le loisir de changer ses habitudes culinaires. Son confinement forcé signifiait qu'elle avait beaucoup de temps à tuer. Et, puisque Jarocki lui rendait service en l'hébergeant, le minimum qu'elle pouvait faire était de lui préparer un bon repas.

Elle préparait des raviolis agrémentés de viande de bœuf et de porc, marinant le tout dans une sauce vodka. Ce n'était pas particulièrement audacieux, mais elle préparait tout à partir de presque rien. Elle avait trouvé la recette sur Internet par le biais du réseau Gourmet, et avait commandé les ingrédients à Greening. Elle avait cru que la confection de pâtes alimentaires serait une affaire simple et rapide, mais cela s'avérait moins facile que le suggérait la recette.

Ses premières tentatives concernant la fabrication de la pâte, sans même aller jusqu'à la réalisation des raviolis eux-mêmes, avaient été plus que décevantes, mais elle avait persévéré jusqu'à obtenir un résultat à peu près correct. Toutefois, l'amélioration du plat avait pris du temps. Il était presque minuit. Elle avait fini la salade et la sauce vodka. Il ne lui restait plus qu'à mettre les raviolis à cuire.

Elle laissa la sauce vodka sur le feu et partit rendre visite à Jarocki dans son bureau. C'était la plus petite chambre de la maison. Il aurait pu prendre n'importe quelle pièce, mais il gardait la chambre de son enfance. Elle le trouva au travail sur son ordinateur portable. Elle se pencha dans l'embrasure de la porte.

« Le dîner sera prêt dans cinq minutes environ. »

Jarocki jeta un coup d'œil à sa montre.

« Ce sera plutôt un festin de minuit, dit-il.

— Désolée, je ne pensais pas que ce serait si long de fabriquer des pâtes soi-même.

— Ce n'est pas grave. J'avais du travail. Je viens tout juste de finir, alors nous sommes synchro ! »

Elle retourna à la cuisine et versa les raviolis dans l'eau bouillante. Ils coulèrent au fond de la casserole. Quand ils seraient prêts, ils remonteraient à la surface. Elle appréciait ce mode de communication entre la nourriture et le chef.

C'était agréable. Elle découvrait que faire la cuisine, c'était relaxant. Sa vie était en pleine ébullition, et elle parvenait malgré tout à trouver un peu de paix. Jarocki lui conseillait depuis des mois de se trouver des passe-temps et des activités qui lui feraient plaisir et qui lui apporteraient un apaisement émotionnel, mais elle y avait résisté car elle n'en voyait pas l'intérêt. En toute honnêteté, elle devait admettre qu'elle n'avait pas pris le temps de chercher d'autres loisirs. Ses cours d'autodéfense lui procuraient un sentiment de satisfaction, mais aucune sensation de détente. Elle avait toujours prétendu que son exutoire consistait à faire la tournée des bars et des boîtes de nuit, à se bourrer et à attendre de voir qui la draguerait. C'était faux. Cela revenait à s'exposer sans avoir la moindre idée de la tournure que prendrait la soirée, ce qui était en soi une forme de stress.

Elle sourit lorsque les raviolis, tenant parole, se mirent tous à flotter. Peut-être que la cuisine deviendrait son nouveau passe-temps, finalement.

« Deux minutes », cria-t-elle, mais elle reçut un grognement pour toute réponse.

Elle sécha les raviolis et les plongea dans la sauce vodka, les laissant s'imbiber pendant une minute ou deux avant de les servir en plat.

« Allez, docteur ! » Je sers le repas.

Elle entendit un claquement qui ressemblait au bruit d'un tiroir que l'on ferme. *Au moins, il a presque fini,* se dit-elle en apportant leurs assiettes à la table de la salle à manger.

Elle entendit un autre bruit sourd. On aurait dit que quelque chose heurtait le sol. Ensuite, un bruit d'étouffement venant d'une chambre se fit entendre dans le couloir.

Zoé resta figée un instant sur place, son instinct en alerte, puis se mit en mouvement avant même de savoir quelle conclusion son cerveau avait tiré.

Elle lâcha les assiettes sur la table, renversant de la sauce rosacée sur la table et sur son tee-shirt, puis fonça à la cuisine et saisit un grand couteau de cuisine sur le bloc à couteaux. Il pesait lourd dans sa main, ce qui était bon pour l'élan, mais mauvais pour l'agilité. Elle n'avait pas le temps d'en choisir un autre.

Du coin de l'œil, elle perçut du mouvement dans le couloir sombre. Une grande silhouette noire avançait vers elle avec la tête de Jarocki bloquée sous son bras, le psychologue se débattant en vain pour se libérer de la prise. Dans sa main libre, la silhouette maintenait un couteau de chasse sous la gorge de Jarocki. Elle reconnut le couteau.

Le Numéroteur s'arrêta au seuil du salon et la fixa. Il était vêtu de la même manière que lorsqu'il l'avait agressée quelques jours plus tôt : en noir, avec un masque de ski pour cacher son identité.

Dix mètres de salon les séparaient, mais Zoé était à moins de six mètres de la porte d'entrée. Elle avait une avance de trois mètres minimum et elle n'était pas encombrée par Jarocki, elle. Elle pouvait sortir de la maison avant le Numéroteur et, de la rue, ameuter le voisinage, forçant ainsi l'agresseur à choisir entre la tuer et se faire prendre, ou se sauver et se cacher.

La faille de son plan si simple, c'était Jarocki. Si elle se sauvait, le Numéroteur le tuerait sans hésitation. Elle avait abandonné Holli, et depuis lors, la honte qu'elle ressentait avait détruit sa vie. Si Jarocki mourait à cause d'elle, elle ne se remettrait jamais de son sentiment de culpabilité.

Elle sentit le regard du psychologue sur elle, et la terreur brillait dans ses yeux. C'était forcément dur pour lui. Il n'avait jamais eu à gérer que les angoisses d'autrui. Il ne les avait jamais ressenties lui-même. Elle ne pouvait pas l'abandonner. Elle ne l'abandonnerait pas.

« Ne lui fais pas de mal.

— Lâche le couteau, Zoé, sinon je le tue. »

Le Numéroteur attendit qu'elle obéisse. Il mesurait quinze centimètres de plus que Jarocki, et il forçait le psychologue à se mettre sur la pointe des pieds, lui coupant le souffle.

Comme d'habitude, le Numéroteur croyait détenir toutes les cartes, à tort. Elle en voulait pour preuve le fait qu'elle lui avait déjà échappé à deux reprises. Tenir Jarocki comme otage, c'était un avantage, mais aussi un inconvénient. Il ne pouvait pas l'attaquer et trimballer Jarocki tout à la fois. Il pouvait tuer Jarocki, mais ça prendrait du temps, du temps qu'elle mettrait à profit pour l'attaquer.

Son réel désavantage, c'était qu'il était seul contre deux. Si toutefois elle parvenait à faire entrer Jarocki dans la bataille.

« Tu vas nous tuer tous les deux, alors pourquoi ce petit jeu ? »

Un grognement d'appréciation se fit entendre derrière le masque.

Elle échangea un regard rapide avec Jarocki. Elle espérait qu'il avait compris le message qu'elle tentait de transmettre. Il fallait qu'il guette une manœuvre de distraction. Elle fonça en biais vers la table de la salle à manger, saisit une assiette qu'elle balança comme un frisbee en direction du Numéroteur. Instinctivement, il leva le bras tenant le couteau pour se protéger.

À ce moment-là, Jarocki arracha le bras que le Numéroteur tenait autour de son cou. Déstabilisé, celui-ci tituba en avant, et lâcha le docteur. Brusquement libéré, Jarocki se précipita du côté de Zoé, tandis que l'assiette heurtait l'agresseur à la poitrine.

Zoé avait chargé le Numéroteur immédiatement après avoir lâché l'assiette. Avec tant de choses qui lui arrivaient en même temps, il était vulnérable. Zoé n'aurait pas de meilleure occasion. Elle bondit en avant.

Elle le heurta violemment, mais le Numéroteur avait basculé sur le côté afin de minimiser l'impact. Plutôt qu'un choc frontal, ce fut un coup oblique et elle passa au-dessus de lui. Elle tomba lourdement sur le dos dans le couloir, et lâcha le couteau.

Elle se retourna vivement et se leva. Elle s'attendait à voir le Numéroteur foncer sur elle, mais il allait dans la direction opposée, courant après Jarocki qui filait droit vers la porte d'entrée. Le psychologue n'arriva pas jusqu'à la porte. Le numéroteur le tacla avec l'épaule, le propulsant contre la porte fermée. Jarocki poussa un cri avant de tomber à terre.

Zoé courut à travers le salon, mais le Numéroteur avait redressé Jarocki sur les genoux. Le psychologue eut le souffle coupé lorsque le Numéroteur lui remit le couteau sous la gorge.

« Tu n'aurais pas dû faire ça », dit le Numéroteur.

Zoé s'arrêta net et leva les mains en signe de reddition. Tout espoir de voir le Numéroteur épargner Jarocki disparut. Le couteau de chasse appuyait fort sur le cou du docteur. Jusqu'alors, le Numéroteur l'avait simplement tenu tout près de sa gorge. À présent, il était on ne peut plus sérieux.

« Maintenant, je suis obligé de le tuer, dit-il.

— Non ! Arrête, s'il te plaît. »

Le Numéroteur resta figé.

« Peux-tu me donner une seule bonne raison de ne pas le faire ?

— Ce ne serait pas bien.

— Que sais-tu du bien et du mal, toi ? » demanda-t-il avec dégoût.

Elle devait sauver Jarocki, pour son bien, mais aussi pour le sien propre. Sa seule chance était de combattre le Numéroteur sur son propre terrain.

« Ce n'est pas une question de bien ou de mal. Il s'agit de tes raisons. Tu as choisi Laurie Hernandez, Holli et moi pour une raison précise.

— Ne faites pas ça, Zoé, dit Jarocki avant que le Numéroteur n'enfonce sa lame un peu plus profondément.

— Nous avons enfreint les règles, tes règles, et nous avons payé pour ça. Le docteur Jarocki n'a pas enfreint tes règles. C'est un homme bon qui aide les gens et il ne mérite pas de mourir. Si tu le tues, tout ce que tu auras fait jusqu'ici sera entaché. Tu seras tout aussi mauvais que moi, que les autres. »

Le Numéroteur fit une pause. Il était impossible de deviner ce qu'il pensait derrière son masque, alors que Jarocki lui, n'avait aucun masque pour cacher ses émotions. Son expression reflétait de toute évidence une stupéfaction totale.

« Qu'est-ce que tu veux ? demanda le Numéroteur.

— Je veux te proposer un échange. Tu le laisses partir, et je pars avec toi. Pas de questions. Pas de mauvais tours. Plus de bagarres. Il est grand temps d'en finir. J'en ai assez d'être sur le qui-vive tout le temps. Assez que tu me traques. Je veux juste qu'on en finisse. »

Sa déclaration avait débuté comme un argumentaire qu'elle essayait de vendre au Numéroteur, mais au fur et à mesure de son discours, une bonne dose de vérité s'était ajoutée. Sa vie était un désastre, et ceci depuis plus d'un an. Elle avait échappé à une situation horrible seulement pour en retrouver une autre, qui avait encore empiré depuis que le Numéroteur l'avait rattrapée. Pendant combien de temps était-elle censée continuer ainsi, sans savoir quand il réapparaîtrait, ou si la police réussirait à l'arrêter pour qu'elle puisse cesser de vivre dans la crainte ? Au moins, si elle se rendait à lui maintenant, peut-être que son besoin d'ajouter un autre numéro à son tableau de chasse serait assouvi pendant un temps. Le sacrifice de Zoé serait peut-être l'élément décisif qui permettrait son arrestation, et justice serait rendue. Une sorte de sentiment de soulagement la submergea.

« D'accord, dit le Numéroteur. Mais trahis-moi, et c'est lui qui en paiera le prix.

Elle n'aurait pas une deuxième mort sur la conscience.

— Je ne le ferai pas, dit-elle.

— Zoé, non ! » dit Jarocki.

Le Numéroteur plongea la main dans sa poche et lui jeta un sac plastique renfermant un torchon. Elle le ramassa. À l'intérieur, des traces d'humidité faisaient adhérer le torchon au sac plastique.

« C'est du chloroforme. Sors le torchon et appuie-le sur ton nez et ta bouche.

— Relâche-le d'abord.

— Ce n'est pas une négociation, Zoé. On suit mes règles.

— Il faut que je sois sûre que tu ne lui feras pas de mal.

— Comme tu l'as dit, il n'a pas enfreint les règles, alors je ne lui ferai pas de mal, mais je ne peux tout de même pas le laisser se balader dans la rue en criant au secours. Nous devons finir de régler nos comptes, toi et moi. »

Elle voulait le croire. Aussi étrange que cela puisse paraître, elle le croyait. Il avait un code, un code retors, mais un code malgré tout. Jarocki n'avait rien à voir là-dedans. Tant qu'elle donnerait au Numéroteur ce qu'il voulait, le docteur serait sauf.

« S'il vous plaît, Zoé, ne faites pas ça, pas pour moi. »

Le Numéroteur leva le couteau et avec la base du manche, asséna un coup à Jarocki sur la tempe. Il lâcha de docteur, qui tomba à quatre pattes, haletant péniblement.

« D'accord, d'accord, je le fais », dit Zoé, en ouvrant le sac plastique et en sortant le torchon humide.

Elle fixa le torchon dans sa main, et sentit son cœur battre à cent à l'heure. Était-elle vraiment sur le point de faire ça ? Elle n'était pas prête, mais elle ne le serait jamais, alors elle appliqua le torchon à son visage et inspira.

Elle s'attendait à une odeur vive et chimique comme celle de l'eau de Javel, mais le chloroforme avait une odeur douce, florale même. L'odeur lui faisait penser à du linge sortant du sèche-linge, jusqu'à ce qu'elle s'aperçoive que ses mains et ses jambes s'engourdissaient.

Elle continua à inspirer. L'engourdissement remontait le long de ses bras, et elle sentit ses jambes ramollir tandis que l'étrange sensation s'étendait à tout son être.

Le Numéroteur enleva son masque et lui adressa un sourire. Elle le reconnut immédiatement, mais n'en croyait pas ses yeux. C'était Brad Ellis, l'homme du centre commercial. Elle avait récupéré son iPhone et pour ce faire, avait dû neutraliser un voleur armé d'un couteau. Elle l'avait eu en face d'elle et ne l'avait pas reconnu. *Comment ai-je pu être aussi stupide ?* Elle tenta de lui demander des comptes mais n'arrivait plus à aligner deux pensées cohérentes. Tout ce qu'elle put dire fut :

« Toi… au centre… voleur téléphone… »

Tandis que le visage et le large sourire du Numéroteur se brouillaient et devenaient flous, sa main qui tenait le torchon lâcha. Elle tomba.

CHAPITRE VINGT-QUATRE

Greening ralentit, puis arrêta sa voiture à un demi-lotissement de la maison de David Jarocki. Les voitures de police de Napa et une ambulance l'empêchaient de s'approcher davantage. Le rapport de la police de Napa avait été bref. Jarocki avait appelé police-secours quarante minutes plus tôt. Le Numéroteur était entré par effraction, l'avait assommé et enlevé Zoé. Greening n'arrivait pas à croire que tout soit parti en vrille et n'osait pas imaginer les retombées qu'ils subiraient tous s'ils retrouvaient Zoé morte. Si cette issue tragique se réalisait, ils mériteraient pleinement le retour de bâton. Ils auraient dû faire plus pour assurer sa sécurité. C'était la raison d'être de la police. En traversant la cour devant la maison de Jarocki, Greening réprima ses auto-critiques. Zoé avait besoin qu'il soit efficace. Il brandit son insigne pour que le planton en uniforme devant la maison le laisse passer.

À l'intérieur, les ambulanciers avaient installé Jarocki sur le sofa. Deux enquêteurs de la police de Napa tournoyaient autour de lui en posant des questions.

« Docteur Jarocki », dit-il.

Greening se présenta aux enquêteurs de Napa, mais n'avait aucune intention de pousser plus loin le protocole inter-services ce soir. Il n'avait pas de temps à perdre en amabilités. Le Numéroteur avait pris de l'avance sur eux.

Jarocki poussa de côté l'ambulancier qui soignait une vilaine plaie sur sa tempe.

« Inspecteur, il faut que je vous parle. »

Le psychologue tenta de se lever, mais Greening le remit doucement en position assise. Greening s'accroupit devant Jarocki, laissant aux ambulanciers assez de place pour continuer à travailler.

« Racontez-moi ce qu'il s'est passé.

— Le Numéroteur est entré par effraction. Il allait me tuer, mais Zoé l'en a empêché.

— Comment ?

— Elle a conclu un marché avec lui : sa vie contre la mienne.

— Je ne suis qu'à moitié surpris. Cette fille semble avoir des tendances suicidaires. Écoutez, docteur, il importe que vous nous donniez des détails. C'est arrivé quand ? À quelle heure ? L'horloge tourne.

— Je ne sais pas exactement.

— L'appel police-secours a été lancé il y a cinquante-deux minutes, dit l'un des enquêteurs de Napa.

— Il a forcé Zoé à inhaler du chloroforme, ensuite il m'a assommé. Je ne sais pas combien de temps je suis resté évanoui, mais je venais de fermer un dossier sur mon ordinateur portable. Il doit être horodaté.

— Où est l'ordinateur ? demanda l'autre enquêteur.

— Dans ma chambre », dit Jarocki en montrant du doigt le fond de la maison.

L'enquêteur partit en courant.

« Avez-vous vu un véhicule, ou quelque chose ? demanda Greening.

— Non, il est entré par l'arrière de la maison. »

L'enquêteur revint avec l'ordinateur de Jarocki. Il l'alluma et lut l'horaire de la dernière tâche exécutée. Greening regarda sa montre. Le Numéroteur avait jusqu'à quatre-vingt-cinq minutes d'avance. Ce qui voulait dire que ce connard pouvait avoir parcouru la moitié du chemin vers Tahoe ou San Jose à cette heure.

Mais irait-il si loin ? Ce n'était pas ce qu'il avait fait avec Laurie Hernandez. Il l'avait enlevée et tuée à San Francisco. La première fois qu'il avait enlevé Zoé, il avait conduit Holli et elle à moins d'une heure du lieu de l'enlèvement. Il était plus que probable que, quel que soit l'endroit où il avait l'intention d'emmener Zoé, il y fût déjà.

« Ce type aime travailler près de chez lui, dit Greening aux enquêteurs. Il y a de fortes chances qu'il soit dans la zone. Nous devons ratisser les zones industrielles, les gares de triage, tout endroit reculé et peu sécurisé. Il aime les endroits spacieux et assez isolés pour que personne n'entende le bruit. »

L'enquêteur qui avait récupéré l'ordinateur sortit son téléphone et disparut dans une autre pièce.

Greening présenta une carte de visite d'Ogawa à l'autre enquêteur et lui dit :

« Appelez-le, s'il vous plaît. Dites-lui que le Numéroteur pourrait la ramener du côté de chez elle, et qu'ils doivent rechercher un éventuel site d'exécution là-bas.

— Bien sûr, dit l'enquêteur, avant de suivre son collègue.

— Que pouvez-vous me dire d'autre ? demanda Greening à Jarocki. Comment était-il, physiquement ?

— Je n'ai pas vu grand-chose de son physique. Il portait un masque de ski, alors je n'ai pas vraiment vu son visage, mais il est grand, un mètre quatre-vingt-cinq environ. Et fort, aussi. Pas avec une carrure de culturiste, mais juste puissant. Par contre, il s'est passé quelque chose de bizarre que je ne comprends pas très bien.

— C'est-à-dire ?

— Quand elle a proposé le marché consistant à le suivre sans résistance en échange de ma vie, il lui a balancé un torchon imbibé de chloroforme pour qu'elle s'endorme. Juste au moment où elle l'a mis sur son visage, il a enlevé son masque.

— Vous avez vu à quoi il ressemblait ?

— Non, il prenait soin de me tourner le dos, mais il voulait que Zoé le voie. Elle l'a reconnu, inspecteur Greening. Je l'ai vu dans l'expression de son visage, c'est la seule chose qui puisse expliquer ses derniers mots. Elle a dit : "Toi… au centre… voleur téléphone". »

Le cœur de Greening sursauta. Elle parlait du délinquant qu'elle avait appréhendé au centre commercial. Le salopard avait dû voler un téléphone afin de se mettre face à face avec elle pour savoir si elle se souvenait de lui. Quel sacré culot, le connard !

« Merci, docteur. Vous avez été d'une grande aide. »

Il se releva, rappela les ambulanciers, puis s'élança frénétiquement à la recherche de l'enquêteur qui téléphonait à Ogawa.

« Édouard, elle a vu son visage, c'est un voleur de portable qu'elle a neutralisé au centre commercial du Golden Gate. J'y vais de ce pas. Remue un peu leur service de sécurité pour moi.

— Je te retrouve là-bas.

— C'est l'avancée que nous attendions. Je crois qu'on le tient. »

CHAPITRE VINGT-CINQ

Zoé revint à elle. Ça recommençait. Son passé était redevenu son présent. Elle se retrouvait pieds et poings liés, dans un espace exigu et dans l'obscurité, cette fois les mains derrière le dos. Elle était recouverte d'une couverture. Elle était entre les mains de son ravisseur, encore une fois. Sur le coup, sa reddition au Numéroteur pour sauver Jarocki avait semblé être la bonne décision. À présent, elle lui semblait stupide et impulsive. Elle devinait ce que Jarocki lui dirait si elle le revoyait un jour : « Contrôlez vos impulsions, et vous contrôlerez votre vie. » Elle ne l'avait pas fait, et maintenant c'était le Numéroteur qui la contrôlait. Des flashs de Holli suspendue à un crochet dans le cabanon envahissaient son esprit, et même en fermant les yeux, elle ne parvenait pas à les chasser. Elle avait réussi à s'échapper à l'époque, mais pas cette fois-ci. Elle finirait comme Holli et Laurie Hernandez et toutes les autres femmes. Un hurlement lui monta aux lèvres, à la recherche d'une échappatoire.

Reste calme, pensa-t-elle. *Tu n'es pas la même personne qu'à l'époque. Deux fois déjà, il a essayé de te tuer et, deux fois, il a échoué. Tu es une double survivante du Numéroteur. Tu survivras encore cette fois-ci.*

Elle parvint à réprimer le hurlement, en l'enfermant au plus profond d'elle, mais pas l'angoisse. Rien n'était sûr. Elle était bien loin d'avoir retrouvé la sécurité. Oui, il avait échoué lors de ses tentatives précédentes, mais cette fois-ci pouvait bien être la bonne. Si elle voulait survivre, il fallait qu'elle se reprenne en main. Si elle restait forte, déterminée et qu'elle croyait en elle, elle s'en sortirait. Si elle laissait l'une de ces trois conditions lui échapper, elle se ferait probablement tuer.

Son souffle avait été rapide et haletant, mais Zoé fit un effort, et il revint à la normale. Elle en régula le rythme avec des inspirations longues et lentes par la bouche. Chaque inhalation aspirait l'oxygène vers son cerveau. Cela donnerait à son esprit plus de vivacité et de souplesse.

Une fois son calme revenu, elle se dit :

« Il est temps d'évaluer la gravité de la situation. »

Elle secoua la tête dans tous les sens jusqu'à ce qu'elle soit débarrassée de la couverture.

Il y avait deux différences par rapport à la première fois. Au lieu d'être dans un cabanon, elle était à l'arrière d'un véhicule en mouvement et, cette fois-ci, elle n'était pas droguée. Le chloroforme avait provoqué son évanouissement, mais il ne l'avait pas bourrée de stupéfiants. Elle avait encore tous ses esprits. Elle avait encore une chance.

Pendant combien de temps était-elle restée dans les pommes ? Quelques minutes ? Des heures ? Elle se redressa autant que possible pour regarder par les vitres. Elles étaient teintées, mais il était évident qu'il faisait encore nuit.

On n'a pas pu aller bien loin, fut la pensée, non dénuée d'espoir, qui lui vint à l'esprit.

Elle entendit un grognement, et un pitbull la regarda par-dessus le siège arrière. Elle s'éloigna du chien.

« Tout va bien, Brando, dit le Numéroteur d'un ton apaisant. Eh, on se réveille derrière ? »

Elle eut envie de se taire dans l'espoir de garder un avantage, mais n'en vit pas l'intérêt.

« Oui, dit-elle.

— Très bien. Brando ne te fera aucun mal, à condition que tu te comportes bien. »

Le chien la lorgnait.

Et il est au courant de cet arrangement, le chien ?

« On a encore pas mal de route à faire, alors essaie de t'installer confortablement. »

M'installer ? pensa Zoé. Il l'avait kidnappée dans le but de l'assassiner, et il présentait les choses comme s'ils étaient en escapade à travers la campagne. C'était peut-être ainsi qu'il percevait les choses, comme s'il ne faisait absolument rien de mal. *Comment combattre pareille démence ?*

Le chien se coucha et disparut de son champ de vision.

Elle n'avait certainement pas l'intention de rester passive et de profiter de la balade. Il fallait qu'elle tire parti du temps qui lui restait pour planifier son évasion. Il lui fallait des informations.

« Dis-moi, Brad, il va bien le docteur Jarocki ? »

Elle l'appela par son prénom à dessein, pour créer un lien entre eux.

« Ne m'appelle pas comme ça. C'est pas mon prénom.

— Tu préfères que je t'appelle le Numéroteur ? »

Il grogna.

« Ça, c'est juste une étiquette niaise inventée par la presse. Bande de débiles. Je n'ai pas besoin d'une identité bidon derrière laquelle me cacher. Je suis qui je suis et rien d'autre.

— Je m'adresse à toi comment ? Comment t'appelles-tu ?

— Marshall Beck. Maintenant, tu te tais, s'il te plaît.

— Il faut que je sache, Marshall. Il va bien ou pas ?

— Le docteur Jarocki ?

— L'homme qui me protégeait. Tu as dit que tu ne lui ferais pas de mal.

— Lui ? Oui, il va bien. »

Elle espérait qu'il disait vrai. Elle n'avait aucun moyen d'en être certaine. Comme s'il lisait dans ses pensées, il dit :

« J'ai dit que je ne lui ferais aucun mal, et j'ai tenu promesse. Je suis un homme de parole. Je ne fais pas de mal aux gens bien. »

Un tueur honorable, pensa-t-elle. *Comme c'est pathétique.*

Cette remarque l'intrigua. *Alors, il ne s'en prend qu'aux mauvais ?* Cela voulait-il dire que Holli et elle étaient *mauvaises* ? Comment en était-il arrivé à cette conclusion ? Ceci confirmait la conviction de Greening selon laquelle le Numéroteur suivait une sorte de code moral tordu, et punissait ceux qui ne correspondaient pas à ses critères. Il y avait peut-être là quelque chose dont elle pouvait se servir contre lui ou pour gagner du temps.

« Ça veut donc dire que tu crois que je ne suis pas quelqu'un de bien ?

— Ce n'est pas un sujet de discussion, Zoé.

— Tu vas me tuer, et je ne sais pas pourquoi.

— C'est décevant. Je croyais que tu avais changé. J'ai vu la façon dont tu mènes ta vie maintenant et la façon dont tu as échangé ta vie contre celle de ton ami. C'était prometteur, mais si tu ne sais pas pourquoi tu es ici, alors peut-être que tu n'as pas tellement changé, tout compte fait, dit-il avec dans la voix, un ton qui ressemblait réellement à du regret. Et maintenant, silence, s'il te plaît. »

Oui, le silence lui ferait du bien. Elle avait besoin de temps pour concevoir des plans d'attaque et de défense. Elle espérait que Beck avait dit la vérité au sujet de Jarocki. Sa survie signifierait qu'il serait en mesure de donner l'alerte. C'était le lien ténu qui la reliait encore à la police de San Francisco. Celle-ci serait à sa recherche, ce qui était un début. Il fallait qu'elle accumule les éléments en sa faveur.

Elle ignorait jusqu'où il avait l'intention de l'emmener, mais elle devait faire en sorte qu'il continue de rouler. Où que fût sa salle de torture, elle serait en un lieu reculé. Une fois qu'il arriverait à destination, elle serait fichue. Mais si elle parvenait à faire durer le trajet plus longtemps que prévu, elle augmentait les chances de tomber sur une voiture de patrouille ou un barrage de police. Elle ne voyait qu'un moyen de le faire.

« Marshall !

— J'ai dit silence !

— Je sais, mais je veux te proposer un marché, dit-elle.

— On l'a déjà fait. J'ai épargné ton ami, le docteur.

— Je sais, mais j'aimerais en conclure un autre avec toi. N'oublie pas que si tu avais tué le docteur Jarocki, tu aurais enfreint ton code. Je t'ai évité cette erreur. Ce n'est pas rien.

— Tu n'as rien à m'offrir, Zoé.

— Eh bien, appelons ça une requête. Écoute au moins ce que j'ai à te dire. C'est important. »

Beck resta silencieux un long moment.

« Qu'est-ce que c'est ? demanda-t-il.

— Est-ce que Holli est morte ? »

Il y eut un silence encore plus long de sa part.

« Oui », répondit-il finalement.

La confirmation lui fit mal. Elle eut l'impression que ses entrailles se tordaient. Son amie était vraiment morte. Elle ferma les yeux et ne put retenir ses larmes.

« J'aimerais que tu m'emmènes là où tu l'as enterrée.

— Qu'est-ce qui te fait croire que je l'ai enterrée ?

— Je ne sais pas ce que tu en as fait. Je me fiche de savoir exactement ce que tu as fait. J'ai juste besoin de me rendre à sa dernière demeure.

— Ne me parle pas sur ce ton, Zoé.

— Désolée. C'est juste que c'est important. »

Le vrombissement du moteur s'estompa, et Zoé sentit le 4 x 4 ralentir. Il bifurqua vers le bas-côté, puis s'arrêta. Elle ne savait pas s'il fallait interpréter ceci positivement ou négativement.

Sans le bruit de la route sous elle, tout semblait étrangement calme. Elle chercha des bruits de véhicules mais n'entendit que le moteur au point mort du 4 x 4. Elle se dit que l'itinéraire pittoresque qu'ils suivaient causerait sa perte.

Elle l'entendit remuer sur son siège.

« Pourquoi est-ce important ? demanda-t-il.

— J'ai trahi mon amie quand je me suis échappée, et je me suis trahie moi-même quand je suis partie sans essayer de la sauver. Depuis, ça me ronge de l'intérieur. Ça a empoisonné et détruit ma vie. Rien ne me fait plaisir désormais. Je n'arrive pas à me souvenir de la dernière fois où j'ai été heureuse. Tu vas achever ce que tu as commencé, et c'est normal. Je doute de pouvoir un jour être en paix avec moi-même après ce que j'ai fait, mais il faut que je me recueille sur la tombe de mon amie pour lui demander pardon. Je dois essayer de me racheter. »

Ce n'était pas qu'un argumentaire qu'elle déployait pour gagner du temps. Chacun de ses mots était sincère. Oui, elle espérait le retarder assez longtemps pour être secourue, mais toute cette histoire ne pouvait finir que de deux manières. Soit Beck la tuerait, soit les flics le tueraient. Quelle que soit l'issue, Zoé serait privée de sa chance de demander pardon à Holli, ce qui serait absolument inacceptable.

« Je te félicite, Zoé. Je suis très partagé à ton sujet. Tu fais montre de beaucoup d'honneur, mais ça ne t'épargnera pas de subir ta punition. Ce que ça t'apportera en revanche, c'est une faveur. Ton amie est bien enterrée, et oui, je peux t'y emmener.

— Merci, dit-elle.

— En revanche, le trajet sera beaucoup plus long. »

Elle n'y voyait aucun inconvénient.

***

Le centre commercial était plongé dans l'obscurité. Greening arrêta sa voiture sur le trottoir en face de l'entrée nord. Un vigile l'attendait.

« Inspecteur Greening ? s'écria le type.

— Oui.

— Je m'appelle Jared Mills. Votre collègue m'a prévenu de votre arrivée. »

Ogawa avait fait son boulot. Il savait enfoncer les portes. Quel que soit l'obstacle : administration, témoin récalcitrant, service de police, ses aboiements forçaient toujours les gens à se plier à sa volonté. Avant que Greening n'atteigne le Carquinez Bridge, Ogawa l'avait appelé pour lui dire que quelqu'un l'attendrait.

Il passa la porte, et Jared la referma à clé derrière lui.

« Par ici. J'ai tout préparé pour vous, dit Jared en guidant Greening à travers le centre commercial. C'est en rapport avec Zoé, n'est-ce pas ? C'est une amie. Elle va bien ?

— C'est en rapport avec le voleur d'un téléphone, il y a environ une semaine. Vous savez quelque chose sur cette affaire ?

— Je sais tout de cette affaire. Le type m'a tailladé. »

Il se toucha la poitrine.

« Tant que je ne suis pas remis, j'assure le service de nuit.

— Donc, vous connaissez ce type ?

— Oui, on a son nom et son adresse. J'ai donné l'information à votre partenaire. Je vous ai aussi préparé le visionnage de la vidéosurveillance. »

Jared emmena Greening dans une cabine de sécurité exiguë située au niveau supérieur. Une douzaine d'écrans affichaient des images en direct de différents secteurs du centre commercial. Celui-ci étant fermé et les galeries totalement désertes, les images ressemblaient à des instantanés. Greening prit place à côté de Jared, qui lui remit un rapport d'arrestation. Son regard alla droit à la case concernant le délinquant désigné sous le nom de Leroy Porter. Enfin, le Numéroteur avait un nom.

Jared montra l'écran en face de lui. Là, c'est Zoé en train de neutraliser le type.

Puis, il appuya sur « marche » pour activer le système de visualisation. L'angle de la caméra n'était pas idéal. Assez proche pour montrer l'action, mais trop éloigné pour que l'on puisse voir les visages. L'intervention de Zoé avait été rapide, efficace et téméraire.

« Ça, alors ! » dit Greening.

Jared se fendit d'un rire.

« Pas mal, hein ? Son cours d'autodéfense, ça marche vraiment, ce truc-là ! »

Greening scruta le rapport, puis observa l'individu à l'écran. Il ne pouvait peut-être pas voir le visage de Porter, mais il pouvait très bien distinguer sa corpulence. Il était maigre et pas beaucoup plus grand que Zoé. Ça ne collait pas avec l'estimation de Jarocki qui avait décrit un homme de plus d'un mètre quatre-vingts.

« Il mesurait combien, ce type ?

— Il n'était pas grand. Un mètre soixante-dix maximum.

— Merde.

— Qu'est-ce qui cloche ?

— C'est pas notre type. Il est trop petit. Putain de merde ! »

Greening envoya voler le rapport.

« Qu'est-ce qui se passe ?

— Le Numéroteur a pris Zoé.

— Oh, mon Dieu ! dit Jared. J'arrive pas y croire !

— On a un témoin. Il dit que le Numéroteur est costaud et qu'il mesure un mètre quatre-vingt-cinq à peu près. Il a aussi dit que les derniers mots de Zoé avant qu'il la kidnappe ont été : "Toi... au centre... voleur téléphone..." »

Jared ramassa le rapport. Il le balaya du regard, puis mit le doigt sur une ligne de la feuille.

« Ce type. La victime. Il faisait plus d'un mètre quatre-vingts. »

Greening récupéra le rapport. Il précisait que Brad Ellis était la victime et qu'il habitait à Walnut Creek.

Jared appuya sur « avance rapide ». Il arrêta l'enregistrement vidéo sur l'une des images suivant l'arrestation, et tapota l'écran.

« Ce type-là. C'est Brad Ellis.

— Vous pouvez améliorer cette image? Ou en avez-vous une autre de lui? Un agrandissement, ou quelque chose comme ça?

— Je ne peux pas faire grand-chose avec les enregistrements, mais je l'ai peut-être sur une autre caméra. Vous pouvez aussi parler aux équipes de la presse locale. Elles étaient là. La chaîne ABC, je crois. Ils ont fait un reportage sur l'incident. »

Greening sortit son téléphone portable et appela Ogawa.

« Oublie Porter. C'est pas lui. C'est pas le voleur de portable, c'est la victime. Il s'appelle Brad Ellis, et j'ai son adresse. »

***

Zoé avait obtenu ce qu'elle voulait : un sursis à son exécution. Elle estima qu'ils roulaient depuis deux heures maintenant. Chaque minute supplémentaire de route était une minute en sa faveur. C'était très bien, mais elle se fiait entièrement à la chance. La chance qui ferait qu'un flic les croiserait. La chance qui les ferait rencontrer un autre automobiliste ou un camionneur. La chance qu'un pneu crève et que quelqu'un la voie pendant que son ravisseur serait occupé à changer la roue. Mais la chance ne s'avérait pas être une amie fiable.

Elle avait guetté d'autres voitures ou camions et n'en avait pas entendu beaucoup. C'était le petit matin après tout, ce qui prouvait bien qu'on ne pouvait pas compter sur la chance. Elle avait envisagé de crier au passage d'un véhicule mais y avait renoncé. L'autre automobiliste ne l'entendrait probablement pas de sa voiture, étant donné le bruit des moteurs, les deux séries de vitres, et la vitesse à laquelle ils se dépasseraient. Crier, c'était l'utime recours. Elle pourrait le faire uniquement lorsqu'elle serait certaine que cela lui apporterait de l'aide. Si elle gaspillait ce recours, Beck l'assommerait encore à coup de chloroforme, ou reviendrait sur sa promesse de l'emmener sur la tombe de Holli. Aucune de ces issues ne lui convenait.

Elle aurait bien aimé que la chance lui donne un coup de main, mais au fond, elle savait que ce serait à elle de réussir son propre sauvetage. La chance n'interviendrait que lorsqu'elle aurait fait quelque chose pour l'inviter.

Beck ralentit le 4 x 4. Elle eut une poussée d'adrénaline. Soit c'était l'opportunité qu'elle attendait, soit ils étaient arrivés à destination et elle avait raté sa chance.

« On est arrivé ? demanda-t-elle.

— Non. »

Il arrêta le 4 x 4, vint à l'arrière et ouvrit le coffre. Elle regarda derrière lui le paysage alentour. Ils étaient dans une bourgade. Les lampadaires éclairaient les trottoirs et les devantures de magasins. Du regard, elle chercha des habitants et n'en vit aucun.

« Il faut que je prenne de l'essence, mais tu ne dois pas faire de bruit. »

Il tenait son torchon imbibé de chloroforme dans une main. Elle recula, et se débattit. Brando grogna et aboya.

C'est ça, aboie fils de pute, pensa-t-elle. *Réveille les voisins.*

Il l'immobilisa d'une main en appuyant sur sa poitrine. Elle ouvrit la bouche pour crier et il lui écrasa le torchon sur le visage. Elle inspira instinctivement et tomba en syncope.

Lorsqu'elle revint à elle, le 4 x 4 roulait à nouveau. Frustrée d'avoir manqué sa chance, elle donna un coup de pied dans le vide.

« Zoé, ne fais pas l'idiote. Surtout pas maintenant qu'on s'est mis d'accord. »

Va te faire foutre, pensa-t-elle. Elle détestait le fait qu'il ait paré à toutes les éventualités. Cela dit, ce n'était peut-être pas le cas. Enfin, la chance avait pointé son nez. Le bout de la couverture avec laquelle il l'avait recouverte était coincé dans le loquet du coffre, empêchant la fermeture totale de celui-ci. Chaque bosse sur la route secouait la portière mal fermée. Doucement, elle se positionna de manière à faire face au hayon arrière. *Pouvait-elle l'ouvrir ? Oui.* Avec un peu d'habileté et de souplesse, elle arriverait à l'ouvrir d'un coup, ensuite elle roulerait et tomberait sur la route. La manœuvre lui coûterait probablement au minimum une ou deux fractures et un choc certain, mais le jeu en vaudrait la chandelle si elle parvenait à arrêter la circulation.

Mais le coup réussirait-il vraiment ? À en juger par leur vitesse et l'absence de feux rouges, ils étaient sur une voie rapide, mais ce n'était pas une autoroute, sinon elle aurait entendu le bruit d'autres véhicules. En y réfléchissant, elle n'avait entendu aucun autre véhicule depuis qu'elle s'était réveillée. Si elle sautait de la voiture, il n'aurait qu'à s'arrêter et à la remettre dedans.

Elle tenta de résister au sentiment de désespoir qui l'envahissait. Elle attendrait son heure tout simplement en guettant le moment où la circulation deviendrait plus dense. Elle passa une vingtaine de minutes à se repositionner sans éveiller les soupçons de Beck ou de son chien. Au moment propice, elle serait prête.

Les kilomètres défilaient. Beck ne ralentit pas et ne s'arrêta pas. Zoé eut l'affreuse impression qu'il ne ralentirait jamais. Son sort serait de rouler à l'arrière de cette maudite voiture jusqu'à la fin des temps.

Tout à coup, son corps fut propulsé en avant par l'effet de freinage du 4 x 4. Son opportunité était arrivée. Elle attrapa la couverture avec ses mains attachées et tira. Elle la sentit glisser à travers la serrure, ce qui signifiait que le loquet n'était pas tout à fait fermé. Au moment où elle sentit tourner le 4 x 4, elle tira sur la couverture et heurta violemment la portière avec son dos, l'ouvrant d'un coup sec.

S'il te plaît, s'il te plaît, puis-je avoir un atterrissage en douceur? pensa-t-elle, et elle ferma les yeux, pria, puis roula hors de la voiture. Elle heurta durement le sol, tombant sur l'épaule. L'élan la projeta en avant plus rapidement qu'elle ne s'y attendait. Elle se positionna en boule autant que possible pour protéger sa tête mais ne put s'empêcher de cogner chaque centimètre carré de son corps.

Sonnée, elle resta étendue sur la route, les mains et les pieds toujours attachés. Elle espérait que la chute romprait les câbles de ses liens, mais la chance ne fut pas au rendez-vous cette fois-ci. Elle en eut la confirmation lorsque, au lieu d'une ribambelle d'automobilistes ayant assisté à sa chute d'un véhicule en mouvement, elle vit une route à deux voies déserte et bordée d'arbres. Elle était seule, seule avec le Numéroteur.

Il arrêta le 4 x 4 dans le tournant, sauta à l'extérieur et dévala la route vers elle. Elle ne tenta même pas de se sauver. Tant qu'elle était attachée, il n'y avait pas moyen de s'échapper. Elle se résigna à être de nouveau capturée et l'attendit, profitant de la vision d'un ciel dégagé et de la fraîcheur de l'air. C'était sans doute la dernière fois qu'elle contemplait un ciel nocturne.

« C'était bien bête de ta part, Zoé. »

Il la souleva dans ses bras et la porta jusqu'au 4 x 4.

« Ça fait combien de temps que tu planifies cette petite cascade ? Juste au moment où je me disais que je pouvais te faire confiance, tu me prouves le contraire. »

Il la déposa dans le coffre du 4 x 4, tandis que Brando se livrait à un vacarme d'aboiements assourdissants.

« C'est la dernière fois que tu te fiches de moi », dit le Numéroteur.

Zoé ne pensait plus à rien d'autre qu'à son énorme bourde.

« Je suis désolée. Je suis désolée. Tu m'emmènes quand même voir Holli, n'est-ce pas ? S'il te plaît !

— Oh, oui. Je ne nous priverai, ni toi ni moi, de ce plaisir. »

Il sortit une seringue hypodermique et l'enfonça dans l'épaule de Zoé. L'effet fut immédiat. Elle essaya de le regarder, mais ne put empêcher ses yeux de se retourner.

« Il est l'heure de dormir, Zoé. »

CHAPITRE VINGT-SIX

Greening attendait debout devant la maison de Walnut Creek, qui grouillait d'agents du SWAT[2] et d'officiers de la police de Walnut Creek. Ça avait été un fiasco. Ils avaient réveillé un quartier entier pour rien.

Ogawa émergea du pavillon en compagnie du commandant de l'équipe SWAT. Il quitta celui-ci et traversa la pelouse pour rejoindre Greening.

« La propriété a fait l'objet d'une vente à découvert. Ça fait des mois qu'elle est vide », dit Ogawa.

Greening secoua la tête. Il aurait dû s'y attendre dès le moment où il s'était rendu compte que le numéro renvoyait à un portable jetable sans historique et sans propriétaire identifié. Même l'identité du type, « Brad Ellis », était bidon. Il n'y avait personne de ce nom-là dans la région de Bay Area, en tout cas correspondant à sa description.

Ogawa brandit quelques lettres.

« Elles étaient à l'intérieur », dit-il.

---

2 SWAT (Special Weapons And Tactics) est une branche d'élite des forces de l'ordre américaines qui s'apparente aux forces spéciales ; elle est l'équivalent du RAID ou du GIPN français.

Greening prit les lettres. Elles avaient toutes deux pour expéditeur le commissariat de police de Richmond. Il s'agissait du suivi de l'affaire du téléphone portable volé. C'était la cerise sur le gâteau.

« Il a orchestré toute cette mascarade pour se rapprocher de Zoé, dit Greening.

— Et ça va lui coûter cher. Jusqu'à présent, on n'avait presque rien sur lui parce qu'il opère anonymement, mais le fait de cibler Zoé l'a exposé. Maintenant, on a une description et un pseudo. Ça va nous mener à lui. On n'en a peut-être pas l'impression, mais l'étau se resserre autour de lui. Nous allons l'attraper, ce type. »

C'était un bon discours d'encouragement. Ogawa avait raison. Après des semaines à tâtonner dans l'obscurité, ils savaient enfin qui ils recherchaient. En temps normal, il serait excité, mais pas cette fois-ci.

« Est-ce qu'on va le coincer avant qu'il ne tue Zoé ? » dit-il.

Ogawa ne répondit rien.

Le portable de Greening sonna. C'était la chaîne de télévision ABC7.

"Inspecteur Greening, ici Thom Futrell. Vous nous avez téléphoné il y a quelques heures. Nous avons visionné l'enregistrement et nous avons bien une image de l'individu qui s'est fait voler son téléphone. Nous n'avons pas grand-chose sur lui, car il a refusé d'être interviewé, mais la caméra l'a filmé. Je vous envoie l'image par SMS tout de suite. »

Greening avait besoin d'une lueur d'espoir, et c'en était une. Son téléphone émit une tonalité quelques secondes plus tard, et il ouvrit l'image jointe au message. Elle n'était pas parfaite. L'homme avait détourné la tête de la caméra, mais ça restait malgré tout une photo offrant une vue de trois quarts de son visage. Si quelqu'un l'avait vu, il le reconnaîtrait. Il semblait approcher la quarantaine, avec une bonne grosse chevelure blonde. Il avait le visage carré et un petit menton. Ainsi, c'était là le visage du Numéroteur.

« À qui dois-je m'adresser pour faire diffuser cette image? » demanda-t-il.

***

Un soubresaut réveilla Zoé. Le 4 x 4 rebondissait sur un terrain accidenté. Elle s'efforça de se redresser. Par la vitre teintée, elle vit la route principale. Devant eux, s'étendait un chemin de terre.

« Tu te réveilles au bon moment, dit Marshall Beck. On arrive. »

Beck n'avait pas menti. Ils étaient arrivés. Il roula lentement le long du chemin de terre pendant quelques minutes. À la vitesse où ils roulaient, elle estima qu'ils parcoururent quatre cents mètres avant de s'arrêter. Zoé nota la distance mentalement. Si elle réussissait à prendre la fuite, elle ne serait pas loin du monde réel.

Il ouvrit le hayon arrière, la souleva et la porta sur son épaule. C'était l'aube, et le ciel virait au bleu. Ce qui signifiait qu'ils avaient roulé durant des heures. Ils devaient être bien loin de la zone de Bay Area. Jusqu'où avait-il pu rouler en une nuit? Jusqu'en Oregon, au Nevada, en Californie du Sud? Elle balaya le paysage du regard en espérant apercevoir une particularité, colline ou une montagne par exemple, qu'elle reconnaîtrait. Tout lui était étranger.

Elle avait demandé à venir là, mais l'endroit n'était pas ce qu'elle s'imaginait. Le soleil du matin éclairait une sorte d'écurie. Il y avait aussi deux espèces d'enclos et une maison. Il était clair que la propriété n'était plus habitée. Elle n'était pas à l'abandon, loin s'en fallait, mais semblait simplement avoir été négligée. L'herbe des enclos était haute, et l'écurie déserte. L'endroit avait sans doute eu du charme à une époque, un charme qui, moyennant quelques travaux, était encore à sa portée. Il était idyllique et semblait se trouver à des années-lumière du monde réel. Ses pensées se teintèrent d'amertume. Holli était enterrée là.

Brando sauta du 4 x 4 tout excité et courut en cercle.

« C'est où, ici ?

— C'est l'endroit où j'ai grandi et appris la différence entre le bien et le mal. L'endroit où j'ai appris le respect. »

Beck l'emmena à l'écurie. Zoé sentit les battements de son cœur s'accélérer. Elle savait comment cette histoire se terminerait. Les numéros gravés sur sa peau ne laissaient pas de place au doute. Elle se raidit dans ses mains.

« Ça suffit, Zoé ! aboya-t-il tout en marchant. Tu savais qu'on en arriverait là. C'est toi qui as conclu ce marché.

— Oui, et tu dois respecter ta part du marché. »

Il s'arrêta et la posa sur ses jambes. Il mesurait plus de trente centimètres de plus qu'elle. Brando tournoyait lentement autour d'eux.

« Je l'ai respectée, nous y sommes.

— Tu as dit que tu m'emmènerais là où tu as enterré Holli.

— Elle est enterrée ici.

— Où ? »

Il balança le bras en direction du plus grand des deux enclos. Les approximations ne feraient pas l'affaire.

« Il faut que je sache exactement où. »

Beck la fixa avec son regard pénétrant. Elle espérait qu'il verrait pourquoi c'était important.

« S'il te plaît », dit-elle.

Il secoua la tête.

« Si c'est une tentative pour gagner du temps, ça ne changera rien.

— Ce n'en est pas une.

— Attends ici. »

Beck trotta vers la voiture tandis que Brando la surveillait. Elle scruta le chien. Ce n'était pas un animal de compagnie. C'était un tueur. Des cicatrices balafraient son museau et quadrillaient son corps. Le regard fixe et glacial qu'il posa sur elle signifiait qu'il bondirait au moindre soupçon de provocation. Beck revint avec une poignée de cordages et son couteau.

Zoé n'arrivait pas à détourner le regard du couteau. Il était ancien mais tranchant, car aiguisé à la main des années durant. C'était *le couteau*. Celui avec lequel il marquait toutes ses victimes.

« Je t'accorde ma confiance, alors je te prie de ne pas trahir ma foi en toi, dit-il. Maintenant, assieds-toi. »

Beck la poussa vers le sol. Le chien était assis à quelques centimètres d'elle, bien trop près à son goût. Beck prit une demi-douzaine de cordages et les noua en guirlande. Elle ne comprit ce qu'il faisait que lorsqu'il lui glissa les deux boucles situées aux extrémités de la guirlande autour des chevilles, et les serra fort. Il avait fabriqué des chaînes de fortune. Il coupa le premier câble avec lequel il lui avait attaché les chevilles et la releva.

« Maintenant, tu peux bouger un peu. »

« Un peu » était bien le terme adéquat. Il avait mesuré les chaînes de manière à lui laisser à peu près la largeur d'une demi-foulée. Il n'y avait aucune possibilité de courir. Juste plus de chances de tomber.

« Allez, par ici. »

Il la guida vers une ouverture dans la barrière de l'enclos. Elle peinait à marcher dans l'herbe haute. Son avancée était lente et épuisante. L'herbe s'élevait jusqu'à sa taille, et les chaînes accrochaient chaque brin. Même le chien avait du mal et se voyait contraint de sauter au lieu de marcher. Même sans les chaînes, c'aurait été une marche éprouvante. Ses genoux et son dos avaient encaissé le gros de l'impact lorsqu'elle s'était laissée tomber en roulades du 4 x 4 et, à présent, ils protestaient durant la marche. Elle se demanda s'il lui faisait subir cela exprès. Peut-être pensait-il que la longue marche à travers la végétation l'épuiserait et la rendrait plus malléable.

« Holli est-elle la seule à être enterrée ici ?

— Non.

— Donc toutes tes victimes sont ici ?

— Pas toutes. Pas Laurie Hernandez. Pas toi… Mais ce ne sont pas des victimes. Ce sont… vous êtes des coupables. »

Zoé avala sa salive. Elle avait touché une corde sensible qui révélait la vision tordue du monde qu'avait le Numéroteur.

« Coupables de quoi ?

— D'inconduite. Vous croyez pouvoir prendre des raccourcis, piétiner les gens, créer du désordre et laisser les autres ramasser les pots cassés. »

C'était tout ? Le crime dont elle-même, Holli, Laurie Hernandez et les autres étaient coupables… d'inconduite ? Avait-il seulement idée du caractère insensé de ses propos ?

« L'inconduite ? Je ne sais toujours pas ce que Holli t'a fait. Je ne te connais même pas.

— C'est bien là votre problème. Les gens de ton espèce, vous ne savez jamais le mal que vous faites, mais je vais te l'apprendre. Tu sauras ce que tu as fait et le prix à payer. »

La menace à peine voilée la fit frissonner, et lui fit perdre l'équilibre. Elle trébucha, puis tomba à terre. Il la releva et attendit qu'elle se remette en route.

« Pourquoi les emmener ici ?

— Parce que… », dit-il avant de s'interrompre en laissant la phrase en suspens.

Encore une corde sensible, pensa-t-elle. *Cet endroit a une signification spéciale pour lui. Le considère-t-il comme un lieu sacré ?*

Il mit sa main sur la nuque de Zoé et la poussa.

« Avance, on y est presque. »

Lorsqu'ils furent à l'autre bout de l'enclos, il la souleva par-dessus la barrière et lui indiqua une petite rangée d'arbres. Là, l'herbe était plus courte, à hauteur de chevilles, ratatinée par l'ombre qui la privait de la quantité de lumière nécessaire pour pousser. Aux yeux de Zoé, rien ne désignait le lieu comme une tombe. Il n'y avait aucun signe que le terrain ait été remué. Ça aurait pu être n'importe quoi. Elle déambula autour du terrain, n'osant marcher dessus au cas où il s'agirait vraiment de la tombe de son amie.

« Où ? »

À ce moment-là, elle vit la pierre tombale. Elle était discrète, mais appropriée pour un tueur. Le Numéroteur ne pouvait pas ériger des monuments à son œuvre, de peur d'attirer l'attention. La pierre était large et lisse, un rocher de rivière poli par des siècles de courants rapides. Le chiffre romain « III » était peint dessus et l'identifiait comme la tombe de Holli.

La vue de cette pierre lui brisa le cœur. Jusqu'à ce moment, elle avait conservé un espoir, même infime, que Holli fût encore en vie, se cachant quelque part sous une fausse identité pour se protéger de lui. Il n'y avait plus besoin d'aucune preuve. Holli était morte.

Cette révélation brisa Zoé. Cela faisait plus d'un an qu'elle vivait avec la conscience tourmentée d'avoir abandonné son amie. Pire, elle considérait qu'elle avait laissé Holli mourir. Cependant, le doute engendré par le manque de certitude absolue sur le sort de son amie avait donné de l'espoir à Zoé. Il demeurait toujours une petite possibilité, une chance minuscule que Holli ait pu s'évader, tout comme elle. C'était une pensée débile, un baume visant à apaiser sa douleur, un délire censé la préserver de cet instant fatal de la confirmation irréfutable de la mort de son amie, avec le sentiment de culpabilité qui l'accompagnait. *Holli était morte et c'était de sa faute.* Elle ne put se tenir debout plus longtemps et s'écroula sur la tombe de son amie.

« Je regrette tellement, Holli. Je n'aurais jamais dû te laisser. J'aurais dû faire plus d'efforts pour te sauver. Je t'ai trahie. »

Elle appuya sa joue contre le sol, sentant sur sa peau le contact de la rosée mêlée à la terre. Elle sanglota beaucoup et longtemps. Sa poitrine lui semblait devoir imploser à chaque inspiration haletante. Le Numéroteur l'approcha par-derrière et la souleva sur les genoux.

« Ça suffit. Tu as eu ce que tu voulais. »

Soudain, elle comprit que, si la pierre de Holli était là, celles des autres devaient y être aussi. Comme si un voile avait été levé, les autres pierres lui apparurent. Des roches de rivière semblables à celle de Holli formaient un arc autour de l'arbre, à sa droite et à sa gauche. Chaque pierre portait son chiffre. Elle s'arrêta sur la numéro IV, sa pierre.

« Oh, mon Dieu ! murmura-t-elle.

— Ta place t'attend depuis très longtemps », dit le Numéroteur.

Il la rejoignit par-derrière et lui pressa le torchon de chloroforme sur la bouche.

« J'ai respecté ma part du marché. Maintenant, c'est ton tour. »

CHAPITRE VINGT-SEPT

Il était six heures du matin, et le silence régnait au bureau de l'unité d'investigation. Seuls Greening et Ogawa étaient à leurs postes. Ni l'un ni l'autre n'en était parti depuis le raid à Walnut Creek. Tous les autres membres de l'équipe qui avaient travaillé toute la nuit étaient rentrés chez eux pour prendre une douche et se changer. L'équipe avait suivi toutes les pistes, mais avec si peu d'indices sur lesquels se baser, ça avait été un travail ingrat. Ils n'avaient ni photo, ni identité pour les guider. Tout se résumait à un instantané d'un homme qui se faisait appeler Brad Ellis.

Tous deux travaillèrent sur l'image du Numéroteur. Ils la transmirent, avec une photo de Zoé, à tous les médias. Toutes les forces de l'ordre de Californie, de l'Oregon et du Nevada étaient à l'affût. Les flics de plus d'une douzaine de villes de Bay Area ratissaient chaque bâtiment à l'abandon à la recherche d'un éventuel repaire du Numéroteur. Tout le monde cherchait, mais personne ne savait où chercher. Greening se souvint de la remarque d'Ogawa concernant les affaires qui tournaient mal. Cette enquête n'aurait pas pu plus mal tourner. En tant qu'officier de police, il ne s'était jamais senti aussi impuissant.

Bien qu'ils aient tout fait pour communiquer l'image du Numéroteur au monde, l'heure tardive avait joué en leur défaveur. Le temps que les communiqués parviennent aux organes de presse, il était trois heures du matin et le nombre de téléspectateurs et de lecteurs était au plus bas, réduit aux travailleurs de nuit et aux camionneurs. Les enquêteurs étaient contraints d'attendre que la côte ouest se réveillât et prît connaissance des dernières informations pendant le petit-déjeuner ou en allant au travail.

« Nous l'avons perdue, concéda Greening. Cet enculé va enfin réussir à clôturer le compte du numéro IV.

— Eh, tu n'en sais rien.

— Non, mais les probabilités indiquent que c'est le cas. Cet enfoiré aime tuer près de chez lui. Il l'a fait avec Laurie Hernandez ici, il l'a fait avec Holli à Bishop, et il l'a probablement fait là où il a liquidé les victimes I, II et IV.

— Tant qu'on ne l'a pas retrouvée, elle n'est pas morte.

— C'est quoi cette putain de théorie ? La méthode Coué appliquée au chat de Schrödinger ?

— Non ! aboya Ogawa. Ça s'appelle du professionnalisme. Cette femme est quelque part, elle est en danger et craint pour sa vie, et jusqu'à preuve du contraire, on part du principe qu'elle est vivante. Alors, grandis un peu et comporte-toi en flic. »

Ils se fusillèrent du regard, mais Greening ne put rester en colère. Ogawa avait raison. Zoé avait besoin qu'il soit concentré et efficace, mais il ne pouvait nier que son espoir s'amenuisait. Le Numéroteur avait maintenant six heures d'avance sur eux. Il pouvait être à des centaines de kilomètres de là, en train de fouetter Zoé à mort. Il avait du mal à être optimiste en réfléchissant à leurs chances de la retrouver vivante.

« Je t'ai prévenu que, si c'était une affaire de meurtres en série, ce serait moche, dit Ogawa sans rancœur.

— Je sais, mais j'ai merdé. Je n'en ai pas fait assez. On savait que ce type en avait après elle, et qu'est-ce que j'ai fait ? J'ai laissé son psy la protéger. J'aurais dû être là ou assigner un flic à plein-temps pour la protéger.

— Et si ce psy était ici en ce moment, il te rentrerait dans le lard.

— Quoi ?

— Tu t'écoutes un peu parler ? "*Je* n'en ai pas fait assez"... "*Je* devais être là". Ça fait beaucoup de grandes déclarations commençant par "Je". Tu ne travailles pas pour une organisation de type "Je". Tu travailles pour une instance collective. *Nous* avons fait ce que nous pouvions compte tenu des limites de notre rôle. Et *nous* allons collectivement faire tout notre possible pour retrouver Zoé. *Nous* assumerons collectivement la responsabilité éventuelle si les choses tournent mal. Pigé ? »

Il serait facile de présenter les choses en ces termes s'ils parvenaient à retrouver Zoé à temps, mais il n'était pas sûr que cette vision tienne en cas d'échec. Greening ne pouvait pas avoir sa mort sur la conscience. Pour la première fois, il comprit réellement ce que ressentait Zoé après avoir laissé son amie mourir. Ces dernières heures avaient rongé le policier. Il ne pouvait imaginer subir pareil supplice pendant quinze mois.

« Je vais y réfléchir, dit-il. Je vais aller plonger ma tête dans un lavabo et changer de chemise. Celle-ci commence à puer.

— Non, elle pue depuis longtemps. Ça fait un moment que tu empestes les locaux. »

Greening sourit, et retira de son bureau une chemise de rechange qu'il gardait pour les situations de ce genre. Il entra dans les toilettes pour hommes, enleva sa chemise sale et sa cravate et les jeta sur le comptoir à côté des lavabos. Ceux-ci n'ayant pas de bouchons, il en boucha un avec des serviettes en papier, le remplit d'eau froide, et plongea son visage dedans. Il laissa la fraîcheur pénétrer sa chair et se répandre dans son corps. Il sentit baisser la température de son corps et son équilibre revenir. Il tirait sur la corde, physiquement et émotionnellement. La fraîcheur lui permit de se ressaisir. Il se sentit à nouveau flic. En tant que flic, il pourrait aider Zoé. Il leva la tête et se sécha le visage avec une poignée de serviettes en papier.

Il vida le lavabo et le remplit à nouveau, mais d'eau chaude, cette fois. Prenant du savon dans le distributeur, il se lava le visage, la poitrine, et les aisselles. Il se sentait à nouveau humain. Il s'étonna que le simple fait de se laver puisse contribuer autant à son bien-être. Il se sécha le corps, mit sa chemise propre, et renoua sa cravate. Il se mira. Oui, il était à nouveau flic, flic fatigué, mais flic, malgré tout.

« Tiens bon, Zoé, dit-il, on arrive. »

Lorsqu'il entra dans les bureaux de l'unité d'investigation en tenant sa chemise sale, Ogawa lui balança sa veste.

« On l'a identifié. Quelqu'un vient de téléphoner. Il s'appelle Marshall Beck. »

Quelques minutes plus tard, Greening s'accrochait à la portière côté passager tandis qu'Ogawa filait à travers la circulation, sirènes hurlantes et gyrophares allumés. Ogawa brûla un feu rouge et arrêta leur Crown Vic dans une zone de stationnement interdit, juste devant le refuge animalier Pattes urbaines. Une femme mince d'une quarantaine d'années qui les attendait devant l'entrée du refuge se précipita vers eux.

« Kristi Thomas ? demanda Ogawa.

— Oui. Appelez-moi Kristi.

— Je suis l'inspecteur Ogawa, et voici l'inspecteur Greening. Alors ? Êtes-vous certaine que la personne que nous recherchons est votre employé ?

— Oui, je peux vous le montrer. »

Kristi poussa la porte. Greening et Ogawa la suivirent à l'intérieur. Elle s'arrêta dans le hall et montra un mur affichant plus de deux dizaines de photos, chacune dans son cadre.

« C'est notre personnel, et voici Marshall. »

Elle montrait du doigt une photo au deuxième rang.

Greening n'eut pas besoin de la comparer à celle qu'il avait sur son portable. L'image du Numéroteur était gravée dans sa mémoire et Marshall Beck était bien celui qu'ils recherchaient.

« Quel est son rôle ici ? demanda Greening.

— Il est notre agent financier. Il s'occupe de nos comptes et des subventions. C'est incompréhensible. Marshall est un type gentil, un peu coincé et gauche, mais c'est un type bien. A-t-il vraiment enlevé cette femme ?

— Avez-vous les coordonnées de Marshall Beck, son adresse, ses numéros de téléphone, des renseignements de ce genre ? demanda Ogawa.

— Oui, bien sûr, c'est dans mon bureau.

— Où se trouve le bureau de Beck ? demanda Ogawa.

— En face du mien.

— Me donnez-vous la permission de le fouiller et de vérifier son ordinateur ?

— Oui. Vous avez ma permission.

— Merci, répondit Ogawa. J'appelle les renforts. Greening, toi tu vas avec Kristi. »

Kristi l'emmena dans son bureau. Elle alluma son ordinateur et afficha les coordonnées de Beck. Greening griffonna l'adresse située à San Francisco.

« Édouard, j'ai son adresse. »

Ogawa entra au pas de course, téléphone à l'oreille. Il arracha le papier avec les coordonnées de Beck des mains de Greening, et quitta le bureau en demanda une équipe SWAT.

Le choc décomposa le visage de Kristi.

« Est-il vraiment nécessaire de faire intervenir les SWAT ?

— Vous croyez connaître Beck, mais vous ne connaissez qu'une version de lui. Nous en connaissons une autre. L'avez-vous appelé ? Si vous l'avez prévenu, il faut que je le sache. »

Kristi fronça les sourcils.

« Je l'ai appelé, mais pour autre chose. Hier, il s'est passé quelque chose, ici.

— Quoi ?

— Il y a quelques mois, la police de Fremont a démantelé un réseau professionnel de combats de chien. Nous avons récupéré ces chiens pour les évaluer. Marshall a jeté son dévolu sur l'un des chiens. Il voulait l'adopter mais le chien a échoué à son évaluation, alors le tribunal nous a donné l'ordre de l'euthanasier. Marshall n'a pas bien pris la chose et je crois qu'il a volé le chien. Je l'ai appelé et je suis même allée chez lui, mais il n'y était pas. Je ne sais pas où il se trouve. »

Ami des bêtes, bourreau des hommes, pensa Greening. Certaines personnes étaient de véritables énigmes.

Il regarda l'adresse sur l'écran de Kristi. C'était une adresse résidentielle dans Noe Valley, pas le genre d'endroit où l'on pouvait s'adonner à la torture sans se faire remarquer.

« À part cette adresse, y a-t-il un autre endroit où il pourrait aller ? Nous recherchons un endroit calme et retiré.

— Je crois bien qu'il possède une autre propriété. Une ferme ou quelque chose dans le genre. Ça se trouve après Redding, je crois. Je ne sais pas exactement où, par contre. »

Le cadastre le saura, pensa-t-il. Il fallait vraiment qu'il farfouille dans les bases de données à la recherche d'informations sur ce type. Beck ne serait pas chez lui et, à ce stade, il devait se douter que la police de San Francisco et quasiment toutes les forces de l'ordre du pays étaient à ses trousses. Cette fois-ci, il irait beaucoup plus loin pour disparaître.

« Merci pour votre aide. J'aimerais parler à vos employés au sujet de monsieur Marshall Beck. À quelle heure viennent-ils au travail ?

— Pour certains, dans une demi-heure au plus.

— Merci pour votre coopération. Et encore une fois, je vous prie de ne plus entrer en communication avec monsieur Beck. »

Kristi resta étrangement muette.

« Y a-t-il autre chose ? demanda Greening.

— Laurie Hernandez. Le journal télévisé a évoqué un lien.

— Oui. La connaissiez-vous ?

— Elle venait ici. Nous avons dû la mettre à la porte à plusieurs reprises parce qu'elle faisait preuve de cruauté à l'égard des animaux. Elle était ici la veille de sa mort. Marshall l'a raccompagnée à la sortie. À votre avis, il ne l'a tout de même pas tuée ?

— Édouard ! cria Greening, on a un possible mobile pour Laurie Hernandez ! »

Une heure plus tard, la police de San Francisco avait envahi le refuge. Greening et une poignée d'officiers interrogeaient les employés. Ogawa encadrait les techniciens de la police qui fourrageaient dans le bureau et l'ordinateur de Beck. Maintenant qu'ils avaient un nom, un numéro de Sécurité sociale et un compte en banque qui recevait son salaire, l'unité d'investigation avait des traces écrites à suivre. Les identités actuelles et passées de Marshall Beck n'étaient plus qu'une question de recherche dans une base de données. Grâce à la DMV[3], un avis de recherche était lancé sur sa Honda Pilot. Beck serait pris. Ce n'était qu'une question de temps. Et, du point de vue de Greening, c'était bien là le problème. L'enquête avançait vite, mais pas assez vite pour Zoé.

Greening vérifia ses notes et remercia une des employées du refuge pour sa coopération. Il menait ses interrogatoires dans le bureau des adoptions. Il avait obtenu de l'employée les mêmes informations qu'auprès de tous les autres collègues de Beck : qu'il était calme, gauche dans ses relations interpersonnelles et réservé.

3 DMV (Department of Motor Vehicles – California) administration chargée de l'immatriculation des véhicules motorisés, équivalent de la DRIRE (Direction régionale de l'industrie, de la recherche et de l'environnement) française, pour l'État de Californie.

Tandis que l'employée sortait, Ogawa entra.

« Les SWAT ont donné l'assaut. Il n'y avait personne chez lui. »

Greening s'en serait douté.

« Ils sont en train de passer le logement au peigne fin. Apparemment, il est propre. Il n'y a rien là-bas qui le lie à Zoé ou à Laurie Hernandez. »

Greening avait ce Marshall Beck en horreur. Ce salopard était audacieux, mais prudent aussi. Il savait si bien se cacher.

« Et maintenant, on fait quoi ?

— La technique du vaisseau de guerre. On ratisse chaque centimètre carré de la ville jusqu'à ce qu'on le retrouve. C'est comme ça que ça se fait. »

Le problème étant la lenteur de cette approche.

Le portable de Greening sonna. C'était Rogerson du Bureau des investigations, alors Greening le mit sur haut-parleur.

« Vérifie tes mails. Je viens de t'envoyer la biographie de Marshall Beck. »

Greening ouvrit son ordinateur portable. Il l'avait fait déposer après qu'Ogawa et lui avaient investi le refuge.

« As-tu localisé sa deuxième propriété ?

— Oui, je crois qu'on l'a trouvée. C'est à côté de Burnt Ranch. C'est un ranch ou une écurie, ou quelque chose comme ça, mais à une certaine époque, c'était un orphelinat. Il l'a acheté aux enchères il y a cinq ans, réglant de ce fait les arriérés d'impôts. Il l'a mise en fiducie, c'est pourquoi on ne l'a pas trouvé tout de suite. »

Une fois que Rogerson leur eut communiqué l'adresse de la propriété, Greening raccrocha et ouvrit sa boîte e-mail. Ogawa fit le tour du bureau pour venir lire par-dessus l'épaule de Greening. Les fichiers joints s'avéraient intéressants à lire. Beck n'avait jamais été arrêté. En fait, il n'avait jamais eu ne serait-ce qu'une contravention pour excès de vitesse. La liste de ses adresses fournie par le DMV mentionnait Bishop, Stockton, Redding et Sacramento.

« Quand tout ça sera terminé, ce sera intéressant de voir s'il y a eu dans ces zones des signalements de femmes disparues correspondant au profil de Beck », dit Ogawa.

Oui, mais ça peut attendre, pensa Greening.

Il cliqua sur un lien qui était précédé de l'introduction : Ça va t'intéresser. Le lien renvoyait à un article du *L.A Times* des années 1980. Il racontait l'histoire du Palomino Ranch, un orphelinat à Trinity County. Plus d'une douzaine d'enfants avaient été enlevés à Jessica Wagner, la directrice, qui avait été inculpée de maltraitance. Wagner avait instauré une politique de châtiments corporels pour les enfants et les fouettait jusqu'au sang avec une badine. Cette pratique avait eu cours pendant plus d'une décennie avant l'intervention des autorités. Sur quatre-vingts enfants que l'on estimait concernés, quarante-sept s'étaient fait connaître et avaient témoigné. Les horreurs en question n'avaient été révélées que grâce à l'évasion d'un enfant à la suite d'une brutale raclée.

« Tu paries combien que Beck est l'un de ces enfants ? »

Ogawa secoua la tête.

« Nom de Dieu, pas étonnant qu'il soit cinglé. »

C'est comme ça qu'on fabrique des monstres, pensa Greening.

Un autre lien renvoyait à un article de suivi relatant que Jessica Wagner s'était suicidée après avoir été libérée sous caution.

« La garce s'en est trop bien tirée », dit Ogawa.

Une question taraudait l'esprit de Greening : *Beck avait-il emmené Zoé là-bas ?* C'était possible. Il était cuit à San Francisco. Il lui restait deux choix : tuer Zoé rapidement et se sauver, ou l'emmener quelque part où il pourrait se terrer et prendre son temps pour s'occuper d'elle. Greening espérait que cette dernière hypothèse était la bonne. Trinity County était à six heures de route de Napa. Vu la distance, Zoé était probablement encore en vie.

« Tu penses qu'il l'a emmenée là-bas ?

— C'est loin d'être évident. Ça fait une sacrée trotte quand on est fugitif. Je parierais plutôt qu'il la détient dans un endroit plus proche, mais je vais passer un coup de fil au shérif de Trinity pour qu'il envoie des hommes y jeter un coup d'œil. »

CHAPITRE VINGT-HUIT

Lorsque Zoé se réveilla, elle était suspendue par les poignets, et nue. Elle se sentait un peu dans les vapes à cause du chloroforme qu'elle avait inhalé, mais ses effets se dissipaient vite. Lentement, elle sonda son environnement. Elle se trouvait dans une écurie, suspendue à un crochet enfoncé dans une colonne de support en bois. Elle pendait à trente bons centimètres au-dessus du sol, mais elle était soutenue par un tabouret. Il lui avait attaché les poignets avec des liens de type sadomasochiste ayant une doublure en peau de mouton. Ce qui suggérait qu'il avait l'intention de la laisser suspendue là pendant un certain temps.

Les habits de Zoé étaient en lambeaux et reposaient à même le sol en terre battue. L'idée qu'il ait pu lui retirer ses habits en les tailladant avec un couteau la fit frissonner. Elle doutait que cet acte fût de nature sexuelle. Il ne lui avait jamais donné l'impression que tout cela tournait autour du sexe. Il n'en demeurait pas moins que le fait qu'il la voie nue constituait une violation supplémentaire.

Il apparut devant elle, lui provoquant un sursaut de frayeur. Il portait ce qu'elle craignait le plus : ce maudit couteau de chasse dans un fourreau accroché à sa ceinture. Le fouet était enroulé, et il le tenait à deux mains, le long de ses hanches. Zoé sentit les battements de son cœur s'accélérer. Le fouet signifiait que sa fin approchait. Elle n'avait jamais atteint ce stade. Il l'avait déjà enlevée et dénudée, mais elle n'avait jamais eu droit aux coups de fouet. Holli, Laurie Hernandez, et les autres femmes avaient, elles, été fouettées avant de mourir. Zoé avait, du moins jusqu'à présent, réussi à échapper à ce sort.

Il remarqua qu'elle fixait le fouet. Il le souleva et l'examina.

« Je l'ai fabriqué moi-même, dit-il. J'ai mis plus d'un an à le faire fonctionner. J'ai appliqué les techniques qu'employaient les anciens marins pour discipliner leurs équipages. Dans de bonnes mains, les miennes, c'est un outil efficace.

— Pourquoi fais-tu ça ? demanda-t-elle.

— Tu ne poses pas la bonne question. Tu devrais me demander : "Qu'ai-je fait pour mériter ça ?" »

Rien, pensa-t-elle, en lâchant un sanglot. Elle s'en voulut aussitôt. Lorsqu'elle s'était rendue à lui, elle s'était promis de ne lui montrer aucune faiblesse afin de le priver au moins de cette satisfaction. À présent, diminuée et effrayée, elle sentit sa détermination s'écrouler.

« Ton incapacité à reconnaître tes manquements est la raison pour laquelle tu es ici.

— Mes manquements ? lui aboya-t-elle à la figure. De quoi suis-je coupable exactement ? D'avoir été bruyante dans un restaurant ? Quels étaient les manquements des autres femmes ? Ont-elles fait du bruit à la bibliothèque ? Ou traversé la rue en dehors du passage piéton ? Nom de Dieu, comment peux-tu être aussi cruel ? »

Elle s'attendait à une tirade en réponse, mais son mépris glissa sur lui.

Il soupira.

« Je croyais que toi, plus que toutes les autres, tu aurais changé. Tu avais l'avantage du temps, ce à quoi ton amie et les autres n'ont pas eu droit. Tu as eu l'opportunité de réfléchir à la situation. Je croyais que tu finirais par comprendre. »

Comprendre, non. Changer, oui. Elle avait totalement changé le cours de son existence après lui avoir échappé. Jarocki avait passé un an à tenter de comprendre sa nouvelle vie et pourquoi elle s'y était engagée. Tout ce qu'elle savait, c'était que le Numéroteur l'avait changée définitivement. Elle était brisée.

« Ces dernières semaines, continua-t-il, je t'ai observée en train de vivre ta vie. Tu n'es plus la femme que j'avais rencontrée. Tu as mûri et tu connais ta place dans le monde. La façon dont tu as fait passer la récupération de mon téléphone avant ta sécurité m'a ébahi. À ce moment-là, j'ai failli t'absoudre et t'accorder ta liberté. »

C'était cruel de lui faire miroiter sa liberté manquée. L'idée qu'elle aurait pu être débarrassée de lui était pire encore que de savoir qu'il l'avait traquée.

« Pourquoi ne l'as-tu pas fait ?

— J'ai compris finalement que tu n'avais pas réellement changé. J'ai parlé à Rick Sobona. Tu te souviens de lui ? Tu lui as presque cassé le nez après l'avoir allumé. Malgré ce qu'il t'est arrivé et la chance qui t'a été accordée, tu as quand même choisi de te comporter comme une pute. Je pense que tu comprends, maintenant. »

Elle ne comprenait pas et ne comprendrait jamais. Son manifeste n'avait de sens que pour lui, et lui seul. Elle secoua la tête.

« Toi et les autres, vous êtes coupables de la même chose. Vous manquez de respect à vos concitoyens.

— C'est tout ? Mon crime, c'est le manque de respect ? Est-ce que je mérite vraiment de mourir pour avoir été malpolie ?

— Oui. »

Sa réponse fut donnée sur un tel ton d'évidence qu'elle en fut abasourdie.

« Pourquoi ne pas poursuivre les meurtriers, les violeurs et trafiquants de drogue ? Ces gens-là font vraiment du mal à la société.

— Parce qu'il y a des lois pour punir ces gens-là, dit-il. Malheureusement, l'inconduite n'est pas un crime, et le manque de respect reste impuni. Les gens s'y adonnent impunément et le reste de la société doit l'accepter. »

Elle secoua la tête. C'était tellement puéril. Sa logique était insondable. Il enlevait les femmes, les marquait d'un chiffre, puis les fouettait en guise de punition pour inconduite. En aucune manière sa solution ne pouvait trouver une quelconque justification.

« Sais-tu comment fonctionne la torture de l'eau chez les Chinois ? Ça n'a rien à voir avec le fait de pousser quelqu'un au bord de la noyade. Ça consiste en une seule goutte d'eau que l'on fait tomber entre les yeux du supplicié encore et encore jusqu'à ce qu'il en perde la raison. Voilà ce que vous êtes, les autres et toi : des gouttes d'eau à la face de la société. Individuellement, vous êtes insignifiantes, et votre effet minime, mais ajoutées les unes aux autres et répétées mille fois par jour, vous êtes une plaie. Vous contrariez les gens, du coup ils se comportent mal à l'égard des autres, propageant ainsi le cycle de l'irrespect. Tu vois ? Tu comprends maintenant ? »

Elle comprenait, effectivement. Elle comprenait qu'il était fou et qu'il n'y avait pas moyen de le raisonner.

« Qui est-ce qui t'a rendu comme ça ? demanda-t-elle.

— Personne ne m'a rendu comme ça. Un jour, une femme bien m'a appris la différence entre le mal et le bien. Une femme bien qui a payé un prix élevé pour ses convictions. Ça suffit, les palabres. »

Il tira de dessous ses pieds le tabouret qui la soutenait encore de dessous ses pieds. Elle descendit brutalement de seulement quelques centimètres, mais l'effet fut immédiat. Tout d'un coup, son poids tirait sur ses poignets et ses épaules. Ses liens avaient beau être doublés, ils ne la protégeaient pas de l'intense pression exercée sur ses poignets lui provoquant de vives brûlures. Les articulations de ses épaules encaissèrent également le choc. Il n'avait pas besoin de la fouetter, c'était bien assez de souffrance. Comment Holli et les autres avaient-elles supporté ça pendant plus de quelques minutes ?

« Le moment de ta punition est venu, Zoé. »

Non, pensa-t-elle. Elle ne voulait pas mourir. Elle ne voulait pas subir ce qu'avait enduré Holli. Elle avait vu le visage de son amie dans l'atelier. C'était comme l'expression d'un mort-vivant. Elle ne voulait pas finir ainsi. Elle se débattit et se tordit dans ses chaînes. L'anneau d'acier reliant ses menottes pendait du crochet.

« Non, s'il te plaît. Tu n'es pas obligé de faire ça. Tu n'es pas obligé de me tuer. J'ai retenu ma leçon. »

Elle lui balança un coup avec ses pieds joints. Il lâcha le fouet et enroula ses bras autour de ses jambes jusqu'à ce qu'elle eût cessé de se débattre.

« Zoé, c'est indigne de toi. Il est temps d'assumer les conséquences de tes actions.

— Je ne veux pas mourir. »

Jamais elle n'avait été aussi sincère.

Il la dévisagea.

« Peut-être pas, mais tu dois recevoir ta punition. »

Sa réponse semblait tout aussi sincère. Elle ne savait pas s'il lui mentait pour lui donner un faux espoir. Elle avait envie de croire qu'il y avait une échappatoire, mais n'était-il pas évident qu'elle se fourrait le doigt dans l'œil ? Ce serait son dernier jour sur terre, si elle le laissait continuer.

Il lâcha ses jambes et se baissa pour ramasser le fouet. Sa tête était à la portée de ses pieds. Elle donna un violent coup de pied. Elle manqua sa tête mais le frappa en plein dans l'épaule, et ses orteils nus semblèrent exploser de douleur. Étant suspendue, il était difficile pour elle de mettre une réelle puissance dans le coup, mais elle l'avait pris par surprise et le coup fut suffisant pour lui faire perdre l'équilibre.

Il la regarda avec dégoût et secoua la tête.

« Il n'y a vraiment pas moyen de t'apporter le salut. »

Elle avait eu sa chance, et elle l'avait manquée. Elle ne chercha même plus à supplier. Ils avaient dépassé ce stade.

Il se leva, fouet en main. La terre battue était humide et sa chemise était tâchée à l'endroit où il était tombé. Il regarda la chemise souillée, puis traversa l'écurie pour se rendre de l'autre côté, là où pendait un sac marin entre deux box. Il en sortit un polo propre.

La propreté rapproche de la sainteté, pensa-t-elle.

Il lui tourna le dos et enleva sa chemise. Son dos était tout en muscles, mais quadrillé de cicatrices. Il avait dit qu'une femme lui avait appris la différence entre le bien et le mal, et en avait payé le prix. En voyant sa peau nue, Zoé trouva la réponse à toutes ses questions. La réponse à la question de savoir qui il était, ou qui il était devenu, était clairement inscrite dans sa chair meurtrie. Il mit le polo propre. Il retourna au sac et en sortit un petit objet. Il s'approcha de Zoé et lui tendit l'objet.

« Tiens, dit-il. Tu vas en avoir besoin. »

C'était un mors en caoutchouc. Il portait les traces de dents des utilisatrices précédentes.

Elle l'accepta dans la bouche, le visage ruisselant de larmes.

Il se plaça derrière elle. Elle entendit le fouet se dérouler et tomber par terre, puis Beck fit claquer l'instrument plusieurs fois. Le son du fouet sifflant en l'air et terminant son arc par un claquement typique la fit tressaillir.

Le fait de ne pas voir son ravisseur était un supplice bien pire que de l'avoir en face d'elle. Ne pas savoir ce qu'il faisait ajoutait une autre dimension à sa peur. Elle ne savait pas s'il prenait du plaisir à accomplir sa tâche. Elle ne savait pas quand s'attendre à la douleur. Savait-il à quel point le manque de vision empirait son supplice ? Elle en doutait. Il n'était pas sadique, juste égocentrique, trop absorbé par son programme pour prendre en compte quoi que ce soit d'autre.

« Je vais commencer maintenant, Zoé. Il vaut mieux que tu te prépares physiquement et mentalement à la douleur. »

Le cauchemar était bien réel. Il n'y avait pas moyen d'y échapper. Elle tenta de se préparer à ce qui allait suivre, en vain. Son esprit n'arrivait pas à saisir le concept. Elle se mit à haleter, et son corps se couvrit de sueur.

« N'oublie pas que tu es responsable de ce qui t'arrive. »

Elle serra le mors entre ses dents, serra les poings et ses jambes au niveau des chevilles. Mis à part les battements de son cœur, le sifflement du fouet en l'air fut le seul son qu'elle entendit.

« Un ! »

Un sifflement, un craquement, et puis… la douleur. Ce fut tellement rapide qu'elle n'était pas prête, et ensuite, il lui fallut une seconde entière, qui semblait s'éterniser, pour comprendre qu'elle venait de recevoir un premier coup. L'impact fut brutal. Comment un instrument aussi intrinsèquement souple qu'un fouet pouvait-il produire la même sensation qu'une barre de fer ? C'était une agonie, à la fois brûlante et explosive. Au début, elle eut comme un filet incandescent dans le dos, mais il s'enflamma vite et se propagea dans tout son dos et dans tout son corps.

Chacun de ses muscles se tendit pour encaisser la surcharge sensorielle qu'elle ressentait. Son corps se durcit comme une pierre.

« Deux ! »

Sifflement, craquement, brûlure.

Le son de sa propre douleur lui emplit le cerveau. C'était assourdissant. Si elle avait crié, elle ne s'en était pas aperçue.

« Trois ! »

Ce coup-ci lui donna l'impression de croiser la trace d'un des coups précédents. Quelques instants plus tard, elle n'en était plus si sûre. Les terminaisons nerveuses de son dos la trompaient peut-être. Toutes prenaient feu au même moment.

« Quatre ! »

Sifflement, craquement, brûlure.

Son corps se balançait en avant et en arrière. La brise légère qui soufflait ne lui apportait aucune fraîcheur, elle ne faisait qu'accroître la température de sa peau. La sueur coulait par tous ses pores, pénétrant dans ses blessures et accentuant encore un peu plus la douleur.

« Cinq ! »

Une substance épaisse coula lentement le long de sa colonne vertébrale. Une nouvelle vague de panique la secoua. *Est-ce que je saigne ?* hurlait son esprit. Elle ne savait pas si la sensation était réalité ou délire.

Une voix lointaine l'appelait par son prénom. Elle ouvrit les yeux. Le Numéroteur était devant elle. Il leva la main pour lui retirer le mors, puis plaça le tabouret sous ses pieds. Elle s'affaissa dessus.

« Ce n'est que le début, dit-il. Nous en avons encore pour longtemps. Je veux que tu intègres ce qu'il vient de se passer avant que nous continuions. »

L'image de Holli suspendue dans l'atelier lui traversa l'esprit. Holli pendait mollement, couverte de sueur, de poussière et de sang. Son aspect était si hideux que Zoé l'avait crue morte. Combien de coups de fouet son amie avait-elle endurés lorsqu'elle l'avait vue par les fenêtres crasseuses ? Peu ? Beaucoup ? Les deux réponses étaient tout aussi effrayantes l'une que l'autre. La première réponse signifiait que le fouet avait une puissance dévastatrice. La seconde que Zoé en avait encore pour très longtemps.

« Est-ce que tu regrettes, Zoé ?

— Oui. »

Elle dut faire un immense effort pour répondre.

« Vraiment ? Ton insouciance a entraîné souffrance et frustration. Tu comprends ? »

Pour qui? Voulut-elle demander. *À qui ai-je fait du mal, au juste?* Mais les questions ne valaient pas la peine d'être posées. Il n'y avait pas de réponses. Il n'y avait pas moyen de se racheter. Tout cela lui était égal. Il était en train d'affirmer ses convictions, et rien de ce qu'elle pouvait dire ne le ferait changer d'avis.

Il sauta sur le tabouret avec une bouteille d'eau. Il décapsula la bouteille et la lui mit à la bouche. Elle but goulûment, renversant autant d'eau qu'elle en buvait. Peu importait. L'eau atténuait l'incendie qui faisait rage en elle, l'aidait à diminuer la douleur et à faire descendre la clameur blanche qui assourdissait son cerveau.

« Je regrette », dit-elle.

Il lui adressa un sourire empreint de sympathie.

« C'est bien. Continuons. »

Il lui remit le mors dans la bouche et enleva le tabouret de dessous ses pieds.

Résignée, elle ferma ses yeux, puis les rouvrit brusquement. Dehors, elle venait d'entendre le bruit d'un véhicule à l'approche.

CHAPITRE VINGT-NEUF

« Ici l'adjoint au shérif de Trinity County, cria l'officier. Il y a quelqu'un ? »

Merde! pensa Marshall Beck. Zoé poussa un cri, mais avec le mors dans sa bouche, celui-ci se transforma en grognement. Beck se retourna vivement et lui donna un coup de poing dans le ventre. Le coup étouffa le cri dans sa gorge, tandis qu'elle s'efforçait de retrouver son souffle.

« Tu dois rester tranquille, Zoé. Je ne tolérerai pas que tu gâches tout.

— Ohé ! » cria l'officier, en accompagnant son appel d'un coup de klaxon.

Beck sauta du tabouret, saisit le torchon de chloroforme, l'imbiba d'une nouvelle dose d'anesthésiant, puis remonta sur le tabouret.

« Je m'excuse pour l'interruption, mais ça ne devrait pas être trop long », dit-il.

Elle tenta à nouveau de pousser un cri à travers le mors, mais il écrasa le torchon sur son visage, puis observa le chloroforme faire effet et le corps de Zoé se relâcher.

Beck descendit du tabouret et jeta le torchon sur son plan de travail.

« Oui, je suis là. »

Il fallait qu'il soit prudent avec cet adjoint. La confrontation n'était pas une solution. Il n'avait aucun différend avec l'officier. Le bonhomme ne faisait que son métier. De plus, son équipe devait savoir où il était, bien que pour Beck, la question la plus importante fût de savoir pourquoi il était là. La propriété échappait aux contrôles, alors personne n'aurait dû ressentir la nécessité de venir, à moins de le considérer comme un suspect, ce qui poserait problème. Il ramassa son couteau de chasse et le glissa derrière son dos.

« J'arrive ! » cria-t-il.

Il sortit de la grange, accompagné de Brando. L'adjoint aux larges épaules se tenait debout à côté de sa voiture de patrouille et regardait la maison. Beck considéra la présence d'un seul homme comme un bon signe. L'officier venait à la pêche aux informations. Si cela avait été du sérieux, il y aurait eu toute une équipe de SWAT avec lui.

« Bonjour ! dit Beck gaiement. Je peux vous aider ? »

L'officier se retourna vivement. Il porta la main à son holster et dégaina.

Beck comprit à cet instant que son repaire secret n'avait plus rien de secret. Ce n'était pas forcément la fin des haricots, cela voulait simplement dire qu'il devrait recommencer à zéro. Il pouvait facilement disparaître et réapparaître sous une autre identité. Il avait toujours su que ce jour pouvait arriver. Maintenant, il fallait juste qu'il se débarrasse de cet officier.

Il s'arrêta net et leva les mains.

« Oh là ! Qu'est-ce qui se passe ?

— Ne bougez plus, dit l'officier.

— Vous braquez une arme sur moi. Je ne bouge plus. Dites-moi juste ce qui se passe.

— Êtes-vous le propriétaire ?

— Oui.

— Êtes-vous Marshall Beck ?

— Oui.

— Êtes-vous seul ? » demanda l'adjoint.

Il y avait de la tension dans le ton de l'adjoint, mais Beck ne détecta aucune peur. L'homme était un professionnel dans une situation de stress.

« Oui, il n'y a que le chien et moi. Je suis ici pour rénover la propriété.

— Monsieur, je dois vous emmener au poste.

— Au poste ? Pourquoi ?

— C'est en relation avec une affaire de la police de San Francisco.

— Quelle affaire ?

— Vous verrez ça avec eux. Moi, je dois juste vous emmener au poste. Je vais vous demander de vous allonger face contre terre avec les mains croisées derrière votre tête »

Malgré la situation, Beck ne s'inquiétait pas. Cet adjoint ne savait pas à qui il avait affaire. Beck pouvait l'embobiner.

« Bon ! C'est un peu dingue, cette histoire. Vous n'êtes pas obligé de faire tout ce cinéma. Si vous voulez que je vous suive, je vous suis. Ce n'est pas la peine de sortir la grosse artillerie de chasse à l'homme.

— Monsieur, je vous demande simplement de suivre la procédure. »

L'adjoint porta la main à la radio accrochée à son épaulette. Beck ne pouvait pas le laisser gâcher ses plans en contactant ses collègues pour qu'ils donnent l'assaut. Il fallait d'abord qu'il achève ce qu'il avait commencé. Il devait en finir avec Zoé. Il avança vers l'adjoint.

L'adjoint lâcha la radio.

« Arrêtez tout de suite, monsieur.

— OK, OK, j'ai pigé, » dit Beck en s'arrêtant.

Lui avait peut-être pigé, mais pas Brando. Le chien le dépassa et continua à approcher l'adjoint.

« Monsieur, je vais vous demander d'arrêter le chien.

— Je croyais que vous vouliez que je m'allonge par terre. Je ne peux pas tout faire à la fois.

— Monsieur, s'il vous plaît. »

Beck détecta un soupçon de crainte dans la voix de l'adjoint. Il ne fit rien pour arrêter Brando et laisser le chien continuer à avancer vers le flic.

« C'est rien. Vous êtes un étranger, il veut juste vous renifler. Je peux simplifier tout ça. Laissez-le venir vous voir et vous sentir un peu, après il sera doux comme un agneau. »

L'adjoint dirigea son arme pour viser Brando. Beck apprécia de ne plus être mis en joue, mais n'entendait pas que ce soit aux dépens de Brando.

« Rappelez votre chien. Je ne veux pas être obligé de l'abattre. »

Beck s'efforça de contenir son soudain accès de rage.

« C'est inutile.

— Alors, rappelez votre chien. »

Brando avait parcouru la moitié des trente mètres qui le séparaient de l'adjoint.

Beck montra ses mains en signe d'impuissance.

« Sa laisse est dans la voiture, alors il faut que je vienne de votre côté pour la prendre. »

Il fit un pas exploratoire en direction de l'adjoint.

« Ça va si je viens vers vous ? »

L'adjoint dirigea à nouveau l'arme vers Beck.

« Arrêtez tout de suite. »

Beck obtempéra. Il observa l'adjoint qui évaluait ses options. Il n'en avait pas énormément. Il était tout seul contre deux. Aucune solution n'était à son avantage.

« Je vais chercher la laisse et vous la lancer. Dites-moi juste où elle est, dit-il.

— Sur le siège arrière ou sur le siège passager. Vous devriez la voir. La voiture n'est pas fermée à clé.

— Ne bougez pas. »

Beck leva à nouveau les mains en signe d'acquiescement.

L'adjoint se rendit sur le flanc de la voiture, son pistolet vacillant entre Brando et Beck. Brando était maintenant à moins de dix mètres de la voiture de patrouille.

« Ordonnez au chien de ne plus bouger.

— Brando, arrête. »

Comme l'espérait Beck, Brando l'ignora.

« Je vous l'ai dit, il est curieux », expliqua Beck.

L'adjoint dut les quitter du regard pour chercher la laisse. Dès qu'il tourna la tête pour ouvrir la portière, Brando fonça sur lui.

Beck se fendit d'un large sourire. Le chien était un véritable ami. Le plus loyal qu'il avait jamais eu.

Brando fut à la fois furtif et véloce. L'adjoint avait la tête dans le véhicule et ne sut que le chien le chargeait que lorsque celui-ci arriva sur lui. Il eut à peine une seconde pour réagir avant que Brando le propulse contre la voiture. Il s'écroula suite à l'impact des trente-cinq kilos de muscles en mouvement qui venaient de le heurter. Le policier hurla lorsque le chien mordit son bras armé.

Aussitôt, comme si le hurlement du policier avait joué le rôle de signal, Beck entra en action et courut vers lui tandis qu'il se débattait à terre. Brando l'avait coincé contre le 4 x 4. Le chien lui mordait toujours l'avant-bras, le secouait et le cognait contre le véhicule. L'adjoint frappait encore et encore le chien avec son bras libre, en vain. Il essaya les coups de pied, mais c'était tout aussi futile. Il était aux prises avec un animal qui ne savait faire qu'une chose, tuer.

Brando changea de tactique et tira violemment l'adjoint, le traînant loin du véhicule. Ce faisant, le chien l'éloigna aussi de son arme. L'adjoint tendit le bras pour la récupérer, mais elle était hors de portée. Le flic avait perdu la partie.

Puis, l'adjoint porta la main à la ceinture et sortit son taser. Il l'appuya sur le cou de Brando et pressa la détente. Le chien gémit et recula devant la décharge électrique, son visage affichait désormais un masque de confusion et de douleur. Il resta immobile, comme pour évaluer l'adjoint. Pour le policier, il n'en fallut pas plus.

Beck comprit ce qu'il allait se passer avant même que la scène se déroule sous ses yeux.

« Non ! » hurla-t-il.

L'adjoint roula vers son arme. Il la saisit et mit Brando en joue. Il tira deux fois dans la poitrine du pitbull. Le chien tomba raide sur place.

Voyant le chien à terre, l'adjoint relâcha son corps et resta sur le dos, essayant de regagner son souffle.

Courant toujours, Beck arracha son couteau de son ceinturon.

« Espèce de bâtard ! »

L'adjoint se redressa comme un ressort en pointant son arme, mais Beck le surplombait et d'un coup de pied, envoya voler le pistolet avant de lui tomber dessus. L'adjoint hurla quelque chose que Beck n'entendit pas. Il n'entendait rien d'autre que l'afflux de sang dans ses oreilles, déclenché par sa rage et sa haine. Il enfonça le couteau dans l'estomac du flic, là où le gilet pare-balles ne le couvrait pas et, d'un geste brusque, secoua la lame à la recherche d'un organe vital.

L'adjoint poussa un hurlement. Le choc envahit ses traits, puis son expression se figea. Son corps se raidit, et il cambra le dos. Beck intensifia la pression sur le couteau, le tournant et le tordant, l'enfonçant toujours un peu plus, faisant toujours plus de dégâts.

« Tu n'aurais pas dû abattre mon chien, dit-il, en retirant le couteau d'un geste vif. »

Le sang coulait à flots de la terrible blessure, mais l'adjoint ne fit rien pour arrêter l'hémorragie, et Beck non plus.

Il se leva et alla voir Brando. Le chien était immobile. Il tomba à genoux et posa l'oreille sur la poitrine du pitbull. Il ne respirait plus.

Il pleura, et les sanglots secouèrent son corps. Il n'avait pas souvenir d'avoir un jour pleuré pour quelqu'un. Même dans les pires instants de sa vie, il n'avait pas pleuré sur son propre sort.

Il voulait serrer son ami dans ses bras plus longtemps, mais ses priorités prirent le dessus. Il n'avait pas beaucoup de temps pour finir ce qu'il avait à faire ici. Lorsque cet adjoint manquerait de contacter son unité, d'autres viendraient à sa recherche. Il estima qu'il avait une heure avant l'arrivée des autres. Trinity Country était vaste et son service de police, petit. Il avait le temps.

« Je suis désolé, Brando. Tu méritais mieux. »

Il se leva lentement, regarda le chien, cher disparu qui ne serait jamais oublié, puis l'adjoint. Ce dernier n'était pas conscient, mais de petits mouvements soulevaient sa poitrine, signe d'une respiration courte. Il gisait dans une mare de sang grandissante. Il n'y aurait pas moyen de le sauver. Ce n'était qu'une question de temps.

Beck n'avait plus qu'une chose à faire avant de pouvoir partir. Il retourna à grands pas vers la grange. Ce qui venait de se passer était de la faute de Zoé, et elle en paierait le prix.

Lorsqu'il entra dans la grange, Zoé avait disparu.

CHAPITRE TRENTE

Les coups de feu avaient eu l'effet d'un électrochoc et avaient sorti Zoé de l'état second induit par le chloroforme.

Des coups de feu, c'était bon signe. Beck n'avait pas d'arme à feu. C'était forcément les flics.

Je suis sauve, pensa-t-elle, mais le hurlement qui suivit dissipa rapidement cette pensée. Elle ne pouvait rien voir de ce qu'il se passait à l'extérieur, mais elle sut d'instinct et sans l'ombre d'un doute que c'était le flic qui avait crié.

Elle avait presque perdu espoir, puis l'arrivée du flic avait changé les choses. D'autres policiers devaient savoir qu'il était là et suivraient lorsqu'il manquerait de faire son rapport. Combien de temps fallait-il compter avant que cela n'arrive ? Vingt minutes ? Une heure ? Ce n'était pas la peine de spéculer sur la question. Elle devait se concentrer, tâcher de garder une longueur d'avance sur Beck, et il lui en avait donné l'opportunité.

Il avait été négligent à l'arrivée du flic. Il avait laissé le tabouret devant elle. Pas juste en dessous d'elle, mais à sa portée. Les bras et les épaules hurlant de douleur, elle étendit la jambe, accrocha le tabouret avec son gros orteil, et le tira vers elle. Elle devait faire attention. La terre battue était molle et inégale. S'il se renversait, c'en était fini. Elle mourrait. Elle le tira doucement et les pieds du tabouret tracèrent un sillon dans la terre, puis se mirent à basculer sur le côté. Zoé retint son souffle et resta figée.

« Je t'en supplie, ne tombe pas ! » murmura-t-elle.

Le tabouret obtempéra et demeura sur ses pieds jusqu'à ce qu'il fût juste en dessous d'elle. C'était une petite victoire. Bien qu'elle pût maintenant se tenir debout dessus, il n'était pas assez haut pour lui permettre de passer au-dessus du crochet. En se mettant sur la pointe des pieds, il lui manquait encore deux ou trois centimètres.

Tu es à un petit saut de la liberté, se dit-elle.

Elle mit toutes ses forces dans le saut, balançant ses bras attachés par-dessus le crochet. Elle atterrit maladroitement et tomba en avant, heurtant le sol avec un bruit sourd. L'afflux immédiat de sang dans ses bras fut à la fois exaltant et atroce. Elle aurait voulu profiter du soulagement, mais le temps pressait. Les mains toujours attachées, elle se leva et fonça vers la porte de la grange. Elle jeta un coup d'œil dehors. Ayant entendu des coups de feu, elle espérait voir Beck mort. Pas ça. Le flic était sur le dos, immobile et tout ensanglanté, pendant que Beck se penchait sur son maudit chien en sanglotant. C'était raté pour son sauvetage potentiel grâce à l'intervention de ce flic. Elle ne pouvait s'en remettre qu'à elle-même, maintenant.

Beck avait foiré en tuant un flic. Ce ratage venait peut-être de sauver la vie à Zoé. Sans nouvelles du flic, son unité enverrait d'autres hommes. Avec un peu de chance, ils seraient là bientôt. En attendant, il fallait qu'elle échappe aux griffes de Beck. Ce ne serait pas facile. Elle était nue, seule et sans arme, mais elle avait tout de même une chose qui la soutenait, l'espoir. Les secours devaient être à une demi-heure, tout au plus. Elle pouvait survivre jusque-là.

« Tu peux y arriver, murmura-t-elle. Tu ne mourras pas aujourd'hui. »

Elle regarda au-delà de la scène, vers la route en terre qui la mènerait à la liberté. La solution la plus simple était de filer tout droit dans cette direction, mais elle n'y arriverait jamais. La solution n'était pas de s'évader, mais plutôt de se cacher jusqu'à l'arrivée des flics. Et des endroits pour se cacher, la propriété en avait à revendre.

Beck se leva, en essuyant ses larmes. Elle devait agir vite, ou c'en serait fini de son sursis. Elle rebroussa chemin et s'éloigna de la porte, traversa l'écurie, et sortit par la porte arrière. L'herbe haute recouvrait tout à l'exception d'un chemin équestre menant à une rangée d'arbres à l'autre bout de la propriété. Si elle empruntait le sentier, il pourrait la repérer, mais elle pouvait se cacher dans l'herbe. Elle tourna à gauche vers l'enclos à travers lequel Beck l'avait traînée plus tôt. Elle courut en tenant ses mains attachées près du corps. Ainsi, elle maintenait plus facilement son équilibre et protégeait son corps des brins d'herbe secs et coupants.

« Zoé ! » vociféra Beck de l'intérieur de l'écurie. Elle cessa de courir et se mit à genoux, se laissant dissimuler par la végétation. Elle regarda en direction de l'écurie. Beck apparut, couteau de chasse en main.

« Ne t'imagine pas que tu vas m'échapper encore une fois, Zoé », dit-il.

Il fit une pause, comme s'il attendait une réponse.

La sueur coula dans son dos et pénétra dans ses blessures béantes. Elle grimaça, mais réprima un grognement. Il balaya le paysage du regard en la cherchant. Zoé avait la respiration haletante et saccadée, mais elle resta aussi immobile que possible. L'herbe était à la fois son meilleur ami et son pire ennemi. Le moindre mouvement pouvait trahir sa position.

Son regard passa sur l'emplacement où était Zoé, et continua. Il n'avait pas la moindre idée d'où elle pouvait se trouver. Ce qui était une bonne chose. Tout ce qu'elle avait à faire, c'était de maintenir sa longueur d'avance jusqu'à ce que la cavalerie débarque.

Il retourna à l'intérieur de l'écurie. Dès qu'il disparut, elle se remit à courir. Elle se déplaçait en rase-mottes, plus bas que le niveau de l'herbe, de manière à demeurer invisible. Elle zigzaguait sans arrêt pour couvrir ses traces, mais se dirigeait dans une direction qui l'éloignait toujours plus de l'écurie.

« Eh, Zoé ! » cria-t-il.

Elle se laissa à nouveau tomber sur les genoux et s'immobilisa. Lorsqu'il ressortit de l'écurie, il tenait quelque chose dans sa main. Il avança à grands pas vers le corps du flic.

« Sais-tu comment on retrouve une aiguille dans une botte de foin ? »

L'incohérence de la question la laissa confuse.

« Non ? continua-t-il. Eh bien, je vais te le dire. On met le feu à la botte. »

Elle fut saisie d'angoisse. Il voulait l'extirper de sa cachette par le feu. Elle scruta l'objet qu'il tenait dans la main. C'était un jerrican à tuyau. Il s'arrêta près de la voiture de patrouille. Il avait l'intention de siphonner l'essence du réservoir.

Il n'allait pas avoir besoin d'une grosse quantité d'essence pour provoquer un incendie. Une fois que le feu aurait pris, la grande sécheresse de la végétation ferait le reste. Il lui fallait une autre cachette. La maison semblait le meilleur choix. Zoé en était moins éloignée que lui. De plus, elle y trouverait peut-être des choses dont elle avait besoin, un téléphone, des vêtements, de l'eau… et puis, c'était malgré tout un abri. Elle pourrait au moins s'y barricader et, à court terme, compter sur la capacité de la bâtisse à résister à un incendie. Les solutions à court terme étaient sa première motivation. Elle devait juste tenter de rester vivante assez longtemps pour voir arriver la police.

Elle jeta un coup d'œil sur Beck. Il était occupé à enfoncer le tube du jerrican dans le réservoir d'essence, et ne cherchait pas Zoé. Elle s'élança au pas de course, droit vers la maison. L'herbe ne s'étendait pas jusqu'à la résidence, alors une fois arrivée à la lisière de son refuge, elle se laissa tomber à plat ventre. Elle observa la maison. Le pire serait qu'elle se transforme en une sorte de piège. Elle ressemblait à ce qu'elle était, une maison abandonnée. Zoé ne pouvait pas savoir si quelque chose clochait à l'intérieur avant d'y entrer.

Elle se redressa et regarda à nouveau Beck. Il était toujours occupé à siphonner l'essence de la voiture de patrouille. Rasant le sol, elle fila vers la résidence et ne s'arrêta qu'après avoir atteint son porche arrière. Elle se laissa tomber sur le derrière et appuya son épaule contre le mur.

Il était temps de se débarrasser de ses liens. S'il l'avait attachée avec les câbles utilisés plus tôt, elle aurait eu besoin d'un couteau pour s'en défaire, mais cette fois, il avait eu recours aux menottes en cuir, reliées par un anneau métallique. Une sangle avec une boucle serrait les menottes très fort autour de ses poignets. Elle mordilla la sangle jusqu'à l'enlever, puis elle mordit plus franchement et tira dessus pour faire sauter l'anneau. Avec sa main libérée, elle défit la deuxième menotte.

Elle se leva, massa doucement ses poignets meurtris, et se dirigea vers la porte arrière de la maison. Elle tenta de tourner le pommeau. C'était fermé à clé. Les vitres de la porte paraissaient faciles à briser mais il lui fallait quelque chose pour amortir le bruit. Elle trouva un vieux sac à grains et le plaça contre la vitre. Lors de ses cours d'autodéfense, elle avait appris que le coude était la structure osseuse la plus solide du corps, alors elle décida de tester la validité de cette théorie. Elle envoya un coup de coude au centre du carreau. L'impact provoqua un craquement et une sensation de brûlure à travers son bras et jusqu'au bout de ses doigts, mais ça avait fonctionné. Le carreau se fractura en trois morceaux qui dégringolèrent à l'intérieur de la maison. Elle tourna le pommeau et entra à l'intérieur.

La cuisine dégageait une forte odeur de renfermé et l'air semblant vicié. Ça devait faire des années, voire des décennies que personne n'avait aéré la résidence. Toutes les surfaces étaient recouvertes d'une épaisse couche de poussière. Ses pieds étaient les premiers à perturber la tranquillité des lieux depuis très longtemps. L'écurie était peut-être chère au cœur de Beck, mais certainement pas la maison.

Elle entra dans le salon. Il était meublé, mais on avait laissé pourrir le mobilier. Elle souleva le combiné d'un téléphone à cadran et ne fut pas étonnée de constater qu'il n'avait pas de tonalité.

Ne t'inquiète pas, les flics arrivent, se dit-elle.

Si la maison était exactement telle qu'elle avait été de nombreuses années auparavant, elle devait forcément contenir des habits. Elle traversa la cuisine en direction des chambres. Elle ouvrit la première porte sur sa gauche et la vue lui coupa le souffle net.

Contrairement à la cuisine et au salon, cette pièce était vide. Aucun mobilier, aucun bien personnel, rien. Il n'y avait même pas de tapis ou de parquet en bois dur, juste de simples planches. La pièce ne contenait que deux choses : des graffitis aux murs, et un objet qu'elle ne pouvait définir que comme une sorte de pilori.

Un pilori rudimentaire, et de toute évidence, fait maison. Il avait une forme en « T », des sangles à l'extrémité de la traverse pour les mains et un repose-tête à la jonction de la traverse et du poteau. Il était très bas, et aurait nécessité qu'une personne s'agenouille pour y être sanglée. Puis, horrifiée, elle s'aperçut que le pilori n'était pas simplement bas, mais conçu pour une taille d'enfant. Cette vue l'écœura et, dans l'atmosphère nauséabonde et renfermée de la maison, elle vomit.

Si elle avait cru être dans le repaire où Beck s'était livré à sa besogne, les graffitis aux murs prouvaient son innocence. Quelqu'un avait écrit, en lettres majuscules et d'une main maladroite :

« C'EST ICI QUE LES ENFANTS IRRESPECTUEUX APPRENNENT LE RESPECT. » La phrase avait été écrite n'importe comment, un peu comme l'on signe le bras plâtré d'un ami.

Il y avait aussi des dizaines de noms sur les murs. Le nom de Beck y figurait. À côté de chaque nom apparaissait une autre précision. Si Zoé n'avait pas été marquée par lui, elle aurait pu prendre ces annotations comme du pur charabia, mais elle savait qu'il n'en était rien. C'était des chiffres romains. Chaque enfant avait son chiffre. À côté du nom de Marshall Beck, on pouvait lire « XX ».

Ce n'était pas son numéro dans l'ordre de punition. Elle voyait que les numéros avaient été effacés et réécrits de nombreuses fois. Beck n'avait pas été le vingtième enfant. Il avait reçu sa punition dans cette chambre une vingtaine de fois.

Dans cette chambre, un monstre avait engendré un monstre. Dans cette chambre avait été créé le Numéroteur.

« Zoé ! cria Beck encore une fois, sa voix étouffée par la distance et les vitres. C'est l'heure de brûler ! »

CHAPITRE TRENTE ET UN

Avec son briquet, Marshall Beck toucha le bout de la petite traînée d'essence. Elle prit feu immédiatement, et une flamme orange parcourut le sol à toute vitesse jusqu'à l'herbe. La sécheresse de la végétation fit qu'elle s'enflamma facilement. Les brins d'herbe dépérirent et noircirent en quelques secondes. En brûlant, chaque brin allumait ceux d'à côté. Le feu se propageait à une vitesse qu'il trouva satisfaisante.

Il savait bien qu'il faisait preuve d'inconscience. Il aurait dû être en fuite et non pas en train d'allumer des incendies, mais il avait trop investi en Zoé pour abandonner maintenant. Il ne pouvait pas la laisser échapper à sa punition encore une fois. Il était temps qu'elle meure, aujourd'hui, tout de suite, et tant pis s'il perdait tout.

Il étala les traînées de carburant à peu près tous les huit mètres, des deux côtés de la route en terre. Il alluma chacune d'entre elles pour créer une avenue de feu en constante progression.

« Pas moyen de te dérober au feu, Zoé », murmura-t-il.

Une fois que le feu eut pris, il jeta le jerrican, avec ce qu'il y restait de carburant, dans l'enclos d'entraînement. Lorsque les flammes l'atteindraient, le jerrican servirait de propulseur à l'incendie.

Le feu se propagea vite, et atteint les deux enclos en quelques minutes. La chaleur émanant des pâturages le força à se placer au milieu de la route.

Il ne craignait pas l'incendie. L'herbe était un carburant trop faible pour allonger la durée d'un feu. Les dommages seraient superficiels et le feu s'éteindrait bien assez vite. Car la destruction n'était pas le but de l'opération. Le feu était un moyen pour faire sortir Zoé, qui durerait le temps nécessaire, et pas plus. Elle avait été assez maligne pour se cacher dans l'herbe. Il aurait pu passer la journée à la traquer en vain. En revanche, elle ne pourrait rien contre les flammes qui allaient précipiter leurs retrouvailles. Il espérait juste qu'elle ne mourrait pas piégée par les flammes. Ce n'était pas son plan. Il fallait qu'elle meure selon ses termes à lui et après avoir payé le prix pour ses errements.

Il trotta le long de la route en terre, faisant des allers-retours de l'écurie à sa Honda. Il guettait un mouvement et tendait l'oreille pour localiser les cris de Zoé, mais il était difficile de détecter quoi que ce soit à travers les flammes et la fumée qui montait. Tout cela procurait finalement à la fugueuse une protection non intentionnelle.

Ensuite, il prit conscience d'une erreur plus grave encore. Il avait fait un mauvais calcul. Au lieu de forcer Zoé à venir vers lui, le feu risquait de la faire fuir dans l'autre sens. Pire, l'incendie allait la pousser vers la rangée d'arbres qui lui servirait d'abri. Il aurait dû démarrer le feu à la périphérie pour la forcer à venir vers le centre. Il se consola en pensant que si elle voulait retourner à la civilisation, elle devrait emprunter la route en terre. Tant qu'il restait là, il n'y aurait pas d'issue pour elle. Pour sortir, elle devrait passer par lui.

***

Beck disparut derrière un mur de flammes scintillantes et de fumée, ce qui mit Zoé sur les nerfs. Elle préférait le garder dans son champ de vision, mais elle se consola en pensant que, si elle ne pouvait pas le voir, l'inverse serait vrai aussi. Cela signifiait qu'elle avait autant de liberté de mouvement que lui.

L'incendie traversait l'enclos en direction de Zoé. Elle estima qu'en vingt minutes, les pâturages environnants seraient complètement engloutis par les flammes.

Allez les flics, vous mettez trop longtemps, bordel!

Elle pouvait se terrer là où elle était et attendre que ça se passe. La maison était à bonne distance du foyer principal, et solidement bâtie, alors elle serait probablement à l'abri de l'incendie pendant un certain temps. Mais elle doutait que Beck soit si patient.

Elle ne pouvait pas se permettre d'attendre les flics. Ils pouvaient être tout prêts mais aussi à quatre-vingts kilomètres. Il fallait qu'elle parvienne jusqu'au 4 x 4 de Beck pour se tirer d'ici. Mais Beck n'était pas stupide. Il devait s'attendre à ce qu'elle tente quelque chose, alors elle allait devoir créer une diversion. Il devait bien y avoir dans cette maison quelque chose d'utile.

La maison était vaste et comprenait six chambres et plusieurs salles de bains. Elle alla de chambre en chambre, cherchant quelque chose, n'importe quoi pour tromper sa vigilance. Après avoir vu la salle des punitions, elle appréhendait de découvrir le contenu des autres pièces. Elle aurait découvert le cadavre momifié de Norman Bates sur une chaise à bascule que ça ne l'aurait pas étonnée, et elle l'aurait pris. Elle s'en serait servie comme d'une doublure parfaite. Mais elle ne trouvait que des pièces plus misérables les unes que les autres. Chacune comptait deux ou trois matelas sans sommier. Zoé ne vit que des murs sans décoration là où des posters et des idoles d'ados auraient dû donner du caractère et de la vie aux chambres. Il n'y avait ni vêtements, ni biens personnels. Et aucun moyen de savoir s'ils avaient été retirés ou s'ils n'avaient jamais existé. Une chambre à coucher sortait du lot, la chambre principale. Celle-là était une vraie chambre en bonne et due forme, adaptée aux besoins d'un être humain. Elle comprenait un grand lit double avec du linge de lit, une table de nuit, des commodes, des photos, des peintures et même des rideaux. Un seul détail défigurait cette chambre quasi parfaite : une éclaboussure composée de petites taches couleur rouille couvrait l'un des murs et le plafond. Zoé n'eut pas besoin d'un examen attentif pour deviner que quelqu'un s'était enfoncé le bout d'un fusil dans la gorge à une certaine époque. Bon sang, que s'était-il passé dans cette maison ?

Dans l'espoir désespéré de trouver le fusil, elle ignora le carnage et courut vers l'armoire. À l'intérieur, elle trouva une garde-robe féminine, mais pas de fusil. Cela confirmait son intuition qu'il s'agissait d'une maison de femme. Malgré son aspect dépouillé, la résidence dégageait une qualité féminine. Zoé ne détectait pas la moindre influence masculine. Elle décrocha une robe d'un cintre et l'enfila. C'était une robe à fleurs de trois tailles au-dessus de la sienne, mais elle était prête à porter n'importe quoi pour couvrir sa nudité.

Le fait d'avoir trouvé un habit était un plus, mais elle n'avait toujours pas trouvé de quoi créer une diversion. Il n'y avait rien, ici. La maison était comme un fichu mausolée. Tout était si inutile. Mais peut-être pas. Elle changea d'approche. Oui, cet endroit était un mausolée. Elle ignorait pourquoi, et Dieu seul savait quelles atteintes Beck avait subies ici. Mais, pour une raison ou une autre, il voulait préserver cette maison. La destruction de son mausolée le ferait accourir.

Elle retourna en quatrième vitesse dans l'une des chambres et regarda par la fenêtre. Il y avait un réservoir de propane juste dehors. Elle l'avait aperçu en arrivant à la maison. Elle espérait sincèrement qu'il y aurait de l'essence à l'intérieur. Il ne lui en fallait pas beaucoup, juste assez pour un départ de feu.

Elle se précipita dans la cuisine et tourna le pommeau d'un brûleur. Du gaz se mit à fuir.

« Merci, Jésus ! » dit-elle en le refermant.

Elle ramassa une chaise en bois et la fracassa contre le sol. Elle plia sous la force de l'impact. Elle recommença et la chaise se brisa. Zoé arracha l'un des pieds. Dans le salon, elle saisit un napperon et l'enroula autour du pied de la chaise. Sa torche était prête. À présent, il lui fallait une flamme. Elle quitta la maison et fonça tête baissée vers l'incendie. La chaleur était intense. Lorsqu'elle s'approcha des flammes qui continuaient à avancer, elle sentit chaque goutte d'humidité sur son corps s'évaporer et sa peau craqueler. Elle enfonça la torche dans les flammes. Le napperon noircit sans s'enflammer. La chaleur semblait consumer sa main, mais elle tint bon. La nécessité de réussir son coup l'emportait sur la volonté d'échapper à la douleur.

« Mais, brûle, bordel de Dieu ! »

Et son blasphème fut récompensé. La torche s'enflamma.

Elle retourna à la maison en courant. La torche de fortune brûlait, mais sa flamme était vacillante. Elle atteignit la maison juste au moment où elle s'éteignait. Elle entra dans le salon et toucha le sofa avec la torche. La matière synthétique et de mauvaise qualité s'enflamma immédiatement et provoqua un départ d'incendie. Elle jeta la torche sur une chaise longue et fonça dans la cuisine, où elle alluma tous les brûleurs de la gazinière. En sortant de la maison, elle referma la porte derrière elle, laissant se produire l'union entre propane et flammes nues.

L'herbe haute lui servit à nouveau de couverture. Elle courut en ligne droite et parallèle à la trajectoire du feu mais dans la direction opposée à la route en terre qui lui importait tant. Elle n'y pouvait rien. Elle voulait être le plus loin possible de la maison au moment de la détonation. Elle n'avait aucune idée de l'ampleur que pouvait prendre une explosion de propane, mais plus elle serait loin, mieux ça vaudrait. Elle espérait juste que la détonation serait assez forte pour faire venir les flics au pas de course.

Elle vit que le meilleur moyen pour elle de rejoindre la route en terre serait de retracer ses pas à partir de l'écurie. Le sentier qu'elle avait emprunté précédemment était en flammes, mais, en dépit de la rapidité de l'incendie, tous les chemins ne s'étaient pas embrasés. Les pâturages derrière l'écurie étaient pratiquement intacts. Il y avait un petit terrain lié à un chemin équestre qui la mènerait à l'écurie, à condition qu'elle fasse vite. Le chemin le plus court vers la liberté était d'aller tout droit, mais elle se rapprocherait alors du feu. Peu importait. Elle ne pouvait pas s'attarder sur ça. Il fallait qu'elle tente le coup, tout de suite.

Elle se déplaça vite, employant une combinaison de course accroupie et de reptation à quatre pattes. La technique importait peu. Seule comptait la vélocité. Elle resta près de la trajectoire du feu. Elle ne respecta que la distance minimum imposée par la chaleur intense et la fumée étouffante. Juste au moment où elle approchait du chemin équestre, une explosion assourdissante la jeta au sol. Le choc fut immense, même à plus de cent mètres de distance. La détonation semblait s'être produite juste à côté de sa tête.

Elle se releva et se remit en route, encore plus vite. Elle n'aurait qu'une seule occasion de détourner l'attention du Numéroteur, et cette occasion venait de se présenter.

***

Marshall Beck avait le dos tourné à l'explosion. Il était en train d'observer l'enclos sud, à la recherche de Zoé. Il se retourna vivement et vit des morceaux de verre et des fragments de bois voler dans tous les sens. Il avait su qu'il y avait un risque que le feu emporte la maison, mais les flammes ne l'avaient même pas encore atteinte.

« Zoé ! » murmura-t-il.

C'était l'œuvre de Zoé.

« Petite maligne, mais pas si maligne que ça. »

Le fait d'avoir fait exploser la maison lui révélait exactement où la retrouver. Il courut jusqu'au 4 x 4, mit le contact puis fusa le long du sentier, en direction de la maison. Les flammes sortaient par les fenêtres explosées du rez-de-chaussée. Les rideaux flottaient au vent, des lambeaux en feu volant dans toutes les directions. Il n'arrivait pas à croire que Zoé avait eu le culot de faire exploser la maison de Jessica.

Était-elle entrée, avait-elle vu les chambres ? Il espérait bien que oui. Ainsi, elle aurait enfin saisi l'œuvre qu'il tentait d'accomplir et son importance. Il se rendait compte à présent qu'il aurait dû lui faire voir la maison avant de l'emmener dans l'écurie. Tout ce foutoir aurait alors pu être évité. Il arrêta le 4 x 4 et en sortit, puis courut en direction de la porte d'entrée, devant laquelle il resta un instant figé, contemplant les braises qui couvraient la peinture de cloques. Un mélange d'émotions le clouait sur place. La maison n'était pas si spéciale que ça. Ce n'était que du bois. Elle n'aurait pas dû avoir de signification particulière pour lui, et pourtant… Grâce aux enseignements et aux punitions de Jessica, cette maison avait fait de lui l'homme qu'il était. C'était un symbole de ce qu'il était devenu.

« Au revoir », lui dit-il.

Après un instant de recueillement, il contourna la maison à la recherche de Zoé. Il s'attendait presque à tomber sur son corps soufflé par l'explosion, mais elle restait introuvable. Il scruta la rangée d'arbres et les pâturages, en vain.

« Où es-tu ? » demanda-t-il à une Zoé absente.

Elle n'était pas à proximité. Elle s'était jouée de lui, l'avait attiré loin de la route d'accès. Elle avait tellement progressé depuis leur première rencontre. Elle n'était plus cette garce alcoolisée. Elle était intelligente et débrouillarde, une survivante née. Si elle en avait le courage, elle avouerait que c'était à lui qu'elle devait sa transformation.

Il scruta la route en terre à sa recherche, et finit par retrouver sa proie. Elle était à genoux à côté de l'adjoint.

« Il ne peut plus t'aider, Zoé. Personne ne le peut », dit-il en piquant un sprint vers son 4 x 4.

***

Au moment où Zoé regagna le chemin équestre, elle entendit rugir le moteur d'un véhicule. C'était le 4 x 4 de Beck. Les pneus labourèrent la terre un instant, puis le véhicule fusa le long du sentier, en direction de la maison.

L'opération de diversion avait fonctionné, mais pas parfaitement. Elle espérait prendre la Honda. Mais elle allait devoir se contenter de la voiture du flic, en priant qu'il y ait suffisamment d'essence dans le réservoir. Elle remonta le chemin en piquant un sprint, longeant le couloir de feu formé par l'incendie qui faisait rage de part et d'autre. Elle ignorait chaque pierre et caillou qu'elle piétinait. À un instant donné, elle trébucha, tomba, mais se releva. Elle inhala l'air brûlant et enfumé, et toussa. Elle avait mal, mais elle se dit que c'était temporaire. D'une manière ou d'une autre, ce serait bientôt la fin.

Tandis qu'elle fonçait vers le flic gisant à terre, elle jeta un coup d'œil du côté de la maison. Beck était sorti de son 4 x 4, et regardait brûler la bâtisse.

« Reste là-bas, espèce de salopard », murmura-t-elle.

Elle se laissa tomba à côté du flic. Elle n'eut pas besoin de vérifier s'il était mort ou pas. Son regard vide fixait le ciel.

« Je suis désolée », dit-elle.

Le talkie-walkie accroché à son épaule crépita. Une voix féminine demanda un rapport.

Zoé l'arracha de son épaulette, et appuya sur le micro.

« Allô, allô. Je suis à un endroit avec une écurie. Je ne sais pas où. Un homme nommé Marshall Beck m'a enlevée et a tué l'officier que vous avez envoyé. Allô ?

— Vous avez dit que l'officier est touché ?

— Oui, j'ai son cadavre à côté de moi.

— Madame, comment vous appelez-vous ?

— Zoé Sutton. Ça n'a aucune importance. Il est en train de tout brûler. Il va me tuer !

— Madame, je vais vous demander de rester calme.

— J'emmerde le calme. Savez-vous où je suis ? Vous envoyez quelqu'un ?

— Oui. Nous connaissons votre position. J'envoie des unités de suite. Allez vous mettre à l'abri. »

À l'abri où ? pensa-t-elle.

Le rugissement d'un moteur détourna brusquement son attention de la radio. La manœuvre de diversion avait fait long feu. Beck était sur le chemin du retour.

« Vous avez intérêt à envoyer quelqu'un tout de suite ! Il arrive ! » cria-t-elle.

Elle lâcha la radio et ramassa le pistolet du flic. Elle regarda l'arme. C'était un automatique. Elle ne savait pas du tout comment s'en servir. Ses entraînements d'autodéfense n'allaient pas plus loin que le combat à mains nues. Elle ne s'était jamais donné la peine d'aborder le maniement des armes. *Tu braques, tu tires,* se dit-elle.

Elle leva la tête. Beck ne s'embêtait pas à suivre le sentier qui remontait de la maison. Il chargeait tout droit vers elle, fonçant à travers l'enclos et les flammes. Le 4 x 4 avançait par rebonds et par heurts sur le terrain accidenté. Les flammes léchaient sa carrosserie, mais sans l'affecter.

Elle sauta derrière le volant de la voiture de patrouille. La clé était sur le contact. Elle la tourna, et le moteur toussota sans se mettre en marche. La jauge à carburant indiquait que le réservoir était presque vide.

« Démarre, bon sang ! »

Elle méritait bien que quelque chose joue en sa faveur, et le moteur finit par gronder. Elle attacha sa ceinture, puis braqua le levier de vitesse en marche arrière. Elle regarda par-dessus son épaule vers la route en terre qui devait l'emmener vers la liberté. Mais serait-ce la liberté ? Elle avait déjà fui auparavant sans pour autant parvenir à lui échapper. Si elle fuyait, il se contenterait de la traquer à nouveau. La fuite ne serait qu'un autre sursis à exécution. Même si les flics le mettaient en prison, il y aurait toujours un risque qu'il sorte. C'était inacceptable. Il était temps d'en finir d'une façon ou d'une autre. Elle poussa le levier en position marche et écrasa l'accélérateur.

La voiture fit un bond en avant dans les flammes. Elle roula à travers la barrière carbonisée de l'enclos, et fonça droit vers Beck. Les flammes et les braises volaient par-dessus le capot et le pare-brise tandis que le véhicule gagnait en vitesse. La jauge du compteur dépassa les soixante-cinq kilomètres à l'heure. Elle se battait avec le volant pour maintenir sa trajectoire. La voiture s'écrasait contre le sol dans les descentes, et au sommet des bosses, l'arrière basculait en l'air.

Beck négociait mieux les bosses. Son 4 x 4 roulait à folle allure dans sa direction. Elle recherchait le choc frontal, mais peinait à maintenir sa trajectoire, alors que la distance entre eux s'amenuisait. Ils étaient maintenant si proches qu'elle pouvait le voir à travers les flammes. Ce qu'exprimait son visage était simple : une concentration totale. Il n'avait pas laissé l'émotion prendre le dessus. Il avait un boulot à faire, et il le ferait. La simplicité de sa pulsion effraya Zoé. Comment se mesurer à lui ?

Elle heurta un creux qui lui arracha le volant des mains. La voiture vira à droite, positionnée pour la percussion avec le 4 x 4 de

Beck. Il fracassa le coin arrière du véhicule de patrouille, côté passager, et l'envoya virevolter. La voiture fit voler en éclats des morceaux de terre et écrasa l'herbe brûlée. Pour Zoé, le monde disparut dans une explosion chaotique de bruit, de terre et de braises volantes. La voiture s'arrêta soudain en angle droit par rapport au véhicule de Beck.

Le 4 x 4 n'était plus qu'une épave, dont l'avant avait été détruit par la collision. Il n'irait plus nulle part. Mais était-elle mieux lotie ? Le moteur de la voiture de police était mort. Elle poussa le levier en position « point mort », et tenta de mettre le contact. Rien. Elle réessaya, encore et encore. À chaque fois, le moteur toussota sans s'allumer. Il y avait une multitude d'explications possibles à cette terrible circonstance, comme la chaleur qui aurait fait s'évaporer l'essence ou qui aurait pénétré dans le ventilateur, ou tout simplement Zoé qui aurait épuisé ses réserves de chance.

Brusquement elle perçut un mouvement. Beck ouvrit la portière de son 4 x 4. Zoé resta bouche bée lorsqu'elle le vit sortir et avancer dans les flammes en agrippant le couteau de chasse. Les flammes ne s'élevaient qu'à hauteur de genoux, mais la chaleur devait être intense. Elle s'émerveilla de sa motivation retorse.

« Zoé, tu n'échapperas pas à ta punition », dit-il en titubant vers elle.

Elle n'en revenait pas de cette vision, de toute cette scène démente. Toutefois, la fin approchait. Le bruit des sirènes remplit l'air. Les autorités étaient en route. Mais elle ne pouvait pas laisser les choses se terminer à leur manière. Leur manière laissait trop de place à l'erreur. Il fallait que ça prenne fin maintenant, que tout se règle entre bourreau et victime. Le moteur démarra à la troisième tentative. Il émettait un bruit rauque, mais puisqu'il fonctionnait, c'était le son le plus doux au monde. Zoé mit le véhicule en position « marche » et lorsqu'elle avança un terrible bruit se fit entendre.

Quelque chose s'était brisé à l'arrière, mais ce n'était pas suffisant pour l'empêcher de poursuivre son objectif.

Elle dirigea la voiture droit sur Beck et le heurta de plein fouet. La force de l'impact le cloua au capot. Zoé maintint la pression sur l'accélérateur. Elle percuta le 4 x 4 de son tortionnaire, l'épinglant entre les deux véhicules. Il hurla de douleur et planta le couteau dans le capot de la voiture de patrouille, comme si le fait de poignarder la voiture pouvait le sortir d'affaire. En voyant sa réaction, Zoé pensa à la crise de nerfs d'un enfant. Il ripostait contre un monde qui refusait de tourner comme lui, Marshall Beck, voulait qu'il tourne. C'était triste et pathétique. Tout comme lui.

Elle éprouva du plaisir à le voir souffrir. Il le méritait. Malgré le traumatisme dont il avait souffert, c'était une juste rétribution pour ce qu'il avait fait, mais ce n'était pas suffisant. Pas encore.

Elle ramassa le pistolet du flic décédé et le braqua sur lui. Il se débattait toujours, transi de douleur et oubliant la présence de Zoé. Ce n'était pas satisfaisant. Elle voulait qu'il soit conscient de ce qu'il allait subir.

« Numéroteur ! » cria-t-elle.

Il cessa de se débattre, posa son regard sur elle et ensuite sur le pistolet.

Bien. Elle voulait voir la peur et la terreur dans ses yeux, la même peur et la même terreur qu'il leur avait inspirées, à elle et aux autres victimes. Elle voulait qu'il se rende compte de la souffrance qu'il lui avait fait endurer.

« Ça fait quel effet ? As-tu peur ? J'espère que tu souffres autant que tu nous as fait souffrir.

— Tu n'as toujours pas pigé, n'est-ce pas ? J'avais raison. Je t'ai changée. Je t'ai améliorée. Avoue-le. »

Il aimerait tellement le croire. Ça la dégoûtait qu'il puisse même penser ça.

« Je me suis changée toute seule. »

Il fit un grand sourire.

« Zoé Sutton, ma plus belle réussite. »

C'était une perte de temps. Il ne comprendrait jamais.

« Tu n'as rien réussi du tout. C'est l'heure de ta punition. Ça, c'est pour toutes les femmes auxquelles tu as fait du mal. »

Elle fit feu. Dans l'habitacle de la voiture, les détonations furent assourdissantes. Le pare-brise dévia les deux premières balles de leur cible, mais le trou qu'elles avaient fait ouvrit la voie aux balles suivantes. Elle ne cessa de tirer que lorsque le corps de Marshall Beck tomba raide sur le capot.

À ce moment-là, Zoé se sentit abasourdie. Pendant si longtemps, sa vie avait été en suspens, figée par l'invisible présence de ce monstre, et maintenant, il gisait devant elle. C'était fini. Elle était libre. C'était stupéfiant de voir combien il avait été simple de se libérer de ce cauchemar. Il ne lui avait fallu que quelques balles pour arrêter le Numéroteur. Dans son esprit, il avait été une entité colossale, puissante, forçant à l'horreur, mais les balles avaient prouvé qu'il était humain, finalement. Cependant, elle ne réalisait pas tout à fait ce qui venait de se produire ; il lui semblait impossible que ce soit fini. Son regard resta fixé sur le cadavre de Marshall Beck, qui avait enfin emporté avec lui sa haine et son mépris.

Le moteur de la voiture ralentit, puis toussota à nouveau, juste avant de caler. Elle n'allait pas mourir ici, dans les flammes. Zoé redémarra, enclencha la marche arrière et fit reculer le véhicule. Marshall Beck, alias le Numéroteur, glissa du capot et tomba dans les flammes. D'un coup de volant, elle tourna les roues du véhicule et s'éloigna de l'incendie.

CHAPITRE TRENTE-DEUX

Le père de Zoé apparut dans l'encadrement de la porte, accompagné de son jeune frère.

« Et maintenant, on fait quoi ? » demanda-t-il.

Zoé finit d'inscrire « Chambre à coucher » sur les trois cartons devant elle.

« On emporte ces trois cartons, le matelas, et le sommier. »

Ils commencèrent par le sommier. Elle se serra dans l'encadrement de la porte en même temps qu'eux pour aller aider sa mère à emballer et à empaqueter toute la vaisselle qui équipait la cuisine.

Malgré le peu de biens qu'elle possédait, le déménagement semblait s'éterniser.

« Je suis tellement heureuse que tu rentres à la maison, dit sa mère en souriant.

— Juste le temps de me remettre sur pied.

— Tu restes aussi longtemps que tu en as envie, ma chérie. »

Les trois semaines écoulées depuis son face-à-face avec Marshall Beck à Palomino Ranch avaient été longues. Avec Greening et Ogawa qui la chaperonnaient, Zoé passa trois jours auprès des services du shérif de Trinity, afin de faire ses dépositions et d'aider l'équipe à retrouver les tombes des victimes du Numéroteur. Celles-ci avaient été déterrées et les tests ADN avaient confirmé que Marshall Beck avait dit vrai en désignant la tombe numéro III comme celle de Holli. Greening et Ogawa ramenèrent Zoé à San Francisco après que le bureau du procureur de Trinity County eut confirmé ne pas souhaiter inculper Zoé pour l'assassinat de Marshall Beck.

Si elle avait cru retrouver une existence paisible, elle s'était complètement fourvoyée. Les médias rendaient cela impossible. Jarocki l'installa dans sa maison de Napa jusqu'à ce que l'agitation médiatique s'estompe, mais même à ce moment-là, il lui fut impossible de rentrer chez elle et de reprendre le travail. Trop de personnes voulaient discuter avec "la seule victime à avoir survécu au Numéroteur". Elle démissionna de son poste au centre commercial et donna son préavis pour l'appartement. Jarocki mit sa résidence à la disposition de Zoé sur le long terme, tout en suggérant qu'il était peut-être temps pour elle de renouer des liens avec les membres de sa famille. La décision fut difficile à prendre, étant donné la façon dont elle les avait rejetés, mais ils l'accueillirent à bras ouverts, ce qui accentua ses remords de les avoir repoussés. À présent, ils étaient là, et l'aidaient à déménager. Elle ne savait pas à quoi s'attendre en retournant chez ses parents, et de manière générale, elle ignorait quelle direction sa vie allait suivre. Rien n'était écrit. « Tout est possible », avait dit Jarocki. Elle n'était plus entravée par le spectre du Numéroteur. Elle trouvait cette liberté inédite un peu effrayante.

« Bonjour ! »

Greening se tenait dans l'encadrement de la porte.

« Puis-je entrer ? demanda-t-il.

— Oui, bien sûr, entrez. »

Il pénétra dans la cuisine.

Elle le contempla dans son jeans et son tee-shirt.

« Vous venez nous aider à charger ? »

Il sourit.

« Non, dit-il. Il y a des limites au service public.

— J'aurais dû m'en douter. Je vous présente ma maman, au fait. »

Zoé le présenta à sa mère, puis à son père et à son frère, tandis que ceux-ci emportaient le sommier.

« Je sais que vous êtes occupée avec le déménagement, mais pourrais-je vous parler une minute ? » dit-il.

Zoé se retourna vers sa mère.

« Je gère, dit celle-ci. Allez discuter. »

Pour plus d'intimité, Zoé raccompagna Greening hors de l'appartement et dans la cage d'escalier, où ils s'arrêtèrent à mi-chemin entre les premier et deuxième étages. Ils regardèrent son père et son frère transporter le sommier dans les escaliers, puis jusqu'au camion de location.

« Comment ça va ? » demanda-t-il.

Le bilan des dernières semaines restait mitigé. Ses émotions étaient en montagnes russes, avec de nombreux hauts et bas. Des hauts grâce à l'acceptation de sa famille et à sa libération de l'emprise du Numéroteur. Des bas accompagnant la douleur du deuil de son amie Holli. Par ailleurs, le fait d'avoir mis à mort Marshall Beck n'aurait peut-être pas dû entraîner de remords, mais en réalité, le fait d'avoir pris une vie, même si cette décision était parfaitement justifiée, pesait lourd sur sa conscience.

« Ça va, le docteur Jarocki m'aide à gérer les répercussions de tout ça.

— Tant mieux. J'en suis ravi, dit-il. Contente de partir ?

— Contente de m'éloigner de tout ce brouhaha. »

Il acquiesça.

« Ça, je peux le comprendre, dit-il. Vous allez où ?

— Je rentre chez mes parents. À San Jose.

— Vous êtes allée aux obsèques de Holli ? »

Elle acquiesça. Les parents de Holli l'avaient invitée à la cérémonie des funérailles.

« C'était mardi dernier à Sacramento. Elle était de là-bas.

— Je parie que ça a dû être un moment difficile. »

Cela avait effectivement été le cas, surtout quand la mère de Holli l'avait serrée dans ses bras en lui murmurant : « Merci de nous avoir ramené notre fille. »

« Mes parents étaient là. Leur présence a été un soutien.

— Je suis content de voir que vous êtes à nouveau réunis. »

Aussi difficile qu'avait été cette réunion de circonstance, Zoé en fut heureuse aussi. Ils lui avaient tous manqué.

« Du nouveau au sujet des autres victimes ? » demanda-t-elle.

Greening secoua la tête.

Holli était la seule victime du Numéroteur que la police avait réussi à identifier. Les identités des victimes I, II et V restaient un mystère. Beck n'avait pas laissé de trace écrite, alors leurs identités avaient disparu avec lui. Bien que certains flics se soient réjouis qu'elle ait tué le Numéroteur, d'autres auraient préféré qu'il fût pris vivant afin de savoir qui il avait enterré à Palomino Ranch.

« Et maintenant, c'est quoi, la suite des événements ? demanda-t-elle.

— Pour l'instant, les restes vont être conservés comme preuves. Nous savons où Beck a vécu et travaillé, et nous allons comparer la liste des personnes disparues dans ces zones avec le profil type de ses victimes, et à partir de là, nous verrons où l'enquête nous mènera.

— Ce n'est pas gagné d'avance.

— Effectivement.

— Et si vous n'y arrivez pas ?

— Les corps seront restitués pour être enterrés.

— En tant que victimes anonymes ?

— Oui. »

C'était la pire des issues. Non seulement Beck avait ôté la vie à ces trois femmes, mais il avait aussi enterré l'identité de chacune d'entre elles, condamnant ainsi leurs familles à une sorte de purgatoire de l'incertitude. Peut-être avait-elle eu tort de le tuer. En mourant, il avait remporté une victoire.

« Si les choses en arrivent là, pouvez-vous me le faire savoir ? Ce serait bien que quelqu'un assiste à l'enterrement de ces femmes.

— Bien sûr. »

La mère de Zoé sortit de l'appartement avec un carton libellé « Cuisine ».

Elle jeta un coup d'œil de leur côté et sourit.

« Il faut que j'y aille, dit Zoé. Il faudrait qu'on se mette en route avant midi.

— Bien sûr, mais il y a juste un autre détail. Que réserve l'avenir à Zoé Sutton ? Un retour à l'université ? Un autre poste de vigile ? »

Elle sourit.

« L'université, ça m'étonnerait. J'ai changé, et ça ne me correspond plus. Vigile, certainement pas.

— N'y a-t-il aucun projet ?

— Aucun pour l'instant, mais il y en a bien un qui va se dessiner.

— Je n'en doute pas. »

Il sortit une enveloppe de format A4 pliée de sa poche arrière et la lui remit.

« Il se dessine déjà.

— Qu'est-ce que c'est ? demanda-t-elle.

— C'est un formulaire de candidature à un poste d'officier des services de police de San Francisco. »

Elle lui jeta un regard surpris.

« Vous m'avez affirmé vouloir exercer une activité qui fasse la différence et qui vous permette de protéger les gens contre un autre Numéroteur. C'est votre chance de le faire. Zoé, vous pouvez réussir dans n'importe quelle voie, mais si c'est celle-ci que vous voulez, c'est le moment de vous y engager. »

La conviction dont il faisait preuve et la confiance qu'il lui manifestait la laissèrent ébahie. Elle en avait si peu qu'il lui était difficile d'accepter celles des autres.

« Ne pensez-vous pas que mes condamnations seront un obstacle ? demanda-t-elle.

— Non. Pas si l'on prend en compte le fait que vous serez la seule candidate à pouvoir dire qu'elle a neutralisé le Numéroteur. »

Elle sourit, mais secoua la tête.

Lui ne souriait pas.

« Il y a des gens qui sont prêts à vous soutenir, si vous êtes intéressée.

— Comme vous, par exemple ?

— Comme moi, pour commencer, mais aussi l'officier Martinez, et même la hiérarchie suprême de la police de San Francisco, mais oublions tout ça. »

Il tapota sur l'enveloppe contenant le formulaire de candidature.

« Répondez plutôt à cette question toute simple, dit-il. Est-ce que c'est ce que vous voulez ? »

Sa réponse fut simple.

« Oui. »

REMERCIEMENTS

Je voudrais remercier Jerry Boriskin (docteur en psychologie) attaché à la Veteran's Administration pour l'aide et le temps qu'il m'a accordés sur les questions relatives au syndrome post-traumatique. Comme toujours, merci à l'agent spécial George Fong (à la retraite) du FBI pour son aide sur les questions de flic. Et un grand merci à Thom Futrell pour toutes les leçons de combat qu'il m'a prodiguées. Zoé n'aurait pas pu gagner sans vous. Mes remerciements éternels à Joel Arnold, Bonnie Moebeck, Kristi Thomas, Jeff Hall, Mick Tolley, Brad Ellis, Laurie Hernandez, Rick Sobona, Gregory Solis, Karen Haldane, Judy King, Tom Fischer, Sean Dwyer, Dinah Ortiz, Michaela Shannon-Sank et Craig Cook qui ont bien voulu prêter leurs noms aux personnages de ce livre. Enfin, mes remerciements à mon épouse Julie, à Jenna et aux « filles » ainsi qu'à Anh Schluep pour leur regard critique, leur soutien et leur patience tout au long de la rédaction de ce livre.

À PROPOS DE L'AUTEUR

Ancien coureur automobile, titulaire d'un brevet de pilote, sauveteur animalier, cycliste d'endurance et détective privé à ses heures, Simon Wood est aussi un auteur accompli avec, à son actif, plus de cent cinquante histoires publiées. Ses romans policiers, qui figurent dans de nombreuses revues et anthologies, lui ont valu la prestigieuse Anthony Award et une nomination à l'occasion des CWA Dagger Awards. En plus du titre, *L'évadée*, son œuvre comprend les livres suivants : *Accidents Waiting to Happen*, *Paying the Piper*, *Terminated*, *Hot Seat*, *We All Fall Down* et *No Show*. D'origine anglaise, il vit à présent en Californie avec son épouse Julie. Les curieux peuvent en savoir plus en visitant le site Internet : www.simonwood.net.

19873813R00213

Printed in Poland
by Amazon Fulfillment
Poland Sp. z o.o., Wrocław